KB261154

종소리

종소리

신경숙 소설

문학동네

:차례:

해설 │황종연(문학평론가)

종소리

당신은 돌아온 새 같다.
이젠 어디에나 깃들일 수 있는 새 같다.

*

낯선 새 한 마리가 세면장 창틀에 집을 짓고 있다는 걸 발견한 건
당신이었다. 여느 날처럼 새벽에 잠자리에서 일어나 세면장에 들어
갔던 당신이 여보! 나를 불렀다. 그날 아침의 당신의 목소리. 당신
이 그런 소리를 가지고 있었나? 놀랄 만큼 반가움이 와락 배어 있
는 목소리였다. 아마도 당신은 나를 몇 년 만에 그렇게 불렀을 것이
다. 당신이 부르는 소리에 잠에서 깨어 잠자리의 시트를 제치고 내
가 걸어나갔을 때 당신은 세면장 창틀에 몸을 붙이고 있었다.
"이리 좀 와봐."
무슨 일인가 싶어 조금 놀란 마음이었던 나는 그만 당신의 모습

에 웃음이 터져나오려 했다. 사십대 중반의 남자가 아니라 앳된 소년이 거기 서 있는 것 같았다. 잠이 덜 깬 얼굴로 나는 당신이 하라는 대로 창틀에 몸을 붙여봤다.

"저것 좀 봐."

당신이 가리키는 쪽을 보는 순간 내 입에서 저절로 어마, 탄성이 터졌다.

"새집이네!"

새집이었다. 새가 이끼와 덤불과 잘게잘게 쪼은 듯한 갈색 흙을 물어다가 창틀에 집을 반쯤 지어놓았다.

"미련한 놈! 저기다가 집을 지으면 어떻게 해, 우리보고 어쩌라고."

말은 그렇게 하지만 당신의 눈 속에는 웃음이 가득했다.

"새는 어디 갔어?"

"날아갔어."

"봤어?"

"응, 눈이 마주쳤어."

"눈이?"

"나하고 눈이 마주치자 혼비백산해서 날아가더라구."

"새 눈은 어땠어?"

"칠흑이야, 아주 까맸어."

"다시 올까?"

"글쎄……"

당신은 그 이전에도 세면장을 다녀오면 이상하다는 표정을 짓곤 했다. 당신이 세면장 문을 열면 바깥 창틀에서 퍼득 날아오르는 새의 기척이 느껴진다면서. 블라인드가 내려져 있었으므로 날아오르는 형상을 제대로 볼 수는 없었으나 분명 새의 모습이었다면서. 나는 당신이 헛것을 본 것이라고 생각했다. 비가 오는 것도 아닌데 새가 창틀에 앉아 있었겠나, 싶었던 것이다. 그것도 매번. 그날도 마찬가지로 세면장 문을 열었을 때 퍼득 날아가는 새의 기척을 느낀 당신이 소변을 보고 난 뒤 손을 씻고 나오려다가 블라인드를 올리고 창을 열어 바깥을 내다보았다고 했다. 우리가 살고 있는 공동주택은 산자락과 바투 연결되어 있어 축대가 바로 눈으로 들어왔을 것이다. 이제 막 새잎이 돋기 시작하는 단풍나무 두 그루가 축대를 가리고 서 있었을 뿐 창밖은 조용했을 것이다. 당신이 단풍나무에서 시선을 거두고 수건걸이에 걸려 있는 수건에 손을 닦고 손을 뻗어 벽에 붙어 있는 스위치를 누르고 세면장을 나와 막 문을 닫으려는데 또다시 뒤통수로 새의 기척이 느껴져왔다고 했다. 문을 닫으려 하자마자 분명 푸드득 꽁지깃을 접고 창틀에 내려앉는 새의 기척이. 당신이 뒤돌아보았을 때 불이 꺼진 세면장은 어두웠을 것이다. 당신은 호기심에 방금 전에 껐던 세면장 불을 다시 켰다. 불을 켜자마자 창틀에 앉았던 새가 놀라 이번엔 칼깃을 퍼득이며 날아올랐다. 새의 검은 눈이 당신의 눈과 마주쳤다. 당신은 슬리퍼도 신지 않고 세면장 안으로 다시 들어가 이번에는 고개를 내밀어보았다. 거기 지푸라기와 마른풀 들을 차곡차곡 쌓아 반쯤 지은 새의 둥지. 이번엔 그만 당신이 놀라 나를 부른 것이다.

*

　그날도 당신은 서울역 맞은편의, 당신이 십칠 년 동안 근무했던 고동색 빌딩 안의 엘리베이터 앞에 서 있었는가. 이십층 이상에서만 서는 좌측 엘리베이터 앞에서 선뜻 당신의 책상이 놓여 있을 이십삼층을 누르지 못하고 서 있었는가. 당신은 새가 창틀에 집을 짓는 봄 내내 내가 아침을 준비하려고 잠자리에서 일어나면 십 분만 더 누워 있자며 내 손을 끌어당겼다. 당신은 내게 무슨 말인가를 하고 싶어했다. 하고 싶어했을 뿐이다. 어느 날부턴가 당신은 퇴근한 후 바로 집에 들어오기 시작했다. 보통 자정이 되어야 집에 들어왔던 당신. 당신은 저녁밥상 앞에서도 무슨 하고 싶은 말이 있는 것 같았으나 밥만 먹었다. 단 한 번, 내가 무엇하고 살았는지 모르겠어, 내뱉듯이 중얼거렸다. 누구나 이따금 내뱉게 되는 말이므로 나는 대수롭지 않게 여겼다. 당신이 일찍 들어와 저녁을 함께 먹게 되어 나쁘지는 않았으나 저녁식사 후에 당신과 나 사이에 움트는 침묵을 견디는 일이 쉽진 않았다. 당신이 지방으로 출장을 다니거나 혹은 직장동료나 동창생 들, 현장 관계자들과 술을 마시고 저녁밥을 먹는 동안 나는 혼자 밥 먹고 가족 중의 누군가와 전화통화를 하고 한두 개쯤의 연속극을 보고 당신이 오면 문을 열어주고 이따금 차를 한잔 마시고 책을 몇 페이지 읽거나 음악을 듣거나 그것도 아니면 비디오를 보다가 잠자리에 들곤 했다. 단조로웠지만 익숙해진 나의 저녁시간이었다.

　당신이 일찍 집에 들어오기 시작한 후 나도 저녁밥을 짓기 위해 시장엘 다니기 시작했다. 싱싱해 보이는 손바닥만한 병어를 사다가 오븐에 굽기도 했고, 양파와 피망과 당근과 오이를 잔뜩 썰어넣어 야채낙지볶음을 만들기도 했다. 저녁밥을 먹은 후에 마시려고 오랜만에 엿기름을 담가놨다가 식혜를 만들어보기도 했고 생선가게에 진열되어 있는 아귀가 우습게 생겨 그걸 사다가 아귀찜을 만들다가 실패하기도 하며 봄 내내 당신에게서 무슨 말인가를 기다렸지만, 당신은 이따금 여보! 하고 나를 부른 뒤에 얼결에 잡은 내 손을 만지작거릴 뿐 끝내 아무 말도 하지 않았다. 어쩌면 당신은 당신이 하고 싶은 말이 무엇인지 정확히 알지 못하고 있었는지도 모르겠다. 십칠 년 전부터 당신은 국내 유수기업의 샐러리맨이라는 하나의 기호에 불과했는지도. 거리의 자동차가 성냥갑만하게 내려다보이는 이십삼층의 어두운 빌딩 속에서 반듯하게 자른 짧은 머리로 허리를 접고 앉아 서류를 작성하고 결재를 받고 할 일을 지시받는 동안 당신은 당신의 말을 잃어버렸는지도.

　당신이 말을 하지 못하는 사이 3월에 내렸던 폭설이 녹고 새로 움트기 시작한 단풍의 잎새는 넓어졌다. 진달래가 지고 철쭉이 피었으며 라일락의 향기가 사위를 흔들었다. 지금의 당신, 기억하는가. 언젠가 내 생일에 당신이 나를 데리고 갔던 연희동의 '강'이라는 이름을 가진 일식집. 회사일로 사람을 접대해야 할 때 가끔 출입한다는 그곳의 종업원들은 친절했다. 그곳의 생선 맛을 나는 지금도 기억한다. 고소하고 아삭아삭하게 씹히던 다디달던 도다리의 살점들. 당신은, 도다리는 양식할 수 없는 것이라 가격이 세다면서 도다리회를 시켰다. 얇게얇게 회쳐져서 곡선으로 휘어진 접시 위에 올라와 있던 도다리의 흰 살점들. 한 점 한 점 집어 고소하다며 맛있게 씹던 당신. 회에 딸려나온 온갖 종류의 보기 좋고 맛있고 푸짐했던 음식들, 전복죽과 새우튀김과 생선갈비구이와 야채들, 소스들. 매운탕에 흰밥까지 당신은 맛있게 먹었다. 그날 '강'에서의 당신, 도다리회를 아삭아삭 씹던 당신의 모습을 지금 어찌 상상이나 하겠는가.

*

나는 몰랐다. 당신이 십칠 년 동안 아침마다 출근했던 회사를 옮겼다는 것을. 언제부턴가 당신이 서울역 앞의 그 고동색 빌딩으로 출근하지 않고 삼일로 쁘렝땅 백화점이 있는 검은 빌딩으로 출근한다는 것을.

*

새는 다시 왔다.

당신에게 집 짓는 걸 들켜놓고도 새는 창틀에 집을 완성시켰다. 여전히 당신과 내가 세면장 문을 열면 놀라 포르르 달아나면서. 참새나 제비보다는 몸통이 굵고 단단한 부리를 가진, 갈색 털을 지닌 새였다. 크기가 당신 오른쪽 발만했다. 깃털이 온통 갈색이어서 나뭇가지에 앉아 있으면 눈에 띄지 않을 그런 새였다. 한번은 새의 발을 볼 기회가 있었는데 발가락이 앞에 셋 뒤에 하나가 붙어 있었다.

14

내게 발가락을 보인 새는 발을 뒤로 차 펼치며 날아갔다. 창틀의 새가 어느 땐 가슴을 내밀고 노려본다고 느낀 적도 있었다. 그런가 하면 내게 인사를 하듯 고개를 숙이고 자꾸만 꼬리를 흔들고 있다고 생각된 적도 있었다. 하지만 새는 대부분 세면장 문을 열 때마다 깜짝 놀라며 둥지를 짓다 말고 허공으로 날아올랐다. 뼈가 얼마나 가벼우면 그렇게 포르르 날아다니는지.

새의 깃질 소리가 어디서나 귀에 머물렀다.

"새가 알을 낳았어."

어느 날 당신이 말했다.

당신은 키가 커서 그냥 선 채로 새알이 보였지만 키가 작은 나는 변기 위에 올라가야 새알이 보였다. 새집 속에 하얀 새알 한 개가 오롯이 놓여 있었다. 아마도 그때쯤이었을 것이다. 당신 여동생이 내게 전화를 걸어와 오빠, 괜찮아요? 물어온 것은. 목소리가 근심스러워 오히려 내가 당신에게 무슨 일이 있는가, 물었다. 오빠가 회사를 옮겼는데 몰랐어요? 되묻던 당신의 여동생. 나는 깜짝 놀랐지만 차마 몰랐다고 대답할 수가 없었다. 그래서 아니, 알고 있어요, 잘 적응하고 있어요, 라고 대답했다.

"잘 적응하고 있는 사람이 아침마다 점심때마다 예전의 회사로 가겠어요?"

당신의 여동생이 나를 책망하듯 반문했다. 내가 먹먹해 있는 사이 당신 여동생은 스스로 목소리가 높았다고 생각했는지 곧 미안해요, 말했다. 미안하다고 말해서 해결될 일이라면 좋겠다고 생각했다. 그러나 이건 그런 문제가 아니었다.

"오빠가 그렇대요?"

내 목소리가 떨리고 있었을 것이다.

"나도 몰랐어요. 어젯밤에사 그이가 그러네요. 그이 선배가 오빠네 회사에 아직 남아 있거든요. 오빠가 아침마다 옛 사무실로 출근을 한대요. 커피를 한잔 마시고 간대요. 점심시간이면 또 온대요. 옛 동료들과 점심을 먹고는 다시 돌아간대요. 하루 이틀도 아니고 벌써 회사를 옮긴 지가 두 달이나 되는데…… 걱정이 되어서 전화했어요."

당신 여동생의 목소리에 물기가 서리는 것 같았다. 당신 여동생이 전하는 당신에 대한 이야기들이 잔물처럼 일렁거렸다.

"오빠가 원래 그래요. 사람이 좀 못났어요. 밥도 앉은자리에서만 먹고, 여행을 가도 꼭 가본 곳만 찾아다니고 음식도 익숙한 것만 먹고, 새 옷도 싫어하잖아요. 어쩌다 옷 한 벌 새로 사도 일 년은 장롱에다 넣어뒀다가 헌 옷 만들어서 입는 그런 사람이 십칠 년이나 다녔던 회사를 옮기게 되었으니. 오빠가 그렇게 마음을 못 잡고 자꾸 회사에 오니까 아직 사표처리도 안 된 모양이더라구요. 오빠가 그쪽 방면에서는 전문가잖아요. 그래서 스카우트되어 간 거겠지만. 그이 얘기 들으니 오빠는 그래도 좋은 케이스래요. 회사에서 월급을 못 주고 있는 지가 벌써 두 달째인데다 다른 사람은 옮기고 싶어도 오라는 데가 없어서 못 옮긴다는데…… 누가 알았나요, 오빠네 회사가 그리될 줄을. 오빠 성격에 혼자서만 살겠다고 도망쳐나온 것 같이 느낄 거예요."

"……"

"언니가 오빠 좀 잘 돌봐줘요."

갑자기 당신이 잘 모르는 사람 같아졌다. 아침마다 당신이 그만 잠자리에서 일어나려는 내 손을 끌어당기며 십 분만 더 누워 있자고 했을 때 어쩐지 무슨 하고 싶은 말이 있는 것 같았던 당신의 표정을 생각했다. 그때에 회사를 옮겼다는 말을 하고 싶었는가. 그러나 끝내 아무 말도 하지 않던 당신. 전화를 끊고 멍하니 앉아 있는 내 눈에 책상이 들어왔다. 당신의 책상 위엔 이젠 차고 다니지 않는 바늘이 멈춘 손목시계와 경제신문에서 스크랩해놓은 자료들, 지구의와 메모지들 사이에 당신의 노트형 수첩이 놓여 있었다. 가방에 넣을 양으로 챙겨놓았다가 깜박 잊고 그냥 나간 모양이었다. 나는 당신의 수첩을 펼쳐보았다. 이제는 타계했거나 미국에 나가 살거나 하는 당신의 직계가족들이 한자리에 모여 앉았을 때 찍은 사진이 끼어 있었다. 그 사진 밑엔 이 집으로 이사했을 때 당신이 찍어준 나의 독사진도 끼어 있었다. 당신이 만나야 했던 사람들과의 약속 장소, 그들과 나누었을 대화들을 짧게 기록해둔 당신의 글씨. 아직 다가오지 않은 날짜들 속에 빼곡히 적혀 있는 앞으로 당신이 해야 될 일들. 낙서와 전화번호와 암호 같은 숫자와 이해가 되지 않는 도표와 낯선 지명들. 지나간 당신의 하루들 속에 창틀에 둥지를 틀고 있는 새를 처음 발견한 날의 기록이 눈에 띄었다. 우연히도 그날이 당신이 새 사무실로 출근한 첫날이었던 모양이었다.

오늘부터 새 사무실로 출근을 해야 한다. 아내에게 직장을 옮겼다고 말을 해야 하는데 나조차 실감이 나질 않는다. 창틀에 새가 집을 짓다니 좋은 일이 있으려나봐요. 시든 아내의 얼굴. 목덜미에서 풍기는 익숙한 체취. 아내에게 좋은 일이란 무엇일까. 아이가 생기는 일일 것이다. 아이를 기다리는 동안 아내는 어떤 말도 직설적으로 하지 않는 사람이 되었다. 어떤 즐거운 일 앞에서도 환하게 웃는 법이 없다. 어쩌다 웃다가도 이내 거두어지는 웃음. 그 웃음 끝에 물리는 쓸쓸한 표정. 새가 창틀에 집을 짓듯이 아이가 자신의 몸에 집을 짓기를 아내는 바랄 것이다.

새가 창틀에 집을 짓고 있는 걸 발견한 그날 아침부터 당신은 새 사무실로 출근을 한 것이었다. 당신은 내게 끝내 직장을 옮겼다는 말을 하지 않았다. 내가 겨울 동안 내 몸속에서 자라고 있던 아이가 또다시 내게서 떨어져나간 것을 말하지 못한 것처럼. 이미 두 번이나 경험한 유산. 그리고 칠 년 만에 생긴 아이. 나는 아이가 생겼다고 말할 자신이 없었다. 또다시 아이를 잃게 되면 어떻게 할 것인가. 내 안에서 아이가 튼튼하게 자리를 잡으면 그때에 말하리라 마음먹었다. 하지만 아이는 2월의 눈이 내리던 날 내게서 또 떨어져나갔다. 세번째 유산이었다. 내 안은 생명이 자랄 수 없는 폐허인 모양이었다. 새가 가파른 창틀에 집을 짓고 있는 것을 보고 하마터면 그날 아침 나는 당신에게 비밀로 하고 있던 세번째 유산에 대해 말할 뻔했다. 그러니 결국 그날 아침 우리는 서로에게 하고 싶은 말을 하지 못한 셈이다. 여느 날과 마찬가지로 당신과 나는 아침식탁에 마주 앉았다. 나는 우유 한 잔으로 아침을 대신했고, 당신은 종종 썰어넣은 파란 파와 연한 두부가 떠다니는 된장국과 반공기의 밥과 시금치나물과 연근 졸인 것으로 아침을 먹었다. 당신은 내가 골라주는 양복과 넥타이를 매고 가방을 들고 내가 손질해놓은 구두를 신고 공동주택의 백마흔다섯 개의 계단을 내려갔다. 다른 날과 다른 점이 있었다면 지하철을 타는 곳까지 내가 자동차로 태워다주는 것을 당신이 거절했다는 것뿐이었다. 당신은 자동차 열쇠를 챙기는 나에게 시간이 있으니 오늘은 지하철역까지 운동 삼아 걸어가겠다고 했다. 그렇게 평이해 보였던 그날 아침이 당신에겐 특별한 날이었는지, 당신의 노트엔 두 차례나 그날 아침의 기분이 흘림체로 메모되어 있었다.

지하철을 타지 않고 택시를 타고 갔다. 만약 회사를 그만두게 되면 절대 지하철은 타지 않겠다고 생각했던 때가 있었다. 언제까지나 만약이었다. 진짜 이렇게 회사를 떠나게 될 줄은 몰랐다. 어찌 되었든 회사를 그만두게 된 첫날이니 오늘 하루만이라도 지하철을 타고 싶지 않았다.

당신의 여동생과 통화를 한 뒤에 당신의 책상이 놓여 있는 방에서 종일 당신의 자취늘을 찾아보았으나 그뿐이었다. 당신 책장 위에 올려져 있는 당신의 사진첩을 한 장 한 장 넘겨보며 지냈던 한나절. 당신이 어린 시절 사진을 한 장도 갖고 있지 않다는 걸 그때야 알았다. 까까머리 위에 김은 교모를 눌러쓰고 있는 당신, 하루 온종일 바다만 바라보아야 했다던 초병 시절의 당신, 눈이 내리는 날 학사복을 입고 단정히 서 있는 당신을 한 장 한 장 넘겨보며 몇 시간을 보냈다. 사진을 보고 있으려니 새삼 당신이 잘 웃지 않는 사람이라는 게 느껴졌다. 당신은 나와 약혼을 하던 날에도 결혼식을 올린 날에도 웃고 있지 않았다.

다음날 새벽에 세면장에 다녀와 다시 잠자리에 눕는 당신을 나는 몸을 일으켜세우고 앉아 내려다보았다. 당신은 내가 창틀에 집을 짓고 알을 낳기 시작한 새의 안부가 궁금해서 그러는 것으로 생각했는지 새가 알을 한 개 더 낳았다고 말했다. 그건 나도 알고 있었다. 낮에 변기 위에 올라가서 보니 하얀 새알 두 개가 놓여 있었다. 검은 눈동자와 갈색 깃털을 지닌 어미새는 우리들이 세면장 문을 열 때마다 놀라 달아나면서도 그곳에 끝내 집을 완성하고 알을 낳는 중이었다. 당신은 왜 새가 알을 한꺼번에 낳지 않고 한 개 한 개 낳는지 내게 물었다. 그건 나도 모르는 일이었다.

“알에서 새끼가 깨어나면 어떻게 하지?”

“왜?”

“문 열 때마다 어미도 저러는데 새끼는 오죽 놀랄까. 어미처럼 날지도 못할 텐데.”

“걱정 마. 덕분에 나는 법을 빨리 배울 테니까.”

“그럴까?”

*

당신은 개수대에 있는 오목한 접시에 물을 담아 창틀에 놓아주었다. 빵을 잘게잘게 바스러뜨려 세면장 창밖으로 던져주기도 했다.

쌀통에서 쌀을 한 움큼 집어 뿌려주기도 했다. 그것만이 아니었다. 당신과 나뿐으로 적막한 식탁에서 당신은 이따금 새 이야기를 하기 시작했다. 나중에 집을 지으면 마당에 아가위나무나 치자나무를 심자고 했다. 아가위나무가 어떻게 생겼는지조차 알지 못하는 나에게 당신은 새들이 좋아하는 나무 중에 첫번째로 꼽히는 게 아가위나무라고 했다. 옛날 사람들은 새를 집 안으로 불러들이고 싶으면 울안에 아가위나무를 심었다고도 했다. 그러면 아침저녁으로 새들이 날아와 앉아 놀고 간다고. 펠릿이 있는 곳에 새 둥지가 가까이 있다고 했다.

"펠릿?"

"새들이 먹고 토해놓은 음식물 찌꺼기 말이야."

"……"

"맹금류들은 굉장해. 쥐나 작은 동물들을 통째 삼켰다가 뼈나 털을 토해내기도 해. 소화가 안 되니까. 어떤 곳에 무슨 새가 사는지는 펠릿을 보면 알 수가 있어. 조개나 게의 껍데기가 토해져 있으면 그곳엔 틀림없이 도요새가 있게 마련이지."

당신의 새에 대한 이야기는 끝도 없이 이어졌다. 해오라기를 따라다니다보면 논에도 가고 호수에도 가고 갈대밭에도 가게 된다고 했다. 먹이는 밤에 포획해 섭취한다는 덤불해오라기의 노란색 눈은 유리구슬 같다고 했다. 검은 눈을 가진 새가 우리 집 창틀에 집을 짓기 시작한 뒤에 나는 새삼 당신의 새에 대한 해박함에 놀랐다. 나는 당신이 회사일밖에는 모르는 사람인 줄 알았다. 바깥에서 무슨 일이 있었느냐 물으면 당신은 회사일은 말하고 싶지 않다, 고 한마디로 잘랐지만 나는 당신이 얼마나 회사일을 열심히 하는지 알고 있었다. 건설회사들끼리의 치열한 경쟁 속에서도 당신은 당신이 따내야 하는 건축권을 놓친 적이 없다. 새로운 일이 시작되면 닷새씩 일주일씩 사람을 만나기 위해 지방출장을 다니던 당신. 일요일에도 모델하우스로 출근하던 당신. 당신이 관여하는 신축 아파트 분양 실적은 늘 앞서나갔다. 아파트나 신축 건물을 지어야 할 땅에 대해서가 아니라 우리 집 창틀에 매달리듯 간신히 집을 짓고 있는 새에 대하여 관심을 갖는 당신이 나는 처음엔 어색했다.

당신은 당신이 하고 싶은 말을 새에 빗대어 대신하는 듯했다. 같은 물새라도 물총새는 둑에 깊은 구멍을 내고 알을 낳는데 작은때새들은 갯벌의 돌 사이에 알을 낳는다고도 했다. 뿐인가. 날개를 치며 날아다니는 참새에 대하여, 날개를 치지 않아도 기류를 타고 몇 시간씩 상공에 떠 있을 수 있는 독수리에 대하여, 허공에서 큰 원을 그리며 주변을 맴돌며 정찰비행을 하다가 먹이를 노획할 때는 날개를 접고 저공비행을 하는 매에 대한 당신의 얘기들. 참억새밭엔 개개비가 있다고 했다. 모심기가 끝나고 논물이 찰랑찰랑거리는 곳엔 도요새가 있다고도 했다. 날씨가 좋은 날이면 딱새는 나뭇가지나 전깃줄에 앉아 있다가 벌레를 보면 재빨리 날아가서 잡은 뒤에 다시 제자리로 돌아와서는 아무 일도 없었다는 듯이 앉아 있는다고 했다. 때까치는 개구리 같은 육식 먹이를 낚아채면 먹고 남은 것을 뾰족한 나뭇가지 끝에 꼬치처럼 잇달아 꿰어놓는 습관을 가지고 있다고도 했다. 어디에나 사람을 지켜보는 새의 눈이 있다고 했다. 검은 까마귀는 높은 곳에 내려앉아서 우리들이 하는 일을 지켜본다고 했다. 딱딱한 견과류를 부리에 물고 높은 곳으로 올라가 아래로 떨어뜨려 깨먹기도 하는 게 까마귀라고.

새에 대해서 어떻게 그렇게 잘 알아? 묻는 내게 당신은 탐조회 회원이었어, 라고 대답했다.

"탐조회?"

"야생 새를 관찰하는 모임 말이야. 줄여서 야새모라고 불렀지."

"언제?"

"고등학교 때 잠시, 그리고 대학 졸업하고 처음 회사에 입사했을 때 잠시."

"왜 하필 탐조회야?"

"새가 성스러워 보였어."

"새의 무엇이?"

당신은 잊은 과거를 되살려내듯 〈마이아스트라〉……라고 중얼거렸다.

"브랑쿠시 말이야?"

"그래. 우연히 그림책에서 브랑쿠시가 조각한 〈마이아스트라〉를 보게 되었는데 마음이 확 이끌렸어. 민담에 나오는 거지만 전사들의 수호새라는 것 때문이었겠지."

당신의 눈을 빤히 응시하는 나를 당신은 외면했다. 그뿐이야, 그냥 이끌렸다구…… 하고는 입을 다물었다. 그랬는가. 당신의 과거 속에는 비상하는 새를 관찰하러 다니던 그런 시간도 있었는가. 나는 더는 말하지 않겠다는 듯 입을 다물어버린 당신에게서 무슨 얘기인가를 더 들어볼까 하고, 그럼 새는 비가 올 때는 어떻게 해? 물

었다. 새털에는 기름기가 있어서 물방울을 튕겨내기 때문에 몸이
쉽게 젖지 않아. 당신은 생각할 것도 없다는 듯 쉽게 대답했다. 새
를 찾아 어디어디를 다녀봤어? 오래전 일이라서 글쎄…… 하던 당
신의 입에서 흘러나오던 지명들 속엔 동해의 고도인 독도도 있었고
서해의 최서단인 소흑산도도 끼어 있었다. 철원, 국흘도, 칠발도도.

*

뒤란 담장을 사이에 두고 높다란 나무 한 그루가 있었다. 어머니
는 그 나무를 쭝나무라 불렀다. 이따금 그 쭝나무 가지를 꺾어 회초
리로 썼다. 고집이 셌던 나는 회초리가 툭툭 부러져도 잘못했다고
를 안 했다. 그때 나는 그리고 오빠와 여동생은 무슨 잘못을 했던
것일까. 팔소매로 눈물을 쓱쓱 닦아내면서도 아프다고 소리도 안
질렀다. 잘못했다고 하고 나면, 아프다고 소리를 지르고 나면 바로
그 순간에 쓰러질 것 같았기에. 무슨 일이었는지는 잊었다. 뒤란 장
독대 앞에 쭉 서 있는 형제들 틈에 여덟 살 내가 서 있다. 세 살 아
래의 여동생이 내 옆에 서 있다. 어머니는 회초리를 들고 있다. 큰
오빠의 종아리부터 여동생의 종아리까지 회초리는 번갈아 왔다갔다
한다. 오빠들, 그리고 여동생과 함께 회초리를 맞을 때는 안심이 되
었다. 잘못했다는 그런 말 따위는 큰오빠 몫이니까. 아프다고 울며
소리지르는 일 따위는 여동생이 할 거니까. 절대 잘못했다고 안 할
테야, 울지 않을 테야, 라는 결심 같은 건 안 해도 되니까. 알밤같이
생긴 우리가 회초리를 맞는 동안 쭝나무가 우리를 내려다보고 있

다. 엄마, 새집! 어머니가 회초리를 든 채로 내가 가리키는 쪽을 올려다본다. 회초리를 맞다 말고 모두들 새집을 올려다본다. 힘이 빠진 어머니는 회초리를 놓고 광에 가서 미숫가루를 타서 내온다. 다른 날보다 설탕을 조금씩 더 넣어준다. 회초리를 들긴 하지만 어머니는 다 큰 아들이 무섭다. 미숫가루를 쳐다보지도 않는 아들이라 더 그렇다. 여동생은 틈을 타서 설탕을 집어 입안에 털어넣는다. 흰 설탕이 묻은 여동생의 분홍색 입술을 어머니가 두툼한 손바닥으로 쓱쓱 닦아준다. 회초리를 들 때의 어머니가 낫다. 맥이 풀려 큰오빠의 눈치를 보며 여동생의 입술에 묻은 설탕이나 닦아내는 어머니를 보는 건 코가 맹한 일이다. 새가 알을 낳겠구나, 딴말을 하는 어머니는 기운이 다 빠져 있다. 어머니 말대로 새가 곧 알을 낳았다. 세 개였던가, 네 개였던가. 흰 알을 배 밑에 겨드랑이 밑에 품고 새가 둥지에 앉아서 하늘을 바라보고 있다. 새의 겨드랑이는 얼마나 따뜻했을 것인가. 뒤란의 차가운 장 항아리들이 일제히 알을 품고 있는 새를 바라보고 있다. 어머니가 윤이 나도록 닦아놓은 항아리 곁에 나도 항아리처럼 앉아 알을 품는 시늉을 하며 하늘을 본다. 누구였던가. 둘째오빠였나? 셋째? 어느 해 저물녘에 그는 담장 위로 올라서서 쫑나무를 타더니 새집에서 알을 꺼내왔다. 이것 봐라, 머 내게 지랑을 했나. 새알이란 게 겨우 이렇게 생겼고나, 흠까지 본다. 잠시 집을 비웠던 어미새가 돌아와 놀라서 자지러지게 운다. 둥지 주위를 빙빙 돌다 하늘로 치솟았다가 어디에라도 이마를 박을 듯이 절규를 한다. 목이 쉬었을 것이다. 이마가 터졌을 것이다. 오빠에게 새알을 다시 둥지에 가져다놓으라고 애원을 한다. 오빠는 운동화를 깨끗이 닦아주면 그리하겠다고 한다. 망가진 칫솔에 비누를 묻혀 더러운 큰 운동화를 닦는 일은 고역이다. 안 하겠다고 뻗대보지만 그리하마고 약속을 하지 않고는 그의 마음을 돌려놓을 길이 없다. 오빠가 다시 새집에 알을 갖다두는 동안에도 어미새는 울어댄다. 대야에 운동화를 담아 칫솔을 챙겨 또랑에 다녀오고 나니 그때야 어미새는 잠잠해졌다. 하지만 다시는 알을 품고 하늘을 바라보고 있는 새를 볼 수 없었다. 어미새가 밤새 알을 다른 곳으로 옮겼던 것이다. 손을 탄 집을 버리고 떠나 돌아오지 않았다.

*

　당신은 내가 지켜보는 줄도 모르고 지하철을 탔다. 지하철을 탄 당신은 신문을 읽었다. 서울역에서 내릴 때까지 당신은 신문에서 눈을 떼지 않았다. 사실 당신은 신문을 읽고 있는 것 같지 않았다. 그냥 신문을 든 채 시선만 글자에 두고 있는 것 같았다. 서울역에서 내릴 때까지 당신은 신문을 넘기지 않고 줄곧 한 페이지만 들여다 보고 있었다. 당신은 지하철에서 내리자마자 고개를 숙여버렸다. 바쁘게 가는 사람들에 어깨가 치이고 등이 떠밀려도 아무 상관 없다는 듯 고개를 숙인 채 걸었다. 당신의 뒤에서 내 고개도 숙여졌다. 그러고 보니 당신의 적나라한 뒷모습은 처음 본 것 같다. 단정하게 커트되어 있는 당신의 뒷머리와 늘 조금은 완강해 보이는 적당한 넓이의 어깨에도 불구하고 아침부터 고개를 숙이고 개찰구를 빠져나가 계단을 오르고 있는 당신은 초라해 보였다. 지하도를 다 올라간

당신이 지난 십칠 년 동안 다녔던 대형 빌딩 앞에 서 있었다. 그 앞
의 당신은 성냥갑만했다. 잠시 어찌해야 할지를 모르겠다는 듯 망
설이던 당신이 빌딩 안으로 들어갔다. 당신은 자동차 쇼룸을 지나
에스컬레이터를 지나 걸어갔다. 엘리베이터를 기다리고 서 있는 사
람들 속에 당신이 섞였다. 차마 당신과 함께 엘리베이터를 타지 못
하고 나는 뒤처졌다. 회사를 옮기고서도 아침마다 옛 회사로 출근
해 차를 마시고 간다는 당신. 나는 당신이 차를 마시고 내려오기를
기다렸다. 당신 여동생은 이 빌딩 앞을 지날 적마다 빌딩을 가리키
며 당신 얘기를 했었다. 대학 다닐 때요, 오빠한테 용돈 타러 찾아
가곤 했어요. 빌딩 지하에 한가람이라는 아케이드가 있었는데 보너
스 같은 것 타면 오빠가 거기 데리고 가서 구두도 사주고 스커트도
사주고 그랬어요. 전주비빔밥도 사주고요.

　삼십 분이나 지났을까.

　다시 엘리베이터 문이 열리고 당신이 걸어나왔다. 당신은 시계를
한번 들여다보더니 바쁘게 빌딩의 회전문에 몸을 밀어넣었다. 거리
로 나온 당신은 퇴계로 쪽으로 걸었다. 당신 걸음은 무척 빨랐다.
당신을 뒤쫓다보니 나는 뛰고 있었다. 남대문을 지나 프린스 호텔
을 지나 바삐 걷던 당신이 육교 앞에서 걸음을 멈췄다. 아침부터 육
교 앞에는 세껌 치는 노파가 앉아 있었다. 출근을 서두르고 있는 수
많은 사람들은 노파에게 시선 한 번 주지 않고 부지런히 육교를 오
르내렸다. 유독 당신만이 노파 앞에서 걸음을 멈추었다. 노파의 새
조롱 속엔 다리가 짧은 흰 새가 옹색하게 걸쳐놓은 나무막대 위에
앉아 있고 새의 부리 앞엔 운세가 적힌 종이들이 작게 접힌 채 네모

난 상자 안에 꽂혀 있었다. 잠시 노파와 새를 바라보고 있던 당신이 지갑에서 천원짜리 지폐를 꺼내 노파에게 내밀었다. 노파는 지폐를 접어 새조롱 속에 떨어뜨렸다. 그것이 신호였는가보았다. 흰 새가 나무막대에서 종종종 내려와 접혀 있는 종이를 한 개 부리로 집어 내었다. 조롱을 열고 노파가 새의 부리에서 종이를 받아 당신에게 주었다. 새의 부리가 집어낸 당신의 운세가 적힌 종이를 펼쳐 읽어 보는가 싶던 당신은 무슨 생각이 난 듯 다시 부지런히 걸음을 옮겼다. 당신은 내가 뒤에서 지켜보는 줄도 모르고 아스토리아 호텔 못 미쳐 삼일로로 접어드는 길에서 신호를 받아 길을 건넜다. 당신의 손에서 떨어진, 새가 물어다준 운세를 뒤에서 내가 주웠다. 당신은 다시 한번 시계를 들여다보더니 높다란 건물 속으로 몸을 밀어넣었다. 당신이 옮긴 회사가 여기인가. 나는 당신이 스며들어간 빌딩을 혼자 올려다보았다. 당신은 점심시간이면 다시 이 건물에서 나와 아까처럼 또 그렇게 바삐 걸어 서울역 앞의 당신의 옛 회사로 갈 것 인가. 당신의 옛 회사. 늘 자동차 안에서 빵으로 식사를 대신하곤 했다던 당신의 옛 회사 회장은 세계 어딘가를 떠돌고 있다지. 이젠 채권단의 처분에 맡겨졌다는 당신의 옛 회사. 당신은 그 옛 회사를 이렇게 하루에 두 번씩 그렇게 왔다갔다하는가. 당신이 스며들어간 빌딩 앞에 서서 나는 새가 물어다준 당신의 운세 중 총운을 읽어보 았다. 정부나 관공서에서 실시하는 입찰, 경매 등 경선에 승산이 있 다. 정부 하청, 토목공사나 대그룹 분야 하청업 등에서 실력을 인정 받아 일손이 바빠지겠다. 노처녀라면 드디어 결혼하겠다. 부부간에 아끼는 마음이 더욱더 두터워져 설화가 만발한 산천 경치를 찾아가는 여행의 길도 즐겁다. 마음의 평정과 균형을 유지하는 데 힘써야 한다. 사업 장래는 솟아오르는 태양과 같으나 여색을 삼가야 호운을 잡는다.

*

당신은 내가 지켜보는 줄도 모르고 점심시간이면 새로 옮긴 회사에서 나와 옛 회사의 사무실로 갔다. 당신은 시무룩한 얼굴로 당신의 옛 동료들과 점심을 먹었다. 당신은 내가 지켜보는 줄도 모르고 새 회사에서 나온 자동차를 몰고 원당의 지상복합상가 분양사무실에 갔다. 당신은 내가 지켜보는 줄도 모르고 사람들을 만나고 전화를 걸고 담배를 피웠다. 당신은 내가 지켜보는 줄도 모르고 새로 지은 건물 앞에 세워놓은 자동차 안에서 어떤 일도 하지 않은 채 십여 분씩 앉아 있었다.

당신은 내가 지켜보는 줄도 모르고 화요일과 금요일이면 정신과 의사를 만났다. 레코드점 삼층에 있는 정신과 상담실에서 당신이 내려와 인파에 섞이는 것을 확인한 다음 이번엔 내가 그 의사를 만나러 갔다. 처음에 의사는 당신에 대한 이야기를 해달라고 하는 나의 부탁을 거절했다. 그것은 환자의 프라이버시 침해라고 했다. 의사로서의 도리가 아니라고. 나는 끈질기게 의사를 설득했다. 나는 당신의 이내다, 당신은 내게 아무 말도 하지 않는다, 나는 내 남편인 당신이 무슨 생각을 하고 있으며 무슨 일로 이 병원을 찾아오는지 알고 싶다. 나중에 나는 의사에게 버럭 소리까지 질렀다. 환자의 상태를 호전시키고 싶지 않은 모양이라고 의사를 질책하기까지 했다. 당신이 무슨 생각을 하고 있는지 알 권리가 내게는 있다고 억지를 부렸다. 어느 날은 의사에게 하소연을 하기도 했다. 그의 환자인 당신을 도울 수 있으려면 아내인 내가 당신의 상태를 알고 있어야 하는 것 아니냐고. 정신과 의사는 당신이 내가 헤어질 준비를 하고 있다는 사실을 알고 있다고 말했다.

"얘기한 적이 없는데요."

"그런 건 말 안 해도 알죠. 그는 아내가 위자료는 한 푼도 받지 않고 헤어지자고 할 거라고 했습니다. 밴쿠버로 갈 것이라고도 했죠. 거기에 오빠들이 살고 있다면서요?"

깃들이지 못해 떠날 때는 입을 다물어야 한다, 생각했다. 괴롭히지 않으려면 단 한마디도 하지 말아야 한다고. 덤불 속을 빌딩 속을 지하도를 굳은 얼굴로 헤매게 되더라도. 당신을 위해서만이겠는가. 아니다. 어제와 같은 오늘, 오늘과 같을 내일을 더이상 견디기 힘들어서이다. 당신 곁에선 아무것도 할 수 없다. 당신은 나를 괴롭히지 않기에. 나는 이따금 당신이 다른 남자들과 비슷했으면 좋겠다고 생각할 때가 있었다. 다른 여자를 만난다든가, 과음을 한다든가, 소리를 지르며 화를 낸다든가.

의사를 통해 전해듣는 당신은 나의 심중을 꿰뚫어보고 있는 듯했다. 나는 어쩌면 당신이 나의 세번째 유산에 대해서도 알고 있을지도 모른다는 생각이 들었다.

정신과 의사에게 전해듣는 당신에 대한 얘기들. 당신이 스무 살에 홀로 시작했던 여기 도시생활들. 가난한 농부의 아들이었으며

야간대학을 다녔으며 법을 공부했으나 사법고시에 실패했으며 스물
세 살부터 동생들을 부양했으며 발등에 떨어진 생존의 문제에 허덕
이느라 데모 한 번 못 해봤으며 가난하다는 이유로 첫사랑에 실패
했으며 공무원 생활을 청산한 퇴직금으로 당신의 아버지에게 소를
사드리며 이 소를 키워 동생들 학자금을 대세요, 아버지, 라고 말했
다는 당신. 시골 출신의 형제 많은 집 장남의 역할을 저버릴 수 없
었던 당신은 리비아 대수로 공사를 관리하러 비행기를 탔으며 사
년 만에 돌아왔을 때 결혼을 약속했던 연인이 당신을 떠났다고 했
다. 이 도시에 처음으로 당신의 이름으로 등기했던 소형 아파트가
있던 동네가 갈현동이었다고 했다. 당신이 말했다고 했다. 나는 한
번도 내 나이를 살아본 적이 없습니다, 라고. 스무 살 때에도 마흔
살처럼 서른 살 때에도 마흔 살처럼 마흔 살이 되었을 때에는 쉰 살
처럼 살았다는 당신. 마흔이 되어서야 뒤늦게 대학원에 들어갔으며
회사에서 부당한 대우를 받지 않기 위해 태생지를 서울로 바꾸었다
는 당신. 대통령 선거는 직선제였으나 당신이 표를 준 사람은 번번
이 대통령이 되질 않았고 마침내 원하는 사람이 대통령이 되었을
때 너무 흥분이 되어 개표방송이 있던 다음날 새벽 대통령 당선자
의 집 앞까지 차를 몰고 갔었다는 당신. 당신이 그랬는가. 당신이
그 새벽에 거기엘 갔을 때 나는 무얼 했을까. 당신이 말했다고 한
다. 그런데 그 대통령이 집권하고 있는 시절에 내가 십칠 년 동안
일해온 회사가 하루아침에 도산을 하고 채권단 관리로 넘어가게 될
줄은 꿈에도 생각해본 적이 없습니다. 그건 당신 책임이 아니며 당
신은 다른 사람에 비해 비교적 수월하게 이 사태를 헤쳐나가고 있

는 것이다, 라고 하자, 당신은 어린애처럼 울먹이기까지 했다고 했다. 옛 동료들은 아직도 자리를 지키고 있는데 당신 혼자 스카우트되어 회사를 옮겨간 것에 대해 당신은 가책을 느끼고 있는 것 같다고 했다. 일의 성격도 비슷하고 직급도 상승되었으나 자꾸만 마음이 옛 회사로만 향한다며 하루에 적어도 두 번씩은 옛 회사에 갔다오지 않으면 가슴이 터질 듯이 답답하고 불안하여 견딜 수가 없다며 고통을 호소했다고 했다. 의사는 내게 당분간 당신의 아내가 아니라 어머니가 되어주는 게 좋을 것 같다고 했다. 누구에게나 어머니가 필요할 때가 있다고. 어머니에게도 또다른 어머니가 필요하다고. 한 번도 위로를 받아본 적이 없는 사람이 당신이라고도 했다. 스무 살 적부터 과중한 의무와 책임을 떠맡기만 했을 뿐 누구에게도 도움을 받아본 적이 없는 사람이 당신이라고.

*

"새가 알을 세 개 낳았어."

그렇게 말한 날 이후로 당신은 뭘 잘 먹으려 들지 않았다. 몸 안에서 무슨 냄새가 나는 것 같다고 했다. 그래도 식사를 걸러서야 되겠냐며 조금만 먹어보라고 권하면 당신은 마지못해 수저를 들었다가 금방 다시 내려놓곤 했다. 처음에는 대수롭지 않게 여겼다. 누구나 이따금 그러듯이 그저 식욕이 떨어진 정도로만 생각했다. 무엇이나 가리지 않고 잘 먹는 편인 당신이었다. 재료가 떨어져 김치찌개에 두부를 넣지 못해도 당신은 맛있게 먹었고, 가지를 삶아 찢어

32

무친 것이나 삼겹살 따위도 거침없이 잘 먹는 당신이었다. 나는 당신의 식욕을 돋우기 위해 취나물도 무쳐보고 시래기를 삶아 붕어찜을 만들어보기도 했으며 생각난 듯 계란찜에 명란젓을 넣어보기도 했다. 간장게장을 담가보기도 했고, 깻잎전을 부쳐보기도 했다. 참기름 냄새가 솔솔 올라오도록 밥 먹기 직전에 나물을 무쳐 올려보기도 했다. 하지만 당신의 식욕은 회복되지 않았다. 회복되기는커녕 밥 반공기를 먹는 데 처음엔 삼십 분이 걸리다가 그게 다시 한 시간으로 늘더니 나중엔 그마저도 먹지 않으려 했다. 병원에 가봐야 되지 않을까 물으니 당신은 그저 식욕이 없을 뿐이라고 했다. 밥맛이 없다고 병원에 가는 사람이 어디 있느냐, 했다.

당신이 식욕이 없어 식사를 거르기 시작하는 동안에도 새는 알을 품고 있었다. 당신이나 내가 세면장 문을 열면 그때마다 놀라서 깃질을 하며 날아갔다. 당신은 우리 집 세면장 창틀에 둥지를 튼 새가 미조가 틀림없다고 했다.

"미조?"

"길 잃은 새 말이야."

"왜 그렇게 생각해?"

"그렇지 않고서야 창틀에 집을 짓겠어? 우리가 조금만 들락거려도 지렇게 불안해하면서. 조금만 날아가면 나무들이 있는데."

"창틀이 나무인 줄 알았을 거야."

"그런데 왜 혼자 둥지를 싯지?"

"우리가 못 보아 그렇지, 혼자가 아닐지도 몰라."

"아니야, 혼자야. 새들은 새끼를 낳아 기를 동안만 둥지에서 살

아. 새끼가 자라면 집을 떠나지. 그때까지만 사이좋게 지내. 새끼들
이 자라면 암놈과 수놈은 다시 다른 새들과 어울린다구. 집은 그 기
간에만 필요해. 그런데 저 새는 혼자 집을 지었어. 혼자 알을 낳고
혼자 저렇게 품고 있는 거야."

어느 날 나도 새의 검은 눈과 마주쳤다. 겁먹은 검은 눈. 그러나
품어야 할 알이 창틀의 둥지에 놓여 있기에 새는 곧 다시 돌아왔다.
그랬다가도 세면장 문에 기척이 나면 차곡차곡 쌓아서 지은 둥지
속의 새알 세 개를 남겨놓고 또다시 날아올랐다. 멀리 가지도 못할
거면서.

"사람 되게 미안하게 하네."

당신은 핼쑥한 얼굴로 정말로 새한테 미안한 표정을 지었다. 나
는 새가 미련하다고 말했다. 어떻게 매번 저렇게 놀라 달아날 수가
있을까. 이쯤이면 이제 당신과 내가 자신을 해치지 않을 거라는 것
을 감지했을 텐데도. 내 말을 듣고 당신은 그러니까 새지, 하면서
웃었다. 우리가 새의 마음을 모르듯이 새도 우리 마음을 알 턱이 없
지. 당신은 세면장에 갈 적이면 옷을 가려 입기 시작했다. 당신이
흰빛이나 붉은빛의 옷을 입고 있으면 새가 더욱 놀라는 것 같다고
했다. 푸른색이나 갈색 옷을 입으면 덜 놀라는 것 같다고 했다. 새
벽에 빗소리라도 들리면 당신과 나는 조용해져 새의 기척에 귀를
기울였다. 어쩌면 새도 알을 품은 채 당신과 나의 기척을 엿듣고 있
었을 것이다. 당신은 밥만 못 먹는 게 아니었다. 화장실엘 이전보다
배로 들락거렸다. 먹은 것도 없는데 당신은 설사를 계속 했다.

병원에 다녀온 날, 당신은 세면장의 창문에 검은 도화지를 붙였

다. 불을 켜지 않으면 세면장엔 캄캄한 어둠이 들어차 있었다. 불을 켜도 바깥으로 빛이 새어나가지 않았다. 그리고 나니 알을 품고 있는 새는 조금 안정이 되는 듯했다.

"진작에 붙일걸 그랬어."

흡족하게 웃는 당신의 뺨이 핼쑥했다.

*

당신은 아예 음식을 입에 대지 않기 시작했다. 마치 임신한 여자가 입덧을 하는 것처럼 음식 냄새 맡는 것 자체를 힘겨워하며 식탁에 앉지를 않았다. 체중이 순식간에 칠 킬로그램이 줄어들었다. 당신을 병원에 데리고 가는 사이에도 당신의 육체는 야위어갔다. 내시경을 찍어보고 병원에서 권하는 검사를 차례로 마친 뒤 당신에게 주어진 병명은 신경성 위장장애였다. 과도한 스트레스 때문에 당신의 위와 장이 무기력해져 활동을 하지 않으려 하기 때문에 거식증상이 일어나고 있다고 했다. 머리카락이 빠지기 시작하는 것도 스트레스 때문이라고 했다. 신경이 예민한 사람에게 나타나는 일반적인 현상이라고 했다. 나는 당신이 신경이 무딘 사람이라고 여긴 적도 없었지만 몸이 상할 정도로 신경이 예민한 사람이라고 여긴 적도 없었다. 가족들이 모이게 되면 당신은 사람들이 간간이 웃을 수 있도록 분위기를 삽기도 했다. 특별히 누군가를 지칭하며 그 때문에 사는 게 괴롭다고 하소연하는 얘기를 들어본 적도 없다. 외려 당신은 칭찬에 넉넉한 사람이며 타인의 입장에 대하여 비교적 배려가 있는 사람이었다. 더구나 당신의 소화기능은 무난했었다. 당신에게 거식증상이라니. 밖에 야식을 할 적이면 다음날까지 뱃속이 더부룩한 사람은 오히려 나였다. 육회를 입에 대지 못하는 사람은 당신이 아니라 나였다. 차가운 것을 과도하게 마시면 설사를 하는 사람도 당신이 아니라 나였다. 길 가다가 느닷없이 위경련을 일으켜 배를 움켜쥐고 주저앉았던 사람도 당신이 아니라 나였다. 배앓이 때문에 약쑥을 장복하고 있는 사람도 당신이 아니라 나였다. 의사의 '일반적인 현상'이라는 말이 석연치 않긴 했지만 그때까지만 해도 병원을 네 번씩 옮겨다니게 될 줄은 몰랐다. 당신에겐 미안하지만 나는 처음엔 당신이 일부러 음식을 먹지 않는 줄 알았다. 과도한 음식 섭취 때문에 소아비만 문제까지 심각하게 논의되고 있는 현실 아닌가. 채식을 권장하며 특별히 채식주의자들의 식당을 소개하기까지 하는 이 현실. 너무 많이 먹는 것이 문제되는 이 현실에서 먹으려 해도 먹을 수 없다니. 어째서라는 이유가 있어서도 아니고 그냥 먹을 수가 없다는 당신. 왜? 라고 물으면 겨우 무슨 냄새가 나는 것 같다고 맥락 없는 대답을 하는 당신. 처음엔 음식을 입에 대지 않으려 하는 당신이 나는 야속하기까지 했다. 일부러 애를 써야 되는 것도 아니고 본능적으로 밥알을 씹어서 삼키면 되는 것을 어떻게 인간이 그걸 못 한단 말인가. 음식 가까이에는 오려 하지도 않는 당신이 답답하다 못해 나중에는 은근한 분노까지 일었다. 나를 애태우거나 조롱하는 것같이 느껴졌다. 그래서 처음엔 음식을 피하는 당신 앞에서 일부러 후루룩 소리를 내며 국을 마시기도 했다. 필요 이상 섭취한 영양분 때문에 육체가 탈이 나는 이 현실에서 음식을 먹지 못하

는 것이 무슨 병이겠는가, 생각했다. 그러나 당신의 음식 거부증상
은 점점 심해져갔다. 밥은커녕 쌀을 불려 믹서에 갈아 죽을 끓여 내
놓아도 당신은 삼키질 못했다. 종내에 당신은 병원의 처방약조차
삼키지 못했다. 음식을 먹지 않는데도 설사를 하는 당신은 쇠약해
질 대로 쇠약해져갔다. 당신의 남은 머리카락마저 하얗게 되기 시
작했을 때 나는 본능적인 두려움을 느꼈다. 이러다가 당신이 죽겠
구나, 생각했다. 즉각 병원을 옮겼다. 옮긴 병원에서 또다시 반복된
진찰결과는 마찬가지였다. 당신은 날이 갈수록 쇠약해져가는데, 음
식을 아예 입에 댈 수가 없는데, 처방약조차 삼킬 수가 없는데, 의
사들은 신경성 위장장애라는 진단을 반복해 내렸다. 세번째 옮긴
병원의 의사는 당신이 위암일 가능성이 높다고 했다. 내게 마음의
준비를 해두라고 하면서도 의사는 뭔가 미심쩍다는 표정을 지었다.
갑자기 이십 킬로그램 가까이 빠져버린 몸으로도 당신은 출근을 했
다. 그제야 당신은 회사를 옮겼음을 고백했다. 마치 그 말을 내게
하기 위해 병에 걸린 사람처럼. 한사코 회사에 휴직계를 내라는 나
에게 당신은 이제 막 옮긴 회사에 어떻게 휴직계를 내느냐고 했다.

*

　햇살이 좋은 어느 겨울날 시골의 집에 갔다가 헛간에 걸린 엽총
을 꺼내들고 대문을 나시는 아버지를 따라나선 적이 있다. 방 안에
있던 어머니도 카디건을 걸치고 밖으로 나왔다. 젊은 날 밭을 매느
라 모를 심느라 어깨가 닳은 어머니는 어깨 위에 숄을 덮었다. 너희

아버지 동무는 엽총이란다, 어머니가 웃으셨다. 마을을 한 바퀴 빙 돌고 뒷산에 올랐다. 햇살이 좋아도 얼어 있는 황토 위에 드문드문 잔설이 쌓여 있었다. 옆으로 퍼진 소나무와 위로 치솟은 삿나무와 그 사이사이에서 느닷없이 마주치게 되는 묘지 위에도. 아버지는 겨울나무에 앉아 있는 새를 향해 총을 겨누었다. 탕, 총소리는 사위를 뒤덮었고 새들은 사방에서 튀어올라 공중으로 솟아올랐다. 새를 못 맞힌 아버지보다도 어머니가 나를 보며 머쓱하게 웃고는 걸음을 옮겼다. 나는 어머니 뒤에 바짝 따라붙어 걸었다.

"내년에도 이 길을 걸을 수 있을 거나?"

어머니가 깊은 숨을 내쉬었다. 봄에도 여름에도 가을에도 이 겨울에도 함께 걷는 길이다, 어머니가 말씀하셨다.

"누구랑요?"

"누구긴 느 아버지지."

큰비가 오지 않으면 큰눈이 오지 않으면 두 분 중의 한 분이 아프시지 않으면 하루에 한 번씩은 함께 걸어다니는 길이라고 하셨다.

"봄이 되어 풀이 돋아 여름에 웃자라 넘치면 느 아버지가 낫을 들고 나가 이 길의 풀을 베어놓곤 하니라."

어머니는 혼자 말씀하시듯 중얼거렸다.

"이젠 다 쓰고 늙은 쭈글쭈글한 내 종아리가 풀에 베일세라 먼저 나가 풀을 베어놓곤 하니라."

어머니 말씀을 귓전에 들으며 언젠가 당신도 내 앞의 풀을 그리 베어주련가, 생각했다. 언젠가…… 나도 모르게 눈물이 고이려 했다. 당신과 헤어지고 싶은 마음에 어머니를 찾아간 날이었다. 늦은 결혼에 유산을 두 번 하고 그 이후로 사 년인지 오 년인지 세월이 흘러갔던 그런 겨울날이었다. 아이가 없어 서로 나눌 말이 적으니 집은 늘 적막했다. 내 곁에 꼭 당신이 있어야만 되는 게 아니라는 생각이 들었다. 마찬가지로 당신 곁에 꼭 내가 있어야만 되는 것도 아니라는 생각. 다른 사람들처럼 당신도 아이를 데리고 목욕탕에도 다니고 일요일이면 피크닉도 다녀라, 그렇게 말해주고 떠났으면 싶었다. 당신이 다른 사람과 새 가정을 이루어 그 사이에 아이가 태어나면 한 번만 보여주라, 말하고서. 그런 생각을 하면서도 언젠가 내 앞의 거친 풀을 당신이 베어주었으면, 하다니. 엽총을 들고 앞서 걷는 아버지를 바라보며 어머니는 또 깊은 숨을 내쉬었다. 느 아버지가 먼저 가야 될 것인디…… 남자는 늙어서 혼자 남아 있는 것이 영 그려야…… 여자들은 늙을수록이 혼자 있어도 괜찮어 비는디 남자들은 영 추레혀야…… 북촌 할아버지를 봐라…… 젊어 그리 당당허던 분이 혼자 남아 어디 쓰겄디? 먹성을 제대로 하나 입성을 제대로 하나…… 느그 아버지가 먼저 가야 될 것인디 내 몸이 이래가지고서야…… 느그 아버지를 묻어놓고 그 담에 내가 가야 될 것인디. 어머니의 웅얼거림을 들으며 나는 괜히 아버지는 새 한 마리도 제대루 못 잡는다고 뒷선에서 트집을 잡았다. 번번이 아버지의 엽총은 새를 빗니겼던 것이다.

"아버지…… 여직껏 새 한 마리도 못 잡으셨죠?"

"곧 잡을 게야."

"언제요?"

"곧."

메마른 겨울 들녘을 그렇게 걸어다녔다. 메마른 풀숲엔 잡새들 투성이였다. 나는 아버지를 향해 외쳤다.

"아버지, 저걸 잡아보세요."

"저런 건 안 잡는다."

"왜요?"

"잡새잖냐."

들녘을 벗어나니 야산이 이어졌다. 제법 큰 새가 나무에 앉아 있었다. 아버지는 다시 나무 위의 새를 겨냥했다. 탕…… 사위가 흔들렸으나 역시 헛방이었다. 다시 메마른 길을 어느 만큼 걸으니 무덤가에 꿩이 앉아 있는 게 눈에 띄었다.

"저걸 잡아보세요."

"저런 건 안 잡는다."

"왜요?"

"무덤가잖냐."

다섯 방쯤 쏘았을까. 아버지는 이제 그만 가자, 하셨다.

"새 한 마리도 못 잡았는데요?"

"오늘은 다 쏘았다."

"다 쏘다니요?"

"하루에 다섯 방만 쏜다. 오늘은 다 쏘았어."

방향을 틀어 걸음이 느린 어머니가 앞장을 서게 되었다. 아버지는 엽총을 메고 느린 걸음의 어머니를 뒤따랐다. 자꾸만 미끄러져 내리는 어머니 어깨 위의 숄을 아버지는 엽총을 들지 않은 다른 손으로 추슬러주곤 했다. 겨울바람이 매서웠다. 또다시 어머니 숄을 추슬러주는 아버지를 뒤에서 안아보았다. 내 팔 안이 훌렁했다.

"솔직히 말해보세요."

"무얼?"

"아직 새 한 마리도 못 잡아봤죠?"

"아니다, 한 마리 잡아봤다."

"언제요?"

"지난봄에…… 새가 몸이 얼매나 작으냐. 총에 맞고 떨어진 걸 주워보니 아직 겨드랑이가 따뜻헌 것이…… 마음이 덜컥 내려앉드라. 내가 잘못했구나, 싶었다. 내 자식덜이 집을 나가 먼 디서 살고 있는디 내가 총을 쏘았구나, 싶은 것이."

다음날에도 아버지는 어김없이 엽총을 챙겨 대문을 나섰다. 어머니가 뒤따르고 창가에 우두커니 서 있던 나도 또다시 미적미적 따라나섰다.

"저거 잡아보세요, 아버지."

아버지는 실눈을 뜨고 엽총을 들어 새를 겨냥했다.

탕—

온 산이 흔들렸다. 새는 날아갔다.

*

네번째 옮긴 병원에서 밝혀진 당신의 병명은 '크론키드카나다'이다.

나로서는 처음 들어보는 희귀병이었다. 크론키드카나다. 병명을 알게 된 후 당신이나 나보다 담당의사가 더 후련하다는 표정을 지었다. 하지만 문제는, 이 병은 그 증상만 알려졌을 뿐 아직 그 원인도 치료법도 구체적으로 밝혀진 게 없다는 것이었다.

"우리 병원이 생긴 이래 두번째 환자입니다."

"그럼 첫번째 환자도 아직 병원에 입원해 있습니까?"

"아닙니다, 퇴원했습니다."

"다 나아서 퇴원했나요?"

당신은 새의 물갈퀴같이 변해버린 쇠약해진 손으로 병상을 짚으며 첫번째 환자의 안부를 물었다. 말 한마디 하는 데도 당신은 힘이 드는 듯했다. 의사는 빙긋이 웃기만 했을 뿐 대답하지 않았다. 내가 다시 청했다. 첫번째 환자의 연락처를 알려주면 내가 앞으로 어떻게 해야 되는지를 상담받고 싶다고. 의사는 안경 너머로 당신을 어떻게 해야 될지를 모르겠다는 듯이 바라보기만 했을 뿐 첫번째 환자에 대해서는 침묵하며 다른 말들만 했다.

"이런 병이 있다는 사례만 의학계에 보고됐을 뿐 대책이 없어요. 일본을 비롯해서 주로 선진국에서 이 병을 앓고 있는 사람들이 얼마간 있습니다. 그들끼리 동호회를 만들어서 서로의 상태에 대해 대화를 주고받기도 하는 걸 인터넷에서 봤는데 궁금하시면 사이트 주소를 일러드릴 테니 한번 들어가보시죠. 난처한 병이에요. 약이 있는 것도 아니고 수술을 해서 나을 수 있는 것도 아니고 말이죠. 그렇다고 무슨 바이러스에 의해 전염되는 병도 아니거든요. 음식을 먹게 되면 그 순간 다 낫는 병입니다. 음식을 먹을 수 있게 될 때까지 링거로 영양분을 체내에 투입시키는 것밖에 병원에서 할 일이란 없어요."

　당신의 장과 위 사이에 생긴 어떤 혹 같은 것, 그 폴립이 음식을 전혀 먹지 못하게 한다는 것이었다. 그 혹을 제거하면 될 거 아니냐 했더니 역설적이게도 그 폴립은 음식을 섭취하게 되면 저절로 없어지는 것이라 하였다. 그러니까 음식을 전혀 입에 댈 수 없는 당신에 겐 오로지 음식을 먹는 것 그것이 치료인 것이다. 아무것도 먹지 못하는 당신은 음식을 먹을 수 있기를 기다리며 링거를 꽂고 지내는 환자가 되었다. 당신의 닫힌 입술. 말을 잃고 이젠 음식조차 잃어버린 입술. 당신의 체내에 영양분을 실어나르고 있는 링거의 투명한 줄을 바라보고 있으면 내가 마치 먼 곳에 여행이라도 온 것처럼 아득하다.

*

　당신이 병원에 입원한 사이 새 둥지 속에서 세 마리의 새 새끼가 태어났다. 깨알 같은 까만 점이 박힌 새알 대신 따뜻한 새끼를 품게 된 어미는 몹시 신경이 날카로워졌다. 새끼를 가진 모든 어미들이 그렇듯이. 당신이 검은 도화지를 붙여놓은 뒤로는 세면장 문을 조심스럽게 열면 새도 놀라 달아나지 않고 잠잠했었다. 병원에 있는 동안 알에서 새끼가 깨어난 줄을 모르고 내가 세면장 문을 열었을 때 어미가 내지르는 비명에 그만 내 귀는 유리파편에 찔리는 것 같았다. 조심하긴 했지만 내가 세면장 문을 열 때 전달된 창틀의 진동이 아마 새끼가 세상에 나오고 난 뒤 세상으로부터 받은 첫 위협이었던 모양이었다. 행여 제 새끼를 내가 어찌 할까 싶었는지 도화지 뒤 유리창 너머의 어미새는 까무러칠 듯이 소리를 내질렀다. 내가 당신에게 그 말을 전했을 때 당신은 물끄러미 나를 보기만 했다. 나는 당분간 세면장 사용을 금하기로 마음먹었어, 말했다. 개수대에서 물을 받아 세수를 하고, 베란다 수도꼭지에 호스를 연결해 머리를 감을 거야. 경비실에 딸린 화장실을 사용할 거야, 했을 때도 당신은 그저 물끄러미 나를 응시하기만 했다.

당신이 침대에 앉아 있으면 새가 앉아 있는 것 같다. 그사이 당신의 체중은 십구 킬로그램이 줄었다. 줄었다기보다 쑥쑥 빠져나갔다. 당신의 탄탄했던 다리는 탄력이라곤 조금도 없는 늙은이의 다리로 변했고 당신의 완강했던 어깨 근육은 뼈만 앙상하게 남았다. 손으로 짚어 하나하나 셀 수 있을 정도이다. 옷을 갈아입기 위해 상체를 드러내놓으면 병실 사람들의 시선이 근심스럽게 당신의 뼈에 집중되었다. 당신이 움직이는 대로 앙상하게 드러나는 뼈를 바라보는 일은 기이했다. 텔레비전 연속극에서조차 살을 빼고 날씬해지기 위한 약과 운동기구가 등장하곤 했다. 풍요가 넘쳐나는 시대에 생긴 희한한 풍속도였다. 그런데 당신은 필사적으로 먹어야 살 수 있는 병에 걸리다니. 당신의 마음 깊은 곳 어디에 그처럼 완강하게 먹는 것에 대한, 먹고 사는 것에 대한 거부가 둥지를 틀고 있었는지. 새 새끼가 자라는 동안 병원에 누워 있는 당신은 손톱과 발톱이 하나 둘씩 빠져나갔다. 당신의 머리카락도 마찬가지였다. 처음에는 하나 둘씩이더니 나중에는 두려울 정도로 쑥쑥 빠졌다. 머리를 감고 나면 더했으므로 머리 감는 일을 줄였다. 그래도 당신의 머리는 쑥쑥 빠져나갔다. 머리카락을 일일이 꼭꼭 집어낼 수가 없어 침대에 비닐봉지를 매달아놓아야 했다. 며칠 사이에 숱이 많던 당신의 머리는 가운데가 텅 비었다.

내가 당신이 새로 옮긴 회사에 찾아가 휴직계를 내던 날 당신의 옛 동료들이 병문안을 왔다. 당신은 먹을 수가 없는데 잣죽과 복숭아통조림과 배즙을 사들고. 그들은 등가죽과 뱃가죽이 붙어 있는 듯한 당신의 몰골을 보고 영문을 몰라했다. 음식이라면 소탈하게 무엇이든 가리지 않고 잘 먹고 술도 좋아하던 사람이 느릅나무 달인 물조차 한 모금 마시는 걸 힘겨워하는 걸 믿기지 않는 듯이 바라들 보았다. 병문안 온 당신의 옛 동료들 속에는 여직원도 한 명 있었다. 삼십 분쯤 앉아 있던 당신의 옛 동료들이 먼저 돌아간 뒤에도 여직원은 잠시 더 병실에 머물렀다. 얼마 후 엘리베이터 앞까지 배웅나간 나에게 여직원은 그제야 자신을 미스 한, 이라고 해요, 소개를 했다.

"커피 한잔 하시겠어요?"

나는 그러자고 했다. 당신을 과장님이라 지칭하는 여직원은 자동판매기에 동전을 넣고 밀크커피 두 잔을 뽑아 한 잔을 내게 내밀었다.

"힘드시죠?"

미스 한은 안타까운 듯이 나를 바라보았다.

"과장님은 정말 좋은 분이셨어요. 제가 회사 끝나고 밤에 학교를 다니거든요. 제가 학교 가는 시간 늦을까봐 퇴근시간 무렵이면 아무 일도 지시하지 않는 분은 과장님뿐이셨어요. 시험기간 때에도 일부러 제게 외근을 시키셨어요. 그러면 저는 그 시간을 시험공부하는 데 쓰곤 했어요. 별로 중요한 일이 아닌 것만 골라 시키셨거든요. 나중에 확인도 필요하지 않은 그런 일요."

나는 그제야 미스 한을 유심히 살펴보았다. 키는 자그마한데 목이 시원해 보이도록 길었으며 단단해 보이는 손가락을 지니고 있는 여자였다.

"저는 지금 과장님이 저러고 계신 거 이해할 수 있을 것 같아요."

"무슨 일이 있었나요?"

"무슨 일이 있었다기보다…… 그냥 이해가 가요."

"말해주세요, 회사에서 무슨 일이?"

"우리 회사와 과장님이 옮긴 회사가 서로 강남의 한 아파트 재건축 시공을 따려고 경쟁이 붙었거든요. 우리 회사로서는 이 일에 남은 사운을 걸고 있어요. 사세만 기울지 않았으면 우리 회사로서는 문제없는 일이었는데…… 공교롭게도 과장님이 새로 옮겨가신 회사와 맞붙게 되었어요. 과장님도 회사 옮기신 뒤 처음으로 맡는 중책인 것 같고…… 과장님 성격에 괴로우셨을 거예요. 회사 옮기시고도 아침 점심으로 회사에 들르는 과장님을 색안경을 끼고 보는 사람도 있었으니까요."

그런 일이 있었는가.

"저렇게 편찮으신 게 차라리 과장님은 마음이 편하실지 몰라요…… 지금 두 회사가 굉장하거든요…… 어느 한쪽을 죽이겠다는 태세니까요."

미스 한은 굉장히 망설이다가 흰 봉투를 내게 내밀었다.

"받아주세요, 사모님. 그냥 제 성의니까요. 아무것도 못 드신다는데 뭘 사오기도 그렇구…… 과장님께 조금이라도 도움이 되고 싶은데 제가 할 수 있는 일은 아무것도 없고…… 그래도 그냥 오긴 싫었어요."

내게 봉투를 내미는 미스 한의 표정이 너무 절실했기 때문에 나는 그것을 받지 않을 수 없었다. 고맙습니다, 라고 미스 한은 말했다. 그녀가 그때껏 손에 들고 있던 빈 종이컵을 쓰레기통에 버리고 공손하게 목례를 한 뒤 엘리베이터를 타고 떠난 다음 봉투 안을 보니 빳빳한 만원짜리 열 장이 들어 있었다.

*

독수리를 보게 된 건 당신 때문이었다. 육인용 병실의 벽면엔 늘 텔레비전이 켜져 있었으나 제대로 화면에 고정된 적이 없던 당신의 시선. 그날 내가 집에 다녀왔을 때 당신의 시선은 텔레비전 화면을 깊이 응시하고 있었다. 내가 들어오는 것도 모를 정도로 당신은 화면을 뚫어져라 바라보고 있었다. 무엇이길래? 벽에 등을 기대고 곧 비상하려는 새처럼 앉아 있는 당신 곁에 나도 앉았다 사나워 보이는 수십 마리의 새들이 한눈에 들어왔다.

"웬 독수리들이야?"

"……"

"저게 뭐야?"

내가 재차 물었으나 당신은 침묵을 지켰다. 세계 여러 지역의 독특한 풍물을 추적하는 다큐멘터리였다. 망자의 육신을 새에게 바치는 티베트의 천장天葬 풍습이 화면을 가득 채우고 있었다. 티베트 동부 캄 지역에서 촬영했다는 천장 풍습은 그곳에 사는 사람은 물론이고 망자의 유족들조차 가려서 참여하는 금단의 현장이라 비밀리에 촬영했다는 설명이 흘러나왔다. 이제 이 지상에서 영혼이 떠났다는 신호로 조의를 표하는 붉은 가사의 라마승들은 엄숙했다. 높은 산정, 황량한 고원 풍경 속으로 퍼져나가는 나직한 독경 소리. 장례를 주관하는 거구의 천장사는 칼을 들고 망자 앞에 서 있었다. 그는 무심에 가까운 표정으로 망자의 사지를 잘라내고 잘게 살점을 저며내고 있었다. 옆에 대기하고 있던 동료가 새들이 먹기 좋게 소스 같은 것을 바른 뒤 한 움큼씩 독수리들에게 던져주었다. 기다렸다는 듯 푸드득 날아드는 독수리들. 바닥을 가로질러 흐르는 흥건한 핏물. 천장사가 망자의 팔을 자르고 다리를 잘라낼 때면 둔탁한 소리가 났다. 나는 그만 화면에서 시선을 돌려버렸다.

"어떻게 저럴 수가 있어?"

"유족들을 봐…… 미소를 띠고 있잖아."

독수리에게 망자의 살점이 뜯길 때 유족들은 웃고 있었다.

나는 머리가 주뼛한데 당신은, 하늘에 시신을 묻는 거야, 새들이 망자의 살점을 한 점 남김없이 잘 뜯어먹어야 영혼이 편안하다는군, 자신이 가진 모든 것을 자연에 베푼 다음 떠나는 거지. 물새의 발같이 뼈만 남은 당신의 손이 내 손을 잡았다. 그 순간의 당신은 뼈만 남은 육신의 완벽한 소멸과 천상으로의 귀환을 꿈꾸고 있는 사람처럼 보였다.

*

　당신은 나날이 눈도 코도 입도 퀭해져갔다. 당신을 병문안 온 당신 여동생이 병실 문을 열고 들어오다가 아버지, 하고 불렀다. 당신이 미소를 짓자 그때야 당신 여동생은 오빠, 하고 고쳐 불렀다. 아무것도 먹질 못해 깡말라버린 환자복 속의 당신의 모습이 아버지 돌아가실 무렵의 모습과 너무도 닮았다고 했다.

　"깜짝 놀랐어요. 아버지가 앉아 계신 줄 알았어요. 어쩌면 저렇게 똑같죠?"

　나는 당신의 아버지를 뵌 적이 없다. 당신이 군대에 있을 때 당신의 아버지는 폐암으로 돌아가셨다고 했다. 당신의 여동생은 앙상하게 메마른 당신을 더 보질 못하고 병실에서 나가더니 병원 화장실에서 수도꼭지를 틀어놓고 있었다. 우는 것 같았다.

　어느 날 의사는 당신에게 스테로이드라는 약을 사용해도 좋은지 어떤지 물어왔다. 이 약엔 한 가지 결정적인 부작용이 있는데, 그것이 식욕촉진이라고 했다. 그러니까 당신에게서 스테로이드의 부작용을 기대하는 것이었다. 그리하면 음식을 먹을 수 있을 테니까. 하지만 부작용이 있기 때문에 환자나 보호자의 동의를 얻어야 하고 장복은 할 수 없다고 했다. 당신의 식욕이 돌아오기만 하면 당신을 뼈만 남은 인간으로 만들어가고 있는 병이 낫는다는데 어떻게 스테로이드 복용을 거부하겠는가. 당신은 그 작은 흰 알약도 삼킬 수가 없어 일본에서 수입해온 주사제를 링거에 섞어 흡수했다. 스테로이드가 당신의 체내에 흡수되는 동안에도 당신의 손톱 일곱 개가 빠져나갔다. 발톱 또한 여섯 개가 빠졌다. 당신의 손톱과 발톱이 당신의 몸에서 빠져나가는 동안 우리 집 창틀에 둥지를 틀었던 어미새는 부지런히 둥지와 세상을 드나들며 새끼를 키웠다. 어미가 벌레를 물어다 먹일 때마다 새 새끼들의 소리가 어찌나 요란했는지. 어미가 물어온 벌레를 서로 받아먹으려고 밀치며 혓바닥을 내밀며 떠들어댔을 것이다. 그사이 새끼들의 솜털이 돋고 깃털도 돋았을 것이다. 죽지 아래로 칼깃도 자랐을 것이다. 칼깃이 자라야 새들은 날 수 있는 거라고 말했던 사람은 당신이었다. 이따금 당신을 병원에 두고 집에 돌아가보면 이제 한껏 자란 새끼들이 나는 법을 배우는지 날개를 치는 소리가 들리곤 했다. 어느 날 날개 치는 소리도 지저귀는 소리도 들리지 않아 가만히 세면장 문을 열어보니 당신이 붙여놓은 검은 도화지가 변기 위에 떨어져 있었다. 창틀은 너무도 고요했다. 맨발로 세면장으로 들어가 변기 위에 올라가보았다. 새들은 떠나고 둥지만 남아 있었다. 창문을 밀어젖히고 목을 빼어 새 둥지 안을 들여다보았다. 여름 철새였을까. 새끼를 다 기르고 난 뒤에 어미가 털갈이를 한 모양으로 마른 짚과 흙으로 촘촘히 지어진 둥지에 새의 깃털이 떨어져 있었다.

마음이 통한 걸까.

"새들은 어떻게 되었어?"

병원에 입원한 뒤로 새들에 대해서 한마디도 묻지 않던 당신이 새들이 떠난 날 새의 근황을 물었다.

"날아갔어."

손톱 발톱도 빠져나가고 앙상하게 뼈만 남은 당신은 아무 말도 하지 않고 한동안 병실의 창문을 바라보았다. 창문 바깥으론 멀리 고층 아파트들이 줄지어 서 있을 뿐이었다. 그날 따라 병실은 찾아오는 사람이 없이 적막했다. 모르는 사람이라도 찾아와주었으면 싶은 생각이 들었다. 다음날 나는 새의 둥지에서 깃털을 집어다가 당신에게 주었다. 온종일 당신은 새의 깃털을 바라보았다. 머리맡에 내려놓았다가 다시 집어들고 들여다보았다. 새가 남겨놓고 간 깃털을 바라보기 시작한 지 사흘째 되던 날, 당신은 대학 시절 좋아했던 선배에게서 들었던 얘기라며 내게 해주었다. 옛날 옛적에 말이야. 당신의 목소리는 흔들림이 없이 고요했다. 어느 깊은 산골 마을이 있었대. 그 마을에 사냥꾼들이 모여 살았다는군. 사람들은 하루도 빠짐없이 사시사철 산속으로 들어가 오소리나 멧돼지 때론 곰을 잡아왔지. 모두들 그렇게 열심히 사냥을 하는데 그 마을에 어떤 한 사람은 늘 집에 틀어박혀 있었다는군. 겨울이 되도록 단 한 번도 사냥을 가지 않고 집 안에 틀어박혀서 그 사람이 하는 일이란 게 매일 총을 닦고 조이고 기름을 칠하는 것이었다는군. 사냥도 나가지 않을 거면서 뭐하러 매일 그렇게 총을 정비하느냐고 물어보면 그 사람은 때가 되면 언젠가는 꼭 잡아야 할 짐승이 있다고 대답했어. 그 짐승을 잡을 수 있는 때를 기다리는 중이라고. 그러니 마을 사람들이 얼마나 궁금했겠어. 그 사람이 사냥하려고 하는 짐승이 어마어마하게 큰 짐승일 거라고 생각했지. 어느 겨울 해 질 무렵이었어. 드디어 그 사람이 매일 손질해두었던 총을 어깨에 메고 집 바깥으로 나왔어. 우연히 이를 보게 된 마을 사람 두엇이 몰래 그 사람을 따라갔지. 그 사람이 무얼 잡으려는지 보려고 말이야. 그 사람은 마을을 지나 계곡을 지나 넓은 평원으로 나갔어. 무릎까지 푹푹 빠지는 눈길을 걸어서 말이지. 사위는 어둑해지고 너무도 고요했어. 오래오래 먼 지평선을 바라보던 그 사람이 드디어 무엇인가를 향해 총부리를 겨누었지. 탕— 총소리가 지평선 너머까지 울려퍼졌어. 당신은 말을 멈추고 새의 깃털에서 눈을 떼고 나를 바라보았다.

"그 사람이 사력을 다해서 쏜 것이 뭐였을 것 같아?"

"무엇이었는데?"

"적막."

"뭐라구?"

"적막이었다구."

"……"

적막이란 짐승을 향해 총을 겨눈 사람 이야기를 마친 뒤 당신은 갈증이 나는지 처음으로 느릅나무 껍질 달인 물을 반컵 마셨다.

*

당신이 마신 반컵의 물. 나날이 누군가 당신의 뼈 위에 붙어 있는 살을 싹싹 베어가는 듯이 야위어가던 당신이 힘겹게나마 밥 끓인 물을 마시기 시작한 건 그 스테로이드 덕분이었는지도 모른다. 삼십삼 킬로그램까지 측량할 길 없이 내려가던 당신의 체중이 밥 끓인 물을 마시기 시작한 지 열흘 만에 오백 그램이 늘었을 때 나는 나 자신이 살아나는 듯 휴, 깊은 숨이 새어나왔다. 의사는 당신을 바라보며 이렇게 조금씩이라도 음식을 먹기 시작하면 곧 퇴원할 수 있다고 했다. 밥 끓인 물이라도 먹기를 계속하면 곧 죽을 먹을 수 있을 거라고. 그러기를 계속하면 당신의 머리도 새털처럼 새로 돋고 손톱과 발톱도 새로 돋을 거라고. 음식을 먹기만 하면 당신의 위와 장 사이에서 당신의 음식 섭취를 거부하게 하는 폴립은 저절로 없어진다고. 그러나 그뿐이었다. 행여 당신이 먹어줄까 하고 어느 날 밥 끓인 물 대신 불린 쌀을 가루처럼 갈아서 죽을 쑤어가봤으나 당신은 입에 대지 못했다. 당신이 필사적인 의지로 그나마 밥 끓인 물을 사십여 분에 걸쳐 한 컵씩 열흘을 마시면 당신의 체중은 오백 그램이 늘었고 힘이 빠진 당신이 그마저 끊어버리면 이틀 만에 당신의 체중은 육백 그램이 빠져나갔다. 보이지 않는 손이 당신의 내장에 고여 있는 물을 한 컵씩 떠내가기도 하고 한 컵씩 떠다놓기도 하는 것 같았다. 내겐 체중계의 수치가 오백 그램 늘어나면 당신이 부활하는 것 같았고, 육백 그램 줄어들면 당신이 죽어가는 것같이 느껴진다. 부활과 죽음 사이를 오가며 당신은 새처럼 누워 있거나 앉아 있다.

*

　당신이 없는 집은 피로가 느껴진다. 혹시 앞으로는 당신이 반컵이 아니라 한 컵을 마셔줄까, 하고 느릅나무 껍질을 씻어 주전자에 넣고 물을 받아 채우고 가스레인지의 불을 켠 뒤 식탁 의자에 앉아 있다. 물이 끓기를 기다리다가 혹여, 싶어서 세면장 문을 열고 들어가 변기 위에 올라서서 새의 둥지를 들여다보았다. 아무것도 없다.

새가 날아가버린 둥지 속엔 약간의 빗물이 고여 있을 뿐이다. 축대 앞의 단풍나무 두 그루가 내가 깃털마저 집어낸 빈 새 둥지를 바라보고 있을 뿐이다. 이 집의 창틀에 새의 둥지가 간신히 붙어 있었던 게 아니라 새의 집에 이 집이 간신히 붙어 있었던 것처럼, 퍼득거리는 새의 기척이 사라지자 집은 텅 비었다. 책상에서도 거실 마룻장에서도 당신이 앉았던 소파 위나 다탁에서도 뿌연 먼지가 내려앉아 손가락에 묻어난다. 여기저기에 놓여 있는 커피잔이나 물컵들, 음식 부스러기가 말라붙어 있는 접시들, 삐긋이 열려 있는 방문이나 흐트러진 침대 시트, 빨래통에 떨어져 있는 양말짝이나 수건 들. 당신이 없으니 어지럽혀진 것들을 정돈할 마음이 일지 않는다.

지금 나는 가스레인지에 피어오르는 푸른 불꽃을 보며 창틀의 둥지 속에서 눈을 뜨고 발을 키우고 깃털을 달고 둥지를 떠난 새들은 어떤 모습으로 날아갔을지를 생각하고 있다. 느릅나무 껍질에서 우러나온 붉은 물을 병에 담으며 병원에 돌아가 당신에게 물어보는 걸 잊지 않으려고, 그들이 어떻게 날아갔을 것 같아? 혼자 연습까지 해본다. 파도같이 물결같이 굽이치며 날아갔을까? 아니면 바로 일직선으로?

당신은 그 새들이 한 번 날개를 치며 떠올랐다가 멈추고 미끄러지듯 공중에 몸을 맡겼다가 다시 날개를 치며 천천히 속도를 내며 날아갔을 것이라고 대답했다. 직박구리 같았다면서. 날개를 치며 떠올랐다가…… 미끄러지듯 공중에 몸을 맡겼다가 다시 날개를 치며…… 새의 날아가는 모습을 표현하는 당신의 입가에 미소가 번졌다.

밤에, 빗살같이 뼈만 남은 병상의 당신 곁에 누워 잠을 자다가 꿈을 꾸었다. 우리 집 창틀에 둥지를 틀었던 어미새와 그곳에서 태어나 깃질을 배운 새끼 새들이 창공에 물결을 일으키며 날고 있었다. 처음엔 그들뿐이었으나 곧 창공은 새들로 가득 찼다. 검은 발을 가진 새도 있었고 황갈색의 물떼새도 있었다. 깃을 펴면 안쪽이 붉은 새도 있었고 머리 위쪽만 점무늬가 퍼져 있는 새도 있었다. 긴 부리와 날렵한 몸을 지닌 갈색 새의 무리가 새떼들 속에 섞였다. 낯설고 먼 땅을 돌아돌아 온 것 같은 새들은 자유롭게 광활한 창공을 훨훨 날고 있었다. 새떼 속에서 문득 뼈만 남은 당신이 섞여 있는 것 같아 소스라쳐 눈을 떴다. 당신은 새벽 여명 속에 앙상한 뼈를 구부린 채 잠들어 있다.

*

당신의 뼈를 하나하나 짚어본다.
그래, 괜찮다…… 이젠 괜찮다.

우물을 들여다보다

이삿짐을 다 싸놓았습니다. 이사는 내일인데 이삿짐센터의 일꾼들이 오늘 해 저물녘에 들이닥쳐 서너 시간 만에 나의 모든 살림들을 크고 작은 상자 속에 담아 봉해놓고 돌아갔습니다. 아마도 내일 오전 중에 내 이사를 마치고 오후에 다른 집 이사가 예약되어 있는 모양입니다. 살림이래봐야 책과 책상과 이인용 식탁, 담요는 세탁할 수 없는 용량이 적은 세탁기와 텔레비전, 너무 오래되어 완전 구식이 되어버린 소형 오디오, 지금 앉아서 글을 쓰고 있는 일인용 침대 빼고 나면 접시 몇 개, 밥공기 몇 개, 수저 몇 벌뿐이라고 생각했는데 꾸려놓고 보니 왜 이렇게 많은지요. 싱크대 밑이나 침대 밑, 화장대로 쓰고 있는 삼 단짜리 캐비닛 뒤에 쑤셔박아놓은 세간들이 늘 쓰고 있던 것들보다 더 많더군요. 일꾼들이 이삿짐을 싸는 동안 나는 버릴 것들을 따로 챙겼습니다. 무슨 미련에 버릴 것을 제때에 버리지 못하고 여기저기에 쑤셔박아놓고 살게 되는지 모르겠어요. 이사를 할 때마다 다시는 이러지 말아야지 마음을 다잡아보곤 합니다만 별 소용 없는 일입니다. 혹시 나중에 다시 쓰게 될까 싶어 버리지 못한 것들을 다시 쓰는 일은 거의 없죠. 그런데도 또 혹시나 싶어 오늘도 못 버리고 이삿짐 박스 속에 다시 싸놓은 것들이 상당합니다.

안지언씨라고 했나요?

그림을 그리는 분이시고 이 집을 작업실로 쓰실 거란 말씀을 집주인한테서 들었습니다. 한 번도 면식이 없는 분이지만 기왕 이런 편지를 남기기로 마음먹었으니 내 소개도 간단하게 해야겠군요. 나는 이 년 전에 이 연립주택으로 이사와 그동안 여기에서 살았던 이윤수라고 합니다. 남미문학을 전공했고 페루에서 십여 년 만에 돌아와 번역일과 여기저기 강의 나가는 일로 연명하고 있는 대책 없는 사람입니다. 나는 이 집이 참 마음에 듭니다. 계약 만기일이 되어 주인으로부터 이 집을 월세로 돌리겠다는 통고만 받지 않았으면 이사를 가는 일은 없었겠지요. 하지만 제 밥벌이가 워낙 시원찮아 매달 상당량의 월세를 지불하기가 힘겹고, 경제관념 또한 희박하여 그나마 전세자금으로 가지고 있는 돈을 깨서 쓰기 시작하면 그대로 거덜날 게 분명하기에 이 집을 떠나기로 마음먹었죠. 다행스럽게 이 집보다는 작고 쓰임새도 못하지만 근처에 제가 가지고 있는 돈하고 맞먹는 원룸을 찾아냈습니다. 이 동네를 아예 떠나게 되지는 않아 다행인데 같은 돈으로 이 집보다 반이나 작은 곳으로 이사를 갑니다. 어쨌거나 이 밤 동안 별일이 없으면 내일은 그 원룸에 제 세간들을 풀어놓고 있겠지요.

안지언씨.

이 글을 쓰기 전에 나는 거실에서 우뚝우뚝 쌓여 있는 이삿짐 상자에 등을 기대고 앉아 있었습니다. 이 집은 조금 큰 방 하나와 작은 방 하나, 그리고 거실이 있는 구조였는데 안방이라고 할 수 있는 거실 앞의 방을 터서 거실과 연결시켜놓아 거실이 넓은 편이죠. 설명 안 해도 이미 아시겠군요. 하긴 작업실로 쓰려고 이 집을 얻었다니 그런 구조가 마음에 들어 이 집을 구했겠지요. 나도 터져 있는 안쪽에 책상과 의자를 놓고 작업이라고 할 것까진 없지만 번역을 하곤 했습니다. 책장은 없이 이쪽저쪽 벽에 책을 쌓아놓고 가운데에 앉은뱅이 탁자를 놓았었지요. 가끔 친구들이 찾아오면 거기 앉아 차를 마시는 재미가 쏠쏠했답니다. 참, 거실의 블라인드는 두고 가겠습니다. 물론 잠자는 방의 블라인드도요. 이 집에 들어올 때 내가 맞춘 것인데 내가 이사갈 곳엔 거실이랄 게 따로 없습니다. 그저 출입문과 창문이 하나 있는데 이 블라인드와는 사이즈도 맞지 않고 내가 봐도 이 집 거실 창과 저 블라인드는 잘 어울립니다. 밤엔 거실의 불을 켜지 않아도 블라인드 사이로 창밖, 벚나무 밑에 세워져 있는 수은등 불빛이 실내로 은은하게 새어들어오죠. 블라인드를 걷어놓으면 그야말로 거실의 불을 따로 켤 필요가 없을 지경으로 밝습니다. 앞으로 여기서 사는 동안 그 새어들어오는 빛이 좋기도 하고 싫기도 할 거예요.

이삿짐 상자에 등을 기대고 앉아 있다가 이 집에서 보내는 마지막 밤이구나, 생각하니 기분이 좀 그랬어요. 일어나 냉장고 앞으로 가 문을 열어보니 생수 한 병과 캔맥주 하나가 남아 있더군요. 생수와 캔맥주를 꺼낸 뒤에 냉장고 전원 플러그를 뽑았습니다. 내 냉장고는 오래되어서 윙— 전기 돌아가는 소리가 나곤 했는데 플러그를 뽑자 그 소리가 뚝 그쳤어요. 단지 그 소리가 멈췄을 뿐인데 집 안이 너무나 조용했습니다. 다시 이삿짐을 싸놓은 상자 앞으로 돌아와 상자에 등을 기대고 캔맥주를 따서 마시는 소리가 내 귀에 들릴 정도였습니다. 너무 조용하니까 기분이 야릇해지지 뭐여요. 냉장고 플러그라도 다시 꽂아야겠군, 싶어 막 일어서려던 내 시선이 카세트테이프 꽂이에 가 멈췄습니다. 손에 들고 있던 캔맥주를 이삿짐 상자 위에 내려놓고 카세트테이프들이 꽂혀 있는 앞으로 걸어갔습니다. 시디플레이어를 구입한 이후론 거의 손이 가지 않는 카세트테이프들이 먼지를 뒤집어쓰고 있었습니다. 그것이 새삼스럽게 내 눈에 띄었던 건, 다른 세간들은 다 상자 속에 넣고 넓적한 스카치테이프로 봉해놓았는데 카세트테이프 꽂이만 맨살처럼 그냥 나와 있어서였을 겁니다. 왜 일꾼들은 이것만 싸지 않았을까요? 먼지가 묻고 퇴색한 테이프들을 하나하나 꺼내 살펴보았습니다. 불면증 치유 음악, 폴 모리아 악단의 베스트 컬렉션, 정체불명의 마이너블루, 그 섬에 가고 싶다, 라는 영화음악, 누군가 녹음해서 준 것 같은 아리아 모음곡……들을 살펴보다가 저는 귀국하던 해 친구를 따라갔던 강원도 낙산사에서 사온 독경에 시선이 멈췄습니다. 동시에 까마득히 잊어버린 일들이 방금 전에 일어난 일처럼 떠올랐어요. 오디오에 붙어 있는 카세트 데크는 이삿짐 박스 속에 들어간 채 테이프로 봉해져 있었으므로 독경을 당장 들어볼 수는 없는 것이었으나 까마득히 잊어버린 일이 방금 전에 일어난 일처럼 눈앞에 떠올라 소스라쳤어요.

독경을 틀고 뒷걸음질치듯 이삿짐 박스들 사이를 지나 방 안으로 들어왔습니다. 다시 나가 상자 위에 얹어놓은 캔맥주를 챙겨들고 들어왔습니다. 지금 이 집에서 이삿짐으로 싸지 않은 것은 냉장고와 침대뿐입니다. 내일 아침이면 이 침대도 분해되겠지요. 침대에 걸터앉아 한참 동안 독경 테이프를 들여다보며 캔맥주를 마시는 동안 앞으로 이 방에서 잠을 자게 될 당신께 편지를 남겨놓아야겠다는 생각이 들었습니다. 작업실로 쓴다면 어쩌면 잠은 여기서 안 잘지도 모르겠군요. 어쨌거나 잘 챙겨 가방에 넣어놓은 노트북을 꺼내 침대머리에 등을 기대고 앉아 무릎 위에 노트북을 올려놓고 이 글을 쓰고 있습니다.

이 년 전에 내가 이 집으로 이사를 왔던 때도 지금 같은 봄이었지요.

나는 봄을 그닥 좋아하지 않습니다. 날이 풀리고 천지에 봄바람이 일렁이고 어여쁜 꽃들이 얼굴을 내밀기 시작하면 얼었던 마음도 풀려 기운이 돌아야 할 텐데 나는 어려서부터 봄만 되면 되레 아무것도 하기 싫어지는 무기력증에 시달려왔습니다. 성인이 될수록 그 정도는 점점 심해졌어요. 언제부터인지 봄날에는 스스로를 들들 볶지 않고는 점심 약속 하나 제대로 지키기가 힘이 들 지경이 되어버렸죠. 이 년 전 이 집으로 이사오던 그 봄날엔 더욱 그랬습니다. 위로 언니가 하나 있었는데 천지에 연둣빛이 막 비치기 시작하던 그해 봄 아이를 낳나가 그만 저세상으로 가버린 봄이기도 했지요. 옛날에야 그런 일이 수없이 많았다고 하죠. 아이를 낳으러 방으로 들어갈 때면 신발코를 돌려놓으며 내가 이 신발을 다시 신을 수 있으려나, 할 정도로 말이죠. 언니가 아이를 낳으러 산부인과에 들어간다고 했을 때만 해도 전혀 걱정하지 않았습니다. 아이를 낳았다는 소식을 듣고 난 후에 병원에 가봐야지, 생각하고 있었죠. 언니는 초산이었고, 초산은 스무 시간도 더 기다려야 한다고 들었거든요. 그런데 다시 걸려온 전화는 아이를 낳았다는 게 아니라 언니가 죽었다는 것이었습니다. 머릿속에서 폭탄 터지는 소리가 났었죠. 요즘에도 아이를 낳다가 죽는 산모가 있더군요. 핏덩이를 세상에 내놓고 모체는 세상을 떠나는 일처럼 기막힌 일이 있을까요. 강보에 싸인 아이는 멋도 모르고 시종 잠만 자더군요. 언니가 그리되지 않았다면 이모인 나도 꽤나 업어주고 안아주었을 텐데 막상 언니가 그리되고 보니 서로 타인이 돼버려 지난 이 년 동안 제 할머니 손에서 자라고 있는 그 아이 얼굴을 세 번이나 봤나, 그래요. 손가락이며 발가락이며가 어찌나 언니를 닮았는지 아이가 꼼지락거릴 때마다 눈앞이 흐려지려 하지요. 두 팔을 벌려 깊이 껴안으면 따뜻한 아이의 체온이 언니의 체온처럼 내 가슴에 전해집니다만 그뿐이죠. 이제 곧 형부가 재혼을 할 모양이니 어쩌면 가끔 조카를 보는 일조차 여의치 않겠죠. 그처럼 가까웠던 관계였는데 이렇게 허망할 수가 있는지. 한동안 모든 게 다 부질없이 느껴졌습니다. 하지만 세월이 더 흐른 뒤엔 가까이 두고 볼 수 없어 발생하는 이 아릿한 아픔까지도 잊혀지겠지요. 그 무엇이 언니가 죽었다는 현실을 바꿔놓을 수 있겠습니까. 가까이 두고 볼 수는 없어도 어디선가 그 아이가 성장하고 있다는 것이 다행스러울 따름이지요. 하지만 우리가 나중에 서로 알아보기나 할는지요. 서로 모르는 사람이 되어 지하철을 타고 육교를 건너겠지요. 어쩌면 서로 알아보지 못한 채 앞뒤로 앉아 영화를 볼지도 모릅니다. 그 생각을 하면 마음이 쓰라립니다. 언니가 그리되고 밤마다 꿈을 꾸었지요. 꿈 때문에 뒤척이다 잠을 깨보면 잠옷 대용으로 입고 자는 긴 면셔츠가 땀에 흠뻑 젖어 있곤 했습니다.

아무튼 그런 봄에 이 집으로 이사를 와서 내가 시도한 일은 아침 저녁으로 동네를 달리는 일이었습니다. 앞에서 잠깐 말했듯이 그러잖아도 봄만 되면 늪 속으로 가라앉는 것 같고 멀미가 나는 듯해 우울한 날들을 보내는 체질에다 언니를 잃은 상실감까지 겹쳐 당시 나는 최악이었습니다. 밤마다 꿈과 싸우다 벌떡 일어나 땀에 달라붙은 셔츠를 살갗에서 떼어내는 순간이면 불현 살고 싶지 않다, 는 절망스런 마음이 스치고 지나가기도 했죠. 점점 강해지는 그 마음을 그냥 방치해둘 수만은 없었어요. 그래서 아침이고 저녁이고 아무 때나 시간이 나는 대로 바깥으로 나가 달렸습니다.

여기서 살아보면 저절로 알게 되겠지만 이 동네는 이 도시에서 보기 드문 동네입니다. 버스를 타면 이십 분 내에 종로나 광화문과 연결되면서도 시골 동네나 지니고 있음 직한 풍경을 지니고 있쥬. 아마 근저에 산이 있기 때문일 겁니다. 학교나 시장이나 할인마트 같은 것이 없어서 사는 데 불편한 대신 아침공기가 신선하고 햇빛이 나는 날이면 세상의 온 빛이 이 동네에 결집된 듯 밝고 투명하지요. 혹시 직엽을 하나가 산책을 하게 될지도 모르니 길을 하나 알려드리지요. 연립주택 관리실 앞에서 오른쪽으로 길을 타 깊숙이 들어가면 산길과 연결됩니다. 그 길은 누구나 다 아는 길입니다. 토요

일이나 일요일엔 등산객들로 붐빌 뿐 아니라 막걸리나 엿, 등산모자나 신발 따위를 파는 장이 서기도 합니다. 어느 땐 솜사탕 장수들까지 나타나죠. 이 동네를 제대로 알고 싶으면 그 길로 가지 말고 관리실 앞에서 왼쪽으로 길을 내려가보세요. 구멍가게와 세탁소를 지나 쭉 내려가면 큰길이 나오는데 그 큰길을 건너 파출소를 끼고 있는 왼쪽 길로 한번 가보세요. 탁자가 두 개나 놓여 있을까. '대추나무해장국집'이라고 쓰여 있는 소박하다 못해 식당이 맞나 싶어 들여다보게 되는 그 해장국집 앞에서 다시 왼쪽으로 접어들어보세요. 오 분쯤 위로 걸어들어가면 이 동네에 아직 남아 있는 허름한 단층짜리 주택들과 뜻밖의 빈터와 새로 지어진 빌라들이 있는 뒷길이 나온답니다. 산자락이 그 뒷길까지 내려와 있지요. 시골마을 뒷산 같다고나 할까요. 뒷길을 따라가면 아름드리 벚나무들을 만날 수 있어요. 시내 쪽은 벚꽃이 다 졌지만 여기는 산기운 때문인지 꽃이 좀 늦게 피어요. 뒷길 쪽의 왕벚나무는 지금 벚꽃이 한창입니다. 뿐인가요, 졸졸졸 물이 흐르는 개울이 벚나무 아래로 길게 이어져 있습니다. 오늘 아침에 달리면서 보니 바람결에 떨어진 벚꽃이 개울 물 위에 하얗게 떠 있는 것이 참, 아름다웠습니다. 벚꽃은 몸이 가벼워 내가 그 곁을 달리며 지나갈 때도 화르르 떨어져내리곤 합니다. 그 뒷길에 큰 집이라곤 조각가가 살고 있는 새집 한 채뿐으로, 다른 집들은 대개 지은 지 오래된 단층집들로 고만고만합니다. 지붕 색은 가지가지랍니다. 청록도 있고 적색도 있고 주황도 있으며 지붕은 없이 곧장 옥상이 보이는 집도 있습니다. 아주 오래된 집은 철거를 기다리고 있기도 하며 여기저기에 빈터가 눈에 띕니다. 집

터로 잡아놓은 듯이 보이는 꽤 널찍한 빈터도 없는 건 아니나 그보다는 귀퉁이 귀퉁이에 돗자리 한 장 정도 넓이의 빈터들이 많습니다. 봄이면 그 뒷길에 사는 나이 드신 분들이 눈에 띄는 대로 빈터를 일구어 채소 씨앗을 뿌려놓습니다. 늘상 양동이며 물뿌리개가 여기저기에 정답게 놓여 있죠. 이사오면 바로 그쪽으로 나가보세요. 지금 무순이며 상추며가 쑥쑥 자라고 있는데 그 작은 새순들을 보는 즐거움이 보통이 아니랍니다. 더 즐거운 것은 그런 정다운 뒷길이 거의 칠 킬로나 이어진다는 것이에요. 물론 끝까지 평평한 길은 아닙니다. 언덕도 있고 능선을 타야 되기도 하고 성터의 흔적처럼 돌로 쌓아놓은 담장 같은 길도 나와요. 가다가다보면 다른 동네로 이어지지요. 이사오면 바로 그 뒷길로 나가보셔요. 꽃이 피고 새순이 돋아 있는 날은 짧습니다. 조금만 지나면 꽃은 지고 새순들은 쑥쑥 자라버려 연둣빛을 날려버리죠. 이즈음이 가장 좋을 때입니다. 언니를 잃고 여기로 이사오던 해 머리에 벚꽃을 이고 눈 속에 파란 새순들을 담고 아침마다 그 길을 달릴 수 없었다면 나는 많이 아팠을 겁니다. 달리기를 하는 걸로 버텨보겠다고 조깅용 운동화를 사 신고 머리를 질끈 묶어 넘기고 모자를 쓰고 현관문을 나서기야 했지만 그때 그 뒷길을 찾아내지 않았더라면 내가 오늘까지 계속 달리기를 하고 있을는지는 의문이군요. 이제는 달리지 않고는 못 배길 지경이 되었으니 말이죠. 달리기라는 것이 참 묘하더군요. 처음에는 그 뒷길의 삼분의 일도 뛰지 못했어요. 숨이 가쁘고 종아리가 터질 듯이 아팠으며 더불어 머리가 휑해지는 것 같고 두통까지 느껴질 정도로 고통스럽더군요. 달리고 나면 무릎이 푹푹 꺾이는 것도 같고요. 그 뒷길에 쏟아지는 봄볕 때문에 달렸을 거예요, 아니, 내 기척에도 별로 놀라지 않고 산자락에서 뒷길까지 나와 있는 청설모 때문이었는지도 모르죠. 인기척에 단련이 된 그들은 도망도 안 가지요. 어느 때는 그놈들의 눈과 마주칠 때도 있다니까요. 처음엔 고통이던 것이 이제는 달리지 않으면 종아리가 근질근질하고 가슴이 답답합니다. 어쩌다 이틀을 연속으로 달리지 못하게 되면 무릎이 저린 것 같고 정신이 산만해지기까지 합니다.

이야기가 다른 곳으로 흘렀군요.

그해 봄 어느 날이었어요. 아마도 지금처럼 음표같이 돋아난 연둣빛 무순들의 잎사귀가 조금씩 옆으로 넓어지고 있었던 때 같습니다. 달리기를 시작한 지 달포쯤 지나 제법 숨을 고르며 달릴 줄 알게 된 후였습니다. 늦게 핀 꽃들이 그때껏 화사하고 뒷길의 나무마다에 색색의 연등을 달아놓은 것을 본 것도 같으니 4월 초파일 무렵이 아니었나 생각됩니다. 다른 날과 마찬가지로 그날 아침에 뒷길을 달리다가 빈터에 일궈놓은 무밭 앞에서 속도를 늦추고 제자리뛰기를 했어요. 그날 아침의 무밭이 너무 찬란했거든요. 누군가 이른 새벽에 물을 주었는지 잎사귀마다 물방울이 맺혀 있는 게 솟아오른 아침 햇빛에 반짝반짝 튀었습니다. 눈이 부셔 고갤 쳐들다가 무심코 무밭 건너편을 바라보았죠. 무밭을 지나면 그 건너편엔 암자가 한 채 있었고 그 암자로 오르는 길 사이에 잡초들이 무성한 빈터가 있습니다. 거기에도 왕벚나무 한 그루가 실컷 꽃을 달고 있었습니다. 그 곁 빈터엔 돌을 쌓아 만든 쓰레기 소각장이 있었죠. 아침에 누가 쓰레기를 태웠는지 연기가 보이더군요. 그런데 그 쓰레기 소각장을 더 지나서 주홍색 노끈으로 묶인 큰 돌이 널판자 위에 얹어져 있는 거였어요. 돌은 상당히 커서 금방 눈에 띄었습니다. 바람이 불어도 널판자가 날아가지 말라고 돌을 묶어 올려놓은 것 같았습니다. 무밭 앞에서 제자리뛰기를 하며 널판자로 덮어놓은 저게 무어지? 궁금해졌어요. 한번 발동한 궁금증을 이기지 못하고 무밭을 지나 쓰레기 소각장을 지나 잡초가 무성한 빈터의 한구석 널판자 곁으로 뛰어갔습니다. 널판자 위의 돌을 잡초 위에 내려놓고 널판자를 조금 밀어보았습니다. 오래 덮어둔 공간은 어두컴컴했어요. 햇빛이 갑자기 벌어진 틈으로 쏟아져들어가 컴컴한 공간 맨 밑바닥의 물을 비추지 않았다면 나는 그게 우물인 줄도 몰랐을 거예요. 빛은 아주 빠른 속도로 널판자가 밀쳐진 틈으로 스며들어 맨 밑바닥을 비추었습니다. 우물같이 생겼다고 생각은 했지만 난데없이 웬 우물이 여기 있겠나, 싶었는데 정말 우물이었어요. 그것도 깊디깊은 우물요. 왜 그랬을까요. 나는 우물이구나, 감지하는 순간 무슨 못 볼 것을 본 양 얼른 널판자를 끌어당겨 어두운 우물 속으로 빠지는 빛을 차단시켰죠. 우물을 다시 덮고 난 뒤에도 가슴이 걷잡을 수 없이 두근거려 바닥에 한참을 주저앉아 있었죠. 얼마나 깊은 우물인지 맨 밑바닥에 가라앉아 있는 것이 물이라는 걸 처음에 실감하지 못했어요. 컴컴한 맨 밑바닥에 고여 있는 게 물이라는 걸 실감하는 순간 어떤 기척이 지하에서 지상으로 솟아오르는 것 같았던 그 야릇한 느낌을 어떻게 설명할까요. 나는 더 달리지 못하고 우물 곁에 주저앉아 있다가 그만 뛰기를 포기하고 터벅터벅 집을 향해 걸었습니다. 파란 무밭을, 화르르 꽃이 지는 왕벚나무 밑을 걷다가 깜짝깜짝 놀라며 뒤를 돌아다보곤 했어요. 등뒤에서 무슨 기척이 느껴졌으나 돌아보면 무밭이 있을 뿐이고 왕벚나무에 꽃이 지고 있을 뿐이었죠. 그런데도 한사코 누가 내 뒤를 따라오는 것만 같았습니다.

내가 당신에게 하려는 이야기는 내가 우물을 발견한 그날 오후의 일에 대해서입니다. 점심을 먹고 오후 네시가 되도록 번역거리를 붙잡고 있었지만 이상하게 마음이 산란해 진행이 제대로 되질 않았습니다. 자꾸 잡념이 일어 집중할 수가 없었어요. 밤에 하기로 하고 낮잠이나 한숨 자둬야겠다 싶어 번역거리를 그만 접어놓고 레이먼드 카버의 단편소설집을 들고 책상 앞에서 물러나 침대가 있는 방으로 들어왔습니다. 밤에 일을 하려면 낮잠을 좀 자둬야 하는데 생짜로 자려 하면 잠이 오지 않을 게 분명해 책을 읽기로 한 것입니다. 침대에 등을 비스듬히 대고 책을 펼쳤습니다. 레이먼드 카버의 소설은 수면용으로는 적격이 아니었습니다. 읽는 데 재미를 붙여 잠을 자기는커녕 단편소설 서너 편을 연달아 읽었으니까요. 소설에 빠져들었다가 문득 사방이 너무 조용하다는 생각이 들었습니다. 여기가 대체로 조용한 편이긴 하지만 조용해도 너무 조용했어요. 계단을 오르는 발소리도 놀이터에서 아이들 노는 소리도, 이층에서 들려옴 직한 세탁기 돌아가는 소리도 일절 없었어요. 봄날 오후 다섯시 무렵의 적요만이 온 방 안에 가득했습니다. 내가 책장을 넘기는 소리만이 유일한 소음이었지요. 어느 순간 책에서 눈을 떼었습니다. 침대 끝쯤의 방바닥에 누군가 앉아 있지 뭡니까. 처음엔 잘못봤겠지 싶어 곧 다시 책으로 시선을 돌리다가 멈칫했어요. 분명 사람 머리통이었거든요. 분명히 사람인데 싶어 다시 쳐다봤죠. 나 혼자 사는 집에 누가 있단 말인가 싶었지만 분명 사람이 거기 앉아 있었어요. 고개를 수그리고 있는 누추한 여자였습니다. 까치집을 방불케 하는 머리엔 지푸라기가 묻어 있었는데, 가운데쯤은 누군가한테 잡아뜯긴 것같이 엉망이고 먼지투성이였어요. 어디 습한 지하공간에서 막 걸어나온 듯한 모습이었어요. 나는 침대 머리맡에 앉아 있었고 여자는 침대 발치 밑 방바닥에 고개를 숙이고 앉아 있었으므로 얼굴은 볼 수가 없었죠. 어깨 밑으로 쥐색 반팔 셔츠가 미어지도록 팔에 도도록하게 나잇살이 붙어 있는 것으로 보아 사십대 후반쯤 되는 것 같았습니다. 머리 모양새며 팔의 모양이며 옷차림새가 고생을 많이 한 사람 같았어요. 나는 무심코 누구세요? 물으려다가 소스라쳤습니다. 나는 혼자 살고 분명 방문객이 없이 혼자 있었는데 난데없이 웬 여자인가 싶었던 거죠. 오싹한 느낌이 스치고 지난 뒤에 다시 눈을 부릅떠보니 여자는 간데없이 사라지고 없더군요. 나는 손에 들고 있던 레이먼드 카버의 소설을 침대에 내려놓았어요. 한동안 몸을 움직일 수가 없었습니다. 환영이라고 하기엔 여자의 모습이 너무나 선명했거든요. 뒤엉켜 있는 짧은 파마머리 위에 내려앉아 있던 지푸라기며 뿌연 먼지, 허름한 반팔 셔츠 아래 두두룩한 팔…… 방 안의 나는 야릇한 두려움에 젖어 있는데, 창밖의 벚나무에선 흰 벚꽃이 가벼이 떨어져내리고 있었습니다. 꽃잎은 너무 가벼워 바람이 부는 것 같지도 않은데 바닥에 바로 닿지 못하고 허공에서 헤매다녔습니다. 도시 몸을 움직일 수가 없었어요. 해가 기울어 방 안이 어두워질 때까지 꼼짝 않고 침대에 앉아 있었죠. 안 되겠다 싶어 방에서 걸어나오다가 나는 다시 소스라쳤어요. 여자가 앉아 있던 침대 끝 방바닥에 여자의 머리에 붙어 있던 지푸라기가 떨어져 있었어요. 못 볼 것을 본 것처럼 지푸라기를 피해 방 안에서 나왔어요. 여자의 허름한 모습이 자꾸만 눈에 밟혔습니다. 식탁 앞에 앉으면 맞은편 의자에 여자가 앉아 있는 것 같았고, 번역을 하다가 일어난 책상 쪽을 보면 여자가 거기에서 나를 쳐다보고 있는 것 같았습니다. 누구인지, 어디에서 나타난 것인지, 무슨 할 말이 있어서 나를 찾아온 것인지…… 야릇한 일은, 처음의 두려움은 가라앉고 자꾸만 여자가 가엾게 생각되는 거예요. 그래서 집에 불을 환하게 켜놓고 저녁밥을 지었네요. 굴비를 꺼내 굽고 쇠고기를 넣어 미역국을 끓였네요. 참나물을 파랗게 삶아 무치고 가지를 어슷어슷하게 썰어 간을 맞춰 프라이팬에 볶았습니다. 김치를 꺼내 썰어 접시에 담고 물김치도 한 사발 담아놓았습니다. 식탁에 수저를 두 벌 놓았지요. 밥도 두 공기 퍼서 하나는 내 쪽에 하나는 맞은편에 놓았습니다. 미역국도 두 그릇 떠서 한 그릇은 내 편에 한 그릇은 맞은편에 놓았지요. 밥이나 먹고 가세요, 말을 건넸습니다. 싫어두 한 숟갈 더 드세요, 굴비의 흰 살을 발라 얹어주었네요. 미역국에 숟가락을 담가주었네요. 참나물을 밥 위에 올려주었네요. 밥을 먹은 후에 물도 한 그릇 맞은편에 놓아주었습니다. 그러는 사이 사방은 어두워졌고 베란다 쪽의 창을 열어놓자 봄바람이 흘러들어왔습니다. 그때 내 눈에 띈 것이 귀국 직후 낙산사에 여행갔다가 사가지고 온 이 독경이었어요. 카세트 데크를 열고 독경 테이프를 넣고 작동을 시켰죠. 볼륨을 조금 높이자 독경 소리가 집 안에 가득 찼습니다. 찻상을 닦아서 베란다에 내놓고 생수를 흰 사발에 가득 부어 상에 올려놓았습니다. 향을 피우고 나를 찾아온 여자를 위해 두 손을 모으고 눈을 감았습니다. 두려움을 가라앉힌 건 언니 때문이었습니다. 어디선가 내 언니도 이러고 돌아다니고 있겠지, 싶어 눈이 시었지요. 마음 아프고 원통해도 멀리멀리 가라, 했습니다. 가서는 다시는 돌아오지 마라, 돌아오지 마라. 제 새끼 이마 한 번도 못 짚어보고 고사리 같은 손가락 한 번도 못 잡아보고 검은 눈 한 번 못 들여다보고…… 저기로 가야 할 망자가 저기로 가지를 못하고 여기를 헤매다니는 봄밤이었습니다. 울지 마라, 울지 마라, 하였네요. 멀리 가라, 멀리 가라, 하였네요. 돌아오지 마라, 돌아오지 마라, 하였네요.

안지언씨.

여기까지가 내가 달리기를 하다가 널판자로 가려진 우물을 들여다본 그날 이 집에서 있었던 일입니다. 무슨 황당한 이야기냐고 할지도 모르겠군요. 그럴지도 모르지요. 그 봄밤 독경을 다 듣고 난 후 상은 그대로 둔 채 다시 방으로 들어와 방바닥에 떨어져 있던 지푸라기를 집어 서랍에 넣어두었는데 간 곳이 없군요. 그날 이후 다시 그 여자를 본 적도 없습니다. 그날 온종일 나를 따라다니는 것 같던 누군가의 기척도 그뒤론 다시 느끼지 않았으므로 내가 그 여자를 다시 생각하는 일도 거의 없었습니다. 그러나 한번 온 여자이니 다시 올지도 모릅니다. 아니, 혹시 그 여자가 아니라 아이를 낳다 죽은 내 언니가 나를 찾아다니다가 나의 흔적을 발견하고 뒤늦게 이 집으로 올지도 모릅니다. 그런 일은 순간적으로 발생하는 것 같습니다. 내가 그날 우연히 빈터의 우물 뚜껑을 열었을 때 어둠이 들어차 있던 그 깊은 우물 속으로 빛이 새어들었던 그 한순간처럼요. 그런 일은 계획된 일도 예측할 수 있는 일도 아니기에 일어난 후에야 감지하게 되죠. 아, 그랬구나, 하고요. 혹시, 어느 날 이 집에서 어떤 여자를 보게 되거든 놀라지 마시고 억지로 내치지 마시고 이 독경을 들려주세요. 내가 살고 있는 거처에 찾아든 넋이 있다면 살아 있는 내가 그를 위로하고 마음을 풀게 해 그로 하여금 제 길로 들 수 있게 도와줄밖에 방법이 없는 것 같아요. 그러고 나면 편안해지지요. 때로 서로 지켜주지 않나, 하는 생각도 듭니다. 물론 다시 그런 일이 없기를 바라지만 이미 우물 속에서 빠져나온 사람이라 다시 올지도 모르죠. 혹 그가 다시 온다면 틀림없이 이런 봄날일 겁니다. 천지에 연둣빛이 탁탁 튀어 눈이 시디시어지는 날은 일년 삼백예순몇 날 중의 보름쯤에 불과합니다. 혹 그런 날 중의 어느 한 날 혹 침대 발치 끝 바닥에 앉아 있는 머리에 먼지가 하얗게 쌓이고 팔에 도도록이 나잇살이 오른 여자가 다시 눈에 비치거든 이 독경을 들려주세요. 이 편지와 함께 독경을 신발장 위에 올려놓고 가겠습니다.

2001년 4월에

이윤수 드림

물속의 사원

벌써 이른 아침이면 거미줄에 미세한 이슬방울이 맺혀 있습니다. 서리인지도 모를 물방울은 해가 뜨기도 전에 자취를 감춰버립니다. 올해는 이렇게 무사히 가을이 오려는가 했는데 요 며칠 날짐승과 길짐승 들의 기척이 이상하군요. 어젯밤엔 칼새가 이동중에 비행 행로를 바꾸었습니다. 칼새는 자그마치 천삼백 킬로미터 떨어져 있어도 태풍의 기미를 알아챌 만큼 예민하죠. 오늘 아침엔 야생의 멧돼지와 사슴, 그리고 노루가 자기들의 영역에서 이탈하여 이리저리 날뛰기 시작했습니다. 밤섬의 쥐들은 이미 야음을 틈타 섬을 떠났고 구름과 폭풍을 몰고 오는 저기압이 대기를 움직이고 있습니다. 저 쇠똥구리 좀 보세요. 벌써 며칠째 은신처에서 나와 닥치는 대로 먹어 배가 터질 지경이군요. 저놈이 저렇게 한꺼번에 먹어치우는 것은 곧 재난이 닥칠 징조이기도 하죠. 악천후에 대비하는 동물들의 처세는 지독하지요. 아프리카에 살고 있는 누는 가뭄이 들 것 같으면 임신한 암컷들이 스스로 새끼들을 유산시키기까지 해요. 이미 낳은 새끼들까지 죽여버리죠. 비가 오지 않으면 식물들이 자라지 못해 제 새끼들을 키울 수가 없으니 미리 그러는 겁니다. 기억하시겠죠. 이십여 년 전에 허리케인이 독일 북부를 강타했을 때요. 이십만 헥타르의 산림 안에서 자그마치 육천 그루의 거목들이 쓰러지고 마흔한 명이나 되는 사람들이 목숨을 잃었지만 동물들은 단 서른일곱 마리 죽었습니다. 가축을 빼면 야생동물의 숫자는 더 적었지요. 거기에 비하면 사람들은 재난에 속수무책입니다. 저 쇠똥구리를 보니 걱정이 되는군요. 작년의 그 엄청난 폭우 때에도 쇠똥구리가 저렇게 많은 영양을 축적하지는 않았던 것 같은데요. 며칠 내로 작년보다 더 큰 태풍이나 폭우가 여기를 점령한다는 뜻 아니겠습니까. 그런데 사람들은 그걸 아는지 모르는지 태연하게 일상을 유지하고 있습니다. 하긴 달리 어쩌겠습니까.

＊

그 방의 위치를 어떻게 설명해야 할까요. 처음 방문하는 사람에게 그 방이 있는 그 집의 위치를 설명하기란 매우 복잡합니다. 동네는 명륜동일지도 모르겠군요. 아닐지도 모릅니다. 그 방이 있는 그 집으로 들어가는 골목을 정확히 어디쯤이라고 말하기가 마땅치 않습니다. 성균관대학교 쪽이라고 하기에도, 과학고등학교 아래쪽이라고 하기에도, 혜화동에서 성북동으로 이어지는 길 사이의 골목이라 해봐도 역시 마땅치 않습니다. 사람들은 대부분 택시를 타면 택시기사에게 명륜동 뒷골목에 내려주세요, 하더군요. 그러니 명륜동이 맞는 것 같습니다. 아닌지도 모릅니다. 어떤 사람들은 성북동 아래쪽이라고 하기도 하거든요. 그녀나 다방 여자가 이 동네를 뭐라고 지칭하는지는 들어본 적이 없군요.

아무튼 그 방이 있는 그 집으로 들어가는 골목으로 이어지는 큰 길은 지난 일 년 동안 끊임없이 변화했어요. 일 년 전에 이 길을 오갔던 사람들은 여기가 그 길인가 의아할 정도입니다. 길을 사이에 둔 양편의 건물들은 지난 일 년 동안 약속이나 한 듯이 리모델링을 시작했습니다. 카센터가 있던 단층 건물은 열 평 남짓한 평수의 원룸이 열두 개나 있는 삼층 건물로 바뀌었으며, 오색의 구슬들이 찰랑거리는 발이 내려져 있던 갈치구잇집은 벽면이 흰색으로 회칠해지고 옥외 테이블이 배치되어 있는 파스타가게로 바뀌었습니다. 길 쪽으로 나앉아 있던 오래된 주택들은 철거되고 그 자리에 유리를 전면으로 장식한 현대식 건물들이 들어섰습니다. 담장 너머로 얼굴을 내밀던 라일락 대신 이제는 음반가게, 십자수가게, 화랑, 와인바, 앤티크 상점 들이 들어서 있습니다. 금속공예 공방의 한쪽에서는 얼그레이나 다즐링 같은 홍차를 전문으로 팔기도 하며 그 옆 붉은 건물은 아직 공사중인데 완성이 되면 붉은 벽돌은 자취를 감추고 목조 건물이 자태를 드러낼 것 같습니다. 이렇게 거리가 화시히게 모습을 바꾸어가는데 유독 한 건물만이 전체에 휘장이 쳐져 있군요. 이 거리에서 가장 대지를 많이 차지하고 있는 건물입니다. 백여 대의 자동차를 세워놓을 수 있는 주차장과 일층에는 LG슈퍼마켓과 미용실, 꽃집과 수입 명품가게와 시계점과 함흥냉면집, 그리고 외환은행이 들어서 있었지요. 이층은 전체가 세면장과 탈의실이 잘

갖추어진 볼링장이었지요. 볼링장 옆에는 진달래각이라는 북한 음식 파는 식당도 있었어요. 삼층은 전체가 결혼식장으로 꾸며지려던 참이었죠. 그런데 지금은 그 건물로 통하는 출입구에 바리케이드가 쳐져 있군요. 이 거리에서 가장 많은 사람들이 드나들던 건물이었는데 지금은 인적이 없군요. 건물 안의 상가들은 모두 문을 닫아 괴괴합니다. 문 닫힌 상가 안에서 무슨 일이 벌어지고 있는지 바깥에서는 알 수 없겠어요. 은행이 들어서 있던 공간은 출입구에 '외환은행'이라고 쓰여 있을 뿐 의자 하나 없이 텅 비었습니다. 꽃집엔 플라스틱 화분이 버려져 있고 싱싱한 유기농 채소들이 진열되어 있던 슈퍼 안은 유령들처럼 빈 진열대가 도열해 있군요. 인적이 없으니 도둑고양이들이 터를 잡은 모양이네요. 여기저기에 고양이들이 눈을 번득이는데 등에 흰 반점이 찍힌 검은 암고양이는 네 마리의 새끼까지 낳아 기르고 있습니다.

그녀는 지금 휘장이 쳐져 있는 건물에 세들어 있던 최나영 피부관리연구소의 피부미용사였습니다. 나이는 스물두 살쯤? 정확히는 모릅니다. 사람들 중에는 눈여겨보지 않으면 그 자리에 있는지 없는지 모르는 성격의 소유자가 있지요. 그녀가 그랬습니다. 말수가 적고 용모 또한 특징지을 만한 데가 없이 평범한 모습이었습니다. 키는 컸으나 체구가 작아 저체중이었으며 야윈 편이라 목선이 선명한 편이었습니다. 그녀는 피부관리연구소에서 숙식을 해결했죠. 예약자들이 많아 자정 무렵에야 일이 끝날 때가 많기도 했지만 그것만이 이유는 아니었어요.

최나영 피부관리연구소는 건물 일층의 꽃집과 시계점 뒤쪽 외진 곳에 자리잡고 있었지만 단골 고객들은 꽤 있었죠. 고객들 중에는 이젠 잊혀졌으나 한때는 일일연속극의 주연이기도 했던 탤런트, 전혀 뚱뚱하지 않은데도 자신이 비만이라고 생각하는 교수 부인, 종아리 살을 빼고 싶어하는 처녀, 턱선을 되살리고 싶은 은행 여직원, 체형을 바로잡고 싶어하는 발레리나 지망생도 있었어요. 피부관리연구소라고 했지만 그곳에서 일하는 사람은 원장과 그녀, 둘뿐이었죠. 이따금 연수원에서 수련을 마치고 경력을 쌓으려는 아가씨가 잠깐씩 머물다 가긴 했지만 대체로 원장과 그녀 둘이서 꾸려나갔습니다. 피부관리연구소에서 하는 일은 단순히 얼굴 마사지만은 아니었어요. 처지는 입가나 홀쭉해지는 뺨, 내려앉은 눈꼬리나 근육이 굳어 더 도드라져 보이는 광대뼈 등을 원래의 모양대로 되살려놓는 일도 같이 했죠. 이 점에 대해 원장 최나영씨의 자부심은 상당했습니다. 자신이 고객들에게 하는 마사지는 다른 피부미용실의 마사지와는 차원이 다르다고 늘 강조했죠. 다른 피부미용실은 얼굴이나 두들겨주고 비타민이 들어 있는 팩이나 얼굴에 붙여주고서 고가를 받지만 최나영씨 본인이 연구하고 시도하는 마사지는 나이가 들수록 허물어지는 얼굴 윤곽을 바로잡아주어 본래의 얼굴 선을 되찾는 일까지 동시에 이룬다는 것이었어요. 마사지를 받는 사람들이 아프다고 하면 본래대로 돌아가는 일이 어디 쉽겠느냐며 힘든 만큼 만족한 결과가 나오니 견뎌보라고도 했지요. 그래서인지 최나영 피부관리연구소의 간판엔 '얼굴 마사지'라는 말 대신 '얼굴 디자인'이라고 써 있습니다. 그리고 '당신의 얼굴을 십 년 젊게 해드립니다'라는 문구도 덧붙어 있지요. 그곳에 한번 온 사람들은 곧 단골이 되곤 했으니 영 틀린 문구는 아니었던 모양입니다. 진짜로 얼굴 윤곽이 바로잡히는지는 모르겠으나 원장 최나영씨와 그녀는 누가 봐도 정말 열심히 일했죠. 피부관리사로 고용하고 있는 사람이 그녀 한 사람뿐인 탓도 있었겠지만 아침 여덟시 삼십분부터 어느 때는 자정까지 원장 자신이 현장에서 직접 고객들의 피부를 다루었습니다. 특수 초음파 기계로 한 사람의 얼굴을 만지기 시작해서 끝나는 데는 보통 두 시간이 걸렸지요. 최나영 원장은 고객들이 서로 겹치지 않게 예약제로 관리했습니다. 그래서 처음 피부관리연구소를 찾아오는 사람은 그날 당장 마사지를 받을 수가 없었지요. 예약을 하고 돌아갔다가 예약 날짜에 다시 와야 했습니다. 얼굴이 아니라 등이나 배, 팔, 허벅지에 축적된 지방을 분해하려고 오는 사람들을 대할 때는 시간이 훨씬 더 걸렸어요. 얼굴은 대부분 최나영 원장이 맡고 비만 때문에 찾아오는 사람은 그녀가 도맡아 관리를 했지요. 비만을 해소하려고 찾아오는 사람들은 일단 비만실로 안내되었습니다. 비만실의 한 벽면은 유리로 되어 있었습니다. 팔십 킬로그램에 육박하는 여자의 등을 문질러대는 그녀를 곁에서 보면 그녀보다도 보는 사람의 이마에 송글송글 땀방울이 맺히는 것 같았습니다. 엎드려 누워 있는 고객의 등은 금세 붉어졌지요. 그녀가 얼마나 열심히 일을 하는지, 고객들은 마사지를 받는 도중 누구나 한 번쯤 조금 천천히 하세요, 말하곤 했어요. 그녀는 숨이 찬 목소리로 아프세요? 되물었습니다. 아파서가 아니라 그녀가 너무 힘이 들 것 같아서 그런다고 하면 그녀는 열심히 해야지요, 대답하곤 다시 문지르는 일에 몰두했습니다. 누가 뭐라고 해서가 아니라 그녀의 생각이 그랬습니다. 하다가 안 되면 모를까 남의 돈을 받고 일을 하는데 서로가 만족해야 한다고 말이지요. 그녀는 틈틈이 고객들이 입고 벗어놓은 가운이나 타월 등을 세탁하기도 했고, 점심 먹은 것을 설거지하기도 했지요. 쉴 틈이 없었기도 하고 그녀 스스로 쉬지 않기도 했습니다. 피부관리연구소의 침대에 눈을 감고 누워 있으면 이리저리 움직이는 그녀의 가벼운 발소리를 듣지 않을 수가 없었을 겁니다. 몸이 가벼운 그녀는 여기에서 저기로 저기에서 여기로 사뿐사뿐 움직였습니다. 고객들 중 누군가 최원장에게 부지런한 그녀 이야기를 하면 최원장은 네, 우리 미스 하는 날아다니지요, 응수하며 흡족한 시선을 보내곤 했습니다. 그녀로서는, 아니 그 누구라도 이해하기가 어려운 그 일이 발생하지만 않았더라면 아마 그녀는 지금도 그곳에서 피부미용사로 일하고 있었을지도 모릅니다.

어느 날 다방 여자가 피부관리연구소의 문을 열고 들어왔을 때 그녀는 다방 여자가 초음파 기계나 다른 마사지 기구를 세일즈하러 온 사람인 줄 알았지요. 처음엔 다방 여자가 남자인 줄 알았거든요. 왜 그랬는지 모르겠어요. 비록 다방 여자가 남자용 모자를 깊게 눌러쓰고 있었다고는 해도 그리 체격이 큰 것도 이목구비가 남성스러운 것도 아니었는데 말이죠. 어쨌든 처음에 다방 여자를 남자로 본 그녀는 다방 여자가 마사지를 받고 싶다고 했을 때 놀라서 고갤 쳐들었죠. 남성은 안 된다라는 표시도 그런 금기도 없었지만 그녀가 피부관리연구소에서 일하는 동안 남자가 마사지를 받으러 찾아온 경우는 없었어요. 그날은 종일 비가 내리는 날이었습니다. 비 때문이었는지 아침부터 고객들이 예약을 취소하거나 오전시간을 저녁으로 미루는 전화가 여러 차례 왔었죠. 그래서 다방 여자가 피부관리 연구소에 들어왔을 때는 원장도 그녀도 오랜만에 쉬고 있던 참이었습니다. 다방 여자가 남자인 줄로만 알고 있었던 그녀의 귀가 긴장이 되어 종긋거리고 있을 때 원장은 벌써 차트를 가지고 나와 다방 여자의 이름을 적고 있었습니다. 원장이나 그녀나 사람의 얼굴을 만지다보니 사람을 만나게 되면 얼굴을 뚫어지게 바라보게 되었죠. 특히 원장은 병적일 정도였어요. 식당에 앉아 식사를 하다가도 맞은편 사람을 빤히 보곤 했습니다. 저 사람 턱을 조금만 깎아주면 인상이 달라질 텐데, 싶어서요. 눈 밑의 피부를 조금만 당겨주면 탄력이 생기겠어, 혼자서 중얼거릴 때도 있습니다. 자신의 얼굴에 소홀한 듯한 사람을 보면 안타까울 지경이었지요. 윤곽이 더 무너지기 전에 마사지를 받으면 좋을 텐데 싶어서요. 다방 여자를 다시 한번 뚫어져라 바라본 다음에야 그녀가 여자라는 걸 알게 된 그녀는 가슴을 쓸어내렸습니다. 다방 여자는 그동안 자신의 존재를 얼굴과는 분리시켜놓고 산 사람 같았습니다. 뺨과 귀밑으로 마른버짐이 피어 버석거렸으며 몸은 말랐는데 턱 밑에 살이 고여 있었으며 광대뼈에 붙어 있는 근육은 탄력을 잃고 처져 있었고 입가에 잡힌 주름이 아래턱으로 골을 만들고 있는 중이었습니다. 원장이 지적하고 싶은 요소를 다방 여자는 고루 갖추고 있었어요. 원장이 다방 여자를 침대에 누일 때까지 그녀는 홀린 듯 서 있었어요. 원장이 자신의 이름을 내건 최나영 피부관리연구소의 마사지 방식이 다른 피부미용실하고 얼마나 차이가 있는지에 대해서 다방 여자에게 설명하기 시작할 때에야 그녀는 내 정신 좀 봐, 하는 표정으로 돌아왔습니다. 다방 여자는 얼마간의 비냄새를 풍기며 아름다움은 마음을 편안히 하는 데서 온다는 원장의 말을 그저 듣고 있었습니다. 사람이 나이를 먹으면 혹은 울분을 품거나 스트레스를 받으면 림프관이 막히는데 최나영 피부관리연구소에서는 그걸 풀어준다고 했습니다. 사람 몸에 퍼져 있는 림프관을 어디 한 군데 소홀한 데 없이 모두 만져준다고요. 다방 여자는 원장이 이끄는 대로 침대에 누웠죠. 다른 여자들이 그렇듯이 팔을 아래로 내려뜨리고 얼굴을 원장에게 맡겼습니다. 그녀는 원장의 하선생 뭐해요? 하는 지적을 받고서야 스팀타월을 가져와 다방 여자의 얼굴을 닦아주고 아로마 오일을 펴발랐습니다. 다방 여자는 지그시 눈을 감고 있었습니다. 그날 건물 관리인이 정전 소동만 일으키지 않았다면 다방 여자는 끝까지 마사지를 받을 수 있었을 것입니다. 그랬다면 그들의 인연도 달라졌을까요?

건물 관리소장은 건물 소유주의 삼십 년지기 친구랍니다. 건물주는 상당한 재력가로 친구를 믿어서 그에게 관리소장의 직함을 주고 건물의 모든 관리를 맡기고 있었지요. 건물주는 친구를 믿었는지 모르겠으나 그의 친구인 관리소장은 건물주로부터 건물에 대한 권리를 빼앗으려는 야심을 품고 있었지요. 무슨 일이 어떻게 된 것인지는 모르겠으나 그러기 위해서는 일차적으로 상가에 세든 사람들이 상가를 비워줘야 했던 모양입니다. 그게 쉬운 일인가요. 누가 납득되지 않는 이유로 생업을 꾸려나가고 있는 상가를 비우겠는지요. 더구나 다음 사람이 들어오지 않은 상태에서 상가를 비우면 권리금을 받을 수도 없는데요. 일이 뜻대로 되지 않으니 야심으로 불타오른 관리소장은 상가에 세든 사람들을 계획적으로 괴롭히기 시작했어요. 그날의 정전도 관리소장이 꾸민 음모 중의 하나입니다. 그렇지 않고서야 다른 곳은 다 전기가 들어오는데 그 건물만 전기가 끊기는 일이 있을 수 있나요. 오히려 그만한 건물이면 정전이 되어도 임시방편으로 두어 시간은 전기를 쓸 수 있는 예비장치를 해놓는 편이지요. 사람들이 격렬하게 항의했지만 한번 나간 전기는 다시 들어오지 않았어요. 그런 일이 몇 번 반복되었지요. 정전이 되면 그렇게 눈부시게 밝았던 건물은 순식간에 암흑 속에 놓였습니다. 특히나 그녀가 일하고 있는 피부관리연구소는 건물 구석진 곳이라 정전이 되는 순간 앞에 있는 사람도 알아보기가 힘들 정도였죠. 오늘도 일은 다한 모양이군, 다방 여자의 얼굴 근육을 당기고 있던 원장이 한숨을 내쉬었죠. 그 이전과 마찬가지로 자정이 되도록 전기가 들어오지 않을 것이라고 판단한 원장은 다방 여자에게 다음에 다시 오셔야겠습니다, 했습니다. 여러 종류의 초음파 마사지 기계들은 전력를 사용해야 했거든요. 아시는지요, 갑자기 정전이 되었을 때의 그 낯설음을요. 마음에 들끓어대던 온갖 생각들도 함께 정전이 되어버리지요. 원장은 초를 찾아내 불을 켰습니다. 세 사람의 그림자가 피부관리연구소 벽면에 아른거렸지요. 그녀는 그날 촛불에 비춰가며 늦은 오후와 초저녁 시간에 예약된 사람들에게 전화를 넣었습니다. 정전이 되어 마사지를 할 수 없다는 말을 고객들은 믿지 않는 눈치였어요. 특히 텔런트의 목소리가 고조되었지요. 내일 촬영이 있는데 어떡하나요? 텔런트는 늘 말하곤 했어요. 그곳에서 얼굴 마사지를 받고 난 다음부터는 새벽까지 촬영이 있어도 피곤하지 않다구요. 그래서 텔런트는 촬영이 있기 하루 전이면 그곳으로 와서 마사지를 받고 갔습니다. 그녀가 예약을 미루는 일을 해결하지 못하면 원장이 수화기를 받아들고 차분차분 다시 설명했습니다. 정전 사고가 아니라 관리소장에 의한 고의의 정전이기 때문에 언제 전기가 들어올지 보장할 수가 없다고요.

그 가파른 계단이 놓여 있는 골목으로 들어가는 가게는 어디 보자…… 아, '37번지'라는 간판이 붙은 테이크 아웃 커피가게군요. 유리창의 테는 노란 칠이 되어 있네요. 유리창으로 들여다보이는 가게 안엔 지금 아무도 없습니다. 커피 원두를 갈거나 볶는 도구들, 에스프레소를 뽑아내는 기구와 카페라테를 담아주는 종이컵들이 놓여 있군요. 맥주도 마실 수 있는가봅니다. 아직 냉장고에 들어가지 않은 레페 브라운이나 벡스 다크 같은 수입 맥주들이 순서 없이 허공을 가로질러 만든 철제 선반 위에 놓여 있군요.

그녀가 이 거리에서 사라진 지가 벌써 일 년입니다. 갈치구잇집이나 카센터가 있던 길을 고개를 숙이긴 했으나 망설임 없이 걸어가곤 하던 그녀를 일 년 동안 보지 못했습니다. 그녀는 오늘도 이 거리를 걸어다니고 있는데 못 알아보는 것일까요. 일 년 동안 몰라보게 변한 이 거리처럼요. 일 년 동안 미장원 같은 곳엔 한 번두 가지 않은 것 같은 여자가 지나갑니다. 머리가 아무렇게나 자라서 등을 덮었군요. 그녀의 단발머리는 늘 귀밑에서 찰랑거렸지요. 여자의 등은 머리카락에 가려져 있음에도 불구하고 걸음을 옮길 때마다 살이 밀립니다. 브래지어 끈이 겨드랑이 살 속으로 들어가 오목하게 파였군요. 하늘색 에이라인 원피스 밑으로 드러난 종아리에도 뿌연 먼지 같은 살이 올라 출렁거립니다. 그녀도 저 여자처럼 어느 낯선

거리를 저렇게 걸어가고 있을까요? 평범하나 단정했던 얼굴 윤곽이 거칠게 무너져서 못 알아보는 것일까요. 저 여자는 예전엔 사람을 바라볼 때 다정함이 물처럼 스미곤 하던 눈동자를 가졌던 것 같군요. 지금은 비록 이리저리 불안하게 흔들리고 있지만 눈꼬리가 선합니다. 여자는 목적이 있는 듯 휘적휘적 계속 걸어가는군요. 뜻밖입니다. 리모델링된 건축물들이 풍기는 밝고 화사한 모습과는 달리 여자가 어느 골목으로 들어서 왼편으로 삼십 미터쯤 꺾으니 재래시장이 나오는군요. 주홍색 감이며 딸기며 참외며 방울토마토, 저건 사과…… 온갖 과일들이 플라스틱 바구니에 담긴 채 가격표를 달고 있고 아직 뜯지 않은 상자들도 여기저기 쌓여 있습니다. 취나물과 도라지, 돌미나리 그리고 썰어서 말린 호박을 천원어치 이천원어치씩 담아놓고 앉아 있는 할머니도 있고 즉석에서 오뎅이며 떡볶이를 만들어 파는 아주머니도 보입니다. 반찬가게에는 깻잎 무친 것, 멸치 볶은 것, 파김치와 갓김치 등이 먹음직스럽게 진열되어 있습니다. 참기름병과 들기름병도 보이네요. 여자가 백열등을 켜놓은 시장 속 깊이 들어가는군요. 그릇가게며 쌀가게, 커튼을 만들어 파는 가게와 이불집들을 스쳐 지나가는군요. 닭을 잡아주는 집의 닭장 철망 속에서 흰 닭들이 푸드덕거리고 있어요. 닭 한 마리가 움직일 때마다 닭장 안엔 더러운 먼지가 일었다가 가라앉습니다. 저건 뭔가요? 수족관이군요. 아, 그러고 보니 이 재래식 시장통은 일 년 전이나 지금이나 변함이 없군요. 그래요, 일 년 전의 그녀도 이 시장에 자주 왔었지요. 여전히 수족관엔 왕새우들이 둥둥 떠 있고 그물 밑엔 광어가 납작하게 엎드려 있습니다. 회로 쳐져서 일회용 스티로폼 용기에 담겨 비닐로 덮여 있는 우럭이나 농어 살들, 멍게나 해삼 그리고 전복, 희한하게 생긴 개불과 성게알…… 찧은 마늘과 어슷어슷 썬 파, 양파 반통까지 들어 있는 매운탕 재료들도 그때나 지금이나 나름대로 싱싱해 보입니다. 그녀는 생선가게 앞에서 걸음을 멈추곤 했죠. 닭집과 횟집과 떡집을 그냥 지나치던 그녀가 생선 가게 앞에서 걸음을 멈추면 그녀를 사이에 두고 양편으로 생선가게의 생선들이 좌악 펼쳐지곤 했습니다. 은색의 갈치들과 등 푸른 고등어, 생조기와 임연수어, 저건 무엇입니까? 상어인가요? 이빨이 사나워 보이네요. 하지만 꽁치와 오징어와 청어와 삼치 들 아래켠에서 위풍당당하군요. 그녀는 잠시 상어를 물끄러미 바라보곤 했습니다. 야릇하게 생긴 가오리와 홍어를 힐끗거리기도 했죠. 물이 좋지 않은 듯 전어를 다듬어 소금을 쳐 수북이 쌓아놓은 가게 앞에 여자들이 전어값을 흥정하고 있었으나 그녀는 다른 생선은 거들떠보지도 않고 장 보러 나온 여자들 사이를 비집고 이 가게 저 가게를 옮겨다니곤 했죠. 그녀의 시선은 톱밥 속의 꽃게에 머물곤 했습니다. 꽃게들이 진열된 생선가게 여기저기를 순례자처럼 살피고 다녔죠. 등딱지가 갈색인 꽃게들은 죽어 있는 게 아니라 살아 있다는 것을 증명이나 하듯 나섯 쌍이나 되는 발을 톱밥 속에서 움직였지요. 어느 것은 사람 발바닥만했어요. 집게발의 길이가 바나나만한 것도 있었지요. 물론 손바닥이나 그보다 더 작은 것들도 있었지만요. 어떤 꽃게들은 죽은 듯이 엎드려 있다가 그녀가 손가락으로 집게발이나 등껍데기를 건드리면 누런 톱밥을 차내며 움직였지요. 흰 배를 드러내고 있던 꽃게도 후딱 몸을 뒤집었구요. 때때로 그녀의 손가락이 집게발에 물린 적도 있었습니다. 팔뚝까지 올라오는 긴 고무 장갑을 낀 생선가게 아저씨나 전대를 앞에 차고 머리를 노란 수건으로 질끈 동여맨 아주머니에게 그녀는 꽃게 가격을 묻곤 했습니다. 그때 꽃게의 가격은 일 킬로에 사만팔천원에서 오만원 사이를 왔다갔다했습니다. 처음에 그녀는 일 킬로의 꽃게의 양이 얼마쯤인지 짐작이 안 가는 듯했습니다. 일 킬로면 몇 마리쯤 되느냐고 묻곤 했거든요. 정확하지 않았지요. 큰 것으로만 하면 숫자가 적고 작은 것으로 하면 여러 마리라는 하나 마나 한 대답을 하는 생선가게 주인들을 그녀는 빤히 쳐다보곤 했습니다. 그러곤 큰 게와 작은 게를 섞어서 어느 때는 네 마리, 어느 때는 다섯 마리를 사가곤 했습니다. 생선가게 주인들이 게를 다듬어줄까, 하고 물으면 그녀는 늘 아니라고 했습니다. 살아 있는 채로 주되 기어나오지 않게 여러 겹으로 포장을 해달라고 했지요.

테이크 아웃 커피가게에서 골목으로 꺾어지면 양편으로 오래된 주택이 보입니다. 골목으로 창이 나 있는 한옥들입니다. 길거리 쪽에서 보면 생각지도 못할 풍경이 펼쳐지지요. 거리 쪽으로 지어졌던 한옥들만 현대식 건물로 바뀌어 그렇습니다. 한옥집 낡은 문을 두어 개 지나 다시 왼편으로 꺾어지면 다시 한번 놀라게 됩니다. 갑자기 가파른 계단이 하늘을 향해 나 있거든요. 꽃게를 사들고 저 계단을 오를 때면 그녀는 반도 오르지 못해 뺨이 붉어지곤 했습니다. 가슴은 가쁜 숨으로 벅차올랐고요. 그래도 그녀는 무엇에 충만한 듯 입가에 미소가 피어오르곤 했지요. 백 개의 계단을 오르는 데 서너 번은 숨을 고르느라 걸음을 멈추었지만 내내 미소가 사라지지 않았어요. 지금 그 계단에는 등이 다 굽은 늙은이가 시장 슈퍼마켓 봉지를 들고 계단 중간에서 쉬고 있습니다. 늙은이는 아직도 한참 남아 있는 계단을 올려다보다가 한숨을 길게 내쉽니다. 더는 못 올라가겠는 모양입니다. 그녀가 있었다면 분명 늙은이를 부축해주거나 늙은이의 짐을 들어주었을 텐데요. 그녀의 행동을 어떻게 추측하느냐고요? 언젠가 그녀가 꽃게를 사들고 저 계단을 올라가던 때가 생각나서 말해본 거예요. 얼핏 보기에 그녀는 화를 낼 줄 모르는 사람같이 보이죠. 얼굴은 희고 귀밑에서 찰랑거리는 단발머리에는 윤기가 흘렀어요. 그녀가 순해 보였던 것은 눈꼬리 때문이었을 거예요. 아래로 조금 처진 듯싶은 눈꼬리는 늘 웃고 있는 것 같았으니까요. 목덜미와 어깨는 가지런했지요. 무릎 밑까지 닿는 치마를 즐겨 입었는데 치마 아래로 드러난 종아리도 보기 좋았어요. 전체적으로 야위었지만 종아리만은 알맞게 살이 붙어 있어서 예민하지 않고 부드러워 보였지요. 지금 생각해보면 그녀는 신체의 어느 한 군데 때문이 아니라 전체적으로 유순한 인상을 풍겼습니다.

어느 날 그녀가 꽃게를 사들고 저 가파른 계단을 오를 때, 초등학교 일학년이나 되었을까요, 남자애가 계단에 주저앉아 울고 있었습니다. 계단을 다 올라가면 가파른 언덕 위에 낡은 아파트 두 동이 위태롭게 서 있지요. 그 아파트에 사는 아이였어요. 아파트 쪽으로는 길이 따로 나 있어요. 아마 아이는 질러간다고 이 골목으로 들어선 모양인데 가파른 계단을 만나 고되기만 하고 더 먼 길을 택하게 된 것이었죠. 게다가 아이는 숨을 헐떡이며 계단을 오르다가 넘어졌어요. 계단이 보통 가팔라야 말이지요. 무릎이 깨지고 오른쪽 복숭아뼈를 덮고 있는 피부도 찢어졌지요. 붉은 피가 방울방울 맺혀 있다가 떨어지더니 나중에는 줄줄 흘러내렸죠. 아이가 당장 걷지를 못하고 그대로 주저앉아 울기 시작한 지 얼마 되지 않아 꽃게가 들어 있는 비닐봉지를 들고 그녀가 아이 앞에 당도했지요. 그녀가 갔을 때 아이의 눈은 충혈되어 퉁퉁 부어 있었습니다. 그녀는 가방에서 손수건을 꺼내 피가 흐르는 아이의 무릎을 동여맸지요. 금세 손수건은 피로 물들었습니다. 복숭아뼈에 맺힌 핏방울까지 휴지로 닦아준 그녀가 아이를 그냥 두고 가기가 그랬는지 어디 사느냐고 물었지요. 훌쩍이고 있던 아이가 갑자기 아줌마— 가! 소리쳤어요. 아이의 외침에 놀랐는지 잠깐 주춤하고 있던 그녀가 정신을 수습한 뒤에 내뱉은 첫마디가 뭔 줄 아세요? 뭐, 아줌마? 였답니다. 내가 아줌마로 보이니, 응? 그녀는 금세라도 울고 있는 아이의 등짝을 후려칠 듯이 눈을 부라렸어요. 뜻밖의 그녀의 기세에 울고 있던 아이는 그녀를 빤히 쳐다보았습니다. 집이 어디야? 그녀는 여전히 눈을 크게 뜬 채 호통치듯 물었어요. 아이는 계단 끝 아파트를 가리켰습니다. 자, 업혀. 그녀가 아이를 향해 등을 내밀자 아이는 어찌해야 할지를 모른 채 가만있었지요. 빨리 업히지 못해! 아이를 향해 등을 보이고 있던 그녀가 홱 돌아서서 아이에게 엄포를 놓듯 소리를 치자 아이는 주춤거리며 그녀의 등에 업혔지요. 그날 그녀는 팔목에 꽃게가 든 비닐봉지를 매단 채 아이를 업고 저 가파른 계단을 하나하나 올라갔어요. 아이의 엉덩이를 받친 손에 불끈 힘이 들어가고 얼마 지나지 않아 깍지 낀 손가락 마디마디가 붉어졌지요. 팔목에 매달린 채로 비닐봉지 속에 들어 있는 꽃게들은 하염없이 흔들렸고요. 억지로 그녀의 등에 업히게 된 아이는 처음엔 그녀가 뭘 물어도 대답을 하지 않았습니다. 계단을 다 올라가서도 안심이 안 된 그녀가 저 아파트란 말이지, 하면서 집에까지 데려다줄 태세이자 그때야 아이는 너무 울어서 쉰 목소리로 내려주세요, 그랬지요. 그녀는 아이를 내려주는 대신 깍지 낀 손가락으로 아이의 엉덩이를 간질였어요. 아이는 웃음을 참느라 처음엔 끅끅거리다가 기어이 참지 못하고 하아, 웃음을 터뜨리고 말았어요. 그 웃음이 둘을 소통시켰습니다. 그녀가 묻는 말에는 절대 대답하지 않으리라, 다짐한 것 같았던 아이는 한번 웃고 나더니 그녀가 묻는 대로 대답했어요. 집에 가도 아무도 없어요, 아이는 시무룩하게 말했습니다. 엄마는 어디 있는데? 그녀가 묻자 아이는 엄마는 밤이 돼야 와요, 했습니다. 낡은 아파트에 도착하자 아이는 그녀의 등에서 부스럭거리더니 열쇠를 꺼냈지요. 혼자 문을 따는 일에 익숙해진 듯한 손길이었습니다. 그녀는 아이를 혼자 두기가 그랬는지 옆집의 초인종을 눌렀어요. 옆집 여자가 나왔고 아이를 알아보았습니다. 그러고는 아이를 업고 온 그녀를 빤히 보았지요. 무릎에 약을 발라줘야 될 것 같아서요, 그녀는 아이를 옆집 여자에게 맡겼습니다. 옆집 여자는 아이를 데리고 안으로 들어갔고 그녀는 왔던 길을 되짚어 낡은 아파트를 빠져나왔습니다. 아이의 깨진 무릎에서 흐르던 핏방울이 그녀의 민트빛 치마에 묻어 있었지요.

이야기가 엇길로 새었습니다.

그날 예약자들에게 전화 걸기를 마칠 때까지 다방 여자는 별 불만도 토로하지 않고 그녀들과 함께 있었어요. 그들은 함께 피부관리연구소를 나왔지요. 갑자기 생긴 틈이라 그녀와 원장은 다 어떻게 해야 할지를 모른 채 내부가 암흑이 된 건물 입구에 막막한 마음으로 서 있었어요. 그때 다방 여자가 딱히 할 일이 없다면 나 따라 올래요? 했던 거예요. 처음부터 여자가 다방을 경영한다는 것을 알았던 건 아닙니다. 여자를 따라가서야 알게 되었지요. 어딜 가느냐고 묻지도 않은 채 여자의 뒤를 따르다가 여자가 가파른 계단 앞에 서자 원장은 저 계단을 올라가야 하느냐고 물었지요. 여자가 그렇다고 하자, 원장은 자신은 올라가지 않겠다며 그녀를 바라봤어요. 저 가파른 계단을 너는 따라 올라갈 거냐는 뜻이었지요. 그녀는 그 길을 오가며 그 계단을 자주 쳐다보곤 했었죠. 계단을 다 올라가면 어떤 풍경이 나올까 궁금한 마음을 가지고 있었어요. 원장은 골목길 사이에 나 있는 계단을 처음 보는 듯했습니다. 그녀는 여자를 따라가기로 했습니다. 뭔가 미심쩍은 듯 원장은 자꾸 뒤를 돌아보며 길을 건너갔지요.

여자가 그녀를 데리고 간 곳이 다방이었습니다. 가파른 계단을 다 올라가 그곳에 이를 때까지 그들은 한마디 말도 나누지 않았습니다. 여자는 앞서고 그녀는 뒤따라갔을 뿐입니다. 느티나무를 지날 때 그녀가 나무를 한번 올려다봤을 뿐이지요. 여자가 건물 계단을 타고 내려가 주머니를 뒤져 열쇠를 꺼내 문에 꽂을 때까지도 그녀는 거기가 다방이라고는 생각 못 했지요. 누가 그런 곳에 다방이 있으리라고 생각하겠는지요. 다방 안은 어두웠습니다. 그토록 높은 지대에도 지하가 있더군요. 여자가 벽면의 스위치를 눌러 불을 켰지만 다방 내부는 여전히 침침했지요. 지하공간 특유의 냄새가 코끝을 찔렀습니다. 처음에 그녀는 다방 중앙에 놓여 있는 대형 수족관의 존재를 알아보지 못했습니다. 그런 수족관이 중앙을 차지하기엔 다방은 너무 비좁았거든요. 주방과 다탁의 거리가 불과 몇 걸음이었으니까요. 장식 없이 다리만 붙어 있는 테이블과 철제 의자 몇 개가 수족관을 사이에 두고 양쪽에 배치되어 있었죠. 테이블마다 백 원짜리를 하나 넣고 당김쇠를 누르면 둘둘 말린 얇은 종이에 적힌 오늘의 운세가 빠져나오는 통이 재떨이 대용으로 놓여 있었죠. 중앙의 대형 수족관은 늪처럼 꾸며져 있었습니다. 수초들이 넘실거렸고 한쪽으로 특이하게 난간이 놓여 있었죠. 물속에서 빠져나와 난간에 몸을 걸치고 있는 것이 악어이리라고는 상상조차 못 한 그녀는 처음엔 수족관을 모형물을 대하듯 그저 바라보기만 했습니다. 특이한 인테리어라고 생각했지요. 그러다가 여자가 주방으로 커피를 내리러 간 사이 난간에서 쉬고 있던 악어가 물속으로 첨벙 뛰어들었을 때 그녀는 벼락이라도 맞은 듯 고함을 지르고 의자에서 내려와 바닥에 주저앉았어요. 물벼락을 맞았던 거죠. 야릇한 일이지요. 놀라서 달아났어야 할 그녀는 바닥에 주저앉은 채 수족관 속의 악어를 응시했습니다. 악어는 자갈이 깔린 수족관 밑에 납작하게 엎드려 있었습니다. 그녀의 내부가 지금까지 겪어보지 못한 격정으로 일렁거렸죠. 그래도 수족관 속의 괴물이 실재하는 악어이리라고는 짐작하지 못했습니다. 늘 있는 일이라는 듯이 다방 여자가 별 동요도 없이 주방에서 커피를 가지고 나왔습니다. 저게 뭐죠? 악어예요. 악어요? 네.

그녀는 무릎을 세우고 일어나 다시 의자에 몸을 파묻었죠. 다방 여자는 그녀에게 파키스탄에 가보았느냐고 물었죠. 그녀는 파키스탄이 어디쯤에 있는 나라인지도 모릅니다. 다방 여자는 가보았다고 했습니다. 그곳의 어느 회교 성지에는 오래된 연못이 있다고 했지요. 그 연못에 거대한 악어가 살고 있다고요. 평소에 그 악어는 길게 찢어진 입을 벌리고 연못에 떠다니는 수초 속에 몸을 파묻고 있답니다. 먹이를 사냥할 필요가 없는 악어라고 했습니다. 성지 관리인이 시간에 맞춰 날고기를 가져와 던져준다고요. 죽음을 앞둔 사람이 성지 관리인에게 돈을 맡기면 성지 관리인은 그날부터 악어가 가장 포악해질 때까지 악어를 굶긴다는군요. 죽은 이의 시신을 던져주면 악어가 순식간에 먹어치울 수 있도록요. 다방 여자는 악어가 시신을 먹는 그 광경을 눈앞에서 본 사람처럼 얘기했죠. 그녀가 이마를 찡그리자 다방 여자는 그 연못의 악어는 신성한 것으로서 그들에게 대접받고 있다고 했습니다. 악어가 그들의 영혼을 매혹시켰거나 아니면 두려움에 떨게 했을 거예요, 라고도 했죠. 사람들은 자신을 두렵게 하는 것들에게 매혹당하죠, 하면서요.

악어 이야기가 이런 식으로 다른 이에게 전해지는 것은 지금이 처음 아닌가 싶군요. 이 다방에 악어가 살고 있다는 것을 알고 있는 사람들은 타인에게 일부러 악어에 대한 이야기를 하지는 않았어요. 모두들 악어가 있는 다방을 은밀한 장소로 여기고 싶어하는 것 같았습니다. 한번 온 사람들은 꼭 다시 찾아왔지만 절대 다른 사람을 동반하지 않았습니다. 그날 다방 여자를 따라서 이 다방을 처음 찾게 된 그녀도 마찬가지였습니다. 마치 무슨 비밀을 간직한 듯이 다른 사람에게 이 다방의 악어에 대한 이야기를 발설하지 않았어요.

물론 원장에게도요. 이따금 그녀 혼자 숨가쁘게 가파른 계단을 올라와 악어를 보고 갈 뿐이었습니다. 무슨 수작이냐고요? 당신의 눈이 휘둥그레지는 걸 보니 지금 당장이라도 악어를 확인해보고 싶은 모양이군요. 아무튼 그날 그녀는 종일 이 다방에서 보냈습니다. 다방 여자와는 상관없이 악어의 기다란 주둥이며 입을 다물어도 노출되는 이빨이며 트럭이 지나가도 부서지지 않고 남아 있을 것 같은 단단한 등을 바라보고 또 바라보았지요. 수족관 바닥에는 흰 자갈이 깔려 있었습니다. 물속의 흰 자갈 위에 납작하게 엎드린 악어가 몇 시간이고 침묵을 지키고 있는 모습은 얼핏 사원을 떠올리게 했습니다. 수초들은 바람에 일렁이는 사원의 나무들 같았고요. 그날 그녀는 다방이 문을 닫는 시간까지 악어를 바라봤지요. 그러고도 악어를 잊지 못했어요. 잊기는요, 오히려 그날부터 온통 머릿속에 악어 생각뿐이었지요. 건물 관리소장의 행태가 지능적으로 포악해지면 질수록 그녀는 수족관 속의 악어를 생각했습니다.

다방 여자는 그날 이후로 두 번 더 최나영 피부관리연구소를 찾아왔습니다. 원장에게 얼굴을 맡기고 침대에 누워 있는 다방 여자는 마사지에는 별 관심이 없는 듯했으나 두 시간이나 되는 과정을 별 불만 없이 치러냈지요. 원장이 어떠세요? 볼이 탄탄해졌지요? 물으면 웃기까지 하면서요. 사람들이 젊어졌다고 그러죠? 원장이 다시 물으면 다방 여자는 고개를 끄덕였습니다. 다방 여자가 고갤 끄덕이지 않았다면 원장의 질문은 계속 이어졌을 겁니다. 세번째 찾아왔던 날 다방 여자는 원장에게 얼굴이 아니라 등 경락 마사지를 받겠다고 말했습니다. 고객들의 등은 그녀의 몫이었지요. 그날 다방 여자는 등 경락을 마사지받기 위해서 한 시간을 기다렸어요. 그녀에겐 이미 예약된 고객이 있었거든요. 보통 등 경락을 마사지 받는 데는 한 시간 반 정도가 걸렸어요. 그날 그녀에게 등을 맡기고 있던 고객은 등 경락과 얼굴 마사지를 동시에 받고 있는 음악교사 였습니다. 원장이 거들어 여교사의 등 관리가 조금 일찍 끝났죠. 여교사가 얼굴 마사지를 받기 위해 얼굴 관리실로 나가고 나자 등 관리실엔 그녀와 다방 여자만 남게 되었죠. 다방 여자의 상체는 허약해 보일 만큼 빈약했습니다. 등이 아프세요? 살이 찌지 않아도 등이 아파서 찾아오는 사람들이 가끔 있었기에 그녀가 물었습니다. 그런데 다방 여자의 대답은 아니요, 였어요. 안 아파요? 네. 그런데 왜 관리를 받으려고 해요? 다방 여자는 웃었습니다. 우선 상의를 벗고 여기로 와 엎드리세요. 등 경락 마사지를 받으려면 상의를 다 벗어야 했죠. 다방 여자는 상의를 벗어 옷걸이에 걸고 그녀가 가리키는 침대에 엎드렸죠. 그녀는 다방 여자의 등을 잠시 내려다보았어요. 눈이 부셨거든요. 목덜미 아래의 어깨뼈는 균형이 맞았고 허리까지 뻗어내린 등뼈는 휘어진 데 없이 곧았으며 겨드랑이 밑이나 등뼈 사이엔 알맞을 만큼 살이 붙어 매끈했습니다. 얼굴만 보고는 짐작할 수 없는 아름답고 깨끗한 등이었습니다. 스팀타월로 다방 여자의 아름다운 등을 닦아내면서 그녀는 다방 여자의 뒷목을 꾹꾹 눌러주었습니다. 쑥스러운 듯 다방 여자는 얼굴을 박고는 숨을 죽였어요. 차가운 젤을 다방 여자의 등에 떨어뜨리고 손바닥을 펴 문지르려고 하다가 그녀는 흠칫했습니다. 얼핏 봤을 때 눈에 띄지 않았는데 미세한 흉터가 등뼈를 타고 어지럽게 뻗어 있었지요. 마치 오

랜 가뭄에 갈라진 논바닥의 균열처럼 등은 갈라져 있었어요. 땅속
의 나무뿌리처럼요. 흉측하지요? 차마 아니라고 그녀는 대답하지
못했습니다. 흉터가 살아 있는 듯했기 때문이에요. 얼마나 생생한지
차가운 젤 밑에서 움찔거리는 다방 여자의 등뼈가 그녀의 열 손가
락을 향해 마주 일어서는 것 같았어요. 그녀의 얼굴이 상기되었지
요. 양손을 깍지를 끼고 다방 여자의 등을 가만가만 두들겨준 후에
아래로 쭉 문질러주었습니다. 초음파 기계를 대고 림프관을 따라
그녀의 등을 문지르는 일은 그녀에게 고통을 주었지요. 다방 여자
는 아무렇지도 않은 것 같았지만 흉터가 기계에 밀릴 때마다 그녀
의 이마엔 진땀이 고였습니다. 무슨 뜻인지 다방 여자는 나는 괜찮
아요, 라고 말했지요. 괜찮아요. 어느 만큼이나 지났을까요. 다방
여자가 악어는 거북이나 뱀 같은 파충류들하고는 달라요, 라고 말
했어요. 어떻게 다른데요? 그녀가 되묻자 다방 여자는 깊은 한숨을
내쉬었어요. 파충류들은 보통 부모 노릇을 하지 않죠. 부모 노릇이
라야 고작 새끼가 알 속에서 나와 성장하는 데 유리한 곳에 알을 낳
는 것 정도예요. 하지만 악어는 달라요. 악어는 새끼가 알에서 나와
어느 정도 자랄 때까지 새끼를 돌보아요, 암컷은 알을 낳기 위해 직
접 굴을 파고 흙과 나뭇잎들을 섞어 쌓기도 해요. 알을 낳고두 금세
떠나지 않아요. 부화할 때까지 알을 지켜주지요. 온도와 습도가 알
맞게 유지되도록 가끔씩 알을 뒤집어주기도 한답니다. 뿐인가요, 새
끼가 알을 깨고 나와 울면 어미는 새끼가 굴 밖으로 나올 수 있도록
이끌어서 물까지 데려다주기도 하죠. 어떤 악어는요, 늪지대에 새끼
들을 돌보는 지역을 정해놓고 몇 달이고 새끼들을 위험물로부터 지

켜주기도 해요. 그녀는 다방 여자의 등을 문지르며 여자가 하는 얘기를 들었습니다. 끝도 없이 악어 이야기를 할 것 같은 다방 여자가 어느 순간 그녀에게는 한 마리의 악어로 보였지요. 다방 여자의 두 다리가 악어의 납작한 꼬리로 보이고 처음에 아름답고 매끈하다고 느꼈던 다방 여자의 등이 악어의 등처럼 울퉁불퉁하고 딱딱하게 느껴졌지요. 그녀는 초음파 기계를 다방 여자의 어깻죽지에 대고 힘차게 문질렀습니다. 권태롭고 아무 일도 일어날 것 같지 않았던 피부관리연구소의 일곱 평쯤 되는 등 관리실이 열대지방의 늪지대처럼 여겨졌거든요. 대기에 노출된 늪 위엔 부들이 떠 있고 흰 두루미가 앉아 있고 수련의 화사한 꽃과 잎사귀 들이 출렁거립니다. 죽은 이끼 위에서 이끼가 다시 자라 융단처럼 두터워진 이끼무더기를 악어가 꼬리로 치고 지나갑니다. 혀가 없는 도마뱀이 어슬렁거리는 늪지대에 발을 딛고 있는 듯한 착각 속에 빠져 그녀는 목덜미까지 상기되었지요. 엎드려 있는 다방 여자가 조용조용 내뱉는 말에 꼬리가 달려 서 있는 그녀를 휘감는 것 같았어요. 환각에 빠져 있던 그녀의 정신이 든 건 다방 여자가 달포 전에 동성고등학교 운동장에서 그쪽을 봤어요, 라고 말해서였습니다. 처음엔 다방 여자가 무슨 말을 하려는 것인지 짐작할 수가 없었지요. 어젯밤엔 그쪽이 인사동 크라운베이커리 앞에 서 있는 걸 봤죠, 하기 전까지는요. 그녀의 손목에서 힘이 쭉 빠졌습니다. 동성고등학교 운동장이라면? 어젯밤이라면? 그럼 이 여자가 나를 미행이라도 했단 말인가? 생각하고 있을 때, 마치 그녀의 마음을 꿰뚫어보기라도 하듯이 다방 여자는 동성고등학교 운동장에선 우연히 보았고 어젯밤은 내가 미행했죠, 라고 말했습니다. 엎드려 있어서 얼굴을 보지 않아도 된다는 생각에서였을까요. 다방 여자는 착 가라앉은 목소리로 여우는 여우를 알아보는 법이죠, 우리는 같은 부류예요, 하더니 그쪽이 다방에 자주 오면 내가 여기에 나타나지 않겠어요, 속삭이듯이 덧붙였습니다.

그날 애길 해야겠군요. 잊을 수 없는 날이었죠. 아침부터 상가 앞이 떠들썩했습니다. 상가 앞을 지나가는 사람마다 이마를 찌푸리며 잠시 무슨 일인가 기웃거리다가 코를 막고는 그 앞을 떠났지요. 밤 사이에 건물 안 상가에 누군가 똥물을 퍼다 여기저기 뿌려놓은 겁니다. 그런 줄도 모르고 그녀는 그 안에서 잠을 잤습니다. 아침 청소를 하려고 문을 바깥으로 열다가 그녀는 지독한 냄새 때문에 코를 막고 쓰러졌습니다. 그 무렵 건물 안에는 어깨가 넓고 검은 양복을 입은 덩치 큰 사내들이 어슬렁거렸지요. 그들은 하는 일도 없이 볼링장을 점령하고 볼을 던지거나 식당에 내려와 눈을 부라리며 수육 갈비 따위를 먹고 있곤 했지요. 슈퍼마켓을 어슬렁거리며 상품들을 툭툭 건드려댔습니다. 패스포트나 딤플 같은 양주병을 그 자리에서 따서 마시기도 했으며 정육점 진열장 안에서 최상품 채끝살을 썰어놓은 바구니를 통째로 들고 나가기도 했어요, 그들이 들어와보지 않은 곳은 아마도 최나영 피부관리연구소뿐일 겁니다. 건물 안쪽 외진 곳에 있어서 그렇기도 했지만 피부관리실까지 어슬렁거리기는 좀 그랬던 모양이죠. 그들은 밤이 되어도 가질 않았어요. 관리사부실에서 아예 기거하는 듯했지요. 그들이 그 건물에 존재한다는 것 자체가 상가를 드나드는 사람들한테는 억압이었습니다. 볼링장 회원들은 하나둘씩 다른 곳으로 옮겨갔고 식당에도 눈에 띄게 사람들의 발길이 끊겼어요. 상가를 비울 수 없다고 버티던 사람들이 하나둘씩 상가를 비우기 시작했어요. 이런 싸움은 더러운 싸움이라 언제 끝날지를 모르고, 끝난다고 해도 계속 말썽이라면서요. 초반에 손해를 보더라도 일찌감치 상가를 정리하고 다른 곳에 새 가게를 내는 것이 그나마 손해를 최소화시킬 거라는 판단이 섰겠지요. 일층에서 가장 넓은 공간을 차지하고 있던 은행이 제일 먼저 맞은편으로 옮겨갔습니다. 예식장이 오픈할 거라는 플래카드는 거두어졌으며 시계점과 꽃집도 다른 곳으로 옮겨갔죠. 하지만 최나영 원장은 어림없는 소리라고 했어요. 이곳에 피부관리연구소를 차리면서 들어간 인테리어 비용만 해도 얼만데 권리금도 없이 비울 수가 있느냐며 법이 있는 한 관리소장 뜻대로는 안 될 거라고 했지요. 그녀 생각에도 원장의 말이 맞는 것 같았습니다. 그러다가 그날 아침에 그런 꼴을 당한 거예요. 말도 마세요, 건물 바닥에 누런 똥이 깔려 있고 벽에도 똥칠이 범벅이 되어 있었어요. 다행히 피부관리연구소 내부는 괜찮았습니다만 식당엔 어떻게 침입을 했는지 안 벽까지 온통 똥범벅이었어요. 다른 곳도 아닌 식당을 그래놨으니 더 이상 음식을 팔 수가 없었죠. 벽에 온통 밴 불결한 냄새는 아무리 닦아내도 사라지지 않았습니다. 물론 경찰에 신고했지요. 상가 사람들이 보기엔 범인이 뻔한데 경찰은 사람들을 하나하나 불러다가 지루하게 조사를 시작했죠. 일주일인지 이주일인지 범인을 색출하지 못한 채 그렇게 조사만 했습니다. 그 짓을 할 사람은 관리소장뿐이라는데도 증거가 없다는 것이었죠.

그날 오후에 그녀는 다방을 찾아갔지요. 다방 여자가 피부관리연구소에 세번째 다녀간 뒤로 처음이었죠. 언제나 그녀는 최나영 피부관리연구소를 나오면 달리 갈 데가 없었습니다. 이따금 무엇을 어떻게 해야 할지를 몰라 우두커니 그 거리에 서 있는 여자를 보았다면 어쩌면 그녀일 거예요. 사람들이 그녀의 어깨를 치고 어디론가 바삐들 걸어가는 모습이 그녀는 신기했습니다. 그날이라고 달랐겠습니까. 햇살은 눈부셨고 거리를 오가는 사람들은 어디론가들 바삐 움직였습니다. 건물을 빠져나왔어도 지독한 냄새는 코끝을 맴돌았습니다. 그녀가 다방을 찾아간 것은 다방 여자 때문이 아니라 수족관 속의 악어가 생각났기 때문이지요. 한번 생각을 하자 어서 보고 싶은 마음을 억누를 수가 없을 정도였어요. 숨이 가빠질 지경이었습니다. 그녀는 느티나무 밑의 세 갈래 길에 당도하기까지 한 번도 쉬지 않았어요. 가파른 계단도 단숨에 뛰어올랐죠. 어디서도 주춤하는 법 없이 망설이지 않고 다방으로 들어갔어요. 당연히 이마와 겨드랑이는 땀에 젖고 눈은 피곤해 보였죠. 그녀는 마치 단골손님처럼 악어가 엎드려 있는 수족관 앞에 털썩 주저앉았습니다. 다방 여자는 커피 마시겠냐고 묻지도 않은 채 곧장 커피를 내리러 주방으로 들어갔습니다. 그녀는 수족관 안 악어의 머리 꼭대기에 붙어 있는 눈을 깊이 응시했죠. 단단하고 날카롭고 강력해 보이는 턱을 바라보기도 했습니다. 다방 여자가 커피잔을 그녀 앞에 내려놓으려다가 테이블 밑으로 떨어뜨리지 않았다면 그녀는 하염없이 그러고 있었겠죠. 그녀의 옷이 뜨거운 커피에 흠씬 젖었어요. 커피잔의 깨진 파편이 그녀의 다리에 튀기까지 했습니다. 다방 여자는 당황하지도 않고 느리게 말을 주워섬기더군요. 아이를 낳고 사흘 만에 백내장 수술을 했어요. 안 그러면 두 눈 다 실명할 거라고 했거든요. 그런데 수술이 잘못되어 왼쪽 눈 시력은 끝내 잃었죠. 아무 일도 아니라는 듯이 아무것도 보지 못하는 자신의 한쪽 눈 이야기를 하는 다방 여자를 그녀는 그때서야 쳐다봤습니다. 다방 여자의 한쪽 눈이 보이지 않는다는 사실 때문이 아니라 아이를 낳고 사흘 만에, 라는 말에 놀랐는지 사흘 만에요? 반문했죠. 다방 여자의 왼쪽 눈이 시력이 없는 상태라는 것을 아는 사람은 없는 것 같았어요. 하긴 늘 지켜보지 않는 다음에야 본인이 말하지 않으면 알 수 없는 일이기도 하지요. 그 여자는 느티나무 아래를 걸어갈 때 오른쪽이 텅 비어 있는데도 왼쪽으로 바투 걸어가곤 했죠. 늘어진 느티나무 가지에 옷자락이 걸려 늘어지는 걸 목격하는 건 쉬운 일이었죠. 일층의 슈퍼에 들어갈 적에도 왼쪽으로만 치우쳐 걷다가 물건들을 쓰러뜨리기 일쑤였어요. 물론 문을 열 적에도 왼쪽으로만 열었고요. 가끔 손님 앞에 커피잔을 위태롭게 내려놓곤 했지요. 손님이 두 사람이면 커피잔도 나눠 놓아야 할 텐데 두 잔 다 왼쪽에만 바투 내려놓기도 했구요. 아, 지금 생각해보니 잔돈을 내주다가 지폐를 잘못 거슬러주는 일도 자주 있었군요. 그러기로서니 누가 한쪽 눈이 멀었다고 생각하겠어요? 원래 좀 산만한 사람인 모양이라고 여겼겠죠. 그런 건 하등 문제가 되지 않았습니다. 어차피 사람들은 다방 여자를 보러 다방에 오는 건 아니었거든요. 여자가 만들어서 들고 오는 커피는 참 향기로웠어요. 커피를 갈아놓지 않고 매번 그때마다 갈아서 내려줬으니까요. 다방 여자가 어찌하여 여기로 흘러들어와 이곳에서 하필 다방을 하고 있었는지는 모르겠어요. 왠지 차를 파는 여자로는 보이지 않았거든요. 옷차림도 청바지에 여름에는 면 티셔츠, 겨울에는 그 셔츠를 안에다 입고 단추를 채운 카디건 차림이었습니다. 머리는 스타일이라고 할 것조차 없이 어깨까지 자라면 미장원에 가서 귀 위까지 쳐내고 오는 것이 다였지요. 나이도 가늠하기 어려웠습니다. 이십대 후반 같기도 한데 다시 보면 사십에 이른 얼굴인 것 같기도 하고 어느 때 보면 갓 서른쯤 되어 보이기도 하고 그랬지요. 화장도 안 하고 옷차림도 늘 그게 그거여서 그래도 나이를 짐작할 수 있는 게 겨우 피부였는데, 어느 땐 팽팽하고 어느 때 보면 눈 그늘이 짙거나 입가에 주름이 퍼져 있거나 그랬지요.

아침부터 계속 똥냄새를 맡고 있었던 그녀는 커피가 흘러내린 치마를 휴지로 닦아내며 이마를 찌푸리면서 나도 오른쪽이 함몰유두예요, 중얼거렸답니다. 테이블 밑을 치우고 있던 다방 여자는 그래요? 하면서 명랑한 웃음을 쏟아냈습니다. 그날 밤, 자정 지나 그녀는 다방 문을 나섰습니다. 다방 여자가 뒤따라오는 것 같았으나 돌아보지 않았습니다. 밤거리에 나선 그녀의 사냥감은 낮에 건물 바깥으로 나올 때 그녀가 눈여겨보아두었던 관리소장의 자동차 체어맨이었지요. 새로 구입한 지가 보름도 되지 않아 계기판이 비닐은 아직 떼지도 않은 상태였죠. 대책회의를 하는지 건물의 관리소장실엔 불이 환히 켜져 있었습니다. 제 차는 똥냄새조차 맡게 하기 싫었을까요. 관리소장은 옆 건물 학원 주차장에 체어맨을 주차해두었는데 그녀는 미리 알고 있었던 것 같아요. 차를 찾느라고 헤매질 않았거든요. 석유통을 들고 관리소장의 체어맨을 향해 다가갈 때 그녀는 느꼈습니다. 야생 고양이처럼 눈을 빛내며 그녀의 행동을 어둠 속에서 지켜보는 다방 여자의 눈 속에 타오르는 불길을요.

가파른 계단을 다 걸어 올라가면 아직 개발되지 않은 오래된 주택들이 한눈에 들어옵니다. 이 도시에 아직도 이런 동네가 있나 싶을 지경으로 집들은 낡았습니다. 게다가 아름드리 소나무도 보이고 낡은 집들 담장 안엔 대추나무나 감나무 같은 유실수들도 보입니다. 그때 그녀가 업어다준 아이가 살던 낡은 아파트는 변함없이 그 자리에 서 있군요. 저 가파른 계단을 사이에 두고 저 아래와 지금 이곳의 풍경은 너무 다릅니다. 계단을 다 오르고 나면 당신이 누구라 해도 좀 놀랄걸요. 앞에서도 말했던 것처럼 이 도시에서는 좀처럼 볼 수 없는 풍경이 펼쳐지거든요. 담쟁이덩굴이 시퍼렇게 담장을 점령하고 있는 낡은 일본식 건물이 한 채 보입니다. 그 앞엔 아름드리 느티나무가 한 그루 서 있습니다. 거기서 길은 또 세 갈래로 갈라지지요. 길이 갈라지는 지점에 어색하게 삼층 건물이 하나 서 있습니다. 기초 공사를 튼튼히 해서 마무리까지 정식으로 마친 건물은 아닌 것 같아요. 처음엔 공사장의 인부들이 임시로 밥을 해먹거나 비를 피하거나 하기 위해 가건물로 세웠던 것이 철거되지 않고 계속 남아 있게 되지 않았나 생각됩니다. 삼층은 마을회관이고 방을 들여놓은 이층엔 도배 일을 다니는 부부가 기거하고 있습니다. 일층은 슈퍼마켓입니다. 그 곁엔 '강원부동산'이라는 간판이 붙은 가게가 있습니다.

쉿, 바로 저기가 다방이 있던 자리입니다. 슈퍼마켓과 부동산 사이로 하나 둘 셋 넷…… 여덟 개의 계단을 타고 내려가면 지하에 다방이 있었죠. 하다못해 꽃이라든가 제일이라든가 이런 이름도 없이 그냥 다방이라고만 쓰여 있었죠. 보세요, 지금도 희미하기는 하지만 '다방'이라는 붉은 글씨는 여전하네요. 희미해져서 자세히 봐야 하긴 하지만 저기요, 우편함 뒤쪽의 벽면에 쓰여 있잖아요. 슈퍼마켓은 규모는 작지만 생수에서부터 청양고추까지 팔지 않는 것이 없답니다. 그렇겠죠. 저 슈퍼마켓은 여기 사는 사람들의 일상용품들을 대는 유일한 곳이니까요. 담배며 볼펜이며 우표까지 죄다 팔지요.

어느 길로 들어서나 손보기도 겁날 것같이 오래된 기와지붕들이 서로 다닥다닥 붙어 있는 풍경이 시야에 들어옵니다. 지붕 위를 보세요. 여기저기에 풀들이 돋아나 자라고 있습니다. 밭두둑이나 산길에서 눈에 띄는 노란 애기똥풀 꽃이 피어 바람에 흔들리고 있군요. 어떤 잡초는 혼자만 멀쑥하게 키가 자라 하늘을 쳐다보고 있습니다. 그날 일이 아니었어도 그녀는 그 다방을 다시 찾아갔을 겁니다. 다방 여자에게서 우리는 같은 부류예요, 라는 말을 들은 이후로 그녀는 점심을 먹으러 나왔다가 혹은 저녁시간에 가파른 계단을 천천히 올라와 이 근처를 배회하곤 했거든요. 낡은 아파트를 뒤로하고 서 있는 낡은 일본식 건물과 아름드리 느티나무 아래를 서성였으나 사실은 다방을 주시하고 있었습니다. 그러다가 때로는 용기를 내어 지하 다방으로 들어갔지요. 나방 여자 때문이 아니라 악어 때문이었어요. 악어 때문이라니? 앞전에 말하지 않았던가요? 헛소리라고 생각했나요? 당신은 믿지 않을지 모르겠으나 그 다방의 수족관엔 악어가 살았습니다. 그것도 거대한 악어가 말이지요. 수족관은 다방의 중앙에 놓여 있었습니다. 여태 찻집을 장식하고 있는 수족관 중에서 그렇게 큰 수족관은 처음이었습니다. 수족관의 높이는 천장까지 닿을 듯했습니다. 중앙의 수족관을 사이에 두고 양편으로 테이블이 놓여 있었습니다. 그러니까 사람들이 들어오면 악어가 살고 있는 수족관을 사이에 두고 이편 저편에 앉게 되었지요. 워낙 수족관이 자리를 많이 차지했기 때문에 손님들이 차를 마실 수 있는 테이블은 그리 많지 않았어요. 게다가 악어 밥을 주려면 사다리를 타고 올라가 던져줘야 했기 때문에 사다리가 차지하는 자리도 적지 않았지요. 마치 그 다방은 차를 팔기 위한 장소가 아니라 악어를 키우기 위한 장소로 보였습니다. 악어의 몸은 전체가 단단한 비늘로 뒤덮여 있었습니다. 눈은 기괴하게 머리 꼭대기에 붙어 있었죠. 주둥이는 또 얼마나 넓고 길던지요. 성질이 사납고 포악하여 닥치는 대로 잡아먹는다더니 영락없이 그러게 생겼더군요. 주둥이 사이로 날카로운 이빨이 솟구쳐 있었는데 움직임이 없을 때조차 그 이빨이 지닌 파괴력이 짐작되어 등골이 오싹할 지경이었지요. 등가죽도 특이했어요. 거북의 등처럼 아주 딱딱한 것이 불멸할 것 같은 느낌이었습니다. 튼튼한 것으로 말하자면 비교할 데가 없겠더군요. 그녀는 악어에 이끌린 듯했어요. 수족관 바로 옆에 앉아서 머리 꼭대기에 붙어 있는 악어의 눈동자를 응시하곤 했지요. 그럴 때면 악어의 발가락 사이의 물갈퀴가 움직거리곤 했어요. 열대지방의 하천이나 늪에 있어야 할 악어가 뜻밖의 장소의 거대한 수족관 속에 들어 있는 것이 마냥 신기한지 그녀는 어느 때는 몇 시간이고 악어 곁에 앉아 있었답니다. 성질이 사납고 포악한 악어를 고요한 사원을 보듯 응시했어요. 다방에 처음 온 사람들은 그녀와 마찬가지로 수족관 속에 눈을 껌벅거리며 갇혀 있는 게 공격성이 강해 야생동물을 닥치는 대로 잡아 죽이는 악어일 줄은 생각도 못 했어요. 정말 악어일까, 의혹을 품지 않은 사람이 없는 듯했습니다. 그 힘센 이빨이며 강력한 턱이며 길다란 몸이 처음엔 아련해 보이는 모양이었습니다. 그러다가 수족관 속의 악어가 물을 박차고 난간으로 튀어오를 때나 혹은 난간에서 물속으로 뛰어들 때 사람들의 모골은 송연해졌습니다. 악어가 움직이면 잠자는 듯했던 수족관이 들썩였습니다. 얼마간 습한 공기가 떠다니던 다방 안도 악어가 몸을 뒤치는 순간엔 완전히 바뀌곤 했죠. 악어로서는 그저 몸을 한번 뒤치어본 것뿐이겠지만 천장까지 닿을 듯이 솟아 있는 높은 수족관의 물이 그 순간 출렁거리며 다방 바닥으로 흘러넘쳤지요. 수족관을 뚫고 악어가 막 뛰쳐나올 것 같아 사람들의 눈 속엔 두려움이 실렸죠. 누군가는 비명을 질렀습니다. 차를 마시려던 사람들의 옷자락이나 테이블에 물벼락이 튀었지요. 그런데 참 이상하기도 하지요. 사람들은 그 순간을 좋아했습니다. 마치 악어의 요동을 기다리거나 한 사람들처럼 그 순간 사람들의 눈동자엔 생기가 돌았죠. 경탄으로 입술은 벌어지고 뺨들은 발그레해졌어요. 그러니까 비명 소리가 아니라 탄성이었던 거예요. 그렇게 몸을 한번 뒤치고 나면 악어는 다시 바닥에 죽은 듯이 납작하게 엎드려서는 머리 꼭대기에 달려 있는 눈동자를 껌벅이며 수족관 바깥의 사람들을 바라보곤 했습니다. 방금 전의 포악해 보이던 모습은 간데없고 사람들을 응시하는 악어의 눈은 권태로워 보이기까지 했죠. 그럴 적이면 사람들이 악어를 구경하는 게 아니라 악어가 사람들을 구경하는 듯한 느낌이었습니다. 가파른 계단 위의 이 외진 동네의 다방에 사람들이 심심찮게 드나들었던 건 그 악어 때문이었을 겁니다. 악어를 보러 오는 사람들은 이 동네 사람들만은 아니었어요. 가파른 계단 아래의 빌딩 속에 근무하는 넥타이를 맨 사람들도 있었고 그보다 더 먼 곳에서 오는 사람들도 있었죠. 그들은 점심을 먹은 후에 혹은 퇴근 후에, 어떤 사람들은 일부러 전철과 버스를 갈아타고, 또 어떤 이들은 가파른 계단이 시작되는 곳까지는 택시를 타고 오기도 했지요. 그들은 가파른 계단을 숨을 헐떡이며 올라와서 수족관 앞에 앉아 커피를 한잔 시켜놓고 악어를 바라보다 가곤 했습니다. 흥미로운 것은 악어를 보고 가는 사람들은 자신들의 입으로 그 다방에 악어가 살고 있다는 것을 다른 사람에게 전하지 않는다는 것이었어요. 마치 발설해서는 안 되는 비밀이나 되는 듯이 제각각 혼자서들 간직했습니다. 대체 악어에게 무슨 매력이 있었을까요. 이 다방에 한번 온 사람들은, 다방 중앙 통로에 놓여 있는 거대한 수족관 속의 악어를 보고 간 사람들은, 며칠 내에 대부분 다시 이 다방을 찾아왔습니다. 기분이 좋은 날 오는 것 같진 않았어요. K는 엘리베이터 안에서 고함이라도 지르고 싶게 분노가 치미는 날에 왔고 Y는 이제 고3이 된 아들을 시간 맞춰 학원에 데려다주고는 이마를 찌푸리며 왔고 B는 삼 년째 병원에 누워 있는 남편의 대변을 받아내다가 돌연 병원을 빠져나와 그 다방의 악어를 보러 왔습니다. 그제와 같은 어제, 어제와 같은 오늘을 보내다가 마치 모든 시간을 다 떨쳐버리려는 듯이 악어를 보러 오고는 했지요.

그녀가 악어를 보러 오기 시작하자, 다방 여자는 피부관리연구소에 오지 않았습니다. 그녀는 다방 여자가 수족관에 기대어놓은 사

다리를 타고 올라가 악어에게 먹이를 던져주는 모습을 보기를 좋아
했습니다. 그때면 악어가 뒤치는 걸 볼 수 있었으니까요. 다방 여자
는 커다란 상어를 사다가 토막내 냉장고에 넣어놨다가 악어에게 던
져주기도 했고 때로는 붕어며 닭을 던져주기도 했죠. 다방 여자는
자신의 먹을 것을 위해서가 아니라 악어의 먹이를 찾아서 자주 시
장에 나갔죠. 악어는 무엇이든 척척 받아 단숨에 삼켜버렸습니다.
먹이를 삼킬 때의 악어의 쭉 찢어진 입은 기괴하기 이를 데 없었죠.
다방 여자에게서 악어가 꽃게를 가장 맛있어한다는 말을 들은 그녀
는 저 아래 재래식 시장에서 물 좋은 꽃게를 사다가 직접 사다리를
타고 올라가 그때껏 톱밥이 묻어 있는 꿈틀거리는 꽃게를 악어에게
던져주곤 했던 거예요. 꽃게 다섯 마리 정도쯤이야 악어는 그야말
로 게눈 감추듯 먹어치웠죠. 살아 있는 꽃게가 아드득 씹히는 소리
가 수족관 바깥으로까지 들렸지요. 그녀는 악어가 공격적으로 꽃게
를 씹어 먹는 모습을 홀린 듯이 바라보곤 했습니다. 그녀에게 악어
는 사원이었던 걸까요? 악어에게 꽃게를 먹이기 시작하면서 그녀는
밤거리에 불을 지르며 다니고 싶은 욕망을 누를 수 있었습니다. 다
른 사람이 알지 못하는 신체의 비밀을 나누게 되면 친밀감이 생기
는 모양이지요. 왼쪽 시력으로만 살다보니 오른쪽에 대해서는 얼마
긴 두려움이 있는 것 같은 다방 여자와 옷 속에 가려져 있으나 오른
쪽이 함몰유두인 그녀는 서로 한 몸이 된 듯했습니다. 도통 나이를
짐작할 수 없었던 다방 여자는 어느 날 그녀에게 마흔두 살이라고
자신의 나이를 밝혔지요. 스무 살 때 첫아이를 낳았다고도 했습니
다. 다방 여자가 마흔둘이니 딸과 그녀는 동갑인 셈입니다. 다방 여

자는 그 아이를 위해 이십 년 동안 적금을 붓고 있다고도 했습니다. 그러나 그 아이가 그 적금통장을 받아줄지는 모르겠다고도 했지요. 그녀와 함께 있을 때의 다방 여자는 그녀와 같이 스물두 살로 보였습니다.

최나영 원장도 건물 관리소장의 횡포를 더 견디지 못하고 건물을 떠나기로 한 날 그녀는 시내의 서점에서 오후를 보냈지요. 이 책 저 책을 뒤적이던 그녀의 시선이 두꺼운 외국 소설의 한 페이지에 한동안 고정되어 있었습니다. 뉴욕 시의 수많은 아이들이 너나할것 없이 새끼 악어를 사들인 해가 있었다고 쓰여 있었거든요. 메이시 백화점에서 악어 새끼들을 한 마리에 얼마씩 받고 팔았는데, 아이들이 저마다 유행처럼 악어 새끼를 한 마리씩은 가져야 할 것처럼 아우성을 쳤던 해가 있었답니다. 그랬다가 아이들은 곧 악어들에게 흥미를 잃었습니다. 새 장난감을 갖게 되면 헌것에 재미를 잃는 것과 마찬가지였겠죠. 아이들은 새끼 악어들을 거리에 내다버리기도 하고 변기에 넣고 물을 내려버리기도 했다는군요. 아이들에게서 버림받은 악어들은 물에 쓸려 암흑 속으로 내려갔습니다. 컴컴한 어둠 속에서 새끼를 쳤습니다. 쥐와 오물을 먹으며 악어들은 계속 불어났답니다. 암흑의 세상에 얼마나 많은 악어들이 살아 움직이고 있는지는 도무지 알 수가 없었죠. 쥐들은 공포에 질려 하수구를 떠났고 오물만으로는 먹을 것이 부족했던 악어들이 암흑 속에서 서로를 잡아먹는 장면을 그녀는 눈을 감았다가 뜨기를 반복하며 읽었습니다. 긴 장화를 신은 사냥꾼들이 맨홀 뚜껑을 열고 내려가 더러운 하수구를 철벅거리며 걸어다닙니다. 그들이 회중전등 불빛을 밝히며 악어들을 향해 엽총을 쏘는 장면에서 그녀는 책을 덮었습니다.

느티나무에서 갈라지는 세 갈래 길 중 왼쪽 길로 접어들면 골목이 아주 좁습니다. 가운데에 마당이 있는, 사실 마당이라고 하기엔 좀 그렇네요, 집의 가운데 공간에 수도꼭지를 둔 ㄷ자나 ㅁ자형의 오래된 한옥들이 몇 채 그 골목 안에 있습니다. 집의 형태는 모두 비슷하지만 그 집에 사는 사람의 취향에 따라 골목으로 나 있는 대문 앞은 확연히 다릅니다. 오랫동안 쓸지 않아 먼지가 수북한 집, 양편에 치자나무를 심어놓은 집, 손잡이가 떨어져나간 머그잔이나 페트병, 사과상자에 흙을 담아 상추며 고추며 방울토마토를 심어놓은 집. 나팔꽃 덩굴이 대문을 타고 담장을 기어올라가 지붕으로까지 뻗어나간 집도 있습니다. 골목으로 나 있는 밀창문, 바깥에 끈을 매달고 수건이나 양말 따위를 널어놓은 집도 있고요. 그녀는 그 집들을 지나쳐가곤 했습니다. 막다른 집을 앞에 두고 오른쪽으로 꺾으면 이십 미터쯤 내리막길이 이어집니다. 축대 왼편에는 대문이 위태롭게 매달려 있습니다. 이 골목 안에서 유일하게 한옥이 아닌 양옥집이군요. 흰색 대문은 군데군데 페인트칠이 벗겨져 있습니다. 복덕방 사람이 초인종을 누르고 있군요. 오래전에 그녀도 저기 서서 초인종을 누르곤 했지요. 반응이 없으면 가방을 뒤져서 열쇠를 꺼내곤 했지요. 그녀의 열쇠고리에는 두 개의 열쇠가 매달려 있었습니다. 흰 대문 안에서 누구세요? 바깥에 대고 소리를 지릅니다. 흰 대문 안엔 길다란 마당이 있고 시든 분꽃이 가득하군요. 복덕방입니다. 아, 네, 들어오세요. 주인 여자가 이층에서 내려옵니다. 대문을 열어줍니다. 복덕방 사람과 방을 보러 온 여자가 흰 대문 안으로 들어가는군요. 분꽃 화단을 지나 왼편으로 꺾어지면 거기에 또 하나의 문이 있습니다. 저 문은 예전부터 잘 따지지가 않았어요. 오래전에 그녀가 손에 들고 있던 것들을 죄다 바닥에 내려놓고 문을 따는 일에 몰두하고 있는 모습을 보는 일은 흔했지요. 간신히 문을 따고 안으로 들어갔다가 다시 나와 바닥에 내려놓은 것들을 챙겨들고 다시 안으로 들어가는 모습도 종종 봤지요. 세입자는 돌아왔나요? 복덕방 사람이 묻습니다. 아무래도 오지 않을 것 같아요. 벌써 일 년 동안이나 방을 비워둔 채 아무 소식이 없으니 우리도 더는 못 기다리겠어요. 방세는 보내옵니까? 보내오긴요, 보증금 받아놓은 것 중에서 까나가고 있었죠. 이번 달로 까나갈 돈조차 없으니 이제 방을 다시 세놓아도 될 것 같아서 연락했어요. 계약기간도 다 끝났고요. 주인 여자는 뭔가 못마땅한 기색입니다. 돈도 돈이지만요, 집이라는 게 그렇잖아요. 인기척이 끊겨봐요, 금세 썰렁하니 못쓰게 된다니까요. 어쩌니 저쩌니 해도 사람이 드나들면서 밥도 지어 먹고 빨래도 빨고 쓸고 닦고 해야 집이 숨을 쉬지, 안 그래요? 그렇지요. 그런데 참 이상한 사람들이군요. 어쩌자고 방을 이렇게 방치해 두는 걸까요? 글쎄 말이에요. 모녀지간 같았는데 어찌 된 셈인지 모르겠어요. 나도 여러 해 동안 방을 세놓아봤지만 이런 경우는 처음이라니까요. 문이 잠겨 있지 않나요? 열쇠집에 연락해서 따놨어요. 열쇠를 그 사람들이 가지고 있으니 어쩔 수 없잖아요. 집주인 여자는 이층에 삽니다. 이층이라고 말했지만 일층 반이라고 해야 될 거예요. 왜냐면 이 지대가 높아서 그렇지 이 방은 반지하거든요. 그래도 창가에서 보면 저 아래가 다 내려다보입니다. 허물어진 담장 밑에 서 있는 해바라기며 그 옆의 쓰레기통까지도요.

그들이 문을 열고 실내로 들어가는군요. 오랫동안 인기척이 끊어졌던 공간에는 눅눅한 공기가 떠다닙니다. 거실이라고 해야 하나, 아니면 부엌이라고 해야 할까요. 실내는 둘로 나뉘어져 있군요. 나뭇결 무늬의 장판이 깔려 있습니다. 저 안쪽이 방입니다. 세간은 간단합니다. 바깥쪽엔 한 단짜리 싱크대만 썰렁하게 놓여 있네요. 싱크대의 빈 공간엔 일회용 가스레인지가 있습니다. 아직 상표도 떼지 않은 새것인데 오래 사용하지 않아 먼지가 뿌옇게 내려앉아 있군요. 레인지 위엔 흰색 법랑 주전자가 얹혀 있습니다. 의자 두 개가 배치된 이인용 식탁 위엔 화병이 있군요. 장미 두 송이가 꽂혀 있습니다. 노란색이거나 분홍색이었을 것 같은데 지금은 말라비틀어진 채 무채색입니다. 숟가락과 젓가락을 올려놓는 거북 모양의 받침대 두 개가 나란히 포개져 있고 뜨거운 냄비를 내려놓는 타일 받침대도 한 개 있습니다. 수저 두 개, 젓가락 두 개, 포크 두 개, 차스푼 두 개, 아무 장식이 없는 흰색과 검은색의 머그잔 두 개……대개가 두 개씩이군요. 공기 두 개, 국그릇 두 개, 크고 작은 접시도 각각 두 개씩입니다. 그 여자들 세간인가요? 네, 아직 치우지 않았군요. 혹시나 해서요, 계약이 되면 그때 치워놓겠어요. 커피통의 갈색 커피가 누렇게 눌어붙어 있습니다. 긁어도 가루가 떨어질 것 같지가 않군요. 설탕통의 뚜껑도 절대 열리지 않을 것 같아요. 복덕방 사람을 따라 방을 보러 왔던 여자가 찬찬히 실내를 둘러봅니다. 여기 살던 사람들은 어떤 사람들이었나요? 호기심 어린 눈으로 주인 여자에게 묻습니다. 둘이 살았지요. 이 방을 얻으러 온 사람은 저 위에, 다방 여자였고 나중에 처녀를 데리고 왔지요. 저 위요? 복덕방 남자의 눈이 휘둥그레집니다. 지하 다방 여자 말씀인가요? 악어를 기르던 그 여자 말이에요? 네. 아, 그 여자가 여기 살았군요. 곁에서 듣고 있던 방을 보러 온 여자가 악어라니요? 복덕방 남자에게 묻습니다. 남자는 뭐라고 대답을 해야 될지를 모르겠는지 입을 다뭅니다. 방을 보러 온 여자가 새초롬해지더니 곧 뭔가 숨겨놓은 비밀이 있는 거 아닌가요? 되묻는군요. 비밀이라니요? 그런 것 없어요. 등뒤에서 이번엔 집주인 여자가 불쾌한 표정을 짓습니다. 이상해서 그러잖아요. 세간살이는 그대로 있는데 이 방에 살던 사람들은 벌써 일 년째 소식조차 없다니요. 그들 사이에 잠시 침묵이 흐릅니다. 실종신고라도 해야 되는 거 아닌가요? 실종신고요? 그걸 왜 우리가 하죠? 그 여자들은 주민등록도 여기로 옮겨놓지 않았다구요. 마음에 걸리면 그만 나가세요. 그러잖아도 시세보다 싼 가격에 내놓았는데 야릇한 소리까지 듣고 싶진 않아요. 집주인 여자의 목소리에 신경질이 섞이자 방을 보러 온 여자가 입을 다뭅니다.

그녀가 똥냄새 때문에 더이상 건물 안에서 잠을 잘 수 없게 되자 어느 날 다방 여자가 그녀를 이 방에 데리고 왔었죠. 다방 여자가 창문을 열었을 때 앞집 마당의 감나무 한 그루에 붉은 감이 주렁주렁 열려 있는 모습이 보였습니다. 다방 여자는 조심스럽게 그녀에게 이 방에서 함께 살자고 했습니다. 보증금 오백만원에 월세가 삼십만원이라고 했어요. 보증금은 사라지는 돈이 아니니 다방 여자 자신이 부담하겠다, 월세는 둘이 반반씩 부담하자 그랬죠. 이틀 동안 이 동네를 안 다녀본 곳이 없다고도 했죠. 다방 여자는 몹시 긴

장한 듯했어요. 혹여 그녀가 거절할까봐서요. 그녀가 방에서 잠을 자지 않는다는 걸 알고 있었거든요. 그녀가 악어를 보러 오는 날 자정이 지나면 다방 여자는 그녀에게 자고 가라고 했죠. 다방 여자가 보기에는 건물 전체에 불이 꺼진 피부관리연구소의 침대 위에서 자는 것이나 다방 안에 있는 자신의 방에서 자는 것이나 그게 그거일 거라는 생각에서였지요. 하지만 그녀는 그 방에 들어오려고조차 하지 않아 다방 여자를 의아하게 하곤 했죠. 나는 방에서 자지 않아요, 그녀의 해명은 겨우 그것이었고 그 늦은 시각에도 다시 피부관리소 건물로 돌아가곤 했지요.

그날, 그녀가 복잡한 표정으로 자신과의 동거를 망설이자 다방 여자가 애원하듯 말했죠. 이제 더이상 지하에서 잠을 잘 수가 없어요. 숨을 쉴 수가 없고 등이 너무 아파요. 등이 아프다고만 안 했으면 아니 창문으로 저 감나무가 내다보이지만 않았다면 그녀는 이 방에서 다방 여자와 동거하지 않았을 거예요. 어느 날, 다방 여자가 그녀를 데리고 신촌에 있는 대학교를 찾아가지 않았던들 마음이 바뀌지 않았을지도 모르죠. 다방 여자는 여자대학 문리대 건물 바깥의 벤치에서 세 시간을 앉아 있은 다음에야 저애예요, 친구들과 함께 왁자하게 떠들며 막 건물 바깥으로 나오는 한 처녀를 가리켰지요. 내 딸이에요, 다방 여자는 속삭였습니다. 딸이라고요? 그녀는 다방 여자를 물끄러미 쳐다봤습니다. 저애는 내 존재를 몰라요, 그녀는 처녀를 눈여겨 살펴봤습니다. 다방 여자와는 너무나 달랐죠. 검은 머리에는 윤기가 흘렀고 얼굴 윤곽이 또렷했으며 뭐가 그리 즐거운지 팔짝 뛰거나 허리를 젖히며 웃었지요. 볼우물이 파이는 것이 보일 정도로 처녀는 그들 곁을 가까이 스쳐 지나갔죠. 응석받이로 자란 태가 역력했습니다. 규칙을 어기는 일 따위는 해본 일이 없는 것 같고 어른 말엔 군말 없이 순종할 것 같은 단정한 용모였지요. 예쁘죠? 순간이었습니다. 세 시간을 기다렸는데 처녀가 다방 여자 앞을 지나가는 시간은 너무 짧았습니다. 왜 만나지 않죠? 다방 여자는 저애가 스무 살이 되면 만나려고 했죠. 소용없는 일이 되었지만. 그래도 저애가 스무 살이 되기를 기다리느라 이렇게 살아 있는 거예요. 저애는 내 존재를 모르는 게 좋아요. 그녀는 그날에야 다방 여자가 몹시 아프다는 걸 알았습니다. 병원 치료도 받지 않은 채 누구의 보살핌도 받지 못한 채 죽어가고 있다는 것을요. 다방 여자가 방을 얻은 대신 저 아래 재래시장에서 짝을 맞춘 세간들을 사다 나른 건 그녀였지요. 생각나는 것을 노트에 적어 물건들을 두 개씩 골라 이곳으로 나를 때의 그녀는 고통이었을까, 아니 희열인지도 모를 감정에 휩싸여 있었지요.

방으로 통하는 문엔 사진 몇 장과 그림 한 장이 붙어 있군요. 방을 보러 온 여자가 사진을 들여다봅니다. 악어군요. 방을 얻으러 온 여자는 이제 방보다는 다른 호기심에 차 있습니다. 이 사진도 그 여자들이 붙여놓은 건가요? 집주인 여자는 대답을 하지 않습니다. 대문을 열어줄 때와는 달리 어서 나가줬으면 싶은 모양인지 주인 여자는 뒷전에 서서 이제 팔짱까지 낍니다. 복덕방 남자도 방문에 붙어 있는 사진을 들여다봅니다. 어느 섬입니다. 수십 마리의 악어들이 마치 일광욕을 하듯이 뭍에 올라와 물을 향해 얼굴을 두고 누워 있습니다. 고갤 쳐들고 있거나 꼬리를 휘감고 있기도 합니다. 물은 깊어 보이지 않으나 수초 하나 없는 걸로 보아 늪은 아닙니다. 휴식을 취하고 있는 수십 마리의 악어들 뒤로는 푸른 숲이 이어지고 흰 바위들도 햇볕 아래 드러나 있습니다. 다른 사진은 어느 늪이군요. 아직 덜 큰 악어의 목이 끈에 매여 있습니다. 바지를 걷어올리고 모자를 눌러쓴 남자는 총을 들었습니다. 엎드린 남자가 들고 있는 총구는 악어의 목구멍을 향하고 있습니다. 그 순간에 정지되어 있기 때문에 남자가 악어를 향해 총을 쏘았는지 어쨌는지는 모르겠으나 사진 밑에는 '야생동물 학살'이라 쓰여 있습니다. 그 곁에 붙어 있는 단색 판화 역시 악어를 묘사한 것입니다. 펼쳐진 화집에 갖가지 형태의 악어가 정교하게 맞물린 모습으로 그려져 있습니다. 그런데 그중 한 마리가 막 몸을 일으켜 백지를 빠져나오고 있습니다. 이차원의 평면에서 빠져나온 악어는 이제 실제의 악어가 되어 삼차원의 공간을 한 바퀴 둥글게 횡단합니다. 화집 옆에 놓인 책을 기어오르고 오각형으로 이루어진 구球를 지나 술병과 컵을 지나 선인장 화분을 지나 다시 그 악어는 화집의 그림 속으로 빠져들어갑니다. 악어가 그림에서 빠져나왔다가 다시 그림 속으로 들어가는 그 판화 밑엔 '에셔의 〈파충류〉'라고 쓰여 있습니다.

이서 방을 보고 나오세요. 그림을 보고 서 있는 복덕방 남자와 방을 보러 온 여자가 못마땅한지 주인 여자는 이제 바깥으로 나갈 태세를 취하고 있습니다. 복덕방 남자가 방문을 엽니다. 오래 밀폐되어 있던 빙 안에서 눅눅한 공기가 훅 끼쳐옵니다. 방을 보러 온 여자가 얼굴만 방 안으로 들이밀며 방 안을 살핍니다. 벽면의 옷걸이에 다방 여자의 아메바 무늬가 어지러운 면 잠옷이 걸려 있습니다.

저건 그녀가 입었던 웃옷일까요. 후드가 달린 회색 셔츠가 잠옷 옆에 걸려 있군요. 앉은뱅이 다탁과 붙박이 옷장이 놓여 있을 뿐 방 안은 복잡하지 않습니다. 다탁에는 녹차잔이 두 개 놓여 있고 버드나무로 만든 차통은 열려 있네요. 그 안의 찻잎은 바싹 말라 있네요. 일인용 침대는 벽 쪽으로 바짝 붙어 있구요. 두 사람이 살았다면서 침대가 좁네요. 방을 보러 온 여자가 중얼거립니다. 저 싱글 침대는 다방 여자 것입니다. 공간이 좁아 더블 침대를 놓을 수가 없었으므로 다방 여자가 그때껏 혼자 쓰던 일인용 침대를 이곳으로 옮겨왔지요. 잠을 잘 때는 다방 여자가 안쪽으로 눕고 그녀가 바깥쪽으로 누웠습니다. 이따금 그들은 침대 위에 붙어 있는 창문을 열어놓고 누운 채 하늘을 바라봤습니다. 그녀의 시선을 사로잡던 앞집 뜰의 감나무 한 그루가 그녀들의 눈을 가득 메웠지요. 그녀들은 이 방의 창문에서 내다보이는 그 집 마당에 걸어들어갈 수는 없었지만 여기 사는 동안 감나무가 변해가는 모습을 자주 지켜보았습니다. 감꽃이 피는 것을요, 꽃이 진 자리에 새파란 감이 열리는 것을요, 바람에 흔들리는 잎사귀 사이로 감이 붉게 물드는 것을요. 다방 여자가 통증을 참느라 기진해 누워 있을 때면 그녀는 다방 여자에게 감이 많이 열리는 고장에 대한 얘기를 해주었습니다. 그 고장에서는 어느 집에나 집 안에 감나무 한 그루쯤 있는 게 예사였다고요. 지금이야 감이 주렁주렁 열려도 딸 사람이 없다지만 그때는 큰 감이 열리는 감나무가 집 안에서 자라고 있는 집 아이는 친구들 사이에서 으스댈 수 있는 때였다고요. 감나무에 널따란 감잎이 돋고 나면 그 사이로 흰 감꽃이 피었던 풍경, 오월의 아침엔 감나무 밑에 떨어진 흰 꽃을 주워 실에 꿰어 목걸이를 만들어 목에 걸고 다녔던 기억, 감꽃이 지고 풋감이 열릴 때는 못 여물고 떨어진 풋감을 항아리에 담아 우려서 먹었던 지난 일들을 마치 토해내듯이 꾸역꾸역 말했지요. 가을날의 새벽에 잠이 깨면 혹 떨어져 있을지도 모를 감을 주우려고 방문을 박차고 감나무 아래로 뛰어갔던 일들을요. 감 떨어지길 기다려보지 않은 사람은 아침에 일어나 감나무 밑에 떨어진 감을 주울 때의 그 쾌감을 뭐라고 설명해도 모를 것이라고 그녀는 다방 여자에게 말했습니다. 감은 분명 감나무에서 떨어지지만 하늘에서 주는 선물 같았다고요. 높다란 감나무가 있는 집 가을은 불타는 듯했다고요.

이 근처에 이만한 가격에 이렇게 쓸모 있는 방은 없어요. 좁긴 하지만 세면장도 저쪽에 붙어 있고 무엇보다 조용하잖아요. 안으로 들어가서 한번 보세요. 복덕방 남자가 방을 보러 온 여자에게 안으로 들어가 자세히 볼 것을 권합니다. 어째 좀 <u>으스스</u>해서요. <u>으스스</u>하긴요…… 무슨 사정들이 있겠지요. 나중에 나타나 다른 말 하면 어떻게 하죠? 계약기간은 이미 지났어요. 그런 문제는 저와 주인이 책임지고 처리할 테니 걱정 마세요.

추수가 끝나고 나면 어느 하루 감 따는 날이 있었다고 그녀는 나방 여자에게 말했습니다. 토요일이나 일요일에 감을 땄다고요. 감나무 밑에 깔아놓은 멍석에 붉은 감이 수북하게 쌓이는 걸 보면 큰 부자가 된 듯 마음이 뿌듯했다고요. 그녀의 어머니는 한 소쿠리씩 담아 이웃에 감을 돌렸다고요. 얼마는 일일이 손으로 깎아 열 개씩 꼬챙이에 끼워 뒤란에 걸어놓았다고 했어요. 다 마르고 나면 곶감이 되었답니다. 또 얼마는 홍시용으로 차가운 광의 쌀독에 묻어놓았다는군요. 겨울 내내 홍시는 맛난 것이 되어주었답니다. 감이 풍성하게 열리는 해의 감 따는 일은 꼬박 하루가 걸렸다더군요. 높은 곳의 감들은 길다란 장대 끝을 갈라 거기에 막대를 꽂아 감이 달린 가지에 맞춰 비틀어 땄다고 하더군요. 조무래기들은 엄두가 나지 않는 일이었고 대개는 어른들이 그 일을 하였는데 감나무 아래서 장대에 꺾여 내려오던 감이 순간 바닥으로 내동댕이쳐질 때는 너무나 아쉬웠다고요. 따다가 떨어진 감의 떫떠름한 냄새가 온 집에 진동했다고 했습니다. 해 저물녘 감을 따던 어른들은 높다란 나뭇가지에 달려 있는 감들은 그냥 놔두고 감 따는 일을 마쳤답니다. 저건 왜 안 따요? 물으면 누군가 그건 새 밥이라고 대답했대요. 새 밥이 뭐야? 누군가는 또 대답했겠죠. 겨울 동안 새들이 먹는 거라구. 바람이 많이 부는 겨울밤엔 그 집 감나무 밑에 굴러다니던 낙엽이 된 감나무 잎새들이 수런수런 앞마당을 쓸고 다녔답니다. 모든 것이 텅텅 비어가는데도 집집마다 감나무 꼭대기엔 붉은 감이 매달려 있었답니다. 손이 시려 대문도 손으로 안 밀고 발로 차고 마당에 들어서면 이따금 그 감나무 꼭대기에 앉아 감을 쪼아먹고 있는 새를 볼 수가 있었다고 했어요. 그 마을에 살던 새들뿐이었을까요. 더 멀리로 날아가는 철새들도 그 마을의 감나무들에 내려앉아 새참 삼아 감들을 쪼아먹고 떠났겠지요.

그녀는 침대에서 눈을 빤히 뜨고 감나무의 허리를 올려다보며 다방 여자에게 중얼거렸습니다. 열세 살이 되었을 때던가, 정월 대보름날이었어요. 어머니가 들판에 나가 내 나이만큼 불을 열 번 놓고 오라고 했어요. 구멍이 숭숭 뚫린 깡통에 불씨를 담아 긴 나무막대에 달아주었지요. 그렇게만 하면 앞으로 내 인생에 좋은 일이 많이 생긴다고 했지요. 보름날 들판엔 나처럼 불을 놓으러 나온 아이들이 수도 없이 많았지요. 휘영청한 달빛 아래서 차가운 바람 속을 내달리며 불을 지르고 다닐 때의 그 쾌감을 뭐라고 해야 할지. 평소에는 밤에 오줌 싼다고 불장난도 못 하게 했잖아요. 내 나이만큼 열 번을 불을 놓고 나니 새벽이었어요. 붉은 불길 속에서 어슴푸레하게 날이 밝아왔죠. 집에 돌아와보니 어머니가 집을 나가고 없더군요. 불을 지르고 다니면 내 인생에 좋은 일이 생긴다고 했던 말은 어머니가 나에게 남긴 마지막 말이 되어버렸죠. 이유도 모른 채 나는 어머니에게 버림받았어요. 다시는 어머니를 볼 수 없었지만 달빛 아래 펼쳐진 광활한 벌판을 내 마음대로 내달리며 불을 질렀을 때의 쾌감을 잊을 수가 없었어요.

방을 보러 온 여자가 안으로 들어와 창문을 열어봅니다. 무슨 감이 저렇게 많이 열렸죠? 감이 너무 많이 열려 가지가 휘어질 듯합니다. 방을 보러 온 여자는 한참을 감나무를 바라보더니 생각보다는 좁은 방이네요, 하면서 침대에 앉아보려다가는 무슨 생각이 들었는지 얼른 일어납니다.

그녀와 다방 여자는 이 침대에 누워 있을 때 비교적 행복해 보였습니다. 다방 여자는 이따금 방바닥으로 내려가 야릇한 자세를 취하곤 했지요. 반듯이 드러누워 두 팔을 몸과 수직이 되게 펴고 숨을 들이마시면서 오른쪽 다리를 구십 도로 들었어요. 숨을 내쉬면서 다리를 왼쪽으로 넘기기도 했지요. 왼손을 움직이지 않고 발끝을 잡으려고 무진장 노력하기도 했어요. 고개는 오른쪽으로 돌리고서요. 그런 다음에는 똑같은 행동을 반대로 했습니다. 악어자세라고 했죠. 다방 여자는 그러고 있으면 좀 덜 아프다고 했어요. 다방 여자가 악어자세를 취하고 있는 걸 침대 위에서 바라보고 있으면 그녀의 몸에서는 힘이 쭉 빠지곤 했지요. 때때로 이 좁은 방에 물이 밀려들어오는 것 같은지 다방 여자가 허우적거리는 포즈를 취해 보일 때면 그녀의 눈에 조그만 방은 멀리 지평선이 내다보이는 무한히 넓은 공간으로 보이기도 했지요. 잔물이 찰랑거리기라도 하는 듯 다방 여자가 이따금 가느스름하게 눈을 모으고 발가락을 움지럭거리는 걸 바라보며 그녀는 이 좁은 방에서 바다 속의 심해어처럼 눈이 멀었습니다. 깊은 바다 속에 사는 심해어들은 눈이 보이지 않는 대신 온몸으로 빛을 발한다지요. 존재 자체가 빛이었으니 눈을 뜨고 따로 볼 게 없었겠지요. 이 어두운 방에서 그녀도 그러하였습니다. 건물 관리소장의 악쓰는 소리, 문만 열리면 쏟아져들어오는 거리의 소음, 자의식이 강한 원장의 힘찬 발소리, 살찐 여자들의 산맥 같은 붉은 등과 거친 숨소리, 미끈미끈한 젤과 초음파 기계 소리로부터 떨어져나와 오로지 빛으로만 존재하는 자유를 만끽할 수가 있었지요.

여기 살던 여자가 정말 악어를 길렀나요? 방을 살펴보던 여자가 묻자 복덕방 남자의 얼굴은 다시 복잡해집니다. 어디서 악어를 데려다가 길렀죠? 나도 잘 모르는 애깁니다. 나는 여기로 이사온 지가 얼마 되지 않아요. 사람들이 모여서 하는 얘기를 들었을 뿐 내 눈으로 본 적은 없어요. 사람들이 뭐라는데요? 글쎄요, 믿기지 않는 얘기라서요. 무슨 얘긴데요? 복덕방 남자는 악어 얘기는 더이상 하고 싶지 않은 모양입니다. 악어라니? 방을 보러 온 여자가 혼자 중얼거립니다. 열대지방에서나 사는 거 아닌가요. 그 악어가 어디서 왔다는 거예요? 나는 자세히 모릅니다. 소문에는 그 악어에 잡아먹힌 사람들이 있다는군요. 뭐라고요? 소문일 뿐이에요. 누가 잡아먹혔다는거죠? 남자들이었답니다. 저 아래 건물의 관리소장이라고 하던가, 또 한 사람은 그 관리소장이 부리는 깡패였다는데요. 그들이 어느 날 이 악어가 살고 있는 수족관 앞에서 악어를 잡아먹는 방법에 대해서 얘기했다는군요. 광우병이며 구제역 때문에 야생동물 고기가 인기였지 않습니까. 태국에서 악어고기를 캔에 담아 판다고 해서 이야깃거리가 될 무렵이었다고 하네요. 남자 둘이 다방 수족관의 악어를 보고는 껍질을 벗기면 가방이 몇 개는 나오겠다, 벨트는 어떻게 만든다는 둥 그런 얘기를 나누었다는데…… 그랬는데요? 악어가 그 남자 둘을 순식간에 수족관으로 끌고 들어가 눈 깜짝할 사이에 먹어치웠다는군요. 세상에! 소문이라니까요. 아니 땐 굴뚝에 연기 나겠어요. 하긴 악어는 큰 사냥감을 물속까지 끌고 들어가 몸뚱이를 빙글빙글 돌리며 뜯어먹는다고 하더군요. 목구멍 쪽으로 혀가 나 있어서 그렇게 먹어도 숨이 막히지 않는대요. 그러니까 그 다방에 악어가 있었다는 것은 사실인 모양이지요? 글쎄요, 나는 보지 못했어요. 악어가 남자들을 잡아먹은 이야기도 그 건물에 세든 상가 사람들이 낸 소문이라고들 해요. 악어는 어디서 왔을까요? 호기심이 많으시군요. 소문이라고 하지 않습니까.

악어가 어디서 왔는지 아는 사람이 누가 있을는지요. 그녀와 함

께 있던 마지막 날까지도 다방 여자는 수족관에 살고 있는 악어의
출처에 대해서는 함구했죠. 그녀가 수족관을 들여다보며 불쑥불쑥
이 악어가 어디서 왔느냐고 물으면 다방 여자는 침묵했습니다. 그
녀가 다시 물으면 머나먼 나라의 악어에 대한 이야기들만 늘어놓았
어요. 동인도 제도의 어느 섬에서는 거대한 괴물을 찾는 얘기가 소
설 속에 자주 등장하는데 그 거대한 괴물이 바로 악어라고 합니다.
수세기 동안 사람이 살지 않았던 섬에 악어만이 고립되어 살았다고
했습니다. 극심한 가뭄과 기아가 이어지면 짐승들이 죽었고 그것을
처리하는 것도 악어라고 했어요. 인간이 개나 염소를 데리고 그 섬
에 도착하기 전까지는 악어들은 평화롭게 살았답니다. 자연계에는
먹이를 먹는 위계질서가 있는데 그 섬의 악어들은 그렇지 않았다고
했어요. 악어가 먹잇감을 사냥할 때 그 피냄새가 바람에 실려 섬 전
체에 퍼지면 수많은 악어들이 모여들었답니다. 자고 있던 다른 악
어들도 그 피냄새를 맡고 일어났다고요. 그 섬의 악어들은 몸집이
크건 작건 힘이 세건 아니건 동등하게 사냥감을 뜯어먹으며 생존해
나갔다고 하더군요. 그래도 그녀가 다시 악어의 출처에 대해서 물
으면 다방 여자는 그녀의 입술에 묻은 티끌을 떼어내주거나 그녀의
검은 머리에 손을 얹었다가 내려놓고는 했지요. 그녀가 다방 여자
에게 서운한 감정을 느꼈을 때는 그때뿐입니다. 이미 그녀는 다방
여자에게 하지 않은 얘기가 없었으니까요. 누구에게도 말해본 적이
없는, 집에 불 지른 이야기까지도 했지요.
　어머니가 가출한 집에서 혼자 열여덟 살이 되었을 때 그녀는 방
망이 끝에 솜을 두르고 불을 붙여 그 집 다락방에 던져놓고 대문을

나섰죠. 불을 지른 건 다시 돌아가지 않기 위해서였습니다. 집이 내려다보이는 언덕으로 올라가 집이 활활 불타는 것을 지켜보았습니다. 사람들이 뛰쳐나와 불을 끄려고 물을 뿌렸지만 붉은 화염에 휩싸인 집의 불길은 쉽게 잡히지 않았습니다. 새벽에 보니 지붕이 무너진 집은 반쯤 내려앉았는데 감나무는 그대로였습니다. 감나무가 있던 그 집을 떠나온 후 그녀는 방을 가져본 적이 없었습니다. 세상의 따뜻한 방들은 그녀가 불을 지르고 떠나온 그 집을 생각나게 했거든요. 흰밥과 시래깃국과 멸치볶음 따위가 올라가 있는 밥상도요. 한때 그 앞에 마주 앉아 밥을 먹던 어머니도요. 그래서 그녀는 방에서 잠을 자지 않았어요. 일할 곳이 생기면 그녀의 조건은 그 일터에서 잠을 잘 수 있나 없나, 그것 한 가지였어요. 대부분의 피부관리실은 그녀가 내거는 조건을 받아들이는 데 어려운 점이 없었습니다. 새삼 그녀를 위해 따로 방을 마련해야 하거나 하지 않았으니까요. 고객들이 얼굴과 몸을 맡기고 누워 있는 마사지용 침대면 그녀는 만족했으니까요.

그녀는 다방 여자가 이미 알고 있을 텐데도 밤거리에서 불을 지르고 돌아다닌 일을 모두 털어놓기까지 했지요. 처음엔 딱 한 번만 하고 그만둬야지, 했어요. 그런데 멈출 수가 없었어요. 그렇게 한번씩 불을 지르고 나면 마음이 잠잠해졌거든요. 그녀가 고백했을 때 다방 여자는 그녀를 깊이 끌어안았습니다. 다방 여자는 자신이 죽으면 시신을 수족관에 넣어달라고 했습니다. 사다리를 타고 올라가 수족관에 던져놓기만 하면 된다고요. 그런 후엔 뒤도 돌아보지 말고 다방을 빠져나가라 하였습니다. 그러고 나면 다시는 밤거리를 쏘다니지 않게 될 거라고도 했어요. 다방 여자는 이미 보름도 넘게 악어 밥을 주지 않았다는 얘기도 덧붙였습니다. 아무 말도 못 하고 듣고만 있던 그녀의 눈이 휘둥그레지자 나중에 다방 여자는 애원했죠. 그곳이 자신의 무덤이라고요. 오래전부터 자신은 악어를 기른 게 아니고 무덤을 가꿔왔노라고요. 스물두 살 때 자신이 낳은 아기를 언니에게 주고 집을 나올 때 이미 자신은 이런 죽음을 예견했다고도 했습니다. 소스라친 그녀가 악어가 어디서 왔느냐고 악어의 출처를 다시 물었을 때, 다방 여자는 악어가 어디서 왔는지는 모르겠으나 자신이 악어를 데리고 가겠다고 했지요. 악어는 어디서 왔을까요. 어느 날 밤에 귀갓길에 아스팔트 밑에서 물소리와 거친 숨소리가 들려 그 소리들을 따라가다보니 하천이 나왔고 그 하천의 수통을 들여다보니 이 악어가 살고 있었을까요? 아니면 한밤중에 화장실 변기 물을 내렸는데 그때 악어가 변기에서 쏟아지는 물을 타고 나타난 것일까요? 농담입니다. 그럴 리가 있겠습니까. 악어의 출처는 도무지 미궁이었어요. 어느 때는 악어의 주인이랄 수 있는 다방 여자도 모르는 듯했지요. 다방 여자가 악어를 데리고 온 것일까요? 악어가 살고 있는 곳에 다방 여자가 온 것일까요?

그녀들이 살았던 방 안을 둘러보던 방을 보러 온 여자가 허리를 굽혀 침대 밑을 들여다봅니다. 이 방에 살고 싶지는 않군요. 침대 밑을 들여다보던 방을 보러 온 여자의 시선이 한곳에 머물러 있습니다. 갈색 봉투 하나가 먼지를 뒤집어쓰고 있군요. 예금통장이 봉투 바깥으로 삐져나와 있습니다. 그럼 가시지요. 실망한 복덕방 남자가 먼저 나간 틈에 방을 보러 온 여자는 침대 밑의 갈색 봉투를 집어내 얼른 가방 안에 넣습니다. 오랜만에 열렸던 그 방의 문이 다시 닫힙니다. 얼마간 빠져나갔던 눅눅한 공기가 금세 다시 방 안을 채웁니다. 방문에 붙어 있던 악어 그림이 바닥으로 떨어집니다. 누구도 그것을 다시 붙이려 하지 않습니다. 방을 세놓으려면 저기 안에 들어 있는 물건들을 치워두는 건 어떻겠어요? 복덕방 남자의 말에 주인 여자는 떨떠름한 표정을 짓습니다. 실종된 사람들 방에 세들려는 사람은 없을 것 같아서 드리는 말씀입니다. 주인 여자는 다시 이층으로 올라가고 복덕방 남자와 방을 보러 온 여자는 앞서거니 뒤서거니 축대에 흰 대문이 달린 집을 빠져나옵니다. 그들이 느티나무 앞에서 헤어지는군요. 복덕방 남자가 생각이 바뀌면 다시 연락을 하라면서 명함을 꺼내 방을 보러 온 여자에게 주는군요. 여자는 새로운 방이 나오면 연락을 달라면서 자신의 전화번호를 적어줍니다. 복덕방 남자가 돌아서서 가자 방금 그 방 침대 밑에서 봉투를 집어 자신의 가방에 넣었던 여자의 발걸음이 총총해집니다. 가파른 계단 앞에 서서 방을 보러 왔던 여자가 가방을 열어 봉투를 꺼내는군요. 예금통장은 하유자, 앞으로 되어 있습니다. 하유자……그녀 이름이군요. 방을 보러 왔던 여자가 중얼거립니다. 글씨는 다방에서 일일 매상 장부에 칸을 쳐놓고 커피 두 잔, 홍차 한 잔이라고 적던 다방 여자의 글씨이군요. 이십 년 동안 부었던 적금을 그녀에게 주고 가고 싶었던 것일까요. 다방 여자가 쓴 편지는 누가 펼쳐본 흔적도 없이 그대로 섭힌 채 예금통장 안에 들어 있습니다. 아마그 편지 속에 비밀번호라든지 도장이라든지가 들어 있겠지요. 어쩌면 처음부터 의도적으로 그녀에게 접근했던 다방 여자의 고백이 적혀 있을지도 모르지요. 어쨌거나 그녀는 이 통장이 침대 밑에 놓여 있었다는 사실을 아는지나 모르겠습니다. 방을 보러 왔던 여자는 불안한 눈동자를 숨기며 가파른 계단을 내려갑니다. 낡은 아파트와 낡은 일본식 건물과 느티나무가 음산하게 기우뚱거리며 통장을 훔친, 방을 보러 온 여자의 뒷모습을 바라봅니다.

*

바람이 불기 시작하는군요. 전신주의 거미줄이 흔들립니다. 쇠똥구리의 걷잡을 수 없는 왕성한 식욕도 이제는 멈추었습니다. 아무래도 이번 태풍 또한 건물의 지붕을 날리고 자동차를 전복시키며 나무들을 뿌리째 뽑아놓을 것 같습니다. 바다에도 거대한 해일이 일 것 같군요. 작년과는 비교가 안 되겠어요. 작년에도 태풍과 폭우가 몰아쳤지요. 엄청난 폭우였습니다. 천상의 물이 다 쏟아진 듯이 열이틀 내내 비가 내렸죠. 모든 물길이 다 열린 것 같았어요. 물은 단숨에 사람들이 땀 흘려 가꾸어놓은 곡식과 우리의 돼지와 닭, 소들, 그리고 지반이 낮은 곳의 집들을 쓸어버렸죠. 산 위의 바위가 산 아래에 있던 슬레이트집 안방으로 굴러들기도 했고 계곡 물이 넘쳐 숲의 아직 덜 자란 떡갈나무 오리나무 귀룽나무 들을 쓰러뜨렸습니다. 다리가 유실되고 건물들은 흔들렸습니다. 파도 같은 물길이 첨탑을 덮쳤으며 자동차들이 물 위에 떠다녔습니다. 물과 대지가 구분이 없어진 것 같았지요. 저 가파른 계단을 다 올라와야 하는 이 높은 지대도 물바다를 이루었으니 저 아래는 어떠했겠는지요.

물에 쓸려가지 않으려고 사람들은 건물의 꼭대기로 기어올라갔고 이마를 찌푸리며 걸어다니던 아스팔트를 고무통을 타고 노를 저으며 다녔죠. 새가 앉아 있어야 할 느티나무 꼭대기에 물고기들이 몰려와 있기도 했어요. 물은 푸른 초원과 포도밭과 철길과 무덤 들까지 쓸어버렸죠. 우사가 무너져 소들이 떠내려갔고 그 뒤를 개들이 헤엄치며 뒤따랐습니다. 물에 떠내려가는 텔레비전과 냉장고는 구경거리조차 되지 못했어요. 가로수와 언덕과 연립주택 들이 물속에 잠겨 있었죠. 사람들은 도로를 가득 메운 물속을 허우적거리다가 감전으로 생명을 잃었으며 휴식을 취할 장소를 찾지 못한 새들이 허공을 어지러이 날아다니다 물 위로 떨어졌지요. 지금껏 이 도시의 누구도 겪어본 적이 없는 물난리였습니다. 그 폭우 속에서 그녀가 다방 여자를 업고 지하 다방으로 들어가는 걸 보았다는 사람이 있었습니다. 사실이냐고 자세히 물으니 처음에는 그렇다고 하더니 나중엔 그런 것 같다고 했습니다. 다시 물었을 땐 다방 여자는 모르겠고 그녀 혼자 다방을 뛰어나와 저 가파른 계단 아래로 달려가는 것을 보았다고 말을 바꾸기도 했습니다. 가파른 계단 위에 펼쳐진 이곳의 집들 중 맨 먼저 물의 공격을 받은 곳은 지하 다방이었지요. 폭우가 그치고 다방 문을 열어보니 악어가 살던 수족관은 흔적도 없었어요. 황토에 가까운 붉은 물이 찻잔이며 다탁이며 에어컨이며 카펫을 뒤집었습니다. 수족관을 빠져나온 악어는 성난 듯이 요동쳤고 물은 지하 공간을 집어삼켰습니다. 폭우가 그치고 나서도 다방 안은 물로 가득 차 있었습니다. 주방도 다방 여자가 기거하던 두 평 가량의 방도 오로지 물만 가득 차 출렁이고 있었습니다. 보름에 걸쳐 물이 빠져나간 뒤에도 사람들은 선뜻 그곳에 들어서질 못했어요. 문을 열면 알 수 없는 습한 공기가 얼굴에 끼쳐왔는데 음습하기가 이를 데 없었죠. 폭우 뒤에 다방 여자와 그녀를 그리고 악어를 다시 본 사람은 없었습니다. 그곳은 지금 텅 비어 있어요. 암흑입니다. 일 년이 지난 지금도 빗소리가 들리면 사람들의 눈은 불안하게 흔들립니다. 눈동자에 두려움이 일렁입니다. 그때의 거친 숨소리 같은 물소리가 되살아나기 때문이지요. 그때 휘어진 저 오래된 느티나무 가지가 아직도 회복이 안 된 상태입니다. 그런데 아무래도 올해는 그보다 더 센 태풍이 이곳을 강타할 것 같군요. 모르지요. 저 지하 다방에 다시 물이 들어차면 악어가 그녀와 함께 돌아와 있을지도, 그럴지도요. 그녀가 아무렇지도 않은 얼굴로 돌아와 수족관에 악어를 가두고 다방 문을 열고 커피며 홍차를 팔고 있을지도 모르지요. 아무튼 지금은 폭풍 전야입니다.

달의 물

*

아마도 혈압 아니었겄냐. 너그 오빠 댕긴 고등핵교 그 언덕바지. 봄 되면 벚꽃이 얼매나 희게 피냐. 아, 너는 몰르겄다. 너 있을 적엔 꽃나무 대신에 그 뭣이냐, 포플라냐? 그 나무였고나. 그것도 키가 껀정허고 저 멀리 높에높에 뻗어올라간 것이 보기에는 좋았는디 뭣이 잘못되었던가잉 어느 핸가 그 나무덜이 그냥 죽어나자빠졌어야. 귀신에 씐 것맹이로 기양 죽어뻔지더라. 살림살이 뻔한 집에서도 뒤란에서 구렝이 나오는 것허고 멀쩡허던 나무가 죽는 것허고는 안 좋았시야. 핵교에서 부랴부랴 죽은 포플라를 파내고는 고 자리에 벚나무를 심었느니라. 포플라 죽은 계절이 가을이었능가 그랬을 것이다. 아무리노 그 자리가 너무 휑헌 게 봄 되면 죽은 나무 잊어버리고 화사하라고 나무 중에 벚나무를 심었겄지야. 좋긴 좋더라. 흰 꽃이 너올너올 훤하게 피어서는 고 자리가 얼매나 빛이 나던지. 동네 사람덜하고 쑥버무리 맨들어갖고 그 아래로 놀러도 갔다. 머리에고 어깨에고 꽃이 떨어져 쌓일 적에는 하이고 나도 너그 오래비 낳기 전으로 돌아간 것맹이로 싸아허고야. 꽃이 진 자리에 퍼런 잎새기가 새록새록 돋을 적에는 니 태어났을 적에 그 쪼고만 손가락 처음 봤을 때마냥 기분이 마냥 그랬다잉. 지난봄에 하필 그 길에서 말이다. 저 뒷집 내식이 아재 있지 않냐. 그이가 자전차 타고 가다가는 내리더란다. 누가 봉게로 자전차를 끌고는 싸목싸목 걸어가더란다. 꽃이 너울너울 지는디 어지러웠는지 어쩠는지 힘마대기 하나도 없이 핑그르르 쓰러지더란다. 자전차만 저 아래로 굴러가더란다. 사람들은 죽은 포플라나무 귀신이 그 양반을 데꼬 갔다고 헌다.

*

내가 좀 발끈하는 성질이긴 하지만 요즘 나를 화나게 하는 것 중의 하나는 아버지가 술을 마신다고 고해바치는 어머니의 전화였다. 술? 아버지가 어머니 몰래 술을 마신다는 말만 들으면 수화기를 들고 있는 내 팔목에 힘이 빠지고 얼굴이 화끈 달아오르곤 했다. 어머니가 어떻게 좀 술 좀 안 드시게 해보세요, 하는 것도 한두 번이다. 어머니 힘으로는 도저히 안 되니까 내게 전화를 건다는 것을 모르는 바도 아닌데 어머니에게 버럭 화를 내게 된다. 아버지 술 안 마시게도 못 하세요! 화는 아버지에게 나는데 맥없는 어머니에게 매몰차게 쏘아붙이게 되는 것은 또 뭔가.

"내가 어떡케 허냐? 허구한 날 너거 아버지를 뒤따라다니라냐?"

그래도 아버지가 내 말은 좀 듣는다면서 아버지에게 전화를 걸어서 술 좀 마시지 말라고 하라고 부탁하려고 전화를 걸었다가 내 짜증을 받게 되면 어머니는 좀 전에 아버지를 탓할 때 기세 좋던 목소리를 거두고는 금세 소녀처럼 울먹이신다. 아이구, 그러니 나는 어쩌란 말인가. 가까이 사는 것도 아니고 이 서울에서 저 남쪽에 사는 아버지를 그야말로 뒤따라다닐 수도 없고. 더구나 술 마시지 않았다고 변명할 때면 유창해지시는 아버지의 언변을 내가 어찌 당하겠는가. 그래도 예전에 내가 전화를 걸어서 아버지 혹시 술 드세요? 넌지시 물으면 아니라고 펄쩍 뛰던 아버지는 그나마 양심적이었다. 이제는 아예 나와 통화를 하다가 수화기를 든 채로 저쪽 어디에 계실 어머니를 심하게 야단까지 치신다. 어머니의 모함이라는 것이다. 당신은 술 한 모금 입에 대지 않았는데 술에 대해 잘 알지도 못하면서 바쁜 사람한테 일러바쳐 공연한 전화를 하게 한다는 것이다. 아버지의 얘기를 듣고 있으면 수화기 저편의 나의 아버지는 술이라는 것이 이 세상에 존재하는지조차 모르고 지내시는 분이 틀림없다. 아버지의 둘러대는 솜씨는 날로 늘어나서 어느 때는 깜박 어머니가 정말 뭘 잘못 알고 계시나? 싶을 지경이다. 숫제 다른 사람도 아니고 어머니힌데 술 마신다는 모함을 받느니 차라리 혼자 사는 게 낫겠다는 데야. 하지만 나는 곧 정신을 수습한다. 아무렴 아버지, 어머니가 공연히 생사람 잡겠어요. 어머니가 아버지를 술 마시는 사람으로 몰아야 할 하등의 이유가 없잖아요. 빤한 일 가지고 시치미 좀 그만 떼세요! 소리치고 나면 도시 내가 아버지의 어머니인지 아버지의 딸인지 분간이 안 가고 기분이 상하면서 속셋말로 열불이

나서 견딜 재간이 없었다.

오늘 아침에도 그랬다.

막 약국에 들어서는데 먼저 출근해서 약국 정리를 해놓은 사무장이 전화를 받고 있다가 잠깐만요, 김약사님, 지금 오시네요, 하면서 내게 수화기를 내밀었다. 원장약사는 아직 출근 전이었다.

"나아다!"

"……"

"전화 좀 해달라고 했는데 왜 전화 않냐?"

"언제요?"

"너 어젯밤에 집에 안 들어갔냐?"

"예?"

"니 방 전화한티 전해달라고 해놨는디."

어젯밤 약국 하는 선배를 만나 얘기가 길어져서 선배네 약국에 딸린 방에서 자고 오기는 했으나 그것이 잘못한 일도 아닌데 나는 뜨끔했다. 어머니는 어렸을 때부터 식구들이 다른 집에서 잠을 자고 들어오는 것을 너무나도 싫어했다. 동네 친구 집에서 밤늦게까지 모여 놀고 있으면 불을 들고 찾으러 오는 건 내 어머니뿐이었다.

"사람은 밥은 여러 군데서 먹어두 잠은 한 군데서 자야 헌다."

"딴 데서 잔 게 아니구 늦게 들어가서 피곤해서 그냥 자서 그래요. 그러잖아도 아침에 전화하려고 했단 말이에요."

내 빈 방의 자동응답기에는 엄마한테 전화해달라고 전해주세요, 하는 어머니의 목소리가 녹음되어 있을 것이었다. 내 방에 처음 자동응답기를 놨을 때 어머니는 내게 전화를 걸었다가는 깜짝 놀라서 아이구머니나, 짧은 단말마의 비명을 남겨놓으시곤 전화를 뚝 끊었다. 어머니 표현에 의하면 뭣이 툭 튀어나와 뭐라뭐라 해쌓는데 가슴이 발랑발랑 뛰었단다. 내가 그 툭 튀어나오는 건 기계 소리다, 그 소리가 끝나거든 어머니가 하고 싶은 말을 남겨놓으면 내가 나중에 다 들을 수 있다, 그러니 그냥 끊지 말고 어머니의 말을 남겨놓으라 설명하고 난 뒤에도 어머니는 한동안 에구구, 하시면서 몇 번을 더 끊으셨다. 그러던 어느 날 내가 바깥에서 돌아와보니 드디어 어머니의 작심하신 듯한 목소리가 녹음되어 있었다. 엄마한테 전화해달라고 전해주세요. 나는 그만 그 자리에서 푸하하, 웃음보를 터뜨렸다. 어머니는 뭐뭐 해주세요, 이렇게 말씀하시는 분이 아니다. 뭐뭐 좀 해주라잉, 혹은 헐 테냐? 어쩔 테냐? 울뚝울뚝한 고구마같이 말씀하시는 분이 무슨 새각시처럼 엄마한테 전화해달라고 전해주세요, 골라 쓴 표준말에다 목소리 또한 여간 음전한 게 아니었다. 내가 전화를 걸었더니 어머니는 긴장이 덜 풀렸는지 근디 전해주디? 물으셨다. 응, 전해주던데요. 앞으로도 계속 그렇게 하면 돼요, 엄마. 이후로 시골로 거는 내 전화가 뜸해지면 엄마한테서 전화왔었다고 전해주세요, 라는 어머니의 메시지가 내 자동응답기에 녹음되어 있곤 했다. 최근에 내 휴대폰 번호를 일러드리며 휴대폰이 무엇인가를 설명하려 했더니 어머니는 잠시 귀 기울이다가는 아이구, 나는 그건 안 할란다, 나는 모른다, 모른다이, 소리를 내지르셨다.

"근데 이렇게 일찍 웬일이세요?"

어머니는 웬일이냐는 내 말이 야속했는지 잠시 뜸을 들이더니 대뜸 목소리가 높아졌다.

"내가 너거 아부지 땜새 못 살겄다."

"……"

"요 며칠 얼매나 술을 마시고 다니는지 아조 내가 술독허고 사는 것 같다이."

방금 전까지 어젯밤 외박했던 일로 어머니와 대화하기가 좀 찜찜했던 마음이 뒤로 물러나고 가슴이 발랑발랑 뛰었다. 철석같이 술 같은 건 입에도 안 대겠다고 약속한 지가 언제라고 또? 그러시다가 달칵 병원으로 행차하게 되면 어쩌려고? 또 묶여 계시려고? 싶은 게, 아니 그깟 놈의 술 좀 안 마시는 게 뭐가 그리 힘들다고 판판이 이러시나, 원망이 치솟았다. 뭐라고 금방 대꾸도 못 하고 수화기를 든 채 뛰는 가슴이 가라앉기를 기다린 다음에 아버지 좀 바꿔주세요, 했더니 어디 나가고 없다! 아버지에 대한 미운 마음이 솟구치는 듯 어머니는 내게 목소리를 높였다.

"이렇게 일찍 어디 가셨는데요?"

"내가 아냐!"

"어머니가 모르면 누가 알어요?"

"내가 니 아배 뒤꽁무니만 졸졸 따라다니리? 열여섯에 너거 아버지한티 와서 인자 나도 칠십이다잉. 그 징헌 세월 내내 이르케도 내 속을 썩이더만 인자는 뭔 희한한 병까지 들어서는 내 말 같은 거슨 귓등으로 넘기고야 들덜 안 헌다. 무슨 풍뎅이 돌아가는 소리나 헌당게. 젊었을 적부터 너거 아버지는 내 말이라면 들덜 않고…… 내 말은 무시허고 ……"

어머니가 아버지한테 열여섯에 시집왔다는 말을 꺼냈다는 것은 앞으로 이 전화통화가 짧아도 삼십 분이라는 예고이다. 삼십 분이 뭔가. 지난봄에는 사방에 노을이 질 녘에 이와 같은 전화를 받았다가 초승달이긴 하지만 달이 떴는데도 어머니의 한숨이 이어져서 어머니, 끊으세요, 제가 지금 내려갈게요, 한 적도 있다.

내 초경을 한 지 두 달 만에 시집을 안 왔냐? 애가 시집이라고 왔으니 애가 생기겄냐? 근디도 어린 나를 너그 고모는 애도 못 낳는다고 얼마나 구박을 했는 줄 아냐! 니 오래비 날 적까지 내가 받은 구박을 생각허믄 지금도 니 꼬부랑 고모한테 눈이 다 흘기진당게. 그 일로 너거 이모는 지금도 너거 고모하고는 오다가다 신작로서 만나도 말도 안 섞는다잉. 마음 쓰기가 부처님 가운데 토막 같은 니 이모가 아직도 그리 사무친다믄 말 다 헌 거 아니냐잉. 내가 시집은 왜 왔겄냐. 여자들이 끌려간다는 소문이 돈께로 일본놈들도 그랬다믄서 처녀들만 골라 끌어간다고 하니 안 끌려가게 헐라고 한 거 아니냐. 니 외할아비가 니 아배 얼굴도 안 비춰주고는 날 보냄서 허는 말이 시아비 시어미가 일찍 돌아가고 없당게 시집살이는 없을 거여, 허드라. 와보니 식구덜은 많제, 양서은 없제, 시이비 시이미 대신 호랭이 같은 니 고모가 눈 부라리고 있제. 돌이보믄 고모할매니 당숙이니 누구니 집안 어른덜이 병풍처럼 둘러쳐 있제. 하이고, 차라리 고생스룹드라도 시부모가 있으면 손꼬락 땡땡 얼드라도 그 슬하가 따쳤을 거여. 일 닥치면 부모가 알어서 허겄지 싶어 미루는 맘이 의지도 되었을 거고잉. 내가 말을 헌들 뭔 소용이겄니. 니는 상상도 못 할 것이다. 그 나락을 끼니때마다 찧어 껍딱 베껴 쌀 맹그러서 밥을 했으니께…… 그야말로 과거사들이 청산유수와 같이 어머니 입에서 흘러나올 것이다. 요지는 좌우지간 아버지는 그때부터 술을 좋아했다는 것이다. 아무리 내가 어머니께 해드릴 수 있는 일이 어머니의 말을 들어주는 일뿐이라 해도 일터이니 어머니의 말을 자르고 끊을밖에. 나도 이제 출근했으니 일을 해야 한다고 다시 전화를 걸겠다고 하며 전화를 끊을 때까지도 내 가슴은 발랑거렸다.

수화기를 내려놓고 잠시 출입문을 내다보고 있으려니 나뭇잎 한 장 안 남고 다 져버린 플라타너스 가로수 밑으로 정형외과 의사가 지나갔다. 나도 모르게 목례를 하려다가 목뼈를 곧추세웠다. 운동을 아주 철저하게 하는 모양이다. 적당히 배도 나오고 할 나이일 텐데 검은 모직 오버 안에 입은 자줏빛 브이넥 밑의 복부 근처가 아주 날렵하다.

나는 사무장에게 급히 시골에 다녀와야 한다며 원장약사에게 그리 좀 전해달라고 부탁하고 그길로 약국을 나섰다. 대학을 졸업한 후에 부모에게 돈 얘기 꺼내는 일은 안 하기로 마음먹었지만 어젯밤 만난 선배의 제안은 마음이 끌리는 일이다. 그런데 그걸 받아들이려면 당장 오천만원이라는 돈이 필요했다. 선배가 함께 약국을 차리자고 하는 곳은 누가 보아도 입지가 좋았다. 현재는 감자국집이긴 하나 약국으로 개조하기로 했다는 그 집은 대로변에 있었고 인구 밀집 지역이었고 무엇보다도 안과를 비롯하여 치과 내과 신경외과 등 여러 개의 병원이 큰길을 타고 포진해 있었다. 삼천만원은 지금 살고 있는 오피스텔의 전세금을 빼서 밀어넣는다고 해도 이천만원이 더 필요했다. 어떻게 대출을 받아볼 방법이 있겠으나 이천만원이 다 대출될지 어떨지 모를 일이었다. 잠깐 오빠 생각을 했지만 올케 얼굴이 떠올라 얼른 포기했다. 일단 내 방으로 돌아가서 옷을 갈아입고 시골에 가볼 요량으로 택시를 잡아탔다. 택시 안에서 돌아보니 원장약사가 막 약국 안으로 들어서고 있었다.

집에 도착했을 때 아버지는 헛간 안 평상에 홀로 앉아 있었다. 무슨 생각을 하는지 내가 대문에 들어서는 것도 모른 채로. 나는 대문가에 서서 평상에 홀로 걸터앉아 있는 아버지를 잠깐 물끄러미 바라보았다. 아버지 앞에는 오토바이가 세워져 있었다. 방금 그 오토바이를 타고 어딘가를 다녀온 모양이었다. 머리에 베레모를 쓰고 점퍼의 지퍼를 목 근처까지 올려 잠그고 구두를 신고 평상에 양 손바닥을 짚은 채 가만히 앉아 있었다. 노인양반이 혼자 앉아 있는 모습을 마주 대하거나 새로 생긴 동생 때문에 할 수 없이 돌아앉아 혼자 놀기 시작한 아이의 등을 보게 될 때 느끼는 연민은 비슷하다. 왜 저러구 앉아 계신담. 아버지가 방도 아니고 헛간 안에 혼자 앉아 있는 모습을 지켜보고 있으려니 돈 얘기 꺼내기는 다 틀렸다는 생각이 들었다. 새집은 마루가 없으니 저 평상이 마루인 셈이다. 겨울에 눈이 내리면 그 무게를 못 이겨 꼭 지붕이 무너저내리곤 했던 그전 집은 마루가 대문을 향해 나 있었다. 그래서 대문에 들어서면 마루에 앉아 있는 사람들과 곧장 마주치곤 하였다. 그런데 오 년 전에 새로 시은 이 집은 집만 시골에 있다뿐이지 더이상 시골집이 아니다. 화장실도 실내에 있고 마루 대신 거실이 있다. 마루를 지나 방문을 여는 게 아니라 마당과 이어진 계단을 몇 개 올라가 현관을 지나 거실에 들어서야 방으로 들어갈 수 있다. 집은 그렇게 구조가 변했는데, 바깥에 나갔다 오면 방에 들어가는 게 아니라 마루에 걸터앉아 잠시 숨을 돌리곤 하던 부모의 습관은 그대로 남아 옆마당을 내다보고 있는 헛간 안에 평상을 들여놓고 그곳을 마루 대신 쓰는 모양이었다. 이젠 집 안에 커다란 나무는 한 그루도 없는데 나무를 스치고 지나가는 듯한 바람소리가 제법이었다. 어디서 쓸려온 것인지 지난가을에 떨어진 나무 잎사귀들이 바람에 일렁여 이리저리 쓸려다니고 있었다. 새집을 다 지었다는 소식을 듣고 이곳에 내려왔을 때 나의 실망을 뭐라 설명할 것인가. 흙마당은 간 곳이 없이 시멘트로 덮여 있고 옛집 여기저기에 심어져 있던 감나무들도 다 베어져나가고 없었다. 옆집 담벼락을 타고 넘어가던 넝쿨장미와 향나무가 있던 꽃밭은 사라지고 멋진 돌을 쌓아서 만든 정원이 마당 한가운데에 생겨나 있었다. 정원엔 나무를 키우며 사는 건넛마을의 아버지 친구분이 심어놨다는 어린 묘목들이 심어져 있었다. 내가 옛집의 감나무를 베어낸 것에 대해 너무나 서운해하니까 새 정원의 묘목들도 몇 해만 지나면 옛집의 마당에 있던 꽃이나 나무 들과는 비교도 안 되는 정취를 이룰 거라고 했으나 나에겐 그 말이 들리질 않았다. 나는 그저 내 감나무, 내 감나무, 비탄에 잠겼다. 아버지는 감나무는 베어낼 수밖에 없었다고 했다. 새로 집을 지으며 측량을 다시 해보니 옛집의 담장이 뒷집 터였다는 것이다. 그 담장을 내주고 나니 감나무가 있던 자리에 담을 칠 수밖에 없었다는 것이다. 비가 오나 눈이 오나 하늘을 향해 열려 있던 우물도 아예 묻혀버렸다. 어렸을 적에는 두레박으로 물을 길어 먹다가 나중엔 우물 안에 지

하수를 끌어올리는 모터를 설치하고 집 안으로 물을 끌어들여 쓰던 것이었다. 사대에 걸쳐 사용한 우물 속의 물이 점점 말라가고 있기는 했다. 게다가 옆집과 윗집에서 집 안에 우사를 지으면서 아버지는 물 걱정을 많이 했다. 어느 때는 물속에서 소똥 냄새가 나는 것 같다고 하더니 새집을 지으면서 읍내 사람들처럼 수돗물을 집으로 들이고 쓸모가 없어진 우물은 시멘트로 덮은 거였다. 그로 인해 아무 때나 들여다보면 맑은 물이 눈에 출렁거렸던 우물은 마당에서 흔적도 없이 사라졌다. 우물이 시멘트 밑에 갇혀 있단 말인가, 싶으니 기이한 생각마저 들었다. 이제는 우물에서 물을 길어 마시거나 달이 뜨는 밤이면 노란 달을 품고 있는 우물을 한없이 들여다보는 건 틀린 일이었다. 사라진 흙마당이나 감나무나 우물 때문만은 아니었지만 나는 이후로 이 집이 내 집 같지가 않고 서먹하였다. 간혹 여길 오면 방문객이 된 기분까지 들었다. 마당이 어떻게 흙이 없이 시멘트투성이냐고 하도 투덜대니까 아버지는 새집 계단 밑에서부터 그 둘레의 시멘트를 다시 파내고 흙을 돋우어 그곳에 봉숭아며 분꽃이며 채송화 따위를 심어놓았는데 여름에서 가을까지 활짝 피어 있었을 꽃의 흔적은 간데없고 마른 줄기들만 쓰러져 있었다. 평상이 놓여 있다고 해서 헛간이 별나들까. 벽에 선반이나 시렁을 달아 세간들을 쌓아놓거나 벽에 못을 치고 비옷이나 괭이를 걸어놓은 헛간 옆으로 빠지면 또랑으로 이어지는 샛문이 달려 있다. 그 옆의 널빤지를 이어붙여 만들어놓은 개집에서 누렁이가 짖지도 않고 꼬리를 흔들고 있었다.

　아버지는 내가 곁에 가서 설 때까지도 생각에 잠겨 있다가 내가 부르자 어, 너도 왔냐, 화들짝 놀랐다.

"누가 또 왔어요?"

"니 오래비도 내려온다고 하드라. 이따 밤에나 도착한다고."

"그래요? 그런데 왜 그러구 계세요?"

"내가 어쩌서?"

"왜 혼자 계시냐구요."

"사람덜끼리 부부로다가 저그 국악원에 놀러 갔는디 너거 어메가 안 갔다. 넘덜은 다 부부끼리 앉어 있는디 혼자 있기가 그리서 그냥 와번졌다."

"어머니는 어디 가셨어요?"

"모르겄다!"

"싸우셨어요?"

"싸우기는, 싸울 일이나 있간."

시무룩하게 싸울 일이나 있간, 하던 아버지는 아마도 니 어메는 산에 갔거나 소성 아짐네 갔을 것이다, 했다. 지난봄부터 어머니가 산에 다닌다는 얘기는 들었다. 옆마을에 싸움소를 훈련시키는 사람이 있는데 그 사람이 아침마다 그 소를 데리고 산에서 뛰어다니는 통에 잡목뿐이던 산에 길이 생겼다고 했다. 소가 앞서서 낸 길을 마을 사람 몇이 운동 삼아 걸어다니는 모양이었다. 어머니는 재미있다고 했다. 처음에는 다리가 팍팍하여 힘들더니 차츰 근력이 붙어 이제는 산에 다녀오면 밥맛도 나고 머리도 개운하다고. 오며가며 봄 고사리를 꺾어오는 재미도 있다고. 그런데 소성 아짐네는 왜?

"동네에 아이들이 몇이 생겼다. 지들끼리 못 살게 생겼더라도 아그덜은 누가든지 키워야제 어째 자식덜만 여그로 내리보내는지 말세다. 저그 살기가 얼매나 힘들먼 자식을 늙은이들한티 매끼놓았겠느냐만 여그도 말이 아닌디, 이 마을서는 나도 젊은 축인디, 아그들이 지 부모랑 헤어지서 이 시골딱지 생활이 적응이 되겄냐. 소성 아짐네 손녀는 지난봄에 지 아배 어메가 여그다 맡겨놓고 갔는디 맹랑헌 것이다. 인자 육학년인 것이 유서까장 써놓고는 학교 옥상서 뛰어내리가지고는……"

"……"

"손녀딸 자기가 죽있다고 소성 아짐이 곡기를 끊었고나. 밥을 먹냐, 말을 허냐. 글도 너거 어메보고는 한마디썩은 헌다더라. 동기간처럼 지냈응게."

"……"

"어째 여그 사람 살기는 갈수록 팍팍해지는구나. 돈 많은 놈덜은 차 타고 댕김서 논바닥 옆에다 여관이나 지어쌓고, 땅이 있어야 뭔 필요냐? 농사를 지어봐야 아무짝에도 소용이 없다. 값이 돼야 수매를 허지야. 니 어메는 나를 본 척 만 척 허고 어데다 마음붙일 데가 없고나."

"어머니는 대체……"

나는 뭐라고 종알거리려다가 입을 다물었다. 아버지가 나를 건너다보았던 것이다. 당신이 뭐라 하든 아버지는 내가 어머니에게 달랑거리는 것을 싫어했다. 내가 걸핏하면 엄마가 뭘 알어? 하며 따지듯 말하는 것을 큰 결심을 하고 노력을 거듭해서 버리게 된 건 순전히 아버지 덕분이다. 아니면 나는 아직도 조금만 서운하면 엄마가 뭘 알아? 하며 대들고 있을 것이다. 지금은 무슨 일 때문에 그랬는지도 잊어버렸는데 한번은 내가 어머니에게 또 엄마가 뭘 알아? 하며 대들고 있었다. 아버지가 나를 꿇어앉혔다. 어머니에게 함부로 하지 말라는 것이었다. 물론 나는 어머니에게 함부로 하고 있다는 자각도 없는 상태였다. 내가 니 에미한테 잘못하는 것도 모자라서 자식인 너까지 에미한테 그러냐! 며 다그치는데 어떻게 내 마음을 제대로 드러내야 할지를 몰라 눈물만 쏙 빼고 앉아 있었던 적이 있었다. 죽어도 못 살겠던지 니 에미가 한번은 니 고모한테 혼나고는 그길로 니 외가로 가버렸다. 니 고모가 성이 나서는 당장 데리오든지 아니면 다시는 이 집에 발을 들이놓지 못하게 하라며 나를 보냈는디, 겨울이었다. 내가 산 너머 니 외가에 눈발을 뚫고 안 갔냐. 니 외가댁엔 뒤란 쪽에 대나무가 많았다. 사시사철 그 청청헌 잎새가 볼 만했니라. 바램이라도 불믄 사락사락 소리가 가슴까정 파고드니라. 그날 밤엔 눈이 내리고 있었는디 대나무에 눈발 부딪치는 소리가 지금도 들리는 거 같고나. 그 대나무 길을 따라따라 가다보니 방 안에서 니 어메하고 니 외할매 목소리가 새나오드라. 니 외할매가 하는 말이, 가지 말고 기냥 여그서 살거라, 하니 니 어메 대답이 아니요, 인자 내 집은 그 집이요, 시누이가 호랭이같이 무서워 그리요, 얼매나 싸나운지…… 며칠만 있다가 갈라요, 하더라. 방문 밖에서 니 어메 하는 소릴 듣고는 그길로 기냥 나 혼자 집으로 돌아왔구만. 눈이 오고 바램이 그렇게나 부는디도 하나도 안 춥드라. 저 사램이 그리도 내 사램이네 싶은 것이.

아침에 어머니와 통화를 할 적에는 아버지를 만나기만 하면 당장

도대체 어쩌자고 술을 마시는 거냐고 따질 생각으로 마음의 각오가 대단했지만 막상 아버지의 힘없는 얼굴을 마주 대하자 분수같이 솟아오르던 성난 마음은 어디로 달아나버리고 없다. 어머니 말씀을 듣고 있으면 아버지가 왜 그러는지 대체 이해가 안 되고 종내에는 미운 마음까지 생겨 이렇게 쫓아오게까지 되는데 막상 얼굴을 뵈면 이 양반이 쭈글쭈글 늙어버렸네, 싶은 게 영 다른 마음이 되는 것이다.

오 년 전에 새집을 짓고 난 후 아버지는 병이 들었다. 모두들 이 시골에 계산 없이 무슨 새집을 짓느냐고 말렸다. 팔리지 않는 집을 그냥 두고 마을을 떠나는 사람이 여럿이었다. 사는 거야 배운 게 농사짓는 거밖에 없으니 할 수 없지만 이곳에 돈을 들여 새집을 짓는다는 건 바보짓이라는데 누구도 아버지의 고집을 막을 수가 없었다. 집이 무슨 재산이냐는 것이 아버지 말씀이었다. 여기 이 자리에 옛집과 똑같은 방향으로 집을 반듯하게 지어놓는 것이 당신 원이었고 세상에 와서 할 일을 거의 다 했으니 이제 마지막이라 생각하고 집을 짓겠다는 것이었다. 꼭 입어보고 싶은 가죽점퍼도 안 사입고 돈을 모았다는 것이다. 게다가 농가주택을 새로 지으면 집 지을 돈의 절반이 대출되는데 새집을 못 지을 이유가 무엇이냐는 것이 아버지의 주장이었다. 오빠는 할 수 없이 얼마간의 돈을 보태는 것 같았으나 나는 그럴 처지도 못 되어 뒤로 빠졌다. 오빠라고 집 짓는 일을 일일이 도울 수가 있었겠는가. 아버지는 혼자서 설계를 하고 건축하는 사람들을 만나러 다니고 자재를 손수 찾아다니며 육 개월 동안 집을 지었다. 그러고는 새집의 시멘트가 다 마르기도 전에 쓰러졌다. 말하기 좋아하는 사람들은 쫓겨난 옛집의 업이 아버지에게 붙었다고 했다. 그러지 않고서야 멀쩡하던 사람이 왜 그리 되느냐고. 아버지는 낡고 오래된 슬레이트 지붕이 대부분을 차지하는 이 마을에 누가 봐도 번듯한 붉은 벽돌 양옥집을 지어놓고 그해에 다섯 번을 병원에 입원했다. 같은 도시에 살면서도 서로 얼굴을 보지 못한 채 지내다가도 아버지가 쓰러져 병원에 입원하면 오빠와 나는 자동차를 타고 기차를 타고 이곳의 읍내를 찾아오곤 했다. 여전히 끼니때마다 한 주먹씩 되는 약을 먹어야 하긴 하지만 이제 겨우 회복해가는 중이었다. 지난 한 해 아버지가 적어도 병원에 입원은 하지 않은 것이 그렇게 좋을 수가 없었다. 깊은 밤중에 나 홀로 아버지가 병원에 계시지 않는 게 이렇게 평화로운 일이구나, 깊은 숨을 내쉰 적도 있었다. 아버지는 쓰러지면 우선 여기 병원에 입원했다가 서울 병원으로 옮겨졌다. 잠자다가 혼수상태로 접어드는 것이 아버지의 병이기에 당신은 깨어나서도 자신이 왜 병원에 오게 되었는지를 모른다. 한번 쓰러지면 열흘 만에 깨어나기도 하고 보름 만에 깨어나기도 했다. 무의식 속에서 아버지는 무엇이 고통스러운지 혹은 무엇에 쫓기는 것인지 손과 발을 가만두질 않았다. 때로는 소리를 버럭 지르며 일어나 앉기도 하고 또 때로는 어디로 달아나려는 듯이 뛰어나갈 태세를 취하느라 얼굴과 손과 발이 침상에 부딪쳐 상처를 입기 일쑤여서 아버지는 정신이 돌아올 때까지 손과 발이 묶여 있곤 했다. 끝까지 제정신이 들지 않으면 그대로 돌아가시는 거라고 했다. 다행히 아버지는 매번 깨어나서는 내가 왜 여기에 와 있는가 물었다. 전혀 기억을 하지 못했다. 자신의 행동을 기억하지 못한다는 건 누구에게나 치명적인 공포일 것이다. 자상하고 온

화한 분이었지 나약한 분은 아니었던 아버지는 병과 함께 점점 약해졌다. 그 옛날 오빠와 나를 세워놓고 잡도리를 하거나, 머리에 포마드를 바르고 오토바이를 쌩쌩 몰며 이틀이고 사흘이고 집을 비워어머니 속을 태우던 아버지는 이후 어머니 말이라면 어린애처럼 다들었다. 서울 갑시다, 하면 서울 길을 나섰고, 약 드십시다, 하면 약을 드셨고, 주무시오, 하면 주무셨다. 정녕 이분이 그 아버지인가, 싶을 지경이었다. 병을 앓기 시작하면서 그렇게 즐겨 피우던 담배를 뚝 끊었는데 술은 안 되는 모양이었다. 하긴 술을 마신들 얼마나마시겠는가. 예전에 비하면 안 마시는 거나 마찬가지이긴 하다. 한일 년 괜찮던 아버지가 다시 쓰러져 병원에 옮겨졌는데 그때 아버지가 연일 술을 마셨다는 어머니 얘기가 있었다. 오로지 술 때문만이었겠는가마는 조심조심 살얼음을 딛는 기분이긴 했어도 회복된듯했다가 다시 쓰러지니 화살은 어머니에게 날아가 박혔다. 아버지곁에 계시면서 술 하나 못 마시게 못 하느냐는. 술을 마시는 것도체력이 있어야 한다. 아버지가 술을 마신다고 해도 많아야 두어 잔에 불과하다는 것을 안다. 젊은 시절 워낙 술을 좋아하시던 분이기에 솔직히 한두 잔 마시는 것은 마시는 것도 아닐 텐데 싶은 적도있었다. 한번은 올케가 아버지와 함께 담당의사에게 정기진찰을 받으러 갔다가 아버지가 있는 자리에서 한 잔도 안 되느냐 물어본 모양이다. 한 잔 정도는 괜찮다는 대답을 기대한 건 아버지뿐 아니라우리 가족 모두의 기대이기도 했다. 그런데 아버지의 경우에는 단한 잔의 술도 안 된다는 것이 의사의 답변이었다. 실망스럽기는 아버지나 우리나 마찬가지였다. 병이 들기 전에 술을 자유롭게 마시던 때의 아버지는 얼마나 유쾌하였던가. 평소에 행동이 굼뜨고 표현도 적은 분이 술만 마시면 보기 좋게 뺨이 붉어져서는 지붕을 고치고 장독대를 새로 만들고 우물물이 더럽다고 뿜어내기도 했다. 오빠와 내 이름이 무슨 별이름이나 되는 듯이 다정하게 호출하여 사람은 손을 쉬게 해서는 안 된다, 하며 화단을 일구어 꽃을 심게 하고 감나무의 감을 따게 하고 스스로 운동화를 빨아 신게 했다. 어머니 대신 오빠와 나를 부엌으로 몰고 가 손수 음식을 만들어주기도 했다. 자장면을 처음 먹어본 것도 아버지가 술 마시고 난 다음에 만들어준 덕분이었다. 붉은 돼지고기를 양념해서 석쇠에 구워준 것을 처음 먹어본 것도 아버지의 술 덕분이었다. 오빠와 나는 은근히 아버지가 술을 마시기를 기대했다. 양손에 음식 재료들을 사가지고 들어오시기를. 아버지는 무릎 밑에 오빠와 나를 제비 새끼들처럼 나란히 앉게 하고 그 간 맞은 맛난 것을 한 점 한 점 입안에 넣어주었으므로.

오빠가 동이를 데리고 집에 온 건 저녁 일곱시나 되어서였다.

겨울이라 일찍 어두워져 사방이 캄캄했다. 오빠의 자동차가 마당으로 들어오게 하기 위해 어머니는 또랑 쪽으로 나 있는 샛문을 활짝 열었다. 교암리에 있는 오리고깃집에 저녁 먹으러 가자고, 저녁밥은 하지 말라고 오빠가 전화를 다시 해왔기 때문에 저녁을 먹기 전이었다. 생각지도 않게 시골집에서 동이를 만나게 되자 나는 동이야, 소리치며 녀석의 양팔을 잡고 마당을 한 바퀴 빙 돌았다. 못 본 사이에 키가 쑥 자라 있어 여섯 살인데 여덟 살은 돼 보였다. 곁늙었구나, 했더니 동이는 무슨 말인지도 모르고 깨득깨득 웃더니 고모 물! 하고 소리쳤다. 어지간히 목이 말랐는가보았다. 끓인 물을 한 컵 가져다주었더니 단숨에 마시고는 더 찾았다. 한 컵을 더 따라다주었더니 그것도 마저 다 마셨다.

오빠는 자동차 뒷자리에서 밤색 체크무늬의 여행용 가방을 꺼내 내게 내밀었다.

"동이 소지품들이다."

"그런데 무슨 가방이 이렇게 커?"

오빠는 내 말은 건성으로 듣는지 아무 말도 하지 않았다.

"올케는?"

"전주 출장길이다."

올케의 안부를 묻는데 다른 대답을 했다.

"출장길에 동이는 어떻게 데리고 왔어?"

"어머니가 데리고 오라 해서."

어머니가?

오빠는 이번엔 자동차 트렁크에서 배상자를 꺼냈다. 나는 허겁지겁 빈손으로 왔는데 오빠는 배를 한 상자나 사가지고 왔을 뿐만 아니라 신작로 건너편에 사는 고모댁과 작은집에 나누어줄 고기까지 끊어와서 어머니에게 따로 싸달라고 했다. 함께 인사 가자는 걸 나는 안 가, 잘라 말했다. 아버지가 술을 마시고 우리 둘을 한곳에 모아둘 때만 빼고는 어렸을 적부터 오빠와 나는 다른 사람이었다. 어머니가 고모의 구박을 견디며 십 년 만에 얻은 오빠는 반듯한 모범생이었고 그로부터 또 십 년 만에 얻은 나는 머리핀을 불량스럽게 꽂고 다니는 여학생이었다. 오빠는 초등학교 때부터 줄줄이 우등상

장을 받아오는 공부 잘하는 학생이었고 나는 아무리 노력해야 십 등 안에도 못 끼는 공부하고는 인연이 없는 아이였다. 오죽하면 내가 약대에 합격했을 때 오빠는 우리 집에 기적이 일어났다고 했을까. 그렇다고 오랜만에 내려와서는 어른들께 인사 안 가냐, 하는데도 내가 안 가네, 외면했던 것은 내게 인사성이 없어서만은 아니었다. 인사 가면 들을 소리가 뻔했기 때문이다. 호랑이 같은 고모는 보나마나 너는 약만 팔고 시집은 안 갈 것이냐, 닦달할 것이고 작은어머니 또한 말씀은 안 해도 내 얼굴에 생기기 시작한 잔주름을 보며 대학까지 공부시켜놓으면 뭐하나, 저리 시집도 못 가고 있는데, 측은하다는 듯이 나를 바라볼 텐데.

"함께 댕겨와라."

내 속을 빤히 들여다보는 어머니가 옆에서 거들었다.

"싫어요."

"고모가 너한티 뭐라 헐 힘이나 있는 종 아냐? 너를 알아보기나 할는지 모리겄다!"

"왜 나를 못 알아봐요?"

어머니는 더이상 말씀을 안 하고는 동이를 데리고 방으로 들어가버렸다. 오빠는 벌써 대문을 나서고 있었다. 오빠가 돌아오기를 기다렸다가 식당으로 향했다. 나는 처음인데 오빠는 여기 내려오면 어머니 아버지와 함께 자주 가는 곳인 모양이었다. 밤하늘엔 새초롬한 초승달이 차갑게 떠 있었다. 차창 바깥은 어둡고 바람까지 쌩쌩 부는지 길가의 나무들이 부산스럽게 흔들렸다. 이따금 휘황한 불빛이 보여 간판을 읽어보면 무슨무슨 모텔이었다. 마을의 집들은 무너지는데 길가에는 새초롬한 모텔 건물들이 들어서는 중인가보았다. 얼마나 더 가야 되나? 했는데 곧 오리집의 아늑한 불빛이 새어나왔다. 주차장엔 흰색과 붉은색 자동차가 몇 대 나란히 주차되어 있었다. 누가 이런 곳까지 오리를 먹으러 오나 했더니 다들 차가 있으니 가능한 모양이었다.

오리 한 마리를 주문하자 오리고기가 나오기 전에 미리 밑반찬이 수도 없이 나왔다. 김장김치에, 땅콩에, 고구마튀김에, 동치미에, 파전에, 갓김치에, 부침에, 멸치속젓까지 딸려나왔다. 배가 고팠는지 동이가 얼른 고구마튀김을 하나 집어 입에 넣었다.

"동네가 많이 변했네."

"이 사람덜 돈 많이 벌었다더라. 여름에는 예약을 안 하면 아예 자리가 없으니. 조 아래가 물가 아니냐. 계곡으로 바로 내려갈 수도 있응게."

계곡으로 바로 내려갈 수 있는 곳에 위치한 오리집.

"이렇게 변한 게 언제라고…… 자주 좀 다녀라. 시집도 안 갔으면서 무에 그리 바빠서는."

"오빠는 뭐 장가가서 무지 바쁜가?"

"말하는 거 하고는."

아버지에게 단단히 화가 나신 모양으로 해 저물녘에야 집에 들어온 어머니는 집에 와 있는 나를 보고도 반가워도 안 하더니 이제야 얼굴을 폈다.

"여그는 안 와도 좋응게 지발 시집 좀 가거라잉. 내가 너 때미 죽어도 눈도 못 감게 생겼응게."

아버지가 느릿느릿 어머니를 거들고 나섰다.

"너거 어메 자다가 새벽에 벌떡 일어난다이."

"왜요?"

"몰라서 묻냐? 니가 혼자 그러고 있응게 잠인덜 오겠냐."

어머니가 아버지를 쏘아보았다.

"쟈 때문만은 아니요. 내가 당신 땜에도 벌떡 일어나요."

오빠가 끼어들었다.

"아버지가 왜요?"

"직접 물어봐라, 왜 그런지."

"엠헌 사람 잡는다, 또."

어머니가 뭐시라고라오? 하려는데 방문이 열리고 주인 여자가 오리고기를 가득 얹은 타원형 큰 접시를 들고 왔다. 주인 여자의 딸로 보이는 여자애의 손엔 휴대용 가스레인지가 들려 있었다. 고기를 내려놓고 나간 주인 여자가 이번엔 돌로 만든 판을 들고 와 가스레인지 위에 얹어놓고 나가려는데 오빠가 생각난 듯이 소주 한 병을 시켰다. 어머니의 눈이 이번엔 오빠를 쏘아보았고, 동이 보기가 민망해진 내가 오빠는 운전한다면서 무슨 소주? 하고 면박을 주었다. 오빠는 갑자기 시무룩한 얼굴이 되어 딱 한 잔만 마실 건데 뭐, 그랬다. 한 마리라는데 오리고기는 푸짐했다. 얼핏 보기에는 둥글게 썰어놓은 삼겹살같이 보이기도 했다. 가스레인지에 올려진 돌판이 달궈지자 오빠가 오리고기를 집어 올려놓기 시작했다. 주인 여자가 소주 한 병하고 잔을 네 개 가져와서 놓고 갔다. 어머니는 소주잔 한 개를 집어 오빠 앞에 놔주고는 나머지는 상 밑으로 내려놓아버

렸다. 나도 모르게 시선이 아버지의 옆얼굴에 가 머물렀으나 정작
당신은 무심한 표정이었다. 겨울밤, 오리고기는 돌판 위에서 자글자
글 익고 있었다. 여전히 바람이 많이 부는 모양인지 창문이 연신 덜
컹거렸다. 아버지 속을 아는지 모르는지 오빠는 제 잔에만 소주를
한 잔 따르더니 잘 익은 오리고기를 안주 삼아 카아, 소리까지 내며
마셨다. 맛있기도 하겠네, 나는 자꾸만 동이의 앞접시 위에 익은 오
리고기를 내려놓았다. 동이는 오리고기에는 관심이 없고 연신 물만
마셔댔다. 제 앞의 물컵에 가득 따라져 있던 물은 물론이고 어머니
의 물과 내 물까지 제 앞으로 끌어다놓고 마셨다. 오빠는 소주를 또
한 잔을 따라서는 또 카아, 소리를 내며 마시더니 또 잘 익은 오리
고기를 기름장에 찍어 입에 넣었다. 맛있기도 하겠다. 나는 일부러
아버지를 쳐다보지 않았다. 괜한 동이만 바라보았다.

"동이, 물은 고만 마시고 오리고기 좀 먹어라."

동이는 입안에 가득 담긴 물을 삼키느라고 고개만 주억거렸다.
한 잔만 마시겠다더니 오빠는 한 잔만 남겨놓고 소주를 혼자서 다
마셨다. 오빠가 소주를 들이켤 때마다 내는 카아, 소리 때문에 신경
이 쓰여 오리고기 맛이 다 달아날 지경이었다. 저렇게 눈치기 없는
오빠가 아닌데, 나는 의아했다. 오빠는 사람이 좋아 친구도 많고 사
려가 깊어 친척들이 반기는 사람이었다. 바깥의 평가가 그러한 사
람의 대개가 안에서는 불평이 많은 법이다. 한번은 올케에게서 하
소연하는 전화가 왔다. 속이 상해서 견딜 수가 없다는 것이었다. 오
빠가 자기도 모르게 중국과 연계한 무역업을 시작한 친구 대출 보
증을 서주었는데 아이엠에프가 터지자 그 친구는 부도가 나버렸고

오빠가 그 빚을 다 갚아주어야 하는 처지가 되었다는 것이다. 이십 년쯤 직장생활을 해서 집 한 채 마련하고 이렇게 저렇게 불려 모아둔 돈을 전부 남에게 주게 생겼다는 것이었다. 얼마나 되는데요? 칠천만원요. 나는 그 돈이 다 남의 빚 갚는 데 들어가게 생긴 게 걱정되는 것이 아니라 오빠한테 칠천만원이란 돈이 있다는 것이 신기했다. 그걸 오빠가 모아둔 것인 줄 알아요? 내가 다 불린 거란 말이에요. 이미 오빠는 그런 식으로 올케 속을 꽤나 상하게 한 뒤인가보았다. 오빠 손에 들어갔다 하면 돈이 나오질 않아요. 글쎄, 알아보니 월급까지 일부를 차압당하고 있더라니까요. 한 건 터지면 내가 막고 또 터지면 내가 막고 정말 화가 나서 견딜 수가 없어요. 내가 그래도 언니, 다른 사람들보다 낫잖아요. 다른 사람들은 구조조정이다, 명퇴다 뭐다 해서 직장에서 다 떨려나는 판인데 오빠는 그러진 않잖아요, 라고 한 말이 올케의 속을 뒤집어놓은 모양이었다. 남한테 나쁜 소리 듣는 걸 일절 못 참는 사람이라니까요. 무뚝뚝하기 이를 데 없고 집 안에 전기밥솥이 있는지 돗자리가 깔렸는지도 모르고 같은 이불 속에 누워 있는 사람이 속병이 드는지 어쩌는지도 모르면서 맨 아버지 어머니 걱정뿐이고…… 하여간 대책이 안 서는 사람이에요, 하면서 언니는 전화를 끊어버렸다. 올케 말대로 아버지를 생각하는 오빠의 마음은 각별했다. 명절 같은 때 오빠와 함께 시골집에 머물 때면 나는 가끔 무슨 두런두런거리는 소리에 잠을 깨곤 하였는데 어디서 나는 소린가 하여 귀를 기울여보면 아버지와 오빠가 집을 빙빙 돌며 얘기를 나누는 소리였다. 모두들 자는 깊은 밤에 두 사람은 앞서거니 뒤서거니 걸으며 무슨 얘기인가를 끝도 없이 나누었다. 그들이 멀어지면 조용하였다가도 그들이 내가 자는 방문 앞을 지나갈 때면 두 사람의 그림자가 문풍지에 비치곤 하였다. 그들이 언제 얘기를 마치고 잠자리에 드는지 나는 모를 일이었다. 내가 잠든 방의 문풍지에 그들의 그림자가 몇 번이나 비치는지 세어보다가 내가 먼저 다시 잠이 들곤 하였으니까. 고향에 내려오면서 고모네와 작은집까지 배려하며 과일을 사고 고기를 끊어온 오빠가 술을 한 잔도 마셔서는 안 되는 아버지를 앞에 두고 저렇게 소주를 연속으로 들이켜다니.

마지막 남은 한 잔까지 마저 따르려는 오빠를 향해 내가 시비를 걸었다.

"오빠는 사람이 왜 그래?"

오빠가 붉어진 눈으로 나를 쳐다보았다.

"어떻게 그렇게 아버지 앞에서 술을 카아, 카아거리면서……"

이번엔 오빠의 시선이 나를 비껴가 아버지에게 머물렀다.

"아버진 술 끊으셨잖아요."

"……"

"아버지 술 드세요?"

"아니다, 술은 무슨, 안 마신다."

"안 마시기는, 술병을 집 안에다 숨겨놓고 마신단다."

"이 사람이."

오빠의 불콰한 눈이 휘둥그레졌다.

"아버지, 아버진 술 드시면 안 됩니다."

"술 안 마신다니까 그러는구나!"

아버지가 자리에서 벌떡 일어나 문을 열고 나가버렸다.

"아버지 술 드시면 안 됩니다— 말은 잘 허네. 오빠는 맛나게 술을 마시면서 아버지 술 드시면 안 됩니다—"

오빠가 나를 노려보았다.

"왜? 어쩔 건데?"

"너, 까불래?"

"도움이 안 돼요, 도움이…… 어디 이리 줘봐. 대체 얼마나 맛있는지 나도 좀 마셔보게."

오빠에게서 잔을 빼앗은 건 어머니였다. 어머니는 오랜만에 찾아온 아들을 야단은 못 치고 몇십 년 동안 텃논 텃밭을 일궈온 거칠고 넓적한 손바닥으로 아이구, 이놈아, 하면서 오빠의 등짝을 호되게 내리쳤다.

아침에 일어나니 오빠는 가고 없었다. 새벽에 밥 한술을 뜨고 전주로 떠났다고 했다. 내 얼굴 보고 싶지 않아 일찍 갔겠지, 또 심사가 틀어지려 해 동이를 찾았더니 신새벽에 잠이 깬 동이가 오토바이 태워달라고 보채 아버지가 오토바이에 태우고 나갔다고 했다. 서울로 돌아갈 때 오빠가 다시 동이를 데리러 오느냐고 물으니 어머니는 동이는 당분간 여기에 둘 거라고 했다.

"동이는 왜?"

"손주놈이라도 곁에 있으면 느 아배 술 생각 안 날까 해서 그런다…… 너는 언제 갈래?"

"이따 갈래요."

"꼭 오늘 가야 쓰냐?"

"왜요? 나 안 갔으면 좋겠어? 웬수라면서?"

"하루라도 더 있다 가믄 안 되겄냐? 약국 때문에 안 되겄지야? 느 아배하고 좀 놀다 가믄 좋겄다. 마을에 숫제 노인덜뿐이라 말 섞을 사람도 없고, 저기 부안에 내소사 안 있냐? 거그 갔다 가거라. 너 절집 놀러 댕기는 거 좋아했잖어. 저번때 가을에 가봤는디 대웅전의 꽃살무늬가 기가 막히드라."

어머니는 말을 하다가 말고 부질없는 짓이지 싶은지, 아니다, 바쁜 사람덜은 가야제, 하며 말꼬리를 흐렸다. 어머니는 뭔가 찾고 있는 모양으로 부엌에 달린 것들 중의 문이란 문은 다 열어보기 시작했다. 찾는 것이 부엌에는 없는 모양인지 거실로 나와서 소파 뒤를 들여다보고 문갑 문을 일일이 열어보고 있다.

"어머니, 무슨 일 있어요?"

"일은 무슨……"

"무슨 일 있지?"

"없다. 글고 무신 일이 있어야 자고 가냐? 집에 왔시믄 오래 머물기도 하고 그러는 것이지 원, 자식덜이 아니라 바람이다 바람. 휑하니 왔다가는 휑허니 가고, 서울이 그리도 좋더냐?"

"……"

"무상해서 그런다. 목소리가 귓전에 들리는 것 같은디 봄으로 가을로 비명횡사를 해버리니."

"누가 말이에요?"

어머니는 내 말을 못 들은 척하고는 한 밤 더 자고 가라ㅡ 단호하게 말하고는 뒤돌아서 안방으로 들어갔다. 나도 따라 들어갔다. 어머니는 안방에 들어와서도 장롱 문을 열어보고 가족사진이 들어 있는 사진틀 뒤까지 손으로 만져보았다. 화장대 서랍을 다 열었다가 닫기도 했다.

"뭘 찾으세요?"

"너거 아버지가 세상에서 제일 좋아하는 것 찾는다."

"그게 뭔데?"

"분명 어디다 숨겨두고 한 잔씩 마시는 것 같단 말이다— 내가 어디 찾기만 해봐라."

"설마 그러려구요."

"야 좀 봐라, 그럼 내가 무단시 그런단 말여?"

어머니는 역정을 내더니 나를 방에 남겨놓고는 문을 쾅 닫고 나가버렸다. 뒤따라가보니 어머니는 도마 위의 양파를 썰고 있었다. 가끔 여기 왔다가 금방 가면 서운해하기는 해도 자고 가라, 고 어머니가 단호하게 말한 적은 없었다. 그럼 한 밤 자면서 기회를 봐서 돈 얘기도 꺼내볼까 싶어 약국에 전화를 넣었다. 하지만 막상 사무장이 여보세요, 받자 할 말이 생각이 나질 않아 그냥 수화기를 내려놓았다. 그러잖아도 뒤숭숭한 약국에다 대고 어머니가 자고 가라고 해서 한 밤 더 자야겠어요, 할 수도 없는 일이었다.

원장약사는 정형외과 바로 아래층에 새로 생긴 약국 때문에 골탕을 먹고 있는 중이었다. 지금 약국은 의약분업법이 시행되기 앞서서 정형외과 원장이 일부러 만든 약국이었다. 친인척이나 아는 약사로 하여금 그 약국을 경영케 할 생각이었을 것이나 그것이 뜻대로 되지 않자 지금 원장약사가 계약을 하고 들어온 것이었다. 정형외과가 있는 칠층 건물엔 내과와 소아과가 세들어 있었다. 정형외과에서 환자를 보내주고 내과와 소아과에서도 환자들이 약을 지으러 오면 충분히 운영이 될 만한 자리였다. 그랬기에 정형외과 원장도 약국을 마련했을 것이다. 지금 약국은 나 같은 관리약사가 한 사람 더 필요할 만큼 지난 일 년 동안 경기가 좋았다. 약을 지으러 오는 사람이 하루에 백 명에서 백이십 명은 되었다. 사람 마음을 어찌 알 것인가. 원장약사는 약국을 계약하면서 일 년이 지나서 약을 지으러 오는 환자 수가 팔십 명이 넘으면 사천오백만원의 권리금을 정형외과 원장에게 주기로 한 모양이었다. 그 일 년이란 약속기한이 지난 10월이었다. 원장약사는 약속대로 정형외과 원장에게 지난 일 년 동안의 순수익금이랄 수도 있는 사천오백만원을 건넸다. 그때까지 정형외과와 약국 사이는 밀월이었다. 그런데 어느 날부턴가 내가 일손을 놓고 있어야 할 만큼 약을 지으러 오는 환자 수가 줄어들었다. 의아하게 생각하고 있는데 어느 날 단골 환자가 원장약사에게 정형외과와 무슨 나쁜 일이 있느냐고 물었다. 왜 그러냐니까 그전에는 안 그랬는데 처방전을 주면서 맞은편 약국으로 가라고 하더라는 것이었다. 그럴 리가 있는가, 싶었지만 그게 사실인 모양이었다. 속수무책으로 있을 수만은 없어 한번은 사무장이 정형외과를 찾아갔으나 그런 일이 없다고 딱 잡아떼더라는 것이었다. 원장약사도 정형외과를 찾아갔으나 자기네는 환자들에게 다른 약국으로 가라고 권한 적이 없다는 말만 반복해서 듣고 왔다. 환자의 마음이란 게 그렇다. 기왕 진료한 의사가 지정해주는 약국에 가야 안심이 되지 않겠는가. 의사가 약국을 지정해주는 건 의료법에 어긋나는 일이었으나 그렇지 않다는 데야 원장약사도 도리가 없었다. 언제까지 그럴 수 있는지 버텨보기로 했는데 설상가상으로 병원이 있는 건물 맨 아래층 장난감가게가 있던 자리에 새 약국이 들어서기까지 한 형국이었다. 이제는 내가 원장약사의 얼굴을 보기가 민망할 정도로 약을 지으러 오는 환자의 수가 줄어들었다. 지금 상황이라면 내가 먼저 오늘내일 약국을 그만두겠다고 말해야 할 처지였다.

매표소는 일주문과 겸하고 있었다. 한 그루의 당산목 뒤쪽으로는 시골에서나 볼 수 있는 담이 기다랗게 이어지고 있었다. 입장권을 끊으려는데 아버지는 안 들어가겠다고 하였다. 당신은 여러 번 보았다고 했다. 당산목을 가리키며 저기에서 기다릴 테니 구경 잘 하고 오라 하였다. 동이에겐 이건 할매 당산목이고 절 안으로 들어가면 할배 당산목도 있으니 잘 보고 오라고 하였다. 어머니가 표를 안 끊어도 되는데 함께 들어가자고 하여도 아버지는 뒤로 빠졌다. 내가 읍내에서 렌트한 자동차를 몰고 오는 동안 아버지는 뒷자리에서 내내 졸았다. 무슨 일인지 차창 바깥을 내다보는 동이의 얼굴도 침울하였다. 날도 추운데 괜한 나들이를 나왔는가, 싶었다. 한사코 입구에서 우리 나올 때까지 기다리겠다는 아버지를 어떻게 할 수가 없었다. 바람도 찬데 기다리는 것보다는 함께 걷는 것이 나을 것이다, 고도 해봤고 아버지 안 들어가면 우리도 가지 말자, 고까지 했는데도 아버지는 뜻을 꺾지 않았다. 더는 어찌할 수가 없었다. 왜 표를 안 끊어도 된다고 하셨을까, 의아했는데 어머니와 아버지는 경로우대증을 가지고 있었다. 어린 동이는 아직 미성년자 축에도 못 들어서 표는 나만 끊으면 되었다. 아버지를 뒤에 남겨놓고 내소사로 들어가는 전나무길에 들어서면서 농담 삼아 어머니는 좋겠네, 표도 안 끊고…… 했더니 좋기는 야, 돈을 안 받응게 내가 길에서 픽 쓰러져도 냅둘 것이다, 외려 시무룩해했다. 터널처럼 양옆으로 전나무길이 이어졌다. 앞서 뛰어가 전나무 사이를 들락거리던 동이가 뭐라고 소리쳤다. 자세히 들어보니 고모 목말라! 외치는 소리였다. 절 안으로 들어가면 약수터가 있을 터이니 먼저 달려가서 마시라고 했다. 동이는 물을 마시고 싶은 생각에 다시 전나무길을 달음질쳤다. 봄이나 가을엔 행락객들로 붐비었을 텐데 동이만 그 길을 뛰어갈 뿐 저 멀리까지 인적이 없었다. 아름드리 전나무들은 겨울임에도 불구하고 푸르기가 이를 데 없었다. 전나무길이 육백 미터는 이어지는 것으로 보아 나무의 숫자도 그와 비슷하지 않겠는가 싶었다. 고갤 돌려보면 전나무 사이로 야트막한 계곡이 엿보이기도 했다. 잘잘잘 차가운 물 흘러가는 소리가 들려왔다. 천지에 연둣잎이 돋고 저 물소리 또한 따뜻하게 들리는 봄쯤에 전나무로 에워싸인 이 길을 걸으면 아마 정형외과 의사도 용서하게 되지 않을까. 숲의 왼쪽으로는 부도전으로 이어지는 표시가 되어 있었다. 지소폭포 가는 길, 이라고 어느 전나무 밑둥치에 팻말이 아른거리고 있을 때쯤이었다. 어머니가 갑자기 혼잣말처럼 너거 아버지 너무 미워 말어라, 했다.

"누가 미워한다고 그래요, 어머니도 참."

"……"

"어머니나 아버지 앞에서 그 옛날 이야기 좀 그만해요."

전나무 때문인가. 다른 때와 마찬가지로 넘의 집 딸들은 다 엄마 편이드만 너는 어째 그러냐? 타박을 놓을 줄 알았는데 어머니는 뜻밖의 말을 하였다.

"그래도 그때 너거 아버지가 구왕(광) 문설주에 돈 오십만원을 종이에 싸서 찔러놓고 가지 않았냐……"

"네에?"

"그 옛날에 말이다, 너거 아버지가 집을 나갔을 때 말이다. 나라고 이 집구석에서 뭣 땜시 더 살겠나, 싶어서 나도 어디로 도망쳐버리려고 온 집 안을 다 뒤집어놓고 있는 중이었는디 나만 드나드는 구왕 문설주에 무엇이 보이드라. 돌돌 말린 신문지가 빠지지 않게 꽉 끼어 있어서 끄내서 펴보니께는 돈 오십만원이었어야. 지금이야 오십만원이 벨것이냐만 그때는 쓸 만헌 돈이었다. 너거 아버지 짓이 분명했니라."

걸핏하면 어머니가 들춰내는 아버지가 잘못한 과거사 중에는, 어머니 표현을 따르자면 얼굴이 뽀얀 '젊은 년'이 있다. 어디서 왔는지는 모르겠으나 그 젊은 년은 마을 끝에 있는 점방을 보았다. 담배도 팔고 술도 팔고 검정 고무줄도 팔고 과자도 팔던 그 점방에 아버지가 드나들기 시작했다. 밥이라고는 입에도 안 대고 사는 것 같더니 어느 날부턴가 그 젊은 년이 점방에 솥단지를 걸고 밥을 해먹더니 그 솥단지에다 아버지 밥까지 짓기 시작했다는 것이다. 어느 날 어머니는 오빠인지 나인지를 업고 그 점방에 쳐들어가서는 아궁이에 올려진 솥단지를 들어다 점방 뒤 방죽에다 처박아버렸다는 것이다. 그때의 아버지가 어머니를 달래면서 했던 말은, 당신이 그 젊은 년하고 점방을 해서 돈을 벌어서 다 어머니에게 갖다줄 테니 어머니더러는 애들이나 잘 키우라고 했다는 것이다. 하루 밥 해먹고 나면 또 보리쌀이 떨어지고 어떻게 또 하루를 버티고 나면 또 하루가 문제였던 때라 어머니는 정말 그래버릴까, 하고도 생각했지만 어쩐지 그래서는 안 될 것 같았단다. 그 젊은 년이 솥단지를 방죽에서 건져다 다시 아궁이에 올려놓으면 또 가서 방죽에 던져버리고 오고 또 아궁이에 올려놓으면 또 가서 방죽에 던져버리다가, 하루는 그 솥단지를 아예 그 점방 옆 철길의 레일에 수십 번을 내던져 다시는 밥을 못 지어먹게 찌그러뜨려버렸다. 어머니의 행패를 더는 못 견디겠던지 어느 날 아버지와 그 젊은 년은 마을에서 야반도주해버렸다. 일 년이 지난 후에 조부의 제삿날이 되어서야 아버지가 집으로 돌아왔다는 게 어머니의 얘기였다. 어머니는 아버지가 속을 썩일라치면 그때의 일을 꺼냈고 그러면 아버지는 입을 다물고 돌아앉았다.

"신문지에 돌돌 말린 그 돈을 보니께 눈물이 핑 돌아서, 이 집구석서 달아나뻐리야지 하던 맘을 거두고는 너그덜 밥 해먹일라고 보리쌀만 퍼가지고 나왔니라. 집도 싫다 허고 자식도 싫다 허고 젊은 년하고 눈이 맞아 야반도주한 인사가 무신 정신으로 돈을 구히서 거그다 찔러놓고 갔으까. 늙는 동안 두고두고 내 화두였구마는."

아버지가 그랬는가.

전나무숲이 끝난 뒤에는 헐벗은 단풍나무길이 천왕문까지 이어졌다. 겨울 가뭄인가. 천왕문으로 들어가기 전의 약수터엔 물이 말라 있었다. 푸른색 플라스틱 바가지만 엎어져 있을 뿐 물은 한 방울도 나오지 않았다. 목마르다고 성화인 동이에게 절 안으로 들어가면 물이 있을 거라고 달랬다. 단풍나무길 정면의 천왕문 앞에서 동이는 고약하게 인상을 쓰고 있는 사천왕이 무서웠는지 우리를 기다렸다. 어머니와 내가 다가가자 동이는 사천왕 상 앞을 지날 때만 어머니 손을 붙잡고 천천히 걷더니 그 앞을 지나자 다시 손을 놓고 폴짝폴짝 앞으로 뛰어갔다. 천왕문을 넘으니 절 마당이 한눈에 들어왔다. 크지도 넓지도 않은 소박하고 아담한 마당이었다. 낮은 석축단이 대웅전까지 이어져 있고 아버지가 기다리고 있을 일주문 앞의 할머니 당산목과 쌍을 이루는 할아버지 당산목이 겨울바람 속에 서 있었다.

"저것이다!"

어머니는 겨울날 늦오후의 햇살을 받고 있는 대웅전의 꽃살무늬를 보더니 저것이다, 며 나를 돌아다보았다. 국화인가, 연꽃인가. 자연석으로 쌓은 축대, 전혀 손을 대지 않은 것 같은 주춧돌. 그 너머의 나무 문에 아른아른 꽃살무늬가 물결을 이루고 있었다. 처음부터 채색이 없었던 것일까. 아니면 세월의 풍화 속에 지워진 것일까. 나뭇결을 따라 새겨진 꽃문양은 하나하나 돋을새김을 한 것같이 이를 데 없이 정교했다. 이것도 사람의 손이 해내었을 것이다. 꽃살무늬를 새겼을 사람의 정성스러운 그 손길의 간절함이 전해지는 듯하여 숙연해질 지경이었다. 그 앞에서 어머니는 처녀처럼 미소지었다. 겨울 햇살이 어머니의 반백에 어른거려 어머니도 꽃살무늬처럼 온화해 보였다. 사진기를 가져왔으면 좋았을걸, 싶을 만큼 오랜만에 보는 어머니의 미소였다.

"어떠냐, 볼 만허지야?"

"그렇네요."

"김장철이면 니 고모랑 곰소에 젓갈을 사러 왔니라. 젓갈은 곰소 것이 최고 아니냐. 몇 해 전인가 젓갈 사러 왔다가 여길 처음 와봤니라. 이 꽃살무늬가 얼매나 좋고 이쁘던지 마음까지 포근해지는 것이, 맴속에 뭔 불덩이 같은 것이 치받치머는 나 혼자 버스를 타고 와서 전나무길을 걷고 히서 여그 와서 이것을 보고 갔지 않었냐. 수십 번은 되얏을 것이다."

어머니가 그랬는가.

일요일이면 읍내의 성당에 나가는 분이라 나는 어머니가 절하고는 아무 상관 없이 지내는 줄만 알았다.

"대웅전을 봐라, 못 하나 쓰지 않고 모두 나무를 깎아 끼워맞춘 것이라 한다. 그러니 포袍를 깎는 일이 이 절 짓는 일의 반은 되얏겠지. 이 절을 지은 대목은 삼 년 동안이나 묵언수양하며 나무를 깎았다더라. 한마디 말이 없이 오로지 나무만 깎고 앉아 있으니 사미승 하나가 장난기가 동했던갑다. 대목이 깎고 있던 포 하나를 몰래 숨겼다는구나. 대목이 포 한 개가 모질라 절을 지을 수 없다, 하니께 그 선사 이름이 뭐라드라. 청…… 청…… 뭣이었는디, 인자는 니도 정신이 까막까막헌다. 그 선사가 그랬단다. 잃어버린 그 포는 이 절과는 인연이 없는 것 같소. 그러니 모자란 채로 지읍시다, 하였단다. 나중에 사미승이 훔친 포를 갖다놓았지마는 부정 탔다고 쓰덜 안 했단다. 저거 봐라, 그래서 저기 오른쪽 윗부분 있지야. 다섯 줄목의 한 부분이 아직도 저렇게 비어 있다고 허는구나. 뿐이냐, 절을 지었으나 단청을 못 하고 있는디 어느 날 누추한 차림의 화공이 단청을 해주겠다며 단서 한 가지를 달았는디 백 일 동안 누구도 안을 들여다봐서는 안 된다는 것이었다지. 그래 선사와 대목이 번갈아감서 누구도 얼씬 못 하게 지켰는디 구십구 일째 되던 날이었든가. 그날이 되도락 안에서 인기척도 없고 먹을 것도 안 들어가니 사미승이 또 얼마나 궁금했겠냐. 사미승은 대목한티 가서 주지가 부른다고 이르고는 기어이 안을 들여다보았더란다. 눈부신 흰 새가 부리에 붓을 물고 있더란다. 날개를 푸드덕거림서 색색의 물감을 맹글어내며 그림을 그리고 있더란다. 사미승이 얼매나 놀랐겠니. 살짝 엿본다는 것이 그만 문을 밀어버렸겄지. 문이 삐꺽 열리자 그때껏 열심히 그림을 그리고 있던 흰 새가 날러가버렸단다. 저거 봐라, 그리서 단청을 마저 못 한 것이란다. 좌우에 한 쌍으로 그려져야 할 것이 저짝은 바탕만 있고 텅 비었잖느냐? 딱 하루치를 못 그린 것이지."

어머니는 저거 봐라, 했지만 나는 무엇을 말하는지 알지를 못했다. 천장은 반듯한 사각형 격자문양이었고 거기 가득히 연꽃봉오리며 구름이 눈에 잡혔을 뿐이다.

"관음조였던 게지. 대목이나 관음조나 다 부처님이 현신한 것일 게야."

어머니는 혼잣말을 하였다. 삼 년 동안 한마디 말이 없이 이 절을 중건할 나무만을 깎았다는 목수와 사미승이 엿보기 전까지 구십구 일 동안 부리와 날개로 단청을 그렸다는 흰 새를 생각해보려 했으나 마음만 아득해졌다. 어머니가 대웅전으로 들어가 향을 사르고 부처님 앞에 합장하는 동안 나는 동이를 데리고 꽃살무늬 앞을 떠나 절을 한 바퀴 빙 돌았다. 물을 얻어 동이에게 마시게 해주고 싶었으나 절은 인기척이 없이 조용했다. 능가산 봉우리의 바위들만이 절을 병풍처럼 둘러싸고 있었다. 소박한 목조건물과 잘 어울리는 산세였다. 산의 바위는 보는 각도에 따라 다르게 보였다. 우물같이도 보이고 또랑으로도 바다처럼도 보였다. 그런가 하면 낙타로도 칼같이도 화살처럼도 보였다. 대웅전 앞마당에는 삼층석탑이 서 있고 우측으로는 연못이 있었다. 여간해서 연못의 물이 마를 리가 없으련만 연못의 물도 말라 바닥을 드러내고 있었다. 물! 물! 보채는 동이를 데리고 나는 절을 한 바퀴 더 돌았다. 삼층석탑은 꽃살무늬에 비하면 정교하지가 않고 조금 비틀어져 있는 것도 같았다. 동이가 잠시 갈증을 잊고 관심을 보인 것은 일반인 출입을 금하고 있는 요사채의 낮은 담장이었다. 그 담장 위의 돌탑이었다. 사람들이 오가며 하나둘씩 얹어놓았을 수십 개의 돌탑이 줄을 잇고 서 있었다. 네 개의 건물을 하나로 보이게 지어놓은 요사채는 크기가 다른 지붕이 양쪽으로 버티고 있고 서로를 이어주는 구름다리도 눈에 띄었다. 대웅전을 향하고 있는 쪽의 건물에는 '설선당'이란 팻말이 붙어 있었다. 낮은 담장과 요사채 사이의 가운데는 마당이었다. 두리번거리던 동이가 바닥에서 돌을 하나 집어 어느 탑 위에 얹어놓았다. 바람이 불면 쓰러질 것같이 허술한데도 담 위의 돌탑들은 이쪽 끝에서 저쪽 끝까지 이어지고 있었다. 생각나는 대로 돌을 얹은 것들이라 규칙적이지 않아 오히려 소박하고 좋았다. 어느 순간이었다. 동이가 나를 흘깃 살펴보더니 슬몃 돌탑을 허물어뜨렸다. 돌이 무너지는 소리가 바람 속에 섞여들었다. 나직이 이름을 부르자 동이는 돌아다보며 씩 웃었다. 장난기 많았다는 그 사미승의 웃음이 저랬을까. 대웅전 한 귀퉁이에 대추나무가 헐벗은 바람을 맞고 서 있는데, 지난 계절에 대추가 많이 열려 땅에 닿았었나보다. 아직도 장대 하나가 대추나무 가지를 받치고 있었다. 어디서 물소리가 들리는 것 같아 귀를 기울이면 바람소리였다. 동이는 내 눈을 피해가며 돌탑을 무너뜨리고는 시치미를 떼었다. 저러다가는 사미승처럼 보지 말아야 할 것까지 보고 감추지 말아야 할 것까지 감추게 될 것이었다.

동이를 앞세우고 양편으로 전나무가 늘어서 있는 길을 고스란히 되밟아 절 입구로 돌아왔을 때 아버지는 커피 자동판매기 앞에 서 있었다. 한 손에 종이컵이 들려 있는 걸로 보아 따뜻한 커피를 뽑아 마시는 중인 것 같았다. 우리를 발견한 아버지가 종이컵을 식당 앞 쓰레기통에 버렸다.

"할아버지!"

동이가 아버지에게 먼저 뛰어가 아버지 허리를 감았다.

"아이구, 이놈의 자석!"

"할아버지, 물."

아버지는 착 달라붙는 동이에게 떠밀려 휘청이면서도 동이가 귀여운 듯 두 팔을 뻗어 동이의 목을 껴안아주었다. 그것으로도 모자랐는지 동이를 번쩍 들었다가 내려놓고는 두툼한 손바닥으로 동이의 엉덩이를 이놈! 하며 때리기도 했다. 나는 근처의 가게에 들어가 작은 생수를 한 병 사서 뚜껑을 열어 동이에게 건넸다. 어지간히 목이 말랐는지 동이는 꿀꺽꿀꺽 소리를 내며 생수 한 병을 거의 다 마셨다. 물을 다 마신 동이의 손목을 잡고 아버지는 앞서 걸었다.

잠시 아버지를 살펴보고 있던 어머니가 혀를 끌끌 찼다.

"아니, 저 양반이…… 내 수상쩍다 했지."

아버지가 명랑해질수록 어머니 얼굴이 붉으락푸르락해졌다. 왜 그러는지 영문을 모르겠어서 나는 어머니를 빤히 쳐다봤다. 할아버지와 손자가 서로 보듬고 쓰다듬고 보기만 좋은데 왜 그러시나, 싶었던 것이다.

"왜요?"

어머니는 의아한 표정을 짓는 나를 보더니 노여움을 삼키는 듯 일그러진 얼굴을 억지로 편안하게 만들며, 아니다, 했다.

"뭐가 아니에요? 왜 그러세요?"

"아니라니까 그러는구나."

돌아오는 길 내내 아버지는 뒷자리에서 동이와 장난을 쳤다. 틈만 나면 육박전에 돌입하는 동이를 상대하느라 자동차가 덜컹거릴 정도였다. 앞자리에 앉은 어머니가 뒤돌아보며 살살 좀 하시우, 차가 뒤집히겠네, 운전하는 사람 생각도 해야지라오? 지청구를 해도 소용없었다. 그렇게나 좋으시우? 말리면서도 어머니도 즐거운 모양이었다. 내소사로 올 때의 아버지와는 너무 딴판이라 내가 어리둥절할 지경으로 아버지는 유쾌했다. 나는 일부러 신태인 쪽으로 들어가 집으로 가는 가까운 길을 버리고 모항과 채석강과 적벽강을 거쳐 변산으로 이어지는 해안도로를 택했다. 삼십 분은 더 멀리 돌아가는 셈이겠으나 잘 하면 가는 동안 바다에서 해 지는 모습을 볼 수 있을 것이라는 계산이었다. 왼편으로는 산이요, 오른편으로는 바다가 보이는 아름다운 해안도로는 꽤 길게 이어졌다. 이따금 천연

염전과 그 가까운 곳에 시커멓게 낡은 소금창고가 눈에 들어오기도 했다. 굽은 길을 돌 때면 늦오후의 겨울 햇살이 차창을 통해 눈을 찌르기도 했으나 그럴 때면 오른편의 바다나 뻘은 금색으로 덮이며 더 보기가 좋아졌다. 뜻밖에 노을은 새만금 방조제 앞에서 보게 되었다. 갑자기 길이 끊기듯 바다를 가로막아놓은 둑을 만나 내가 아버지 저게 뭐예요? 물었더니 저 둑 아래로는 다 논이 된다고 하드라, 하였다. 그때서야 나는 저 바다를 가로막아놓은 둑이 바로 그 새만금 간척지구나 싶었다. 동이는 바다를 가로막아놓은 둑이 신기했는지 자꾸만 한번 들어가보자고 했다. 나는 자동차의 방향을 바닷길로 돌렸다. 어마어마한 둑이었다. 자동차로 십 분을 달려도 둑은 끝나질 않았다. 그러잖아도 쌀값이 떨어져 난리라면서 저 넓은 바다를 막아 농지를 만들어서 뭐하려고 하나? 중얼거렸다가 나는 아버지에게 그런 소리 마라—는 즉발적인 야단을 들었다.

"그러잖아도 서울서 내리온 사람덜이 자꾸만 저 일을 중단허라고 난리다. 환경이 어쩐다고 하믄서. 저 둑 좀 봐라, 하루에 삼백 대나 되는 트럭이 모래를 실어와서 이 년 동안 쌓은 것이여. 돈은 얼매를 처들였을 것이냐. 저것을 어떻게 도로 허문단 말이냐?"

"……"

"이짝 사람들 마음이 흉흉허니께 너는 함부로 그런 소리 말어."

"그래도 아버지, 생각해보세요. 나락값이 헐해서 농사지을 마음도 안 난다면서 저렇게 넓은 땅을 농지로 만들어 농사를 지으면 더 폭락하잖아요. 차라리 갯벌로 놔두고 거기서 고기 잡고 굴 따고 하는 게 더 이익이겠네. 굴이며 조개는 얼마나 비싼데."

"자꾸만 그런 소리 말라니께. 서울서 내려온 사람덜 말하고 니 말하고 똑같다."

"상식적으로 그렇다는 얘기지 뭐, 내가 서울 사람인가."

"시끄러!"

"알았어요, 참, 나."

왼쪽은 높은 둑이요, 오른편은 막아놓은 물이 출렁거리는 형국이었다. 막아놓은 저 물은 어쩔 것인가. 다 퍼낼 것인가. 바닷물을 보게 되자 동이는 바깥으로 나가보고 싶어서 차에서 내려달라고 떼를 썼다. 둑 끝까지 가지도 못하고 차를 세워놓고 동이를 따라 내렸다. 동이는 한달음에 둑 아래의 바다로 내려갔다. 나는 높이 쌓아놓은 둑 저편의 형편이 어떠한지 궁금해져서 동이와 반대편으로 기어올라갔다. 둑길에는 자동차와 아버지와 어머니만 남았다. 둑 위로 올라가보니, 저 멀리서 흘러내려오다가 시멘트 둑에 갑자기 물길이 막힌 바닷물이 둑에 부딪치며 시퍼렇게 출렁거리고 있었다. 나는 자꾸만 하늘에 떠 있는 희미한 낮달이 쳐다봐졌다. 밤이 되면 이 막힌 바닷물 위에도 달빛이 비칠 것이었다. 아무리 튼튼히 쌓았다고 해도 허구한 날 저렇게 물에 얻어맞다가는 얼마 안 가 둑에 금이 갈 것만 같았다. 물소리가 성난 짐승의 으르렁거리는 포효처럼 느껴졌다. 언제까지 이 거센 물들을 막아놓을 수 있단 말인지. 막힌 물을 보고 있자니 무서워지는데 동이가 내려가 있는 쪽으로는 노을이 번졌다. 홀로 외떨어진 섬과 섬 사이로도 붉은빛이 퍼져나갔다. 차가워 보이던 바닷물 위로도 그새 노을이 번져 눈앞이 출렁이는 황금색으로 변했다. 빛에 눈이 시어진 아버지와 어머니가 자동차 안으로 들어갔다. 뚝 끊겨서도 눈앞의 바닷물은 노을빛을 받아 찬란했다.

추워서 입술이 시퍼레진 동이를 다시 태우고 줄포 쪽으로 접어들 때였다. '왕새우 직판장'이라는 팻말이 보였다. 아버지는 자동차를 세우라 했다. 왕새우 좀 사다가 동이에게 구워줘야겠다고. 이 겨울에 웬 왕새우인가 했는데 가게 안 수족관에는 먹빛 새우들이 가득이었다. 양식 새우인 모양이었다. 아버지는 수염이 긴 새우를 한 마리씩 고르다가 비싸다고 한사코 말리는 어머니의 말에 개의치 않고 한 상자를 샀다. 새우의 머리통을 동이의 눈가에 확 들이미는 통에 동이가 화들짝 뒤로 물러서기도 했다.

"동이야, 먹고 싶은 거 또 없나?"

아버지가 묻자, 동이는 물! 하고 소리쳤다.

"물?"

"응…… 물…… 아니 피자, 버섯피자."

아버지는 피자가 무엇이냐는 듯 나를 쳐다보았다. 아버지는 동이의 입에서 자장면 정도가 튀어나올 줄 알았을 것이다. 어렸을 때 아버지가 오빠와 나에게 무엇이 먹고 싶으냐 물으면 우리는 마치 이 세상에 맛있는 게 자장면밖에 없다는 듯 자장면! 의견을 합치해 외치곤 했다. 그러면 아버지는 우리에게 자장면을 사주는 게 아니라 자장면을 만들어주었다. 면발은 국수로 대신해서. 감자와 양파를 숭덩숭덩 썰어넣고 그때로서는 귀하디귀한 돼지고기도 간혹 들어 있던 아버지가 만든 자장면.

"빈대떡 같은 거예요, 아버지. 이태리 빈대떡."

대답을 하면서 나는 이게 무슨 냄새? 싶어 아버지 얼굴을 빤히 쳐다보았다. 아버지가 나를 향해 입을 여니 솔솔 새어나오는 이 냄새는?

"아, 아버지!"

나는 기가 막혀 비명을 지르듯 아버지를 불렀다. 절대로 술 같은 건 입에도 대지 않겠다고 철석같이 맹세해놓고는. 아버지에 대한 힐난이 막 쏟아져나오려는 참인데 왜 그러냐는 듯 나를 빤히 쳐다보고 있는 아버지의 늙고 순한 눈동자와 정면으로 마주쳤다. 이제야 내소사 입구에서 어머니가 혀를 끌끌 찼던 이유를 알 것 같았다. 그러니까 아버지는 우리 셋을 절에 들여보내놓고 절 입구에 혼자 남아 술을 한잔한 것이다. 술의 종류는 동동주였나보다. 그 동동주 냄새를 없애려고 입가심으로 자판기 커피를 빼서 입을 헹구고 있었던 것이다. 아버지는 완전범죄라고 믿고 있는 듯했다. 그러지 않고서야 저렇게 경계심 없이 순한 눈빛을 내게 보내겠는가. 그 눈이 패기에 넘쳐 있었다면 나는 분명 아버지 자존심이고 뭐고 생각할 것도 없이 아버지 술 마셨죠? 술 마셨죠? 고래고래 소리를 내질렀을 것이다. 그런데 아버지 눈동자를 보라 지난 칠십 년 동안 볼 것 못 볼 것 다 보고 지금에 도달한 아버지의 저 순한 눈동자.

아버지는 피자를 한 번도 본 적이 없는 듯했다.

"니가 만들 줄 아냐?"

나는 아버지에 대한 비난을 꿀꺽 삼켰다.

"내가요? 난 못 만들어 아버지. 피자는커녕 난 빈대떡도 못 부쳐."

읍내의 피자집에 들러 콤비네이션 피자를 한 판 사서 옆에 끼고 자동차를 반납하고 택시를 타고 집으로 돌아왔을 땐 저녁이 이슥할 무렵이었다. 아버지는 집에 오자마자 새우상자를 열었다. 아직 살아 있는 새우가 상자 바깥으로 튀어올랐다. 아버지는 수돗가에 앉아 새우 상자의 물을 쭉 따라낸 뒤에 맑은 물을 받아 새우를 씻었다. 깨끗이 씻은 새우를 양푼에 담아놓고 프라이팬에 왕소금을 반쯤 담아 휴대용 가스레인지에 얹었다. 장독대로 나가 항아리 안에서 왕소금을 퍼오는 일도 가스레인지를 꺼내오는 일도 초장과 기름장을 만드는 일도 모두 아버지 차지였다. 소금이 달궈지자 아버지는 그 위에 먹새우를 한 마리씩 얹었다. 달궈진 왕소금 위에 먹새우를 얹으니 지직, 소리가 나며 흰 소금이 탁탁 튀어올랐다. 먹빛이었던 왕새우의 껍질은 익으면서 붉게 변했다. 동이는 새우가 익기도 전에 상 위에 피자를 펼쳐놓고 물컵을 옆에 두고 물을 마시다 피자를 먹다가 하였다. 아버지는 새우를 굽다 말고 동이가 먹고 있는 저 피자란 것이 무엇인가 싶었는지 한 조각 떼어 입에 넣어보더니 다 씹지도 않고 그냥 뱉어버렸다. 아버지는 이게 무슨 맛이라냐, 하면서 입안을 물로 헹구는데 그 옆의 손자는 피자 세 조각을 앉은자리에서 연달아 해치웠다. 그러고는 정작 구운 새우는 처다보지도 않았다. 한사코 동이에게 새우 한 마리라도 먹여보려다 실패한 아버지는 피자상자를 노려보며 저것, 덮어서 저리 치워놓아라, 하였다. 벌써 세 조각이나 해치웠으니 동이가 뭐 아쉬울 게 있으랴. 내가 치울게요, 할아버지, 하며 제 손으로 상자를 덮어 저만큼 밀어놓기까지 했다. 나와 어머니만 아버지가 구워주는 왕새우를 넙죽넙죽 받아먹었다.

동이가 피자로 배를 채워 새우에 관심이 없는 것이 통쾌할 정도로
아버지가 구워주는 새우맛은 고소했다. 이렇게도 한번 먹어봐라, 하
며 아버지는 살아 있는 새우 껍데기를 벗기더니 내게 내밀었다. 비
리지 않아요? 했더니 비리기는, 다디달다, 하였다. 멈칫거리는 내
입에 아버지는 새우를 넣어주었다. 정말이지 왕새우의 생살은 부드
럽고 달았다. 입안에서 아삭, 소리가 날 정도로 신선한 단맛이 혀끝
에 물렸다. 나는 왕새우를 실컷 먹고 동이는 피자를 실컷 먹었으니
저녁밥은 안 먹어도 된다는데도 어머니는 새우는 새우고 피자는 피
자라면서 굴비에 무장국까지 끓여서 저녁밥상을 차려놓고는 밥 먹
어라, 밥 먹어라, 하였다. 어머니의 간청을 들은 척 만 척 동이와 나
는 이 방 저 방으로 뛰어다니며 장난을 치고 있었다. 방구들이 꺼진
다는 어머니의 지청구 뒤로 아버지의 냅두라, 사람 사는 것같이 좋
구만! 하는 소리가 들려왔다.

오빠의 전화가 걸려온 건 바로 그런 때였다.

동이의 수선스러움이라니…… 여섯 살 된 사내아이 노는 꼴이 다
그렇겠지만 대체 한시도 가만있질 않았다. 이 방 저 방으로 뛰어다
니고 방문을 발칵 열어젖히고 세면장으로 올라갔는가 하면 벌써 기
실에 나와 있고 냉장고 문을 여는가 하면 벌써 또 헛간 앞에 세워져
있는 아버지 오토바이 위에 올라가 앉아 입으로 부릉부릉 소리를
내고. 온종일 동이를 상대하느라 얼이 빠질 지경이었다. 오빠가 전
화를 걸어온 그 순간에도 나는 계속 동이에게 얻어맞고 있는 중이
었다. 녀석은 걸핏하면 육박전으로 덤벼드는데 어찌나 기운이 센지
당할 재간이 없었다. 처음에 어린아이라고 대수롭지 않게 상대하다

가 계속 등짝을 얻어맞거나 복부를 차이고 나니 나도 잔뜩 눈을 부라리며 긴장하게 되었다. 그만하자고 해도 동이녀석이 내 말을 먹어주는가. 거실로 건넌방으로 세면장으로 나를 쫓아다니며 발을 걸고 등을 패고 고꾸라뜨리는 재미에 빠진 녀석이 희희낙락거리는 때에 전화벨이 울렸고, 나는 얼른 전화를 받았다. 속셈은 동이의 행동을 멈추게 해보겠다는 것이었으나 녀석이 수화기를 들고 서 있는 내 다리를 걸어 나를 넘어뜨리고는 달아났다. 그때 어머니가 동이야, 이놈아, 밥 안 먹으려믄 서울 가버리라— 했다. 나에게 동이는 잘 있냐, 어쩌냐 묻는 중이던 오빠가 수화기를 통해 어머니 말을 들은 모양이었다. 오빠의 목소리가 갑자기 텁텁해지더니 나더러 너는 나이를 어디로 먹었냐! 조카 밥 하나 못 먹이냐— 버럭 소리를 내질렀다. 밥을 못 먹이기는 무슨 밥을 못 먹인다고 그래, 오빠는 뭐 어쩌구 하며 달랑거리고 있는데 설상가상으로 저 혼자 식탁 위로 올라가 덜렁대던 동이가 밑으로 떨어졌다. 식탁 밑이라고 해봐야 엎어지면 코 닿을 높이밖에 안 된다. 그래도 떨어진 것은 떨어진 것인가보았다. 동이는 목청 좋게 울음보를 터뜨렸다. 관심을 끌어보겠다는 수작이 분명했다. 어머니가 동이를 부르며 달려갔다. 좀 아프기는 했겠으나 어머니 손에 일으켜세워진 동이는 또 금세 주먹을 불끈 쥐고는 수화기를 들고 있는 내게로 덤벼들 태세였다.

"내가 동이를 괜히 두고 왔구나, 지금 당장 데리러 갈란다."

처음엔 농담인 줄 알았다. 알아서 할 테니까 오빠 끊어, 하고 전화를 끊었는데 오 분쯤 지나 또 오빠에게서 전화가 왔다. 오빠는 너까지 나를 무시하냐— 대뜸 내게 소릴 질렀다. 내가 오빠를 무시하다니? 이건 또 무슨 소리? 오빠는 지금 당장 동이를 데리러 갈 테니 자지 마라, 했다. 오빠의 목소리가 울먹이는 것도 같았다. 술에 취했나? 아무리 술에 취해도 그렇지.

"아니, 여기가 어디 남의 집이야, 동이가 못 있을 데에 있어!"

차분하게 말하려고 했는데도 너무나 어처구니가 없으니 내 목소리가 앙칼스럽게 튀어나왔다. 오빠하고는 얘기가 안 되겠다, 싶어 올케 바꿔달라고 하니 오빠는 올케는 없다, 고 했다. 이 시간에 올케가 어딜 가고 없단 말인가.

"어디 오기만 해봐."

수화기를 탁 내려놓아버리자 이어서 또 벨이 울렸다. 또 오빠였다. 동이를 데리러 온다는 것이었다. 나도 부아가 치밀어올라 오빠! 왜 그래! 진짜로 언성을 높였다. 뒤늦게 밥상머리에 붙어앉은 동이는 어머니가 발라준 굴비를 밥 위에 얹어서 오물오물 씹고 있는 중이었다.

"동이를 여기에 두고 간 지가 몇 시간이나 되었다고 그래."

나는 내가 그렇게 말을 잘하는 줄 몰랐다. 한번 터져나온 말이 멈출 줄을 몰랐다.

"뭐, 우리가 동이를 밥도 안 먹이고 구박하고 내쫓을까봐 그래? 어떻게 그렇게 오빠 생각만 해. 이 밤중에 애를 데리러 오겠다고? 어디 데리러 오기만 해봐. 오빠로 여기지도 않을 테니."

수화기 저편의 오빠가 멍해진 것 같았다. 나는 내처 그럼 끊어! 하며 수화기를 꽈당, 내려놓기까지 했다. 늦은 저녁밥상 앞에 앉아 있던 어머니와 아버지 그리고 오빠의 아들 동이가 기세등등한 나를 쳐다보고 있었다.

"뭔 일인데 그냐?"

"별일 아니에요."

"오빠가 동이 데리러 온다냐?"

"무슨 소리야?"

"방금 니가 헌 소리가 그 소리 아녀 시방?"

"아니라니까!"

"그믄 오빠헌티 말버르장머리가 어쩌 그냐?"

나는 방금 기세 좋게 내려놓은 수화기를 잠시 바라보았다.

가슴은 쿵쾅거리는데 태연하게 동이의 밥그릇 위에 노릇노릇한 굴비살을 젓가락으로 집어 올려놓았다. 부리부리한 오빠의 눈이 느껴져 등이 쭈뼛할 지경이었다. 그런데 오빠가 왜 저런담. 사람이 이상하게 변했네. 곧 다시 벨이 울릴 것만 같아 자꾸만 수화기가 바라봐졌다. 설마 진짜 동이를 데리러 오고 있는 중은 아니겠지. 자동차가 없어야 되는데 말야. 나는 갑자기 사람 손길을 만난 민달팽이처럼 오그라드는 기분으로 반사적으로 굴비살이 얹혀진 밥을 맛있게 씹고 있는 동이의 머리를 한 번 쓰다듬었다. 손이 떨리면서도 은근히 화가 치밀었다. 여기가 어디인가. 또 지금 이 밥상머리에 둘러앉아 있는 사람들이 동이에게 누구냔 말이다. 어머니 아버지 집이고 나 또한 동이의 고모이다. 동이가 자기 아들이기만 하냔 말이다. 어머니 아버지한텐 손자이고 나에겐 조카란 말이다. 동이가 세상에 태어나서 맨 처음 본 얼굴도 아버지인 오빠가 아니라 내 얼굴이었다. 기억도 안 나나? 동이는 추석이 생일이다. 모두들 추석 쉰다고 서울에서 이 집으로 내려왔을 때 올케와 나만 서울에 남아 있었다. 예정일이 좀 남아 있었지만 만삭의 몸으로 귀향길에 오르기는 무리였다. 갑자기 올케에게 진통이 찾아와 올케를 택시에 태워 병원에 간 새벽은 얼마나 썰렁했는가. 처녀의 몸으로 혼자서 병원 대기실에 내내 앉아 있었던 나 아니었는가. 동이는 오빠와 식구들이 병원에 도착하기 전에 태어났다. 그때 동이를 낳아준 올케의 보호자는 나뿐이었다. 올케가 분만실로 들어가고 일곱 시간인가 여덟 시간만에 간호사가 최희자씨 보호자분! 하고 외쳐서 가보니 갓 태어난 동이가 간호사의 품에 안겨 있었다. 주름투성이의 붉은 얼굴의 신생아였던 동이. 눈썹도 이마도 젖어 있는 것 같았던 동이. 비록 눈을 질끈 감고 있었지만 동이가 이 세상의 공기 속으로 나와 맨 처음 만난 가족은 오빠가 아니라 나 아니었는가 말이다. 그런데 오빠의 말본새 좀 보라. 자기 아들 귀하게 여기는 거야 당연하겠지만 수화기 속으로 동이를 야단치는 소리를 듣고는 오해하여 당장에 동이를 데리러 오겠다 하질 않는가. 세상에 그것이 시골에 부모를 둔 대학까지 나온 인사가 할 소리인가. 그것도 동이에게 할머니인 어머니가 동이 밥 안 먹는다고 동이야, 이놈아, 밥 안 먹으려면 서울 가버리라—는 말에 서운해서는.

　밤중에 동이가 자다 말고 일어나 방문을 열고 나갔다. 화장실에 가는가 하고 잠결에 동이의 기척을 듣고 있는데 녀석이 현관문을 밀고 나가는 것이었다. 일어나 동이를 따라나가보았다. 동이는 현관문 뒤에 쪼그리고 앉아 대문 쪽을 바라보고 있었다. 왜 그러냐니까 좀 전에 눈앞으로 엄마가 획 지나갔다는 것이었다. 꿈을 꾸었구나,

했더니 아니야, 진짜 지나갔어, 하며 어둠 속에서 대문 쪽을 뚫어져
라 바라보았다.

아침 아홉시나 되었을까.

다른 때 같으면 회사로 출근하고 있어야 할 오빠가 정말로 대문
을 들어서고 있었다. 헛간 옆의 화장실에서 막 걸어나오던 내 입은
거울로 확인해보진 않았지만 아마도 꺄악, 하고 귀밑까지 벌어졌을
것이다. 마음 좋고 우정 있고 일 잘하고 사려 깊은 나의 오빠가 정
말로 그깟 일로 동이를 데리러 올 줄이야. 정말 오빠가 맞나, 싶어
다시 확인하는데 현관문을 열고 걸어나오던 아버지와 오빠의 시선
이 마주쳤다. 아무리 어젯밤, 왕새우 굽는 일에 몰두한 아버지라고
는 하나 오빠와 내 전화통화를 못 들었을 리 없다. 오빠를 한참 바
라보기만 하던 아버지가 안으로 들어와라, 한마디 짧게 내뱉고는
먼저 현관 안으로 들어갔다. 아버지가 현관문 닫는 소리는 마당 가
운데에 서 있는 내 귀에 들릴 만큼 컸다. 이 일을 어쩐다? 나는 입
고 있던 바지 뒤에 손바닥을 비비었다. 오빠가 아버지를 따라 안으
로 들어가려고 계단을 올라갈 때 나는 다급한 마음에 오빠, 나 좀
봐봐, 일단 오빠의 갈 길을 막아섰다. 나는 오빠를 끌고 헛간 쪽으
로 갔다. 오빠는 나에게 한쪽 팔을 붙잡힌 채 어색하게 흠흠, 거렸
다. 평상이 놓여 있긴 해도 마루가 될 수 없는 헛간은 을씨년스러웠
다. 괭이와 삽과 이제는 쓰지 않는 경운기가 무슨 유령처럼 차가운
벽과 바닥에 걸려 있거나 놓여 있다가 오빠와 나를 쳐다보았다.

“아니, 오빠 정말 오면 어떡해?”

"내가 데리러 온다고 하지 않았냐?"

"아니, 지금 오빠가 잘했다는 거야?"

"내가 못한 건 또 뭐냐?"

"아니, 왜 그래? 왜 그러는데 오빠?"

내 입에서는 아니 아니, 라는 말이 연이어졌다.

"동이를 짐짝처럼 귀찮아하니까 데리러 왔는데 뭐가 어쨌다는 거냐?"

"누가? 누가 동이를 귀찮아했는데?"

"……"

"사람이 이상해졌네……"

"……"

"어쨌든 이 상황에서 오빠가 동이 데리고 가봐. 어머니 아버지가 어떤 기분이겠어? 설령 진짜로 동이를 귀찮아한다고 해도 지금 이런 식으로 동이를 데리고 간다면 내가 용서 못 해."

"니깟 것 용서받고 자시고 할 것 없다!"

오빠는 내 손을 뿌리치고는 헛간을 걸어나가다가 평상에 무릎을 부딪쳤다. 아플 텐데도 손바닥으로 한 번 쓱, 문지르고는 그만이었다. 내가 오빠 정말 왜 이래? 다시 붙잡아도 소용없었다. 오빠는 망설임도 없이 현관으로 통하는 계단을 올라서더니 터벅터벅 걸어 현관문을 열고 안으로 들어갔다. 나도 오빠 뒤를 따라갔다. 아버지 곁에서 물을 마시고 있던 동이가 아빠, 부르며 일어섰다. 물컵을 아무렇게나 내려놓는 통에 물이 방바닥에 엎질러졌다.

"너는 나가 있어라."

아버지가 나를 가리켰다. 목소리가 어찌나 근엄한지 나는 나올 수밖에 없었다. 어머니가 없는 게 얼마나 다행인지. 어머니는 새우 몇 마리를 대접에 담아 소성 아짐네 다니러 간 틈이었다. 12월의 찬 바람에 대문이 덜컥거리고 있었다. 방 안의 동정에 귀를 기울였으나 조용했다. 방 바깥의 내 침이 꼴깍 넘어갈 만큼 긴장이 유지되고 있었다.

"텔레비전이……"

얼마쯤 있다가 아버지의 목소리가 들렸다.

"텔레비전이 내 손자다."

"……"

"니 에미 오먼 시끄라징게 어서 데꼬 가거라."

갑자기 동이가 할아버지 미워― 소리를 치더니 방문을 벌컥 열고 나와서는 맨발로 뒤란 쪽으로 뛰어갔다. 발이 시릴 텐데. 놈이 얼마나 재빠른지 붙잡고 어쩌고 할 새가 없었다. 신발이나 갖다 신기려고 동이의 신발을 집어드는데 이번엔 방 안에서 오빠가 나왔다. 울었는가. 눈이 벌게져 있었다. 그러게, 울 일을 왜 하느냐 말이다. 오빠는 고개를 푹 수그리고 대문을 나섰다. 동이의 신발을 내려놓고 오빠 뒤를 따라나섰다.

"오빠, 동이가 그렇게 마음에 걸리면 내가 내일 데리고 갈게. 나도 오늘 올라가려고 했는데, 하루 더 있다가 내일 데리고 함께 갈게. 오빠가 밤에 엄마한테 전화해서 내일 동이를 데리고 갈 수밖에 없는 핑곗거리를 하나 만들어서 말씀드려, 응?"

오빠는 묵묵부답이었다.

오빠의 자동차는 집으로 들어오는 골목과 이어지는 신작로 가에 세워져 있었다. 자동차 주변에 동네 아이들 몇이 서성거리고 있었다.

"동네에 아이들이 있냐?"

"서울서 온 애들이래."

"서울서? 이사왔어?"

"그게 아니고 엄마 아빠가 이혼해서 할아버지 할매가 키우고 있는 애들이야. 저 빨간 스웨터 입은 애 있지? 재는 명철 오빠 아들이래. 명철 오빠 알지? 저기 모정 옆에서 소 키우던 오빠 말야. 몇 해 전에 애들 시골서 키울 수 없다고 여기 다 정리해서 부천으로 갔다는데, 거기서 중국집을 냈다는데 가을에 다 말아먹었다나봐. 다시 재기할 때까지 애를 맡겨놓았나봐."

오빠는 한숨을 쉬었다.

자동차에 시동을 걸어놓고 오빠는 한참을 차 안에 앉아 있었다. 곧 출발할 것 같던 오빠가 자동차 유리문을 열고 나에게 차에 타라고 했다. 무슨 할말이 있는 듯 옆자리에 나를 앉혀놓고는 오빠는 담배를 피워물었다.

"무슨 담배를 피워? 오빠 담배 안 피우잖아?"

"끊었지, 내가 안 피웠냐."

"한번 끊으면 그만이지 그딴 걸 왜 또?"

"서기 말이다……"

오빠가 내 말을 끊었다.

"나, 이혼했다."

이혼?

나는 설마 내가 무슨 얘기를 잘못 들었겠지, 했다. 오빠가 이혼이라니? 권리금을 챙긴 정형외과에서 갑자기 딴전을 피우고 나왔을 때 원장약사의 가슴이 이렇게 먹먹했을까. 갑자기 오빠가 이혼이라니?

"아파트도 팔아야겠고 당장 동이놈 보살필 사람도 없고. 나야 뭐 맨 바깥으로 돈 사람이라 애를 어떻게 해야 하는지도 모르고 이것 저것 정리될 때까지만 동이를 여기에 맡겨놓으려고 했는데 안 되겠다. 어려도 눈치가 빠한 놈이다. 내가 여기다 저 맡겨놓으려고 하는 거 다 안다. 내가 생각을 잘못했다. 죽어도 지 엄마한테 주기 싫다는 생각만 했지 진짜 동이 생각을 못 했어. 힘들어도 내가 데리고 있어야 할 것 같구나. 내일 니가 데리고 와라. 내가 뭐라고 어머니한테 전화를 하겠냐. 니가 잘 말해서 데리고 와."

"오빠—"

"다른 애기는 나중에 하자."

동이를 찾느라 헤매다니는 동안 나는 마을에서 또랑이 사라져버렸다는 걸 알게 되었다. 오빠를 보내고 집으로 돌아왔을 때 아버지는 초조하게 마당을 왔다갔다하고 있었다. 동이가 보이지 않는다는 것이었다. 불러도 나오지 않고, 있을 만한 데는 다 찾아봤는데도 없다며 아버지는 나더러 마을을 한 바퀴 돌아보라고 하였다.

"바람이 이렇게 찬데 이눔이 어딜 갔는고."

할아버지 미워, 하며 방 안에서 뛰쳐나간 동이가 영 눈에 밟히는지 동이야, 동이야, 부르는 아버지 목소리엔 안타까움이 물씬 배어 있었다. 옆마당 쪽으로 나 있는 샛문을 통해 나도 동이의 이름을 부르며 또랑 쪽으로 나가봤다. 동이는 보이지 않고 찬바람만 입속으로 들락날락하였다. 또랑 쪽에 나란히 혹은 드문드문 서 있는 팽나무 여섯 그루의 장엄한 자태는 여전했다. 나 어렸을 때부터 고목이었던 팽나무들은 찬바람 속에서도 헐벗은 채이지만 당당하게 버티고 서 있었다. 읍내 쪽에서 걸어오거나 자전거를 타고 오다가 당고갯재에 이르면 멀리서도 위풍당당히 보이던 팽나무들. 아직 마을에 이르려면 한참이지만 그 멀리서도 한 번은 쳐다보게 되던 팽나무. 멀리서 보면 낮에는 푸른 잎새가 동산처럼 모여 있는 것처럼 보였고 밤길에는 그 사이로 옹기종기 모여 있는 불빛들이 다정한 눈들처럼 떠 있는 곳이 이곳이었다. 나는 여전한 팽나무에 반가움을 느꼈으나 막상 동이를 부르며 가까이 갔을 때는 눈이 휘둥그레졌다. 팽나무 아래는 분명 또랑이었다. 빨래를 하거나 채소를 씻을 수 있게, 여름날에는 등목을 하거나 밤에 여자들이 모여 달빛 아래 목욕을 할 수 있게 물이 잘잘잘 흐르고 있어야 하고 넓적한 돌이 아래로 아래로 여섯 개는 놓여 있어야 했디. 사시사철 또랑물은 그치지 않고 흘러오고 흘러갔디. 그런데 또랑은 복개되어 시멘드 바닥이 되어 있었다. 물은 어디에고 보이질 않았다. 나는 동이를 찾으러 나온 걸 까먹어버리고는 이게 뭐야? 싶어 시멘트 바닥을 밤바닥으로 쾅쾅 두들겼다. 아니, 또랑을 왜 이렇게 해놓았단 말이냐. 또랑 위로는 둑이 있었다. 농사철이면 수리조합에서 내보낸 물이 흘러가는 물길이 둑과 들판으로 이어지는 사이에 나 있었다. 마을 사람들은 가뭄이 들 때면 서로 물을 대려고 삽을 들고 붉은 웃통을 드러낸 채 애타게 그 길을 오가곤 하였다. 밤이면 꼬마치들은 개구리 따위를 잡으러 달빛 내린 그 길을 얼마나 부지런히 오갔는지. 복개는 팽나무에서부터 수리조합 둑길까지 이어서 한 모양이었다. 또랑과 수리조합 둑이 사라진 자리에 널따란 터가 생긴 꼴이었다. 다시 보니 저만큼에 정자가 한 채 지어져 있고 다시 보니 저만큼에 트럭이 세워져 있고 다시 보니 저만큼에 트랙터가 놓여 있다. 이를테면 집 안에 들여놓기에 너무 큰 농기구를 보관하는 곳이 된 모양이었다. 팽나무는 그 사이사이에서 시멘트와 함께 여전히 하늘을 가리며 먼 곳을 내다보며 서 있었다. 뿐인가. 이 마을에서 읍내에 나가려면 그렇게나 아득하게 느껴졌는데 읍내가 이 마을로 쳐들어오고 있는 중인지 멀리 당고갯재 사이로 읍내 아파트 꼭대기의 자태가 불쑥불쑥 내다보이기까지 하였다. 나는 팽나무 둥치를 어루만지며 침입자처럼 꼭대기를 내보이고 있는 아파트를 잠시 쳐다보았다. 팽나무와 아파트는 서로 대치하며 관찰하고 있는 중인 것처럼 보였다. 이 시멘트 밑에 그 또랑물이 흘러가고 있기는 할까. 나는 서운한 마음에 잠시 몸을 엎드리듯 하고 물소리가 들리는지 귀를 기울여보았으나 귓전으로는 팽나무를 스쳐 지나가는 바람소리만 들릴 뿐이었다.

"애를 찾으랬더니 뭐하고 있는 게냐?"

시멘트 바닥에 엎드려 있는 내 등뒤로 아버지 목소리가 들렸다.

"여기에도 없네요."

"이눔이 어디로 갔나…… 너는 이쪽으로 돌아 신작로 쪽으로 가보거라. 나는 이쪽으로 돌아가볼 터이니."

"아버지."

마음은 바쁘겠으나 관절염을 앓는 무릎 때문에 빨리 걷지도 못하고 한 걸음 한 걸음을 떼어 걷던 아버지가 돌아보았다.

"또랑을 왜 이렇게 만들어버렸어요?"

"또랑이 왜?"

"이게 뭐야?"

"저 윗동네서부터 집집마다 소 키우고 하수구를 또랑으로 내서 오물을 내보내는디 그러면 똥오줌을 눈으로 봄서 살아야 쓰겄드나?"

아버지가 별소리를 다 한다는 듯 단정적으로 말씀하시는 통에 머쓱해진 나는 아버지와 반대방향으로 몸을 돌리며 동이야 동이야, 목청껏 불렀다. 온 동네를 다 찾아다녀도 동이는 없었다. 나만 보면 시집가라고 하는 게 싫어 찾아가지 않았던 고모 집은 물론이고 작은집에까지 다 가봤으나 동이는 없었다. 고모는 나를 알아보지 못하고 너는 누구냐? 하였다. 나는 나를 알아보지도 못하는 고모에게 붙들려 한참을 앉아 있었다. 누가 지금의 고모를 보고 예전의 당신을 떠올리겠는가. 열여섯에 시집온 어머니에게 아이를 낳지 못한다고 구박을 하던 그 고모라고. 일찍 청상이 되었으나 단정하고 부지런했던 고모. 새벽에 깨어나면 맨 먼저 우리 집이 무사한가 하여 한 바퀴 빙 돌아보고 나서야 돌아가 아침밥을 짓고 하던 고모였다. 대문을 걸어 잠그고 자던 때가 아니었기 때문에 고모가 새벽에 집을 둘러보러 와서 돼지막에 물을 부어준다거나 간밤에 미처 못 걷은 빨랫줄의 옷가지를 걷어 마루에 던져놓는 기척을 방 안에서 듣곤 하였다. 고모가 왔다 간 흔적으로 여름날엔 새벽이슬이 묻어 있는 호박 한 덩이가 마루에 놓여 있기도 했고 어느 날은 새끼줄에 묶인 비린 갈치가 양푼에 담겨 놓여 있는 때도 있었다. 무엇을 잘못하면 쩌렁쩌렁한 목소리로 야단을 치기도 했던 총력이 출중하던 고모가 늙고 꼬부라져서는 동이를 찾으러 온 나를 붙들고는 당신이 몇 살이냐고 물었다. 곁에 있던 고모 며느리가 내게 일흔넷이에요, 속삭였다.

"일흔넷이에요, 고모."

"내가 니 고모여?"

"네."

"너는 누군디?"

"고모 조카예요."

"내가 몇 살이냐?"

"일흔넷이에요, 고모."

"내가 니 고모여?"

"네."

"너는 누군디?"

고모 조카예요, 반복해서 대답하기를 열 번은 하고 나서야 고모 댁을 빠져나올 수 있었다. 혹시나 싶어 이제는 사람이 살지 않아 폐가가 되어버린 빈집도 기웃거려봤으나 동이는 없었다. 옆집에서 소를 데려다놓아 사람 대신 소들이 살고 있었다. 겨울이라 추워 그랬을까. 바람을 피해 방에 들어가 앉아 있던 소들이 내가 기척을 내자 밥을 주러 온 주인인 줄 알았는지 얼굴을 방문 바깥으로 내미는 통에 뒤로 넘어질 뻔했다. 작은어머니 댁에 갔을 때에 작은아버지는 없었다. 팔목이 시어 손을 쓸 수가 없다면서도 작은어머니는 어제 오빠가 인사드리러 왔을 때 가지고 간 배를 깎아 내주며 먹고 가라 하였다. 팔 걱정을 했더니 당신의 팔이 문제가 아니라 작은아버지 울화가 문제라고 했다. 한 해 내내 농사를 지었으나 나락값이 폭락해서 수매를 못 해 화병이 났다고. 지금도 아마 창고에 가 있을 거라고 했다.

"값이 웬만혀야 수매를 허지야. 나락가마니가 마을 창고에 쌓여 있다. 창고에 넣어놨으니 괜찮다고 히도 하루에 한 번썩은 가서 확인하고 와야 직성이 풀리는 갑드라. 하긴 저그 삼산리에서는 창고에 넣어놓은 나락을 밤에 몽땅 털어간 놈들이 있다드라. 트럭을 대놓고 실어갔다고 허드라. 썩을 놈들, 넘의 수고를 모리는 놈들이다."

"수매를 못 할 정도예요?"

"나랏님이 요새 농사일에 신경이나 쓰냐? 맥없이 농사꾼만 죽을 짱여. 잘되면 잘돼서 걱정이고 안 되면 안 돼서 걱정이여. 어메는 아무 말도 안 허디? 너그도 하나도 수매를 못 혔는디, 허긴 큰집은 쪼금백에 안 지웅게."

수매도 못 한 집에 돈을 빌리러 오다니, 한심하다는 생각이 머리를 스쳤다. 혀를 끌끌 차는 팔목이 신 작은어머니 집을 나와 한참을 더 헤맸으나 어디에도 동이는 없었다. 행여나 싶어 신작로 뒤의 마른나무 덩굴들만 무성한 뒷산까지 올라가봤으나 허탕이었다.

동이를 찾은 건 점심때가 지나서였다.

새집의 옥상으로 올라갔던 아버지가 야야, 하며 내 이름을 부르더니 이놈이 여겼구나, 하였다. 단층집 건물 옆구리의 계단을 타고 올라가면 나오는 옥상에 동이를 찾으러 내가 안 올라가봤겠는가. 분명 내가 올라갔을 적에는 동이가 없었는데. 어머니와 내가 허겁지겁 옥상으로 올라갔을 때 아버지는 커다란 장 항아리 안을 들여다보고 있었다. 설마 동이가 저 안에? 설마가 아니었다. 동이란 놈이 항아리 안에서 꼬부린 채 잠이 들어 있었다. 항아리 안이라 바람은 피했겠으나 그래도 얼마나 추웠을 것인가. 저를 얼마나 찾으러 다닌 줄도 모른 채 잠들어 있는 동이가 밉기도 하고 측은하기도 했다. 잠이 어찌나 깊이 들었는지 동이야 동이야, 아무리 불러도 놈은 깨어나지를 않았다. 할 수 없이 항아리 안으로 몸을 숙여 동이의 옆구리에 양팔을 집어넣어 동이를 일으켰다. 그래도 동이는 깨어나지를 않았다.

"이게 무슨 냄새?"

항아리 안으로 자꾸 미끄러지는 동이를 겨우 끌어냈는데 동이에게서 역한 술냄새가 진동하질 않는가. 설마 애가 술을 마셨을라고. 술은 어디서 나서? 믿어지지가 않아 동이의 코에 대고 냄새를 확인해보니 분명 술냄새였다. 그것도 소주 냄새.

"엄마, 애가 술을 마셨나봐."

내가 말을 마치자마자 어머니가 항아리 안을 들여다보았다. 소주병 하나가 항아리 바닥에 뒹굴고 있었다. 어머니가 살쾡이 눈을 뜨고 아버지를 쳐다보았다. 나는 사태가 어떻게 되는지를 몰라 멍하니 어머니와 아버지를 번갈아가며 쳐다볼 뿐이었다.

"그러니까 술을 여기다 숨겨놓고……"

어머니는 더는 말을 잇지 못하겠는지 입술을 달달 떨었다. 그러니까 동이를 찾다가 찾다가 지친 아버지는 이 항아리 안에 숨겨놓은 소주를 한잔 마시려고 옥상에 올라온 모양이었다. 이 집을 새로 짓기 전에는 뒤란 쪽에 장독대가 있었다. 장독대 옆에는 토란밭이 있었다. 넓적한 토란 잎사귀에 빗방울이 투둑투둑 떨어지는 소리에 잠이 깨곤 하였다. 대학 시절의 여름방학이었다. 여름은 길었고 나는 그 여름이 지루하기 짝이 없었다. 몇 권 싸들고 왔던 책도 다 읽어버린 터였는데다 연일 폭염이 이어지고 있을 때였다. 바깥에 나갔다 돌아온 아버지가 점퍼를 마루에 던져놓았는데 그 점퍼의 속주머니에서 담배가 삐죽이 빠져나와 있었다. 나는 담배 한 개비를 뽑고 성냥갑을 챙겨 뒤란의 이 토란밭을 앞에 두고 벽에 기대었다. 옛집은 앞마당과 옆마당과 뒷마당과 막힘 없이 서로 통하게 되어 있어 한 바퀴를 빙 돌 수 있게 되어 있는 구조였다. 아버지가 옆마당으로 돌아오는 줄도 모르고 나는 담배를 입에 물고 성냥불을 켰다. 유황 냄새가 퍼지는 성냥불을 담배 끝에 대고 막 한 모금 빠는 순간이었다. 옆마당에서 뒤란으로 돌아서던 아버지와 시선이 정면으로 마주쳤다. 순간적으로 담배를 토란밭에 휙 내던졌으나 변명할 길 없는 마주침이었다. 지금이야 여성이 담배 피우는 것쯤이야 흔한 일이지만 그 당시는 지금과 달랐다. 더구나 시골 사람인 아버지 생각에 딸인 내가 담배를 피운다는 건 상상할 수 없는 일이었을 것이다. 아버지의 눈이 놀람으로 흔들렸고 내 눈은 공포에 휩싸여 있었을 것이다. 아버지는 다시 돌아서 갔다. 나는 머리가 멍해져 한참을 그러고 앉아 있었다. 눈 속으로 푸른 토란잎만 어지럼증처럼 일렁거렸다. 나는 죽었다, 생각했으나 아버지는 내색을 하지 않았다. 나는 요즘도 이따금 그때 아버지가 왜 전혀 내색을 하지 않았는지 그 이유가 궁금해질 때가 있다. 도저히 인정할 수가 없어서 차라리 안 본 걸로 치신 것인지, 아니면 나에게 무관심했던 것인지. 어쨌거나 담배와 나와의 인연은 그것으로 끝이었다. 아버지가 내색하지 않은 이유를 내가 알 수는 없지만 만약 그때 아버지가 나를 야단쳤거나 모욕을 주었다면 나는 분명 골초가 되었을 것이다. 그때 토란 잎사귀들을 배경으로 밤색 항아리들이 얼마나 기품 있게 놓여 있었던가. 이 항아리는 그중 가장 큰 항아리였다. 지금도 내 가슴께는 닿으니 동이는 저 항아리 속으로 기어올라갔을 것이다. 식구들이 일 년 내내 먹을 장을 품고 그 자리에서 꿈적 않고 하늘이나 지붕을 바라보고 있던 항아리. 갑자기 비가 쏟아질 때면 또랑가에서 놀고 있다가도 누런 메주가 띄워져 있거나 붉은 고추와 숯이 동동 떠 있는 이 항아리 뚜껑을 닫으려고 재빨리 빗방울 속을 뛰어오곤 했다. 논이나 밭에 나간 어머니로부터 노느라고 항아리 뚜껑도 안 닫았느냐고 혼나지 않기 위해서 뛴 것이긴 하지만 빗방울보다 내 걸음이 더 빨랐을 것이다. 달빛이 좋은 밤이면 고모는 또 이 항아리 뚜껑을 열어놓으려고 신작로 가의 고모 집에서부터 자박자박 걸어왔다. 달의 정기를 받아야 장맛이 좋다면서, 새벽이슬이 내리기 전에 고모는 또 이 항아리 뚜껑을 덮으려고 왔다. 잠결에 고모의 발소리를 들으며 어머니는 부지런도 하다고 구시렁거렸다. 그런 밤에 소변을 보러 뒤란 쪽의 문을 열고 나오면 검은 장을 품고 있는 이 항아리 속에 둥근 달이 홀로 떠 있었다. 바람이라도 불면 달은 항아리 안에서 은은하게 출렁거렸다. 그동안 나는 이 항아리를 까마득히 잊고 있었다. 동이를 찾으러 이 옥상에 올라와서도 휘휘 둘러보고는 아무것도 없구나, 생각하고 곧장 내려갔다. 새집이 지어지고 토란밭이 사라지고 이 항아리도 오랫동안 놓여 있던 자기 자리를 잃어버리고 옥상에 옮겨져 있었던 모양이다. 모두에게 잊혀진 채로 가족들이 일 년 내내 먹을 묵은장 대신 아버지의 술병이나 숨기고 있었던 모양이다. 그런데 그놈의 술을 속이 상한 동이가 병나발을 불어버리고는 저렇게 잠이 들어 있는 것이었다. 이렇게 기절하듯 잠이 들었으니 애타게 저를 부르는 소리를 들었겠는가.

아버지보다 칠십 년은 늦게 태어난 동이를 옥상에서 업고 내려와 방에 누이자 동이가 어느새 이마에 오른팔을 얹었다. 곧 오른발을 왼발에 꼬았다. 아버지와 똑같은 자세였다. 이 기이한 느낌을 뭐라 할 것인가. 아버지가 주무실 때면 오른발을 왼발에 꼬고 이마에 오른팔을 얹고 주무신다. 어째 저리 고단케 주무실꼬, 싶어서 슬쩍 이마에서 팔을 내려뜨려놓아도 잠시 후면 다시 아버지의 오른팔은 이마에 얹어져 있게 마련이었다. 자신과 똑같은 자세로 자고 있는 동이의 얼굴을 아버지는 한참을 들여다보았다. 늙은 아버지의 얼굴이 고적해 보였다. 점심상 차릴까요? 물었으나 동이 깨믄 고때 먹자, 하곤 그만이었다. 얼마쯤 지나 아버지는 잠든 동이 곁에 드러누웠다. 나도 맥이 빠져 아버지 곁에 누웠다. 돈 얘기는 꺼내지도 못했는데 뭐가 엉켜도 엉망으로 엉켜버린 느낌이었다. 약국은 어떻게 해야 할 것이며, 저 어린 동이는 또 어떻게 해야 할 것인가. 저 늙은 아버지에게 오빠 얘기를 해야 할 것인가 말 것인가.

"아버지."

"……"

"아픈 것은 남들도 다 아프잖아요. 여기 있으면 아버지 혼자 아프신 거 같아도 병원에 가보면 어떻던가요. 모두들 아파서 쩔쩔매더라구요. 하도 아픈 사람이 많으니까 우리 아버진 괜찮다, 위로가 될 지경이었어요. 아버지가 아프시더라도 여기 살고 계신 것하고 아닌 것하고는 나에겐 천지 차이네."

"……"

"술이란 것은 이 세상에 없는 것이다, 그렇게 생각하면 안 돼요? 아버지가 술 마셔도 괜찮다면 얼마나 좋으까. 그렇다면 내가 매일 사드릴 텐데, 나도 같이 마실 텐데, 그런데 한 잔도 안 된다는 말 아버지도 들었죠? 집도 이렇게 새로 지어놓고 아버지 혼자 돌아가시면 안 억울해요?"

"……"

"그리고 아버지, 저기 우물 말이에요. 그거 다시 옛날처럼 해놓으면 안 될까?"

해야 할 말이 너무나 많은데 내 입에서는 생각지도 않은 말이 튀어나왔다.

"어쨌거나 물이 찰랑찰랑 있었는데, 물이 안 나오는 것도 아니었는데, 저렇게 메워놓고 시멘트로 발라놓으니 어째 내가 숨을 못 쉬겠어, 아버지."

어머니가 방문을 열고 들어오는 기척에 나는 일어나 앉았다. 아버지는 오른발을 왼발에 꼬고 이마에 팔을 얹고 있었다. 잠이 드셨다는 뜻이다. 나 혼자 연신 중얼거린 것이었다. 늙고 쭈글쭈글해진 노인과 아직 일곱번째 생일도 안 치른 연푸른 잎사귀 같은 동이가 나란히 누워 같은 자세로 낮잠에 들어 있었다. 방금 어머니가 열고 들어온 방문 틈으로 물이 스며들어오는 것 같았다. 처음에 슬몃 문턱을 넘어오는 것 같던 물은 곧 방바닥을 적시고 벽지를 적시고 소파를 적셨다. 곧 방바닥에 던져져 있던 수건과 약봉지와 양말이 물에 뜨기 시작했다. 손톱깎이와 찻상과 수화기와 동이의 소지품이 들어 있는 밤색 여행용 가방도 물에 동동 떴다. 어머니의 오래된 화장대 의자가 물에 넘어지고 봉황이 새겨진 문갑의 문짝이 물에 밀리며 열렸다. 물은 빠르게 범람하여 벽에 걸려 있던 가족사진이 물에 닿았다. 숫자 하나가 주먹만한 농협 달력이 출렁이는 물 위에 떨어졌다. 우물물인지 또랑물인지 바닷물인지 알 수 없는 물에 방 안이 잠기는데도 아버지와 동이는 눈을 뜨지 않았다. 벽시계 속으로도 물이 스며들었다. 이제 곧 천장까지 물로 채워질 것이었다. 아버지와 동이는 똑같이 오른발을 왼발에 꼬고 이마에 팔을 얹은 채 물속에 나란히 누워 있다. 어머니는 항아리에 술을 숨겨놓은 아버지에게 화가 난 채 나는 오빠 생각에 마음이 얼얼한 채 물살에 일렁거리며 잠이 든 동이와 아버지를 번갈아 바라볼 뿐이었다.

*

　다리는 자꼬 뭐할라고 놓아쌓는지 모리겄어야. 여그 사람들은 하나도 불편허도 안 헌디. 너그 아버지도 오토바이 좀 안 타고 댕기면 쓰겄다잉. 차가 안 댕길 적엔 읍내도 빨리 가고 좋더마는 요새는 뭔 차가 그르케 많이 생깄는지. 이 동네 사람들은 늙은이뿐잉게로 누가 차 몰고 댕기냐. 도산 아재 알지야. 저그 또랑가에 살든 도산 아재 말이다. 논에 함께 있었는디 뭔 생각이 났는지 금방 읍내 댕겨온다고 허드라. 읍내로 들어가는 길에 새로 다리 생긴 거 오다가 봤냐? 거그에 새 다리 안 생겨도 읍내는 얼매든지 왔다갔다허는디 돈이 쌔고쌨는갑드라. 다리를 더 좋게 놓는다고 공사가 한참이었는디 일 보러 갔으믄 일이나 보고 올 것이제 뭐할라꼬 자전차에서 내렸으까. 자전차를 손에 잡은 채로 다리 놓는 거 처다보고 있었는갑드라. 근디 뒤에서 썩을 놈의 차가 받어버렸단다. 말도 마라. 병원에 옮길 것도 없이 그 자리서 직사했다는고나. 사람이 아예 깨끄라져버렸다. 다리 놓으면 차도 댕기겄지마는 사람이 댕길라고 그놈의 다리도 놓고 있었을 텐디 도산 아재를 잡어먹고 생긴 다리다. 어짜튼 간에 너거 아배 오토바이 타고 댕기지 마라고 말 좀 해라. 내 말은 어디 듣냐. 조심헌다고 말은 허드마는 요새는 혼자 조심혀서 된다냐. 뒤에 눈이 달린 것도 아니고 그놈의 차가 어디서 달겨들지를 어떻게 알 것이냐. 도산 아재가 너거 아배보다 두 살밲에 안 많어야. 시상에 여태껏 살었는디, 전쟁통에도 살아남었는디, 모진 꼴 다 당험서 인자 겨우 죽을 만치 되었는디, 인자 와서 고렇게 가야 허먼 나는 억울헐 것 같어야. 요만치나 왔으니께 거 뭣이라니, 죽을 때는 자식덜 얼굴덜이나 한 번썩 보고, 그거이 욕심이라머는 밤에 자다가 마루 짱에 얼릉거리는 눈그림자라도 한번 보고. 어쨌거나 인자 다 삭어 버렸지마는 얼굴이매 몸이매 다리매 붙어 있는 채로는 가야 쓸 것 아니냐. 안 그냐?

혼자 간 사람

여태 뭐하고 있었길래 전화를 다 받니? 참, 거긴 이제 늦오후겠구
나. 진작 해볼걸 그랬다. 두 시간 전부터 너한테 전화를 걸고 싶었
는데 참고 있었거든. 나? 나야 뭐, 저 바람소리에 잠이 깬 후 다시
눈을 붙일 수가 없구나. 여기가 지금 몇 시냐구? 새벽이야. 네게 전
화 걸기 전에 뻐꾸기시계가 다섯시를 알렸다. 바람이 되게 분다. 들
리냐, 저 바람소리? 커튼으로 가려놓긴 했는데 창문이 덜컹덜컹거
려. 창문 바로 곁에 단풍나무 그림자가 커튼 위에서 이따금 한쪽으
로 확 휘어지는구나. 저렇게 바람이 불다가는 잎사귀에 가을물노
들기 전에 오늘밤에 다 지고 말겠다. 여기는 11월도 되기 전에 겨울
이 먼저 온 것 같다. 벌써 찬물에 손이 닿는 게 싫고 문밖을 나가면
목덜미로 찬바람이 훅 파고들어서 나도 모르게 옷자락을 여미게 되
는구나.

오늘 아침엔 언젠가 네가 한 말이 생각났어. 아이를 낳아서 제일
좋았던 때가 새벽에 깨어나서 아이를 꼭 껴안을 때라고 했지. 잠에

서 막 깨어난 아이의 눈곱 달라붙은 얼굴을 끌어당겨 안고 있을 때 아이의 체온이 가슴에 깊이 와 닿는 게 참 좋다고. 아이의 체온이라. 그래, 잘은 모르겠다만 오늘 아침같이 썰렁할 때 아이를 꼭 껴안고 있으면 우선은 내가 따뜻하겠다. 원이의 시력이 더 나빠지진 않았는지 모르겠구나. 네가 지난번에 부탁한 동화책 챙겨 보내면서도 그 책이 애 시력을 더 떨어지게 하는 거 아닌가, 은근히 걱정했었어. 그앤 무슨 책 읽기를 그리 좋아한다니. 지난번에 배우기 시작했다는 점자는 다 배웠어? 대답하기 싫으면 하지 마라.

네 메일 주소를 잃어버렸어. 그동안 나는 집에서는 쭉 '넷츠고'라는 통신을 사용하고 있었어. 그 회사가 문을 닫은 모양이야. 말할 거리도 못 되지만 예전이나 지금이나 나는 기계치잖아. 직장 다닐 때 눈치깨나 받았다. 후배는 나더러 끝내 인터넷과 친해지지 않으려면 돈을 많이 벌어 오너가 되든지요, 하면서 날 놀렸단다. 사방에 초고속 인터넷 망이 깔렸는데도 나는 그냥 최근까지 PC통신을 사용하고 있었어. 나 개인으로야 뭐, 통신으로도 충분했지. 그런데 초고속 인터넷에 통신 자체가 버티기가 힘이 들었는지 자꾸 서비스를 중단하게 된다는 안내문이 뜨기 시작하더라. 무슨 조치를 취해야 될 텐데, 하면서도 내 실력으론 어쩌지 못해 그냥 있었는데 어느 날 메일이 통째로 다른 인터넷 주소로 옮겨졌더라구. 넷츠고 이용자는 그곳으로 가야 메일을 사용할 수 있다는 안내를 따라 클릭을 했더니 당분간 기존의 메일 주소를 그곳을 통해 사용할 수는 있다는 거야. 하지만 그동안 내 메일박스에 보관되어 있던 메일과 주소록에 있던 주소들은 다 날아가고 없었어. 나는 누가 메일을 보내오면 답장을 누르고 그곳에 내 말을 써서 다시 보내는 식으로 메일을 사용해왔어. 네게도 예외가 아니었지. 따로 주소를 적어놓지도 않았는데다 없어진 거야. 얼마나 허전하던지. 편지하고는 정말 다르구나, 생각했다. 벌써 십 년도 전에 네가 결혼해서 남편과 헝가리로 갔을 때 이따금씩 보내오던 엽서도 저기 어디 찾아보면 아직 있는데 어떻게 그렇게 흔적도 없이 사라진다니. 하긴 지금 네가 있는 밴쿠버가 여기에서 얼마나 먼 데니. 그런데 내가 쓴 메일이 십 분도 안 되어 네게 도착하는 게 수상했다. 그 대가라고 생각해야 하는 건지.

전화를 건 용건을 말하라구? 내가 전화해서 놀란 모양이군. 전화비가 장난 아닐 거라구? 괜찮아. 네가 그곳으로 간 후에 내가 너에게 전화를 건 게 두 번도 안 되잖아. 네가 웃겠지만 가끔 네가 여기 살았을 때 쓰던 전화번호로 전화를 걸어보기는 했다. P가 독일에 다니러 갔을 때 네가 하던 짓이잖니. 너와 P는 유별났었지. 매일 만나느라 매일 전화통화를 했던 너희들이었지. 밤늦게 헤어지고 귀가해서는 또 전화질이었고. 나는 P가 생각날 때면, P는 언니 만나러 독일엘 갔지, 그랬는데 너는 P가 없는 빈방에 전화를 걸어보곤 했지. P가 없는 빈방에 울려퍼지는 전화벨 소리를 무작정 듣고 있다가 팔이 아프면 수화기를 내려놓았지. 내가 네 흉내를 내며 네가 여기에서 쓰던 전화번호로 전화를 돌렸을 땐 누군지 모를 사람이 받더구나. 여보세요? 여보세요? 하더라. 나는 네가 없는 줄 뻔히 알면서 서, K 좀 바꿔주세요, 했지. 상대방은 그런 사람 없습니다, 하고선 탁 끊어버리더라. 그런 사람 없습니다, 라는 말이 그렇게 이상하게 들릴 수가 없었다. 상대편에선 그렇게 말할 수밖에 없었을 테니 전화를 건 내 쪽에서 그런 소리를 듣는 게 당연한데도 그날은 왜 그 말이 그렇게 이상하게 들리던지. 여러 날 혼자 웅얼거렸다. 그런 사람 없습니다.

네 가족이 이민을 떠난 지도 벌써 삼 년이 되어가는구나. 아이들을 데리고 가자니 유학생 신분보다는 이민자 신분이 더 유리한 것 같아 이민수속을 밟았을 뿐 오 년쯤 있다가 돌아올 거라고 했었는데. 지금도 같은 생각이니? 모르겠다구? 그래, 네가 지금 무슨 말을 할 수 있겠니. 만날 사람은 어떻게든 만나게 되어 있다고 나는 생각해. 너와 나는 학교를 같이 다닌 것도 태생지가 같은 것도 동갑내기도 아닌데 이렇게 친구가 되었잖아. 내가 일터에서 만나 아직까지 친구로 남아 있는 유일한 사람이 너란다. 첫 직장에서 만나 그런 것이었을까? 가끔은 신기해. 무엇이 너와 이토록 긴 인연의 끈이 되어주는 것인지. 서로 일 년씩 이 년씩 연락 없이 지낸 적은 있어도 그래서 멀어졌다는 느낌은 없었어. 오랜만에 만나도 어제 만난 듯했어. 기억나니? 오래전 어느 일요일에 오랫동안 소식이 없던 네가 갑자기 전화를 걸어와 영화 보러 갈래? 한 적이 있었어. 동숭동에서 지금은 제목도 잊어버린 무슨 영화인가를 보고 커피를 마시고 잡담을 나누고 헤어졌지. 그로부터 육 개월쯤 지났을까. 네가 이번엔 한밤중에 전화를 걸어왔어. 그저 이러저러한 얘기를 나누고는 전화를 끊었다. 삼 개월쯤 지났을까. 너에게서 또 전화가 왔고 한 삼십 분쯤 통화를 하다가 또 끊었다. 그렇게 계절이 바뀌고 바뀌었다. 훗날에 알고 보니 그때 너는 몹시 힘든 상태였다. 몸에서 물기가 싹 빠져 마른풀이 될 상황을 견디고 있었어. 나는 아무것도 모른 채 응,

아니 따위의 영양가 없는 대답이나 하고 있었겠지. 갑자기 네가 여길 뜬다고 했을 때도 내심 낯선 땅으로 가서 상한 마음을 회복해보려는 것이겠거니 생각했을 뿐 네가 왜 그 먼 곳으로 떠나는지 상세히는 알지 못했어. 네가 떠난 뒤 오히려 우리는 메일을 통해 여기 있을 때보다 자주 연락을 했지. 살다보면 가까이 있는 사람에게는 말하기 싫은 일이 얼마나 많으냐. 멀리 있는 너는 그래서 더 가까워졌어. 그러더니 느닷없이 너로부터 소식이 뚝 끊겼다. 두 달이 지나고 석 달이 지났다. 너에게 무슨 일이 터졌구나, 직감했다. 여기 있을 때도 겨우 내색이라고는 갑자기 전화 걸어 영화 보러 가자고나 했던 너 아니었니. 무슨 일이 있니? 내가 몇 번 다급하게 물은 지 한 달이나 지나 너로부터 대답이 날아왔다. 큰애 원이가 뇌종양이라는 것이었지. 그래서 병원에 다니느라 정신이 없는 나날이었다고. 뇌종양? 가슴이 쿵 내려앉았다.

지난겨울에 너 왔을 때 잠깐밖에 보지 못한 것이 아쉽구나. 하룻밤이라도 함께했으면 좋았을 텐데. 내가 서울에만 있었어도 그렇게 할 수 있었을 텐데. 네가 와 있던 이주일 중에 너도 일주일은 시댁이 있는 남도에 가 있었는데다 나도 또 시골집에 내려가 있었으니. 그린데 너는 어떻게 된 친구가 내가 출판사 그만두고 실업지 신세가 되었다는데도 그러니? 할 뿐 걱정하는 내색을 안 하냐? 그때부터 지금까지 여태 이렇게 백수로 지낸다. 노는 게 이렇게 좋아서 어떡하니. 혼자 노는데도 시간이 너무 잘 가는구나. 대학 졸업하고 지금껏 일만 했으니 앞으로 더 놀아도 된다구? 고맙구나. 영화 시나리오를 쓴다는 네 여동생은 십여 년 전이나 지금이나 똑같더라. 니 말

참 잘 듣는 것도 똑같고. 그 밤중에 널 태우고 내 집 근처까지 와줘서 그나마 널 볼 수 있었지, 하마터면 그냥 보낼 뻔했지. 그때 생각보다 네 얼굴이 밝아서 좋더구나. 더구나 무슨 여유가 있다고 내게 예쁜 책도 사다주었지. 그 책을 내가 어디다 뒀더라? 잃어버렸냐구? 아니야. 그런 게 아니고 아마 어디다 잘 모셔두었을 거야. 그때 결혼식을 치른 시동생이 너 여기 살 때 함께 살던 그 시동생이니? 니 큰애 되게 예뻐했던? 결혼식도 결혼식이지만 아이가 워낙 오고 싶어해서 어렵게 왔다고 했었는데 돌아간 후 후유증은 없었는지 모르겠다. 너도 참 독하지. 아이가 아픈 것을 여기 식구들한테 말하지 않다가 그때서야 알렸다고 했지. 안들 먼 곳에서 어쩌겠니, 라는 게 네가 말 안 한 이유였겠지만 그러자니 너 혼자 얼마나 힘이 들었을까. 여기 오고 싶어하는 아이의 소망이 너무 커서 시동생 결혼식 핑계삼아 아픈 아이 소망 하나 들어주자는 마음에 의사와 상의해서 이주일이란 시간을 얻어서 왔는데…… 말하다 말고 고개를 숙이며 손톱을 만지작거리던 네 모습이 떠오른다. 그때 늘어났다고 했던 아이 인대는 괜찮아졌니? 그래? 다행이다. 그때 말은 안 했지만 아이의 시력이 사분의 일로 떨어졌다는 네 말에 나는 충격받았어. 밴쿠버의 계단은 한 계단 끝마다 노란 줄이 그어져 있어서 그걸 표지삼아 한 계단씩 올라가면 되는데 여기 계단은 그런 표시가 제대로 되어 있지 않아 아이가 자꾸 헛발을 디뎌 인대가 늘어났다는 말에 어찌나 마음이 상하던지. 마지막이라고 여긴 계단 뒤에 또 계단이 있는 줄 모르고 자꾸 헛발을 디뎠을 아이. 멋진 건물의 대리석으로 된 계단은 내 아이 눈엔 아예 통짜로 보였을 거야, 라고 말할 때의 네 표정. 계획했던 일은 아니지만 아픈 아이를 위해서는 거기로 간 것이 잘된 일이라고 했어. 그래, 네 말대로 여기는 신체가 불편한 사람들이 살기가 힘든 곳이야. 몸이 아픈 사람을 위한 엘리베이터나 편의시설은 눈에 띄지 않는 곳에 해놓아 그것 찾느라고 더 힘들다는 네 말이 맞아. 너 가고 난 뒤에 나도 유심히 살펴봤거든. 시력을 잃어가는 자식을 바라보는 어미의 마음이라니. 아이가 시력을 아예 잃을지도 모르는 일이라 점자를 배우게 하고 있다는 말을 담담히 할 수 있을 때까지 네가 겪었을 고통들. 이젠 울진 않는다구? 그래, 울지 마라. 네가 자꾸 우니까 원이가 그랬다며. 엄마, 못 걷는 거보다 안 보이는 게 나으니까 울지 마세요. 아이가 할 소린 아니지. 아픈 아이도 널 위로하는데 어쩌니, 나는 아무것도 해줄 게 없구나. 형이 아프고 난 뒤 달라진 생활에 적응을 못 하는 네 작은애가 밤에 오줌을 지리고 토했다는 이야기를 그냥 맥없이 듣고만 있어야 했지. 그때 너와 헤어진 시간이 새벽 두시가 넘었었지? 네 동생의 자동차에 올라 손을 흔들던 네 모습을 그냥 바라볼 뿐이었으니. 다시 밴쿠버로 돌아간 네가 보내온 메일의 제목은 '무사도착'이었어. 그곳에 돌아가니 폭설이 내려 온 도시가 하얗더라고 했지. 새로 피기 시작한 수선화가 눈발에 얼어붙었더라고. 그리고 이렇게 썼지. 거기 머무는 동안 아이가 아플까봐 조바심이 나서 누굴 만나도 제대로 만날 수가 없었어. 아이가 다니던 병원 옆으로 돌아오니 안심이 된다. 외롭지민 이 적막한 안심이 나로서는 더 낫다. 그 메일들을 송두리째 사라지게 하다니.

지워진 메일에는 지난 연초에 S가 보내온 메일도 있어. 응, 맞아.

네가 좋아하는 작가 S. 저기 잠깐만, 오늘은 왜 이렇게 종일 갈증이 나냐. 생수를 삼 리터는 마셨을 게다. 마치 내 안에 메마른 구덩이가 하나 있는 것 같구나. 물을 마셔도 마셔도 밑바닥만 적시고 그만인 것 같아. 무슨 얘길 하다 말았지? 그래, S. 저기, 사실은 S 이야기를 하려고 네게 전화를 걸었나보다. 사람이란 참 야릇하기도 해서 때때로 실낱같은 연관성에 의지할 때도 있잖니. 네가 S와 안면이 있는 사이도 아닌데 S 이야기를 하고 싶어 너에게 전화를 건 모양이라고 말하고 있다니, 나도 참. 언젠가 네가 S가 쓴 소설에 대해 길게 얘기했던 게 생각나서일 거야. 내가 교정을 본 소설이었지. 고아원 아이들 이야기였는데 기억나지? 아직은 어른들의 보호를 받아야 할 바닷가의 조가비 같은 아이들이 부모 없이 살아가느라 진땀을 빼는 소설 말이야. 너는 그 소설을 좋아했지. 곁눈질로 취재해서 쓴 소설 같지가 않다고도 했던가. 직접 고아원에서 살아본 사람이 아니면 쓸 수 없는 소설 같다고. 네 말이 맞았어. 나중에 들은 얘긴데 유학 가겠다며 공부를 열심히 하던 S가 갑자기 사라졌던 때가 있었다더라. 그때는 그가 소설가가 되리라고는 아무도 생각 못 했대. 그가 글을 쓰는 데 뜻이 있는 줄 아무도 모르던 때였겠지. 아니지, 그때는 그도 소설가가 될 생각은 없었는지도. 공부를 해도 그냥 슬렁슬렁 한 게 아니고 아주 열심히 하고 있던 S가 유학 관련 시험을 하루 앞두고 사라져버려 모두들 깜짝 놀랐다고 했어. 그때 그는 남쪽의 고아원에서 몇 계절을 고아원 아이들과 함께 지냈다고 하더라. 아마 그때의 경험이 그 소설에 그려진 모양이야.

　나도 S와 친한 사이였던 건 아니야. 그저 조금 친한 필자와 편집

부 직원 관계지. 출판사에서 마련한 저녁 모임 같은 데서 우연히 두 번쯤 옆자리에 앉게 된 후론 나도 모르게 그가 편해졌어. 나에게 그는 존재가 희박한 사람처럼 느껴졌어. 부유하는 공기처럼 있어도 없어도 별로 티가 안 나는 그런 사람 같았어. 자기 주장을 강하게 내세우는 법도 없는 것 같고 무슨 말을 하다가도 종종 말꼬리를 흐리곤 했어. 말을 하고 보니 내가 왜 이런 말을 하고 있는지 잘 모르겠다는 투의 느낌이 전해지는…… 아마 그 점이 내겐 편하게 느껴졌나봐. 모임에서 밥을 먹으러 가거나 술을 마시러 가서 어딘가에 앉아야 할 때 나는 슬그머니 S 옆에 가서 앉곤 했지. 그나 나는 주변 사람들 속에 별로 섞이질 못한 채 멀거니 있다가는 옆자리에 앉은 벌로 간간이 말을 섞곤 했지. 내가 무슨 얘기를 그에게 했는지는 기억이 안 나. 해도 그만이고 안 해도 그만인 그런 얘기였겠지. 그가 하는 얘기에 내가 자주 웃었던 걸 보면 아마 그가 시중에 떠돌아다니는 재미있는 이야기들을 해주는 쪽이었는지도. 이야기들 속에 가끔 그의 아내 이야기도 섞여 있었어. 그의 아내는 싱가포르 화교 출신이었어. 언젠가 그의 방랑벽이 도져 갑자기 사라졌는데 그때는 아시아 여기저기를 여행했었나봐. 아내를 여행중에 만났다고 하더라. 일 년인지 이 년인지 후에 돌아와서 결혼을 했어. 그는 이내를 무척 사랑하는 것 같았다. 아내 얘기를 할 적이면 입술 선이 길어지고 눈가에 웃음이 많아지곤 했거든. 무슨 수줍음을 타는 사람처럼도 보였이. 그 모습이 좋아서 나는 가끔 일부러 그의 아내 얘기를 꺼내기도 했던 것 같아. 내가 그의 아내에 대해 아는 것은 우리나라 여자가 아니라는 것뿐이었으니까, 여기 생활은 잘 적응하나? 한국

음식은 좋아하냐? 그런 얘기들에 불과했겠지. 내가 물으면 그는 마치 그 자신도 그때껏 아내에 대해서는 잘 모르는 사람처럼 한참씩 생각하고 정리하면서 말하곤 했단다. 어떻게든 잘 표현해보고 싶은지 이렇게도 말해보고 저렇게도 말해보고 그랬어. 그의 아내는 그때 여기 말을 거의 배우지 못한 상태여서 그가 거의 아내의 입 노릇을 하던 때였는데, 그 때문에 웃지 못할 일들이 종종 생겼나봐. 그 둘 사이에도 어느 때는 의사 전달이 엉뚱하게 되어 생겨난 일들을 여럿 들었는데 무슨 얘기들이었는지 기억이 도통 안 나네. 아, 고추 이야기! 그의 아내가 여기에 와 살면서 맛있어하기도 하고 질겁을 하기도 하며 좋아했던 게 우리나라 고추였대. 특이하지? 나는 아직도 혀가 매울까봐서 풋고추를 된장에 못 찍어먹잖아. 아직도 그러냐구? 그래, 아직도 그래. 그런데 싱가포르 출신의 그의 아내가 우리나라 땅에서 나는 풋고추를 된장에 찍어먹는 걸 좋아한다고 해서 내가 정말요? 되물었던 기억이 난다. 그의 아내는 눈물을 글썽글썽하면서도 아삭아삭 씹어가며 고추를 맛있게 먹었대. 한번은 그의 아내가 그에게 고추가 어떻게 생기는 거냐고 물었대. S가 땅에다 심는 거라고 대답을 했다는군. 어느 날 그가 외출했다가 늦게 귀가했는데 그의 아내가 현관문 앞에서 그의 손을 이끌고 나가더래. 얼굴이 빨개져가지고 보여줄 게 있다면서. 그의 아내가 그를 데려간 곳은 아파트 뒤꼍의 공터였대. 이제 고추를 심었으니 얼마든지 고추를 먹을 수 있다고 하더라는구나. 고추를 심다니 무슨 얘긴가 하고 주변을 자세히 살펴봤더니 공터 여기저기에 풋고추를 뿌려놨더래. 그의 입을 통해서 전해듣는 그의 아내가 얼마나 귀엽고 사랑스러운지 한번 보고 싶기도 했지. S가 그의 아내에 대해 얘길 할 적이면 나는 물끄러미 S의 옆얼굴을 바라보곤 했어. 아, 우리나라 남자도 자기 아내 이야기를 저렇게 즐겁게 하는 사람이 있구나, 싶었거든. 나는 그가 얘기를 하면 조금만 재미있어도 과장해서 크게 웃곤 했어. 솔직히 그가 이야기를 멈춰버리면 가장 가까이 앉아 있는 그와 나 사이에 생길 침묵이 부담스러웠거든. 그렇다고 그가 늘상 우스운 이야기만 했던 건 아니야. 한번은 소설에 붙일 제목 이야기를 진지하게 나누기도 했다. 그가 그즈음에 발표한 단편소설은 오피스텔에 혼자 사는 남자 이야기였어. 자기밖에 모르는 도도한 예술가가 옆방에 사는 또다른 남자에게 폭행을 당하던가, 하는 내용이었는데 당시 오피스텔에서 혼자 살고 있던 나를 꽤나 긴장시킨 소설이었어. 내가 그랬지. 소설을 그렇게 애써 써놓고 제목이 '도시의 불빛'이라니 너무 무성의한 거 아니에요? 내가 그런 종류의 제목에 별로 매혹을 못 느낄 뿐이지 어떻게 보면 그 소설과는 잘 어울리는 제목이었는데 어쩌다보니 내가 그렇게 말하고 있더구나. 그런데 S가 내 말을 상당히 진지하게 받아들였어. '도시의 불빛'이라는 제목이 그렇게 무성의하게 느껴질 줄은 몰랐다고 정색을 하면서. 혹시 다른 작가들이 제목을 어떻게 짓는지 들은 바가 있으면 말해달라고 하기에 그긴 비밀이지요, 했더니 그게 뭐가 그리 우스웠는지 그는 크게 웃었어. 제목 짓기의 어려움에 대해 한참을 얘기했지. 소설을 쓰기 전에 제목이 지어지면 마칠 때까지도 그 제목 자체가 먼 불빛 같은 역할을 해주는데 다 쓸 때까지도 제목이 떠오르지 않는 작품이 있다고 하더라. 그런 작품은 어김없이 쓰는 동안 내내 애를 먹인다고 했어. 영 제목이 떠오르지 않으면 어떻게 하느냐 물으니 그럴 때는 화집을 들여다본다고 했어. 화집을 수북이 쌓아놓고 한 장 한 장 넘겨가며 그림을 들여다보면 어느 순간 제목이 떠오른다고…… '도시의 불빛'도 화집을 뒤적거리다가 떠오른 제목이라고 했지. 애길 하다보니 그때가 그리워지는구나. 지금은 누구를 만나도 소설 얘기를 하지 않아. 내 손을 거쳐 만들어진 소설만 해도 수십 권은 될 텐데 말이야. 다른 이야기들만 하지. 영화며 음악, 만화 같은 것들. 밤이 깊은 술집의 담배연기와 불빛 아래 팔꿈치가 닿을 정도로 가까이 앉아 누구 작품이 어떻고 누구 소설이 어떻더라는 얘기를 S와 나누던 때가 있었구나. 사람들은 오랜만에 만나면 쉽게 헤어지지를 못하고 매번 술집과 카페를 순례하다가 신새벽이 되어, 그것도 해장국집까지 들른 다음에야 헤어질 때가 많았지. 때때로 어떤 패들은 그때까지도 못 헤어지고 택시를 타고 바닷가로 날기도 했고. 나는 좌중에 있어도 그만 없어도 그만인 존재라서 밤이 깊어지면 술자리에서 슬그머니 먼저 일어나곤 했는데 그때면 그도 따라 일어났어. 어두운 골목을 함께 걸어나와 택시가 많이 서는 곳까지 와서 그는 아내가 있는 곳으로 나는 내 오피스텔이 있는 곳으로 돌아가곤 했어. 어느 겨울날인가는 택시가 잡히지 않아 서성대다가 지쳐 길거리의 계단에 오래 앉아 있었던 적도 있구나.

내가 그를 마지막으로 본 건 광화문에 있는 강북삼성병원으로 건너가는 신호등 앞이었어. 맞은편 병원의 영안실엔 췌장암으로 세상을 떠난 우리 둘 다 아는 또다른 소설가가 안치되어 있었지. 서른다섯도 안 된 나이였어. S와 조문을 함께 가자고 약속을 했던 건 아니

216

야. 각자 따로 조문 가는 길에 우연히 그 신호등 앞에서 마주친 거야. 꽃샘바람이 심하게 부는 날이었지 싶다. 바람이 불면 옷이 벗겨질 듯했어. 단추를 꼭꼭 여미고 주머니에 손을 꾹 집어넣고 서 있었는데 그가 나를 보고 걸어오더라. 우리는 묻지 않아도 어디 가는 길인지 서로 알았지. 그나 나나 시무룩한 얼굴로 신호등이 바뀌길 기다리고 서 있었어. 왜 그랬을까. 바지 주머니에 손을 집어넣고 있던 그가 어느 순간에 손을 꺼내더니 내 뺨에 대더군. 내가 고갤 들어 쳐다보니 그가 웃었어. 바람이 불긴 했지만 밝은 곳에서 그의 얼굴을 정면으로 쳐다본 건 그때가 처음이 아니었나 싶어. 그동안 우리는 늘 어두운 곳에서, 자연광이 아니라 형광등이나 다른 조명등이 켜져 있는 술집 같은 데서, 아니면 각자 집으로 가는 택시를 잡던 한밤중의 찻길에서만 봤었거든. 그는 어렴풋이 웃고 있는 것처럼 보였어. 내가 이렇게 표현하는 건 그때 그의 입가에 고여 있던 것이 웃음이었다고 하기엔 너무나 희미해서 그래. 얼굴이 참 희구나, 생각했다. 눈, 코, 입이 저리 부드럽게 생긴 사람이었구나. 곧 신호등이 바뀌었고 우리는 길을 건너 병원으로 들어갔지. 잘 모르는 사람처럼 사람들 속에 섞여들었어. 이상하지. 그날은 S 옆에 앉고 싶지 않았어. S가 아니라 그 누구 옆에도 앉고 싶지 않았다고 해야 맞겠지. 얼마간 앉아 있다가 일어서는 나를 S가 쳐다보더니 따라 나오더구나. 벌써 가요? 그가 물었지. 네. 나도 가도 돼요? 나는 물끄러미 S를 응시했어. 나도 가도 돼요? 라니. 그가 내 대답을 기다리는 것 같아서 한참 후에야 그러세요, 해놓고는 이건 또 무슨 대답일까, 씁쓸하게 웃었지. 영안실을 나와 우리는 서대문 쪽으로 걸었다. 지금은 공원으로 변한 옛날 교도소가 있던 곳을 지나쳐 무악재를 지나 홍은동 쪽으로 걸었어. 그가 한 발 앞서기도 하고 내가 두 발 처지기도 하며 그렇게 녹번동까지 걸어왔을 때는 어두워진 다음이었어. 나는 대학 시절에 그 근처에서 산 적이 있어 길이 낯설지 않은데 그는 처음 와본다고 했어. 옛날에 봤던 꽃집이나 신발가게, 동시상영을 하는 극장도 그대로 있었지. S는 혼자 웅얼거리듯이 정말 무력하네요, 그랬어. 글을 쓰며 사는 사람이 가까이 있는 사람에게 힘이 되어줄 수 있는 글을 쓸 수가 없는 거, 그거 이해 가요? 묻더군. 내 대답을 바라고 한 말은 아니었나봐. S가 곧 영화나 한 편 볼까요? 했거든. 저 극장은 한 편이 아니라 두 편 상영해요, 내가 대답했어. 한 편만 봐도 되겠죠, 뭐. 무슨 영화였는지는 기억도 안 나. 그것도 중간에 들어갔으므로 내용이 뭔지도 모른 채 그냥 어두운 극장에 앉아 있다가 나는 끄덕끄덕 졸았어. 그가 조는 내 얼굴을 자신의 어깨에 기대게 해주더라. 내가 졸기를 그쳤을 때 그가 부시럭거리며 일어서길래 화장실에 가나보다, 생각했다. 그런데 그는 그 길로 돌아오지 않더구나. 설마 이런 삼류극장에 동행한 여자를 혼자 남겨두고 갔을라구 싶어 기다린다는 것이 나 혼자 다음 영화까지 다 보게 되었지. 그에게서는 뭐가 어떻게 되었다는 전화도 없었어. 그래도 분한 마음도 불쾌한 마음도 들지 않았어. 뭐라고 해야 될지는 모르겠는데, 어째 그런 그가 이해가 갔거든.

그후로는 그를 보지 못했어. 이따금 그에 대한 얘기를 전해듣기는 했다. 그가 자동차 운전을 배워 중고차를 하나 구해서는 깊은 밤중에 차를 몰고 여기저기 돌아다닌다고 했어. 속도를 내어 아주 먼

데까지 쉬지 않고 달려갔다가 돌아온다고 하더군. 문득 생각했지. 그의 귀여운 아내는 이제 나무상자에라도 고추 모종을 하게 되었을까. 우리말은 어느 만큼 배웠을까. 세월이 흘러갔고 그에게 딸이 생겼다는 얘기도 얻어들었지. 그가 바둑을 둔다는 얘기도 들었어. 그러다가 누군가가 그가 몸이 아파서 무슨 기치료를 받으러 다닌다는 말을 하더군. 그렇게라도 그의 얘길 들을 기회는 점점 줄어들었어. 이태 전부터인가 그는 작품조차 발표하지 않아 지면에서도 그의 작품을 대할 수가 없었다. 바깥출입을 거의 하지 않는다는 말이 들렸어. 절친한 친구들도 만나기를 꺼려한다는 말이 들렸지. 가끔 얻어듣는 소식조차 드물어지는 사이에 올해가 되었어. 연초의 어느 날 PC통신의 내 메일박스에 알 수 없는 메일이 한 장 날아들었다. 처음 보는 아이디로 보내온 메일을 열어보니 거기에는 내 이름이 쓰여 있고 그동안 소식 전하지 못해서 미안하다고 쓰여 있었지. 몸이 좀 아팠었다고, 그래서 사람들을 만날 수가 없었다고. 최근에 아는 선배에게 전화를 걸었더니 너무 오랜만에 전화를 해서인지 그 선배의 전화 목소리가 서먹하게 들렸다고, 그래서 이제 사람들한테 소식도 전하고 만나기도 하며 지내려 한다는 것이었지. 내 이름을 적었으니 나에게 보낸 메일은 맞는 것 같은데 처음에 누가 보냈는지를 모르겠더라. 메일을 보낸 사람이 S일 거라고는 미처 생각을 못했거든. 그가 내 메일 주소를 알고 있으리라는 생각이 들지도 않았는데다 느닷없는 메일이었으니까. 보낸 사람이 누군지 확인할 수 있는 방법이 있다고 하던데 나는 그럴 줄도 모르는 인간이잖아. 누구지? 잠깐 궁금했으나 그냥 지나갔어. 그렇게 며칠이 흘렀단다. 어느 날 밤에 다른 메일을 확인하다가 우연히 그 메일을 다시 열어보게 되었어. 참 이상한 일이지. 처음 메일을 받았을 때는 S이리라고는 생각도 못 했는데 다시 읽고 나자 혹시 S? 싶은 생각이 들더구나. 바람 부는 날, 우연히 만나 조문을 함께 갔던 날, 그날 어두운 영화관에서 오지 않는 그를 기다리다가 다시 길거리로 나와 그와 함께 걸어왔던 길을 고스란히 되걸어갔던 생각도 나더라. 참 황당한 일이었는데도 그 일로 나는 그에게 서운한 마음을 가져본 적이 없었으니 야릇한 일이었지. 나는 며칠 전에 도착한 메일의 '답장'을 눌러서 "혹시 S인가요?"라고 써서 보냈지. 그랬더니 그에게서 다시 메일이 왔어. 맞다고 하더구나. 자기가 이름을 안 썼느냐고, 답장이 없어 바쁜가보다 했다고, 예전처럼 가끔 볼 수 있었으면 한다는 내용이었지. 그래서 나도 이번엔 길게 답장을 보냈지. 그동안 몸이 아팠다면서 이젠 다 나았느냐고, 딸이 생겼다는 애길 들었는데 이름은 무엇이냐고 썼지. 그의 아내는 아직도 매운 고추를 잘 먹는가 묻기도 했다. 하지만 S에게서 다시 메일이 오진 않았어. 역시 서운하지 않았어. 어딘가로 일 년씩 이 년씩 사라져버리는 사람이 메일 답장 안 보내는 것쯤이야 뭐, 싶었다. 다만 가끔 메일박스를 열어볼 일이 생기면 S가 보낸 지난 메일을 다시 읽어보곤 했지. 어째서라기보다 그냥 그렇게 되었어.

지난 얘기지만 오래전에 네가 헝가리로 날아갔을 때 그때, 참 너 보기 좋았지. 왜 그런 거 있잖아. 나는 그렇게 못 살아도 누군가는 그렇게 살아주길 바라는 마음. 내가 가끔 자서전이나 여행기를 즐겨 읽는 이유이기도 하지. 결혼하자마자 티셔츠 차림으로 헝가리로 튀었던 네가 얼마나 부러웠는지. 그때 너네 신혼부부가 튀었던 나라가 헝가리였던 것은 첫번째 이유가 아마 그때 백만원가량이면 그곳의 아파트를 일 년쯤 임대할 수 있다는 것, 두번째가 물가가 싸다는 것, 세번째가 학비가 거의 들지 않는다는 것, 그것이었지? 그런데 너, 그때 일 년 동안 그곳에서 뭘 배웠니? 네가 학교 같은 델 다녔다고 한 말이 기억나는데 전공이 뭐였는지는 통 떠오르질 않는구나. 사진 찍는 걸 배웠다구? 어마, 그랬었니? 그건 몰랐네. 일 년쯤 후에 돌아와서 묵을 데가 마땅치 않아 친구가 하는 카페의 곁방이나 때로는 여관을 거처로 사용하던 네가 했던 말들만 드문드문 생각난다. 헝가리에서 사는 동안에 쓴 돈보다도 돌아올 무렵 한 달쯤 유럽 여행을 하는 데 든 비용이 더 많았다고 했지. 대학 졸업하고 결혼하기 전까지 모은 돈이 전부 천만원이었는데 그것 쓰는 데 고작 일 년 걸렸다고 했던가. 그래도 좋았다고 했다. 헝가리라는 나라 자체도 마음에 들었다고 했어. 그렇게 가난한 나라인데도 어디서나 연극이나 오페라가 공연중이었다고 했어. 광장의 계단 앞에 모여든 사람들이 즉석으로 음악회를 열기도 한다고 했지. 마음만 내키면 누구라도 구경할 수 있을 정도로 공연 관람료가 싸다고도 했고. 그때껏 그렇게 한가하고 풍부하게 그리고 평화롭게 놀아본 적은 없었다고도 했다.

　잠깐만, 물 좀 마실게. 바람은 종일 불고 나는 종일 갈증이 난다.

　무슨 바람이 저렇게 부는지 모르겠다. 네가 떠나기 전 우리 집에 왔던 날은 겨울밤이었지. 그날도 꼭 저렇게 바람이 불었어. 내 옷장에서 오래된 검은 코트를 네게 줬더니 너 되게 좋아했는데 그거 입고 다니니? 아직 때가 아니라구? 여기는 점점 가을이 없어지는 것 같아. 여름이 지나더니 가을볕을 느낄 새도 없이 금세 저런 바람이 분다. 하루이틀 그러다 말겠지, 했는데 그냥 이대로 겨울이 될 기세야. 게다가 오늘 부는 바람은 음산하기까지 하다. 오늘 밤은 거리가 텅 빌 것 같구나. 저 바람이 사람들을 서둘러 귀가시킬 것 같구나.

지난 6월을 기억한다. 겨우 몇 개월 전인데 왜 이렇게 옛날 같니. 가을만 점점 사라지고 있는 것이 아니라 봄도 그래. 6월이면 초여름에 불과한데 지난 6월은 얼마나 더웠는지. 너도 알겠지만 지난 6월은 대단했었다. 월드컵 얘기 하려고 하느냐구? 그래, 대단하지 않았냐? 축구 좋아하냐구? 뭘 알아야 좋아하기도 하고 싫어하기도 하지. 몇 년 전부터 월드컵 얘기가 화제가 되곤 했으나 나는 관심이 없었어. 국가적인 무슨 행사가 치러지는 것쯤으로 생각했지. 교통이 복잡할 것이고, 좀 시끄러울 것이고, 그러다가 지나가겠지, 했다. 본게임이 시작되기 전에 우리나라하고 프랑스의 평가전이 있었을 때까지도 텔레비전을 보지 않았단다. 스코어는 기억이 안 나는데 그때 우리가 졌어. 그런데 분위기가 이상하지 뭐냐. 분명 졌는데도 비판이 아니라 칭찬 일색이더라구. 우리나라 축구선수들이 너무나 잘 싸웠다는 거야. 아니 졌는데 뭘 잘 싸워? 엉뚱하게 그게 궁금했어. 이겼으면 무슨 말을 하려고 이렇게 칭찬하나 싶을 정도로 흥분들을 했으니까. 그러니까 내가 지난 월드컵에 대해 관심을 가진 첫 이유가 경기에 졌는데 잘 싸웠다니 무슨 뜻일까? 하는 거였다고 보면 된다. 나는 그때야 프랑스가 지난번 월드컵 때 우승을 했다는 걸 알았고 지단이라는 선수가 있다는 것도 알게 됐지. 어느 신문 스포츠면에서 그의 몸값을 계산해놨는데 하루에 이억원이라던가 해서 눈이 휘둥그레졌지. 그게 시작이었어. 믿지 않겠지만 지난 6월 내내 내가 얼마나 축구 때문에 들떠 있었는지 아니? 정말 내가 그랬나, 꿈처럼 느껴진다. 16강에 들기 전까진 집에서 텔레비전으로 축구경기를 봤어. 생각해봐봐. 혼자 사는 여자가 축구경기를 보며 혼자 흥분해서 소리치고 아쉬워하고 한숨 쉬는 모습을. 그러다가 갑자기 축구를 혼자 보기 싫다는 생각이 들었어. 사람들이랑 모여서 보면 더 즐거울 것 같았거든. 그때부터 독일과 4강전을 치를 때까지 내가 축구 보러 다닌 이야기를 하다보면 날이 샐 거야. 한번은 강남까지 나가 보았고 한번은 사직동 친구 집에 모여서 봤고, 한번은 광화문에 있는 높은 빌딩에 올라가서 봤단다. 정말이냐구? 그래, 정말이야. 지난 6월은 혼자 있기가 싫었어. 마치 바람난 사람처럼 틈만 나면 사람들 속에 섞여 있었어. 우리나라가 선제골을 내주었을 때 얼마나 긴장했는지 우리 쪽에서 골이 터졌을 때 또 얼마나 환호했는지 몰라. 내가 소리를 그렇게 잘 지른다는 것도 처음 알았다. 우리나라 경기가 있는 날은 응원하느라고 어깨가 아프고 목이 얼얼하고 그랬어. 중독되는 기분이었다. 경기가 없는 날에도 '붉은 악마'들이 외치는 응원구호가 이명처럼 들렸다니까. 경기가 있는 날은 그길 보러 다니느라, 없는 날은 기다리느라고, 지난 6월은 아무것도 못 했구나. 하긴 실업자라서 뭐 할 일도 없었다만. 정말 어이없게도 그 땐 축구에 휘둘렸어. 다른 사람이 아닌 내가 그랬다니까. 축구만이 아니라 나는 어떤 종목이든 스포츠에 대해서는 늘 할말이 없는 사람 아니냐. 본래 게으른데다 패자가 있어야 승자가 있게 마련인 게

임을 즐길 줄 모르는 성격이라 스포츠에 열광하는 사람들을 보면
저럴 수도 있구나, 기이해하곤 했지. 더구나 올 초부터 본격적으로
월드컵 얘기가 나올 때마다 무슨 시끄러운 일을 만난 사람처럼 이
마를 찌푸리곤 했던 내가 그리될 줄 알았겠니. 부끄러운 이야기지
만 프랑스와 평가전이 있기 전까지만 해도 베컴이니 오언이니 심지
어는 우리나라의 박지성이 누군지조차 전혀 아는 바가 없었어. 내
인생에 축구경기를 전후반 다 본 것이 이번 월드컵 때 한국과 폴란
드 전이 처음이었으니 더 말해 무엇하냐. 한창 인도 여행이 유행처
럼 번졌을 때 가장 말이 많은 사람이 인도에 겨우 사흘 머물다 온
사람이었다고 하잖아. 그다음은 삼주일, 그다음은 석 달순으로. 한
삼 년쯤 지내다 온 사람은 아무 말도 하지 않는다고 하더니 월드컵
이 개막되고 난 후에 내가 꼭 그 꼴이었어. 모르면 그저 얘기나 듣
고 있으면 되련만 너도나도 축구 얘기만 하는 통에 나조차 분위기
에 휩싸여 업사이드가 무어냐고 물어서 주위 사람들의 빈축을 사는
가 하면 업사이드와 오프사이드의 차이점이 무어냐고 또 물어 망신
을 자초하기도 했지. 네가 여기에 있었다면 어땠을까? 너는 안 그랬
을까? 글쎄, 그건 모를 일이야. 나도 내가 그럴 줄 몰랐다니까. 길거
리 응원단이라고 이름 붙은 붉은 악마들의 기세가 정말 대단했단
다. 우리 세대는 응원이 아니라 데모를 하러 길거리에 나갔지. 거리
로 쏟아져나온 것만 같았을 뿐 우리 때와는 분위기가 달라도 너무
달랐어. 생각해봐봐. 칠백만인지 팔백만인지가 거리로 쏟아져나왔
으니 그 열기가 어느 정도였겠는지 짐작이 가니? 사람들이 열광하
기 시작한 건 꿈처럼 여겼던 16강에 우리나라가 낄 수 있었기 때문

이었겠지. 우리 팀이 포르투갈을 무찌르고 16강에 오르던 날부터 거리는 온통 축제였다. 경기가 끝난 뒤에 피구라는 포르투갈 선수가 탄식하는 표정을 너도 봤어야 하는데. 솔직히 사람들은 우리 팀이 포르투갈을 꺾으리라고는 생각지도 못한 것 같더라. 하늘이 도왔다고 생각한 게 뭐 나쁘이었겠냐. 16강전 상대는 이탈리아였단다. 선배가 전화를 걸어 만나서 16강전을 함께 보자고 한 말에 동의했던 건 이번 월드컵에서 그 경기가 마지막이리라고 생각해서였다. 그때까지도 붉은 악마들이 장악하고 있는 광화문이나 시청 근처까지 나가볼 엄두는 나지 않았지. 그러나 혼자 있기는 싫었어. 그래서 강북의 이 끝자락에서 버스를 타고 지하철을 타고 다시 걸어서 약속장소인 강남의 실내포장마차까지 갔단다. 내가 그랬다는 게 너도 믿기지 않지? 어떻게 하면 바깥에 안 나갈까, 나는 주로 그런 생각을 하며 사는 사람이잖니. 이탈리아와 경기를 할 때는 안절부절못했다. 일대 영으로 그냥 경기가 끝나는 줄 알았는데, 후반전 막바지에 가서야 설기현이 동점골을 넣은 거야. 게다가 연장전에 가서는 안정환의 골든골이 나왔어. 그때 내 목이 터지는 줄 알았다. 거리에서 마음껏 소리지르고 거침없이 즐거워하는 젊은이들이 어찌 그리 이뻐 보이던지. 모두 하나처럼 보였단다. 모르는 그들이 어깨를 깊이 싸안아주고 싶었다. 거리의 젊은 남녀 비율이 반반은 되어 보이는 것도 이색적이었지. 흔히들 축구는 남성들의 스포츠라고 하지 않니. 지난 6월의 거리에는 거칠 것 없이 함박웃음을 터뜨리며 '대한민국'을 외치는 젊은 여성들의 물결을 볼 수 있었어. 동네에서도 붉은 티셔츠를 입은 꼬마들과 마주치곤 했지. 어디에나 붉은색투성이였어. 나는 여전히 축구에 대해서 무지하지만 그런 감동의 순간을 경험하게 해준 선수들이 감사했어. 그로부터 몇 개월이 지난 며칠 전에 지하철을 탔는데 월드컵 때 붉은 옷을 입고 열광적으로 응원하던 사람들 사진 옆에 아주 큼지막한 글씨로 다시 한번 붉은 힘을 모읍시다, 라고 써 있어서 무슨 얘긴가 하고 살펴봤더니 헌혈 광고더라. 너, 웃었니? 나도 그날 지하철 안에서 혼자 피식, 웃었다.

십오 년 전 그해의 6월을 기억하냐? 그날 아침 일찍 연세대학교 이한열 장례식에 너와 함께 갔었지. 살벌한 시대였지. 죽음은 사람을 결집시켰지. 처음부터 다시 생을 돌아보게 하는 것은 죽음이야. 최루탄에 맞아 숨진, 눈썹이 유난히 짙었던 청년으로 인해 얼마나 많은 사람이 모였는지. 너는 어떤지 모르겠으나 나는 그처럼 많은 인파 속에 섞여본 게 처음이었다. 아침도 안 먹고 일찍 그곳엘 갔었지. 일찍 간다고 갔는데도 새벽부터 모여들기 시작한 사람들로 장례식장은 벌써 길게 줄이 이어져 있었어. 늦게 도착한 사람들은 차례로 줄을 지어 앉았지. 그 행렬이 정문 바깥까지 이어졌지. 담장 위, 가로수 사이 어디에나, 정말 어디에나 사람들이 가득이었지 않았니. 질서정연했지. 간간이 구호를 외치고 나면 거대한 침묵이 사람들 사이를 흘러다녔고. 노제를 지내기 위해 연세대에서 시청까지 이어지는 운구행렬 뒤를 따르는 인파는 수십만이 넘었어. 고통은 가슴을, 태양은 눈을 찔렀지. 그날의 시청 광장을 가득 메운 열기를 기억하니. 덕수궁 돌담 위 지하철 출입구의 지붕 위까지 사람들이 모래알같이 모여들었지. 모르는 사람들과 손을 잡고 한마음이 되었던 그날. 울분과 슬픔 속에서도 이제는 자랑할 수 있는 역사를 새로 짜보고자 했던 그 희망의 열기. 늘 원인 모르게 시달리던 두통도 걷히고 한없이 밑바닥으로 가라앉는 것만 같던 무기력도 사라지던 날이었어. 연세대에서 시청까지 걸었으나 다리가 조금도 아프지 않았어. 그렇게 많은 사람들이 함께하는데도 흐트러짐이 없었지. 결국 또다시 최루탄이 터지는 와중에 너를 잃어버리고 가방도 신발도 잃어버린 그날 코리아나 호텔 유리문 앞에서 T선배를 만나지 못했다면 나는 집에까지 걸어와야 했을 거야. 거리를 헤매다니다가 저만큼서 안경을 닦고 있는 사람을 보았는데 그가 T선배였어. 지금이야 T선배라고 부르지만 그날 처음 보는 사람이었다. 그가 내 행색을 보더니 배는 안 고파요? 묻더라. 고파요, 그랬더니 그는 난장판인 거리에서 뒷골목으로 나를 데리고 갔어. 처음 보는 내게 밥도 사주고 차비도 주고 그랬지. 그러곤 다시 난장판인 거리로 나와 깊은 밤중까지 거리를 쏘다니며 모르는 사람들과 함께 있었지. 그게 인연이 되어 지금껏 이어지고 있는 거야. 그후 얼마 지나지 않아 나는 뜻밖에 친구의 부음을 들었다. 그때 기분을 뭐라 해야 할까. 무슨 허방으로 몸이 송두리째 빠지는 느낌이었어. 내가 모르는 사람들과도 손을 잡고 거리를 쏘다닐 때 내 친구였던 그녀는 혼자 빈집에서 죽었어. 말을 더듬는 친구였어. 그 친구의 사인을 나는 지금도 정확히 몰라. 그녀의 가족으로부터 그녀가 오랫동안 밥을 먹지 않았다고만 전해들었다. 상상이 안 돼. 지금도 간혹 소스라칠 때가 있어. 얼마나 오래 밥을 먹지 않아야 목숨을 잃게 되는지. 이후로 시청 앞을 지날 때면 저절로 그날의 열기가 떠올라 깊은 숨을 쉬곤 했다. 너도 마찬가지였겠지. 연이어 굶어 죽은 내 친구의 얼굴도 함께 떠올랐어. 그녀가 가장 고통스러웠을 때 함께 있어주지 못했다는 자책에 시달리곤 했다. 어느 때는 홀로 프라자 호텔 이십몇층에 있는 커피숍에 올라가 시청 광장을 내려다보기도 했다. 그 열기는 다 어디로 갔나, 싶어 괜히 얼굴을 매만져보곤 했지.

십오 년이 흐른 후에 그 자리에 축구 때문에 다시 사람들이 모인 거야. 4강을 눈앞에 둔 스페인과의 경기 때는 숨이 막혔다. 그날 나는 드디어 광화문에 나갔구나. 그 수많은 붉은 옷을 입은 인파 속에 서 있었구나. 연장전 전후반을 다 치르고도 무승부여서 승부차기를 했지 않니. 와— 어쩌면 그처럼 완벽하게 사람을 긴장시키고 흥분시키는지. 스페인 선수가 한 골을 실축하는 통에 우리가 4강에 오르던 그날 거리에 울리던 그 경적 소리라니. 소음이 다 뭐냐. 오토바이와 트럭과 자동차에서 흘러나오는 요란한 경적 소리가 그렇게 듣기 좋을 수가 없었어. 뺨에 태극기를 붙이고 양손을 쳐들고 대한민국을 외치는 젊은 친구들이 너무나 아름다워 보였다. 그들은 모르는 나를 향해 함박웃음을 쏟아내며 손바닥을 부딪쳐왔어. 어디서나 누군가 오— 하고 운을 떼면 일제히 합창하며 마무리를 짓는데 어쩌면 그렇게 착착착 맞아떨어지는지. 둥둥둥— 땅이 울렸어. 서로 어깨동무를 하며 흥이 나 있는 젊은 친구들 속에 섞여 있는 시간은 정말 즐거웠다. 요즘 젊은 아이들이 단결심이 없고 개인적이고 국가와 민족에 무관심하다고 하더니, 그들은 정열적이었고 서로 협력했고 질서정연했다. 게다가 누구의 눈치도 보지 않았고 투명하기까지 했단다. 아, 우리나라에도 이제 무엇에도 억압받지 않고 구김 없이 축제를 즐기는 세대가 등장했구나, 싶어 내 가슴이 벅차기까지

했다. 밤이 늦어 버스는 끊기고 오가는 택시도 눈에 띄지 않아 집에
까지 걸어가야 되나 어쩌나 거리를 방황하고 있는데 태극기를 단 승
합차 한 대가 멈춰 서며 내가 사는 동네 이름을 외치더라. 승합차는
사람들을 태울 수 있는 만큼 태우고 출발했다. 차 안에서도 모르는
사람들끼리 신나게 웃고 떠들었단다. 동네 어귀에서 내려 집으로
올라오다가 주차장으로 내려가 그 깊은 밤중에 구석에 있는 내 차
에 올라타 경적을 한 번 울려봤구나. 거리에서부터 왜 그게 그렇게
해보고 싶었던지. 다음날에야 자동응답기 재생 버튼을 눌러봤다. 너
처럼 S의 소설을 좋아하는 출판사 후배가 내 이름을 부른 후에 숨을
고르더구나. 그러고는 멈칫거리며 S가 죽었다는 메시지를 남겨놓았
더구나. 순식간에 피가 식고 전신이 얼어붙는 기분이었어. 확인해볼
엄두도 나지 않더라. 먹먹한 느낌으로 한참을 자동응답기만 보고 있
었어. 얼마가 지나 P에게 전화를 걸었구나. 왜? 저기…… S가. S가
누군데? 소설가 S 말이야. 그런데? 그가 죽었대. 나는 P가 너처럼
S를 잘 알고 있는 줄 착각했나봐. P가 S를 어떻게 알겠니. 책 읽는
걸 히말라야 등반하는 것쯤으로 생각하는 P인데. 그런데 나보고 어
쩌라구? 그때까지 잠에서 덜 깬 것 같았던 P가 짜증을 내더구나. 나
는 그제야 정신을 차리고 더 자, 하며 전화를 끊었어. 내게 다시 메
일을 보내진 않았지만 S는 얼마 전에 장편소설을 출간했어. 내가 근
무하던 출판사가 아니라 다른 곳에서 나왔지. 아마 S는 내가 아직도
출판사에 근무하고 있다고 생각했던 모양이야. 책 속지에 그가 손
수 사인한 책이 출판사로 배달된 것을 후배가 가져다주었어. 그가
계간지에 연재소설을 쓸 거라는 소식도 그전에 후배를 통해 들었

어. 그래서 나는 이제 그가 건강을 완전히 되찾은 모양이구나, 생각
했어. 이제 사람도 만나고 바깥출입도 할 모양이니 언젠가 볼 수 있
겠지, 했단다. 그의 장례식엔 가지 못했어. 그의 소식을 알았을 땐
이미 그의 장례식이 끝난 뒤였으니까. 고인이 아무에게도 알리지
말아달라고 해서 가족끼리 장례를 치른 후에야 알린 거래. 다음날
인가, 그다음 날인가 신문에 S의 죽음에 관한 기사가 실렸더구나.
신문에 실린 그의 얼굴을 물끄러미 보았다. 그는 이제 겨우 마흔인
데. 나를 비롯해 많은 사람들이 우리 축구팀이 유럽의 강팀들을 꺾
은 기쁨에 들떠 있을 때 그는 홀로 다른 세상으로 간 거야. 우리들
이 축구에 빠져 모두들 함께 있었을 때 말이야. 무더웠던 날, 장충
동에 있는 절에서 그의 사십구재가 있었단다. 아침 일찍 일어나 오
전 내내 책상 앞에 가만히 앉아 있다가 오후에 옷장을 열어 무채색
옷을 찾아입고 그곳에 가보았어. 어째 그래야 될 것 같았어. 언젠가
강북삼성병원으로 건너가는 신호등 앞에서 S를 우연히 만나 조문
갔던 사람의 미망인을 이번엔 그의 사십구재가 있던 절 앞에서 우
연히 만났구나. 함께 갔지. 이런 곳에 절이 있었나, 싶은 도심의 거
리에 절이 있더라구. 중국 스님들이 거주하는 절이었다. 단청이 되
어 있는 초입으로 들어가면 내부가 사층 건물로 된 절이었지. 안으
로 오르려다가 수없이 섞여 있는 모르는 사람들의 신발들을 물끄러
미 바라봤구나. 절 어딘가에서 흘러나오는 페인트 냄새가 코를 자
극했어. 계단을 타고 사십구재가 있는 이층으로 올라가보니 우리나
라 사람은 아닌 듯싶은 사람들이 상당히 많이 눈에 띄었어. S의 아
내 쪽 사람들이 비행기를 타고 온 모양이었어. 그의 사십구재는 중

국식으로 거행되었어. 발음이 부정확하지만 한국말을 할 줄 아는 중국 스님이 사십구재를 이끌었는데 나는 그저 맨 뒷줄에 서서 형식에 따라 내리 절만 했어. S가 이 절에 다녔나 생각했는데 나중에 들어보니 S의 고통을 지켜보는 게 너무도 힘에 겨웠던 어느 날 S의 아내가 정처 없이 여기저기 걸어다니던 중에 우연히 들어가보게 된 절이라고 하더구나. 우리나라 절보다는 말이 통하는 그 절이 위안이 되었던 모양이지. 그날 S의 아내는 절에서 모처럼 마음의 안정을 얻었다고 했어. 이후 힘들 때마다 그 절에 가게 된 것이 S의 사십구재까지 그곳에서 치르게 된 것 같더라. 사십구재에 가보았다 한들 무엇을 할 수 있었겠냐. 8월의 무더위와 향냄새 그리고 한국말이 서툰 중국 스님의 나직한 말씀들 속에 절을 하거나 서 있었을 뿐. S의 얼굴조차 잘 떠오르질 않았어. 가물가물하더구나. 그날 처음 본 S의 아내는 단정하고 청순한 인상이었다. S의 어린 딸은 아직 키가 일 미터도 안 되어 보였다. S의 아내는 그동안 익힌 우리말로 천천히 오히려 우리를 위로했어. 그날 처음 알았다. 지난 이 년 동안 S를 알고 지낸 사람 중에 그의 가족을 제외하곤 S를 만날 수 있었던 이가 아무도 없었다는 것을. S의 친구들이 S를 만나보려고 했으나 S가 만나주지도 찾아오게 하지도 않았다는구나. S는 자신이 겪고 있는 고통을 누구에게도 보여주고 싶어하지 않았다고 했어. 그러니까 그의 가족 외에는 누구도 S가 이 세상을 뜰 정도로 몸이 아프다는 것을 알지 못했던 거야. 갑자기 어딘가로 사라져서 일 년씩 이 년씩 지내다가 돌아오기도 하는 그였기 때문에 그의 가장 가까운 친구들도 그렇게까지 심각하게 생각하진 않았던 것 같아. 그의 사십구재에 가서도 그의 병명이 무엇이었는지 정확히 알 수가 없었다. 음식을 먹을 수 없을 정도로 위가 아팠다는데도 의사들은 그의 병명을 정확히 찾아내질 못했다고 했어. 최후엔 S의 아내조차도 S 곁에 있을 수가 없었나봐. S의 아내는 S가 몸 때문에 너무 오래 고통을 겪었다고 했어. S가 몸을 버리고 싶어했어요, 죽는 것은 몸을 버리고 다시 만나는 일이라고도 했어요, 하더구나. 이제 다섯 살 된 S의 딸은 이리저리 왔다갔다하고 그의 아내는 오히려 웃으려고 애쓰면서 우리를 위로하려 했지. S는 종내는 아내를 서울에 두고 부산의 부모 곁으로 갔고 그곳에서 임종을 보는 이도 없이 혼자 간 것 같아. 그가 자신의 몸과 그렇게 처절하게 혼자 싸우고 있는 줄 누가 알았겠니. 그 고통 속에서도 그가 한 일은 소설을 쓰는 일이었다고 하는구나. 하루에 얼마간씩 성실하게 꼬박꼬박 써나갔다고 했어.

이런, 날이 밝아온다. 거긴 이제 어두워진다구?

원이는 좀 어떠니?

이 말을 물어보기가 이렇게 힘들구나. 그동안 네 메일 주소를 잃어버려서 네게 메일을 보낼 수가 없었다고 한 건 변명이었는지도 몰라. 네 동생 연락처를 알고 있으니 전화를 해서 물어보는 건 일도 아니었을 테니까. 그런데 나는 일주일 전에야 네 동생한테 전화를 걸어서 자동응답기에 네 메일 주소를 잃어버렸으니 알려달라는 메시지를 남겼다. 내가 외출한 사이에 이번엔 네 동생이 전화를 걸어서 네 메일 주소와 바뀐 자기 휴대폰 번호를 남겨놓았더라. 받아적어놓고는 또 시간을 흘려보냈다. 나는 어딘지도 알 수조차 없는 곳에서 아이의 투병을 지켜보는 너에게 점점 할말을 잃어가고 있었어. 너에게 무슨 말을 해도 내 말은 너에게 닿지 못하고 공허하게 흩어지는 것만 같았다. 그때서야 글을 쓰며 사는 사람이 가까이 있는 사람에게 힘이 되어줄 수 있는 글을 쓸 수가 없는 무력감을 이해하느냐고 물었던 S의 마음이 어떤 상태였는지 알겠더라. 내가 너에게 무슨 말을 해야 될지 모르겠던 그때에서야. 저 바람소리 때문인가. 오늘은 고통 속에서도 매일 꼬박꼬박 글을 썼다는 S 생각이 여러 번 났다. 그래봐야 여전히 나에게 그는 희미한 기억 몇 조각뿐이지만. 저 음산한 바람소리 때문에 오늘은, 아니 이제 어제구나, 어제는 내내 더욱 무력한 기분이 들었지. 그 무력감을 참고 너에게 끝끝내 얘기를 하고 나니 이게 무슨 조홧속이니, 내가 위로를 받는 느낌이구나.

바람이 계속 부는데도 까치가 단풍나무에 내려와 앉은 모양이다. 소리가 요란하다. 어느새 저리 날이 밝아버렸담. 그쪽은 해가 저문다구? 우리가 멀리 떨어져 있는 게 실감난다. 저기, K야. 조금만 더 이야기할게. 혼자 마음속에 담아두고 있어야겠지만 그냥 하고 싶네. 지난여름 끝무렵의 어느 해 저물녘에 일산에 다녀올 일이 있었단다. 일산은 네가 살았던 곳이기두 하지. 그 시간에 그곳에 가보기는 처음이었는데 퇴근 무렵이어서인지 구파발에서부디 차가 꽤 밀렸어. 간신히 원당을 지났을 뿐인데 이미 약속시간이 지나버렸어. 짜증스럽게 앞차의 꽁무니를 바라보며 도로 중앙에 서 있었지. 문득 시야를 가득 메워오는 어떤 기운에 눈이 시어서 눈을 찡긋거리며 멀리 내다보게 되었어. 네가 살던 일산 쪽 하늘 전체에 노을이 가득했다. 눈 속으로 붉은 물이 가득 차올랐지. 도로 중앙의 자동차 안에 앉아 있던 내 마음이 이루 말할 수 없이 고요해지더구나. 그 느낌을 어떻게 전해야 할는지. 영원을 느꼈다면 과장일까. 어린 시절을 보낸 집이 서향이어서 날 좋은 날의 웬만한 노을은 죄다 보았다고 생각했는데 그때껏 보아왔던 노을이 그날의 노을에 다 합쳐진 것 같았지. 마음이 텅 비었어. 그렇게 아름다운 노을빛은 처음 보았다. 회색 구름 사이로 사방으로 퍼져 있던 붉은빛이 어느 틈엔가는 위로 치솟으며 인도자처럼 먼 하늘로 길을 만들고는 한없이 흘러가는 것 같았어. 빛물결이었지. 저절로 눈이 감기며 마음이 간절해졌던 그 한순간에 나도 모르게 네 아이를 위해 기도를 했단다. 그러려 했던 것도 아닌데 그렇게 되었어. 그날 이후로 가끔 벅차게 아름다운 것과 순간적으로 마주치게 되면 네 아이 생각을 한다. 아침에 산에 오르다가 산등성이에 퍼지고 있는 투명한 아침 햇살이나 나무들이 발을 담그고 있는 계곡에 소리없이 고여 있는 맑은 물을 보게 되었을 때, 며칠 전에 깨끗하게 늙은 어떤 어른의 눈을 들여다볼 기회가 있었을 때, 그런 때에. 전화 끊었니? 왜 대답이 없니? 응? 뭐라구? 아, S의 아내는 어떻게 되었느냐구? 내 메일박스가 통째로 날아가기 전에 내가 마지막으로 확인했던 메일은 키가 일 미터도 안되는 어린 딸과 함께 싱가포르로 돌아간 S의 아내가 보낸 메일이었단다. 아마도 S의 메일박스에 기록되어 있는 주소로 보냈을 테지. 그녀는 내게 고맙다고 썼더구나. S 때문에 친구들이 마음 상하지 않았으면 한다고, 그는 좋은 곳에 갔을 거라고. S는 자주 친구들 얘기를 했었다고도 썼더라. 가끔 내 얘기도 했었다고. 그런 친구들이 사십구재에 와줘서 S는 외롭지 않았을 거라고. 자기는 떠난 자리로 돌아와 일자리를 알아보고 있다고, 열심히 살다가 S가 얼굴을 잊어버리지 않을 때쯤 자기도 S에게 갈 거라고 써 있었어. 다시 만나자고 약속했거든요, 라고. 그것들이 송두리째 사라져버리다니.

부석사 — 국도에서

1

　남자는 허리까지 내려오는 검은 가죽점퍼 안에 회색 폴라티를 받쳐입고 점퍼 바깥으로 폴라티와 같은 색상의 순모 머플러를 둘렀다. 이발을 한 것일까. 머리가 유독 짧아 두 귀가 오롯이 눈에 띈다. 단정한 입매와 창백한 피부로 인해 남자는 언뜻 차가운 인상이다. 짙은 눈썹과 각이 없는 턱 탓인지도. 그녀는 남자의 쌍꺼풀 없이 가느스름한 오른쪽 눈 밑에 깨알만하게 돋아 있는 점을 잠깐 주시했나. 눈물 떨어지는 자리에 가만히 돋아 있는 점 때문에 남자의 차가운 인상이 지워진다. 청바지 밑에 갈색 랜드로바 끈. 청바지가 딸려올라간 탓인지 양말을 신었는데도 바지 안에 입은 크림색 내의가 살짝 엿보인다. 그걸 보고 나서야 그녀는 약속장소에 늦게 도착한 긴장이 얼마간 누그러진다. 카페 바깥 찬바람 속에 서 있던 남자의 얼굴도 처음보다는 풀려 있다. 남자가 끼고 있던 장갑을 한 짝 한

짝 차례로 벗어 탁자 한쪽에 놓는다. 두툼한 검은 가죽장갑이다.

장갑이 없는 자신의 맨손바닥을 비비는 그녀의 뇌리에 P가 스쳐 지나간다. 언제쯤 P에 대한 추억으로부터 자유로울 것인지. 겨울이 시작될 무렵이면 머플러와 새 장갑을 챙겨주곤 했던 P. 공중전화 부스나 찻집에 놓고 오면 다시 새걸로 마련해주곤 했던 P였다. 그녀와 만나기로 한 사람들이 약속시간 이십 분을 못 넘기고 돌아가 버렸을 때도 그녀는 P를 생각했다. P는 단 한 번도 그러지 않았으므로. 신호등 앞에서 길을 건널 때면 P는 눈은 찻길 쪽을 보면서 한쪽 팔을 뻗어 도로를 가로막곤 했다. 그녀를 보호하려는 자연스런 자세였다. 식당에서 밥을 먹을 땐 반찬이 담긴 그릇들을 그녀 앞으로 밀어주었고, 밤길이면 그녀 혼자 보내는 법 없이 집 앞까지 바래다 주었다. 그게 여의치 않을 땐 집에 무사히 도착했는지 확인하는 전화를 한 번도 거르지 않았다. 그녀가 머리가 아프다고 하면 그의 몸은 벌써 약국을 향해 돌아서 있었다. 그들은 주변 사람들로부터 공인받은 커플이었다. 어쩌다 모두들 함께 어울려 캠핑이라도 갈라치면 친구들은 P와 그녀를 한 텐트에 몰아넣지 못해 안달이었다. 어느 날 그가 다른 여자와 약혼을 하고 결혼을 할 줄은 친구들은 물론이고 그녀로서도 생각지 못했다. 수영복을 사러 갈 때조차 동행하는 P였기에 그녀는 다가올 미래 어디에나 P가 동행할 줄 알았다.

차 안에 있을 때보다 카페 안이 더 썰렁하다. 그녀는 카페 안을 둘러본다. 손님이라곤 그녀와 남자 둘뿐이다. 그녀가 공적으로나 사적으로나 사람 만날 일이 있을 때면 곧잘 약속장소로 이용하는 카페다. 인사동 입구라서 찾기도 쉽고 혹시 상대방이 늦으면 진열되

어 있는 녹차잔이나 접시, 화병이나 머그잔 등을 살펴보며 시간을
보낼 수 있기 때문이다. 약속을 정하고 전화를 끊을 때면 그녀는 상
대방에게 말하곤 했다. 혹시 제가 늦으면요, 거기 진열된 그릇들 구
경하고 계세요. 남자에게도 그 말을 했던 것 같다. 늦으면 진열장의
그릇들을 구경하라는 말까지 했으면서 1월 1일이라 카페 문을 늦게
열지도 모른다는 생각은 하지 못했다.

이 카페에 진열된 그릇들의 뒷면엔 그릇을 만든 사람의 사인이
있다. 어느 날부터인가 그녀는 자신이 같은 사람의 사인이 되어 있
는 그릇을 저도 모르게 고르고 있다는 걸 깨달았다. 연한 밤색 커피
잔을 집어 뒤를 봤을 때, 가운데에 열은 노랑 빗금이 그어져 있는
접시를 들어 뒤를 봤을 때, 꼭지에 은색 테가 둘러진 것 말고는 장
식이 일절 없는 물병을 들어 뒤를 봤을 때, 한결같이 날아갈 듯한
글씨로 '명'이라고 쓰여 있었다. 혹시 이 진열장의 모든 그릇들에
'명'이라고 사인되어 있는 건 아닌가 싶을 지경이었다. 실제로 그런
의심이 들어 그녀는 아무거나 집어 뒷면을 살펴본 적도 있었다. 각
기 다 다른 사인이었다. 이 그릇이 괜찮다, 싶은 것을 골라 뒤를 보
면 거기엔 어김없이 '명'이라고 되어 있었다. 그것이 인연이 되어
그녀는 이 카페의 그릇들을 친구들 생일선물로 사가기도 하고, 깨
지지 않게 포장을 해달라고 해서 집들이하는 집에도 들고 가곤 했
다. '명'이라고 사인된 아무 장식 없는 물병은 지금 그녀 방 탁자에
놓여 있다.

긴 머리의 종업원은 썰렁한 카페에 스팀을 넣느라, 구석에 세워
진 난로에 불을 지피느라, 지난해의 마지막 밤이었던 어젯밤에 뒷

정리를 다 못 한 주방의 찻잔들을 씻느라 손길이 바쁘다. 감기가 들었는지 그릇을 닦다가 고무장갑 낀 손을 쳐들며 기침을 하기도 한다. 따뜻한 거라도 한잔 마셔볼까 하고 그녀가 종업원을 불렀으나, 종업원은 잠깐만요, 할 뿐이다. 탁자와 의자 사이를 비질하다가는 생각난 듯이 주방으로 들어가 앞치마를 꺼내 두르더니 다시 비질에 여념이 없다.

"너무 이른 시간인가봐요."

남자는 대답 없이 그녀를 넘어다본다. 남자의 응시에 그녀는 갑자기 멋쩍어져 얼결에 앞에 놓인 남자의 장갑을 집어 만지작거리다 그것마저 어색해 다시 내려놓으며 썰렁하네요, 중얼거린다.

"차도 안 팔 모양인데 그냥 갈까요? 거기 꽤 멀걸요. 오늘 갔다 오려면 빠듯할 텐데."

그와 그녀가 그냥 일어서자 종업원이 붉어진 코를 감싸며 아휴, 미안해요, 새해 복…… 말을 다 마치지도 못하고 다시 기침을 하느라 주저앉는다.

카페 바로 옆 크라운베이커리 맞은편에 주차해놓은 차의 운전석에 그녀가 먼저 올라탔다. 남자가 그녀의 옆자리에 앉으려다가 뒷좌석의 개 기척에 놀라며 뒤를 돌아다본다. 그녀는 개를 바라보는 남자의 시선 속에서 개를 다 데려왔느냐는 책망을 느끼고는, 어쩌다보니 이렇게 되었네요, 안 해도 될 말을 주워섬긴다.

사람들은 그녀의 개를 좋아하지 않는다.

정확하게 말하면 그녀의 개라고 할 수도 없다. 그녀가 살고 있는 오피스텔 맞은편은 북한산이다. 북한산은 여기저기에 계곡과 절을 숨기고 있다. 청록색 지붕의 양로원도. 그녀가 자주 올라가는 산길에 다다르려면 그 양로원을 지나야 했다. 양로원 옆길에 쌓여 있는 돌울타리는 누구라도 한번 넘어가보고 싶게 눈길을 끌었다. 그녀도 그 앞을 지날 때마다 언젠가 한번은, 하면서 돌울타리를 넘어가볼 날을 벼르고 있었다. 양로원의 정문은 따로 있어서 산길 쪽은 양로원의 옆구리인 셈이다. 말하자면 문을 달아놓은 게 아니라 잘사는 집 정원마냥 넓적한 돌들을 야트막하게 쌓아올려 울을 쳐놓은 것이다. 산길에서 보면 그 돌울타리만 건너가면 곧 등나무 밑에 다다를 수 있을 것처럼 여겨진다. 울 너머 덩굴진 등나무 밑엔 언제나 한가롭게 나무의자가 놓여 있었다. 빈 의자를 보면 누구나 앉아보고 싶게 마련이다. 등나무에 꽃이 피기 시작할 때부터 그녀는 등꽃이 지기 전에 한번은 그 돌울타리를 넘어가 등꽃 아래 빈 의자에 앉아보리라고 마음먹었다. 5월이었던가, 6월이었던가. 마음에 일렁이는 충동을 억누를 수 없던 쾌청한 아침에 그녀는 벼르던 대로 탁탁탁, 가볍게 돌울타리를 넘어 건너편으로 가보았다. 산길 쪽에서 볼 때는 돌울타리에 올라서기만 하면 바로 등나무와 마주칠 것 같았는데, 막상 올라가보니 등나무 아래로 가려면 갑지기 낮아지는 펑펑한 길을 얼마간 걸어야 했다. 길은 펑펑했으니 비닥에 자갈이 깔려 있어 거길 통과하자니 발밑에서 자갈 부딪치는 소리가 났다. 새벽의 양로원은 고적했다. 자갈길을 통과해 도착한 등나무가 있는 곳은 지대가 높은 편이어서 그녀가 원했던 등꽃 밑 의자에 앉아 있어도 양로원의 청록색 지붕까지 다 내려다보였다. 지나치며 봤을 때보다 양로원은 넓었다. 칠십여 평은 될 듯한 화단을 가운데에 두고 양옆으로 이층짜리 건축물이 세워져 있었다. 화단엔 온갖 기화요초들이 만발해 있었다. 양로원 안에 고여 있는 적막과 대치하듯 화려한 자태를 요요하게 드러내고 있는 자색 작약 때문이었을 것이다. 자갈을 밟을 적마다 누가 그 소리를 들을세라 조심했던 그녀는 등나무 밑에 앉아본 것으로 만족하질 못하고 사방을 살피며 양로원 가까이로 내려가보았다. 수돗가를 지나 빨랫줄 밑을 지나 그녀는 화단의 요요한 작약 앞에 서보았다. 낮은 키의 작약은 새벽빛 속에서 이슬을 머금고는 영원히 이울 날은 없다는 듯 한껏 생기로웠다. 얼마나 찬란한지 햇살도 없는데 눈이 시었다. 그 황홀한 자색 작약 속에 딱 한 그루 섞여 있는 백작약 밑에 개 한 마리가 기진한 채 쓰러져 있었다. 그녀가 쭈그리고 앉아 머리를 쓰다듬어주자 개는 슬몃 눈을 떴다간 곧 다시 눈을 감아버렸다. 그대로 뒀다간 작약 밑에서 죽을 것만 같았다. 이런, 그녀는 쭈그리고 앉아 계속 개의 머리를 쓰다듬어주었다. 사람의 기척이 있으면 여기 개가 기진해 있다고 일러주려고 사방을 둘러보았으나 양로원 안은 괴괴했다. 날아가는 새 한 마리조차 없었다. 마냥 그러고 앉아 있을 수도 없는 일이라 쯧쯧, 거리며 그녀는 다시 등나무 쪽으로 돌아왔다. 그리고 넘어갈 때 그랬던 것처럼 다시 자갈이 깔려 있는 길을 통과하여 돌울타리를 넘어왔다.

터벅터벅 다시 산길 쪽으로 길을 잡고 걷다가 뭔가 이상해서 뒤돌아보니 작약 밑에 기진해 있던 개가 절름거리며 그녀 뒤를 따라오고 있었다. 귀를 아래로 축 내려뜨리고 눈물인지 진물인지를 흘리며 따라오는 개의 몰골은 처량했다. 돌아가! 돌아가! 해도 개는 졸졸 그녀를 따라왔다. 그녀는 산으로 오르던 길을 포기하고 방향을 틀어 산 아래로 내려왔다. 개도 그녀처럼 방향을 틀며 따라왔다. 그녀는 더이상 개에게 가라고 하지 않았다. 모른 척하며 앞서 걷다가 몇 번 돌아봤을 뿐이다. 개는 그렇게 그녀 뒤를 따라 양로원을 빠져나왔다. 산길을 내려오고 그녀 뒤를 따라 신호등을 건너고 오피스텔의 엘리베이터를 타고선 그녀와 함께 육층에서 내렸다. 그녀는 그때서야 개를 들어올려 안았다. 절름거리며 걷는 꼴을 계속 보느니 안는 게 마음이 편했다. 작약 밑에서 밤을 샜는지 개의 털은 온통 축축했다. 어떻게 될 테지, 생각하며 그녀는 개를 포옥 싸안았다. 더럽고 축축해도 체온은 따뜻했다. 개를 기르고 있는 아는 사람에게 전화를 걸어 상황을 얘기하고 도움을 청하니 우선 목욕을 시키고 따뜻한 우유를 좀 먹여서 병원에 데리고 가보라고 했다. 개를 목욕시킬 때 사람이 쓰는 비누를 쓰면 안 된다는 주의를 받았다. 개 용품을 취급하는 곳에 가서 개가 쓰는 샴푸를 사다가 사용하지 않으면 피부염이 생긴다고 했다. 그렇게 그녀의 개가 된 개는 다른 이들이 기르는 애완견들처럼 귀염성도 예쁜 데도 없었다. 눈물샘에 이상이 있어 언제나 눈가가 축축이 젖어 있는데다 경계심이 지독해 사람을 만나면 꼬리를 치는 게 아니라 일단은 카르릉거리고 보는 거였다. 게다가 다른 개를 만나면 바짝 겁을 집어먹곤 했다. 개이면서 도대체 다른 개들 곁엔 가려 들질 않았다. 동물병원의 의사는 아마도 다른 개에게 크게 물려본 경험이 있는 듯하다고 했다. 그때의 공포가 뇌리에 깊숙이 박혀 있는 것 같다고.

"배낭 속에 얌전히 있을 거예요."

남자가 뭐라 하지 않았는데도 그녀는 사과하듯이 말한다.

"요새 내가 바깥으로 돌았더니 개가 완전히 정서불안이에요. 잠을 안 자고 낑낑거려요. 혼자 나오는데 울고불고하는 통에…… 두고 나왔다간 아플 것 같아서요."

남자는 이렇다 저렇다 말을 하지 않는다.

개는 배낭 속에서 나오려고 발버둥을 치고 있다. 결국 배낭을 빠져나온 개는 의자 밑으로 내려와 두 개의 앞좌석 사이로 비집고 들어오려고 한다. 남자가 개의 머리를 쓰다듬자, 개는 붉은 혀를 내밀어 남자의 손등을 핥는다.

"안 돼! 들어가 있어, 어서!"

그녀가 호통을 치자 개는 다시 뒷자리로 돌아가 웅크리고 엎드린다.

"평소엔 안 그러는데 이상하네요. 미안해요."

"이름은 지었어요?"

"이름 없어요."

"그래도 불러야 될 때가 있을 텐데?"

"개야! 그러구 불러요."

"개야?!"

"네."

남자가 웃는다.

그녀는 시동을 걸고 룸미러를 맞추며 슬쩍 그를 훔쳐봤다. 바람이 많이 불어, 카페에서 차가 있는 곳까지의 거리라고 해봐야 빤한데도 옆자리에 앉은 남자에게서 찬바람 냄새가 끼쳐온다. 스스럼없이 개를 만져줘서 그런지 남자가 친근하게 느껴진다. 길쭉한 얼굴에 눈과 코가 알맞게 자리하고 있다. 그녀는 혼자 웃는다. 카페 안에서는 남자가 차가운 인상이더니 이젠 분명한 인중으로 인해 과묵해 보일 뿐이라고 생각되어서. 카페가 문을 열지 않아 이십 분쯤 바깥에 서 있었다는 그의 귀는 아직도 빨갛게 얼어 있다. 불현듯 손으로 감싸주고 싶은 충동이 일어 객쩍어진 그녀는 남자의 청바지에 시선을 준다. 바지 끝이 닳은 오래된 청바지다. 가끔 저 바지를 입은 남자를 산길에서 마주치곤 했다.

"거기 가는 길은 알아요?"

"……몰라요. 처음 가는 거거든요."

"나도 모르는데."

"뒷자리에 지도 있어요. 지도 보고 찾아가죠."

지도를 보지 않고도 그녀는 어디든 찾아다녔다. 길을 잘못 들어 목적지를 한 번에 찾질 못해 왔던 길을 되돌아가 처음부터 다시 시작하는 경우가 생겨 시간이 걸리긴 해도 아예 찾지 못한 적은 없었다. 불면이 시작되면 그녀는 주차장으로 내려가 차를 끌고 여기저기를 쏘다녔다. 속력을 내고 싶으면 고속도로로 나갔고, 천천히 딜리고 싶으면 파주 쪽으로 방향을 잡았다. 고속도로를 주행할 때면 그녀는 차 안에서 실컷 소리를 질렀다. P를 향해서인지 세상을 향해서인지 그녀 자신도 정확히 모른 채. 어느 날은 실컷 욕을 퍼붓는 날도 있었다. 자신이 알고 있는 육두문자가 그렇게 많다는 사실에 그녀 자신도 놀랄 정도였다. 소리를 지르거나 실컷 욕을 퍼부으며 평택쯤 다다르면 그만 허탈해졌다. 뭔가에 격렬하게 치받쳐 있을 때는 느낄 수 없는 껍데기만 남은 기분으로 밤의 휴게소에 정차해 있으면 입은 바짝바짝 타는데 메말랐던 눈가는 이내 축축해지곤 했다.

그녀는 인사동을 거쳐 종로3가 쪽으로 길을 잡아 중앙극장을 지나 남산1호터널을 빠져나왔다. 뒷자리에서 지도를 집어와 이리저리 살펴보던 남자는 일단은 고속도로를 타 원주 쪽으로 가다가 충주로 빠져나가야 될 것 같다고 일러준다. 아닌가, 제천 쪽으로 가야 하나, 하다가는 그는 차창 바깥을 내다보며 눈이나 오지 않았으면 좋겠다고 중얼거린다. 일기예보로는 저녁 무렵에 전국적으로 큰눈이 내린다, 했다고.

서울을 떠날 사람들은 어제 많이 떠난 모양이다. 자동차가 한남대교에 이를 때까지 거리는 막힘 없이 뚫려 있다.

"어젯밤에 잠이 안 와서 집에 있는 자료 중에 이것저것 찾아보긴 했는데…… 내가 찾은 자료라는 게 말이죠, 영주시 부석면 북지리에 있다, 소수서원 앞에서 오른쪽 부석사로 난 931번 지방도로를 따라 10.4킬로미터 가면 부석면 소재지인 소천리 사거리가 나온다, 소천리 사거리에서 다시 앞으로 계속 난 935번 지방도로로 3.2킬로미터 가면 부석사 주차장에 닿는다, 주차장에서 부석사까지는 걸어가야 한다…… 뭐 이런 식이라서…… 도움이 안 되죠?"

책을 읽듯이 또박또박 말하는 남자를 그녀는 잠깐 쳐다본다. 931번 지방도로, 10.4킬로미터, 935번 지방도로, 3.2킬로미터…… 어떻게 숫자들을 저렇게 외우고 있는지.

"부석은 무량수전 뒤에 있다는군요. 정말로 돌이 떠 있는지…… 실과 바늘이 드나들 만큼 두 개의 부석 사이가 떠 있다는데."

"가서 확인해보죠."

"실하고 바늘 가져왔어요?"

웃지도 않고 남자는 얼굴을 손바닥으로 문지른다.

사과꽃이 필 때가 가장 아름답다는데…… 중얼거리면서.

부석사에 가는 길도 모르면서 남자에게 전화를 걸었던 건 나흘 전이다.

한 달에 한 꼭지쯤 일거리가 있는 잡지사의 편집장이 바뀌어 인사도 할 겸 완성된 번역원고를 갖다주고 돌아오는 그녀를 오피스텔 관리인이 불러세웠다. 그녀는 관리실 한켠에 놓인 장미와 안개꽃이 섞여 있는 꽃바구니를 바라봤다. 뜻밖에도 관리인은 그 꽃바구니를 집어 그녀에게 주었다. 뭐예요? 묻자, 관리인은 어떤 사람이 찾아와서 그녀가 오면 전해주라고 했다고 했다. 어떤 사람요? 그녀가 다시 묻자 점잖아 보이는 분…… 설명을 하려다가 꽃바구니를 가리키며 거기 카드가 있으니 누군지 써놨겠죠, 그랬다. 그녀는 엘리베이터를 타고 육층을 누른 다음 물끄러미 꽃바구니 속에 꽂혀 있는 흰색 카드 봉투를 바라보았다.

그녀는 자동차에 부착된 시계를 본다. 정오가 지나 있다.

"어디쯤에서 점심을 먹어야 할 텐데요."

"일단 서울을 빠져나간 뒤에."

서울 톨게이트를 빠져나온 뒤론 차량이 조금씩 늘기 시작한다. 부석사까지 시간은 얼마나 걸릴 것인지.

설마 했는데 꽃바구니와 생일카드를 보낸 사람은 P였다.

P는 그녀의 생일을 축하한다고 썼다. 대학교수답게 P는 굵직한

만년필 글씨로 그녀가 만든 책은 늘 잘 보고 있다고도 써놓았다. 보고 싶다고도. 내가 만든 책? 그녀는 씁쓸하게 웃었다. 그녀가 고정적으로 기고하는 잡지를 두고 하는 말인 것 같았다. 160페이지짜리 종교잡지의 겨우 두 페이지를 차지하는 '성서 속의 인간탐구'라는 글을 두고 내가 만든 책이라니. 그녀는 아직도 예전과 다름없는 P의 글씨체를 응시했다. 꽃바구니에 꽂힌 생일카드를 보기 전까지 그녀는 오늘이 생일이라는 걸 까마득히 잊고 있었으므로 아직까지 P가 자신의 생일을 기억하고 있다는 데 어느 순간 코가 맹해지려고도 했다. 언제나 이런 식이었다. 한 가지 결정을 내리는 데 시간이 많이 걸리는 편인 그녀에 비해 P는 판단이 서면 곧 실천에 옮기는 성향이었다. 두 사람이 무엇을 계획할 때마다 이 다른 성향이 늘 걸리적거리곤 했다. P와 알고 지내는 동안 그녀가 P와 헤어져야 하지 않을까 심각하게 생각한 적이 여러 번이었는데 그때마다 그녀의 이 성격이 걸림돌이었다. 그녀가 좀 싸늘해지기라도 할 양이면 P는 그녀를 찾아왔고, 집 앞까지 찾아온 P를 보면 그녀의 마음은 그냥 수그러들곤 했다. P가 집 앞으로 찾아오면 그전까지 그녀를 짓누르던 문제들이 아무 일도 아니었던 듯 사소하게 여겨졌다. 그렇게 그들은 새로 시작하곤 했다.

생일카드 말미에 P는 1월 1일 오후 세시에 그녀의 오피스텔을 방문하겠다고 써놓았다. 그때 만나자고.

그녀는 P에게서 받은 생일카드를 삼십 분쯤 들여다본 후에 감정을 수습해야 한다고 생각했다. 이렇게 다시 시작할 수는 없는 일이라고. 그녀는 경비실을 통해 남자에게 인터폰을 넣었다. 1월 1일에 저랑 부석사에 가시겠어요? 통화가 되면 남자에게 할말을 메모지에 적어놓고 두어 번 연습까지 한 후였다. 왜 그때 부석사가 떠올랐는지.

부석사의 당간지주 앞에서 무량수전까지 걸어보라고 했던 사람이 있었다. 우리나라의 절집이 대개 산속에 있게 마련인데 부석사는 산등성이에 있다고 했다. 개울을 건너 일주문에 들어서면 양쪽으로 사과나무들이 펼쳐져 있다고. 문득 뒤돌아보면 능선 뒤의 능선 또 능선 뒤의 능선이 펼쳐져 그 의젓한 아름다움을 보고 오면 한 계절은 사람들 속에서 시달릴 힘이 생긴다고 했다.

남자와 통화가 되었을 때 그녀는 침착하게 메모지에 자신이 쓴 문구를 읽었다. 수화기 저편에서 남자는 잠시 침묵을 지켰다. 얼마 후에 남자는 한번 가보고 싶었던 곳이니까 그렇게 하지요, 하면서 달리 할 일이 있는 것도 아니니까요, 라고 덧붙였다. 남자와는 같은 오피스텔에 살고 있으므로 그녀는 남자와 주차장에서 만나 떠날 요량이었다. 그러나 남자는 오피스텔이 아닌 다른 곳에서 만나자고 했다. 오피스텔에서 좀 떨어진 곳이면 좋겠다고. 인사동에 있는 카페로 약속을 정하고 인터폰 수화기를 내려놓고 그녀는 마른침을 삼켰다. 자못 긴장이 되었던 모양이다. 불을 켜고 세면장에 들어가 한동안 거울에 얼굴을 비춰봤다. 윤기 없는 얼굴, 메마른 머리키락, 벌써 주름이 집히기 시작하는 목. 그녀는 찬물을 받아 시간을 들여 손을 씻었다.

세면장에서 나온 그녀는 꽃바구니 속에 꽂혀 있던 카드를 개수대 앞으로 가지고 갔다. 전기레인지를 가동해 붉어질 정도로 달군 다음에 생일카드를 갖다댔다. 카드에 곧 불이 붙었다. P가 쓴 글씨들이 검은 재로 변해 개수대에 툭툭 떨어졌다. 물을 틀어 개수대에 흩어진 검은 재를 하수구로 흘려보낸 뒤 꽃바구니를 들고 나가 누가 사는지도 모르는 복도 끝 현관 앞에 내려놓고 왔다. 맨발이어서 발바닥이 선득거렸다. 자정이 지나 현관문을 열고 슬몃 내다보니 누가 가져갔는지 덩그라니 놓여 있던 꽃바구니는 사라지고 없었다.

"운전은 잘해요?"

"안전벨트를 해두는 게 이로울걸요. 내 옆자리에 앉는 사람들은 목숨을 내놓고 타는 거나 마찬가지예요."

남자가 흔쾌하게 웃는다.

P가 급작스레 다른 여자와 약혼을 해버림으로써 그녀와의 관계를 일방적으로 깨버렸을 때, 그녀는 머릿속이 희뿌옇게 된 공동상태로 운전학원엘 다녔다. 운전 같은 건 익히려고 생각지도 않고 있던 그녀였다. 불면으로 눈이 튀어나올 것 같던 어느 날 새벽 세시에 오피스텔 창가에 서 괴괴한 차도를 내려다보고 서 있는데 자동차 한 대가 오피스텔을 빠져나가는 게 눈에 들어왔다. 이렇게 잠을 못 자고 서성일 바에는 저렇게 차를 몰고 어딘가를 내달렸다 오면 좋겠구나 하는 생각을 했고, 다음날로 그녀는 운전학원에 등록을 했다. 그녀는 마치 운전면허증을 따는 일에 생을 건 사람처럼 모자를 쓰고 운전을 익히는 일에 몰두했다. 덕분에 그녀는 단 한 번에 운전면허시험을 통과했다. 오디오의 콘센트 하나도 제대로 못 꽂는 기계치인 그녀에게 생긴 특이한 일이었다. 무더위가 기승을 부렸던 그 여름날 운전면허시험에 합격하고 돌아올 때의 그 허탈함이란. 그녀의 차를 타본 사람들 표현을 빌리자면 그녀의 운전실력은 엉망진창이

었다. 외길에서 속도를 너무 느리게 내어 뒤차 운전자에게 추월욕
망을 불러일으키고, 좌회전을 하려면 미리 좌회전 차선에 들어가
있어야 하는데 늘 바로 앞에서 끼어들기를 하느라 허둥거리며, 국
도를 달리는 중에 눈에 띄는 풍경이라도 보게 되면 저것 좀 봐, 하
면서 아무 예고 없이 차를 턱 세워버리곤 했다. 그런 실력으로 그녀
는 한계령을 넘기도 했고 남쪽의 변산반도를 다녀오기도 했다.

남자는 자동차가 곤지암을 지나 이천휴게소를 지나도록 망연히
차창 바깥만 쳐다보고 있다. 무슨 생각을 하는지 이따금 깊은 숨을
내쉬기도 한다. 국도를 사이에 두고 텅 빈 들녘이 펼쳐져 있다. 메
마른 갈대숲이 흔들리더니 왜가리떼들이 잿빛 허공을 차고 솟아오
른다. 까마귀인가. 군데군데 녹지 않은 흰 눈 위엔 검은 새가 앉아
있다. 매서운 바람이 일렁일 적마다 새들은 자신의 존재를 알리며
허공을 선회한다.

아침에 눈을 뜨면 그녀는 오피스텔을 빠져나와 길을 건넌 뒤에
파출소를 지나 산길을 타고 사십 분 거리에 있는 금산사엘 갔다. 어
느 날 이른 새벽에 그곳에 올라갔다 내려오다가 남자를 만났다. 무
성한 담쟁이덩굴이 담장을 에워싼 높다란 집을 지나고, 이북5도청
을 지나고, 청록양로원을 지난 뒤에 금산사로 가는 길로 접어들면
옛날에 지어진 듯한 집 한 채가 나왔다. 그 집 주변에 있는 집들이
대부분 넓은 정원을 두고 안쪽 깊숙이 들어가 있어 보이지 않거나
혹은 빌라였으므로 길가 쪽으로 수수하게 하얀 대문을 달아놓은 단
층짜리 붉은 벽돌집은 누구에게나 눈에 띄었다. 서울의 동네에도
원주민이 있다면 아마 그 집에 사는 사람들이 그 동네의 원주민일

것이다. 담장은 높지 않아 우연히 고개를 돌렸다가 발꿈치를 들고 모둠발을 디디면 안이 들여다보였다. 이른 아침부터 빨래건조대에 빨래가 널려 있고, 안에서 기르는 감나무가 담장 바깥에서도 보이는 그런 집이었다.

그 집 대문 맞은편에 다섯 평이나 됨 직한 밭이 일궈져 있었다. 처음부터 밭은 아니었을 것이다. 빈 땅을 누군가 밭으로 일궈놓았을 것이다. 그 밭이 누구의 소유인지 그녀는 모른다. 그저 단층짜리 붉은 벽돌집 사람이 아닌가 짐작만 할 뿐이었다. 누군가 그 밭에 사시사철 열심히 채소를 가꾸었다. 파꽃이 필 때면 파꽃이 피었고 쑥갓이 자랄 때는 쑥갓이 자랐다. 여름날엔 시골 밭처럼 울타리로 여겨도 손색없게 옥수숫대가 자라고 있었으며 고구마며 감자 줄기가 보일 때도 있었다. 그 밭 가장자리의 채소들 곁에서 멋대가리 없이 키가 큰 접시꽃이 잎새를 매달았다가 꽃을 피웠다가 했다. 김장철을 앞둔 가을에는 반은 드러난 무 위로 새파란 무잎이 아침 햇살을 받고 찰랑이고 있기도 했다. 그녀는 매번 그 밭 앞을 지날 적마다 그 밭을 가꾸는 사람을 한번 보고 싶었다. 그 사람의 부지런하고 정직한 손을. 그 밭에 상추 잎새가 손바닥만하게 자라 있던 때였다. 산을 내려오던 그녀는 상추밭 속으로 들어가는 한 남자를 발견했다. 처음엔 드디어 밭 주인을 만나는가 싶었는데 상추밭 앞에서의 남자의 행동이 좀 야릇했다. 들어갈 때도 흘금흘금 주변을 살피다가 주춤대며 들어가더니 밭에 들어가서 재빠르게 상춧잎을 훑어내는 행동도 주인이라 여기기에는 불안하고 조급해 보였다. 상춧잎을 실컷 뜯은 남자는 마치 누가 보기라도 하는 듯 큰 걸음으로 상추밭

254

을 빠져나와 뒤돌아보다가 그녀와 시선이 딱 마주쳤다.

"상추가 너무 싱싱해서……"

남자는 양손 가득 상추를 쥐고서는 민망한 얼굴이 되어 있었다.

"그 반만 절 주세요…… 그러면 비밀로 해드릴게요."

그 순간 어떻게 그런 말이 튀어나왔는지 모를 일이었다. 남자는 정신없이 뜯은 상추의 반을 그녀에게 선뜻 내주었다. 그들은 손에 상추들을 들고서 산길을 나란히 내려왔다. 그녀는 남자를 처음 보았지만 남자는 그녀를 알고 있었다. 오피스텔 608호가 그녀의 주거지라는 것도. 그녀가 의아해하자, 남자는 상추를 쥔 손을 쳐들어 오피스텔을 가리키며 저도 저기 삽니다, 그랬다.

그들은 그후로 가끔 그 산길에서 만나 단층짜리 붉은 벽돌집 앞의 밭에서 자라는 채소들을 서리하곤 했다. 상추철이 지난 후론 아욱을 뜯어올 때도 있었고, 막 속이 차오른 배추를 한 포기 뽑아온 적도 있었다. 애호박을 한 개 따온 적도 있었으나 그들이 주로 탐낸 것은 상추였다. 혼자일 때는 그럴 염이 나지 않다가도 그녀는 산에서 내려오는 길에 남자를 만나면 채소 서리에 발동이 걸리곤 했다. 혼자일 때는 마음이 고요했다가도 남자를 만나게 되면 빌써 그 연한 것들을 씹었을 때의 신선한 맛이 혀끝에 감도는 것이었다.

그녀는 혹시? 싶어 남자에게 무슨 말을 물어보려다가 그만둔다. 녹음기를 들고 사람들에게서 인터뷰를 딴 뒤 피로한 마음으로 돌아와보면 간혹 비닐에 싸인 깻잎이나 케일이 신발을 벗는 곳에 놓여 있곤 했다. 출입문에 뚫린 신문과 우유를 넣는 구멍 속으로 누군가 밀어넣은 것들이었다. 방울토마토가 있을 때도 있고, 길다란 보라색

가지가 한 개 있을 때도 있었다. 잔솔잎같이 생긴 부추가 봉지에 담겨 있을 때도 있었다. 출입문의 구멍 속으로 야채들을 밀어넣고 가는 게 남자냐고 물었다가 아니라고 하면? 아닐지도 모른다. 가을이 지나고 겨울이 되면서 단층짜리 붉은 벽돌집 앞의 밭은 텅 비었다. 접시꽃대까지 무너지고 난 뒤의 자리에는 찬바람만 쿨렁거렸다. 겨울 초입에 내린 눈이 녹지 않은 채 오늘 아침까지도 쌓여 있었다. 밭이 텅 빈 후로 우연히 산길에서 만나면 그들은 서로를 쑥스러워했다. 근래엔 남자를 산길에서 마주치는 일조차 드물었다.

플라타너스일까. 갑자기 국도 양변에 가로수들의 가지가 툭툭 잘려 있다. 그러잖아도 황량한 겨울 국도변이 목 잘린 가로수들로 인해 더욱 황량해진다. 저렇게 잘린 자리에서도 새잎이 돋나. 잘린 가로수들이 고통스럽게 팔을 벌리고 있는 것 같다.

그녀는 가로수 길이 끝난 국도의 한켠에 차를 세웠다.

"점심 먹고 가요."

"여기서요? 식당도 없는데?"

"내가 도시락 싸왔거든요. 개를 데리고 들어갈 식당도 마땅찮고 해서."

"도시락을요?"

그녀는 뒤 트렁크를 열고 손잡이가 달린 대바구니를 꺼내왔다. 대바구니엔 붉은 체크무늬 보자기가 덮여 있다. 그녀가 보자기를 걷어내자 한쪽 귀퉁이에 붉은 잔꽃이 새겨진 검은 찬합이 보인다. 은색 보온통 두 개, 미니 생수통 하나, 붉은 사과가 한 개 곁에 끼어 있다. 단감 한 개도 사과 밑에 놓여 있다.

"의자를 뒤로 쑥 빼봐요. 그러면 자리가 넓어지니까."

그녀는 자신의 의자를 뒤로 젖히며 그에게도 그렇게 해보라고 한다. 의자 옆의 손잡이를 돌려야 하는데 남자는 그 조절장치를 쉽게 찾지 못한다. 여기예요. 그녀가 무심코 몸을 반쯤 접어 문 쪽에 달려 있는 의자조절기가 있는 곳을 일러주려다보니 남자의 품속에 얼굴을 묻고 안기는 꼴이 된다. 멋쩍어진 그녀가 얼른 자세를 바로 한다. 귀밑이 붉어진다.

포개져 있는 찬합 속에 여러 가지 반찬이 담겨 있다. 시금치와 고사리, 무나물이 나란히 칸을 채우고 있고 파와 게맛살과 당근과 익힌 쇠고기를 꿴 꼬치가 여러 장 겹쳐 있다. 당근과 파가 섞인 계란말이 옆엔 불고기도 놓여 있다. 그 곁 좁은 칸엔 김치가 놓여 있다. 음식 냄새를 맡자 뒷자리의 배낭 속에 얌전히 있던 개가 얼굴을 내밀고 끄응, 소리를 낸다.

"이걸 다 직접 만들었어요?"

그녀는 대답 대신 보온도시락 속에서 모락모락 김이 나는 흰밥을 젓가락으로 퍼서 종이컵에 담아 자신의 몫으로 내놓은 다음 보온도시락을 통째로 그에게 준다.

"많이 먹어요. 이 밥만 제가 했거든요."

찬합 안의 반찬들은 어제 올케네 집에 가서 싸온 것들이다. 평소에 무엇을 싸주어도 귀찮아하며 들고 가지 않으려 하던 그녀가 어제는 아예 찬합을 들고 가 음식들을 챙겨담자 올케는 아가씨 수상하네, 를 연발했다. 보온도시락을 빌려달라고 하자 올케는 아가씨 어디 가요? 하고 되물었다. 어디 가는데요? 부석사요. 부석사? 영

주에 있는 부석사요? 네. 혼자서요? 네. 거짓말, 새해 첫날에 혼자
서 무슨 부석사엘 간다구 그래요. 혼자 아니죠? 아침에 흰밥을 지어
보온도시락에 담을 때 올케는 또 전화를 했다. 아가씨, 혼자 가는
거 아니죠?

그녀는 종이컵 하나를 뜯어 편편하게 한 다음 그 위에 불고기 몇
점을 올려놓은 뒤 뒷자리 바닥에 내려놓는다. 뒷좌석에 엎드려 있
던 개가 귀를 쫑긋하며 내려와서 불고기를 한입 물고는 씹는다.

앉은 자리가 불편한데도 남자는 밥을 맛있게 먹는다. 실제로 맛
이 있는지 없는지는 모를 일이나, 음식을 맛있게 먹을 줄 아는 남자
같다고 그녀는 생각한다. P를 만나본 어머니는 P가 음식을 맛없게
먹는다며 흠 아닌 흠을 잡곤 했다. 무슨 음식이든 맛있게 먹을 줄
아는 남자가 좋은 남자라고 했다. 음식을 공경할 줄 모르는 남자는
여자를 골탕먹인다고. 흰 무나물을 집어 맛있게 오물거리는 남자를
보며 문득 어머니 말이 생각나 그녀가 웃자, 젓가락으로 꼬치를 집
다 말고 남자가 그녀를 바라본다. 그녀를 바라보는 남자의 얼굴에
반으로 으깨진 흰 밥알이 묻어 있다. 그녀는 무심코 손을 뻗어 그의
입가에서 밥알을 떼어내준다. 그녀를 바라보고 있던 남자는 멋쩍어
져서 젓가락을 든 채로 그녀의 손이 왔다 간 곳을 쓱쓱 문지른 다음
보온도시락 속의 흰밥을 한 숟갈 떴다. 그 순간이다. 밥을 퍼서 오
물거리던 남자의 입에서 아삭, 하는 소리가 났다. 돌 씹는 소리는
곁의 그녀에게 들릴 정도로 컸다. 씹는 행위를 멈춘 남자와 당황한
그녀의 시선이 맞부딪쳤다. 그녀가 삼키지 말고 뱉으라는 말을 막
꺼내려는데 남자는 밥을 꿀꺽 삼키고 있다.

무안한 그녀의 귀밑이 빨개졌다.

찬합을 포개 대바구니에 담아 뒷자리에 내려놓은 뒤 그녀가 종이 컵에 보온통의 커피를 따르고 있을 때 남자는 생수병 뚜껑을 따고 는 역시 종이컵에 물을 반쯤 따라 뒷자리의 개 앞에 놓아준다. 불고 기 한 점을 오래 씹은 개는 목이 탔는지 남자가 내려놓은 종이컵에 혀를 담가 물을 핥아마셨다. 그녀는 다 따른 커피를 남자에게 내밀 다가 아직도 혀를 종이컵에 담그고 물을 핥고 있는 개의 목덜미를 어루만져주는 남자를 의아하게 바라본다. 개는 목덜미를 남자에게 맡기고 가만히 있다. 이상한 일이다. 처음 본 사람은 영 따르지 않 는데.

환기를 하려고 자동차의 창문을 아래까지 다 내리자 국도에 출렁 거리던 매서운 바람이 차 안으로 훅 들어온다. 그 바람을 삼 분도 못 견디고 그녀는 틈을 조금만 남기고 창문을 다시 올린다.

"출발할까요?"

"자리 바꿔요. 이제부턴 내가 운전할게요."

"운전할 줄 알아요?"

남자가 웃는다.

"운전히는 거 한 번도 못 봤는데?"

"그쪽처럼 한밤중에 차를 끌고 나가진 않죠."

남자가 운전석에 앉고 그녀가 그 옆자리에 앉았다. 그녀 몸에 맞게 조절되어 있는 운전석이 남자에겐 좁다. 남자는 더듬더듬 의자 조절 기를 움직여 운전석을 넓힌 다음 그녀를 한 번 바라본다. 그는 그녀 쪽으로 몸을 기울여 안전벨트를 해주고는 시동을 건다. 1월 1일에 나들이를 나온 사람들은 그들만이 아니었다. 얼마를 달리니 드문드문 식당이 보이고 식당마다 주차장에 차들이 빼곡하다. '떡국 됨'이라고 종이에 쓰인 붉은 글자가 메뉴판에서 따로 떨어진 채 붙어 있는 식당들도 여럿이다.

자동차가 장호원을 완전히 빠져나가 제천 쪽으로 접어들었을 때 그녀는 또 시계를 본다. 세시다. 약속을 지켰다면 지금쯤 P는 오피스텔에 와 있을 것이다.

국도는 곧 단조로워진다.

드문드문 눈에 띄던 식당들과 슬레이트집들도 보이지 않는다. 구불거리지 않고 직선으로 뻗어 있는 국도 양변에 드문드문 송신탑들이 서 있다. 송신탑 뒤로는 황량한 논이다. 그녀는 찬바람이 일렁이는 겨울 국도를 눈을 가느스름하게 뜨고 내다본다. 이따금 만나곤 하던 강물은 이제 아예 시야에 들어오지 않는다. 물은 사라지고 겨울 논들이 펼쳐진다. 논의 이곳저곳엔 추수를 마치고 걷어가지 않은 낟가리들이 모양새 없이 세워져 있다. 그 어디쯤에 기다랗게 서 있는 전신주에 참새들이 열지어 내려앉아 있기도 하다. 무엇에 놀란 것일까. 조용한 겨울 하늘처럼 전신주에 별 기척 없이 조용히 앉아 있던 새들이 전신주를 탁 차고 허공으로 포르르 날아오른다. 말 똥가리도 섞여 있다.

P는 정말 왔을까.

2

집에 가자, 집에 가자—

해가 이울 무렵이다. 집 안 전체에 흘러다니는 옅은 석유 냄새로 인해 소년은 어지럽기까지 하다. 안채의 건넌방에서 누군가 나와 시끄럽다고 소리를 질렀다. 문간방 앞은 바로 수돗가이고 좁은 골목을 향해 나무대문은 열려 있다. 열린 문으로 다닥다닥 붙어 있는 한옥의 담장들이 눈에 들어왔다. 담장 위에 한지로 바른 여닫이창들은 닫혀 있다. 담장과 닫힌 창에 석양이 비쳐들었다.

이제 곧 어두워질 텐데.

소년은 이제 그만 집에 가고 싶다. 그런데 함께 집에 가야 할 어머니가 어디에도 보이지 않는다. 집에 가자. 집에 가자. 문간방으로 올라가는 좁은 마루에 걸터앉아, 어제만 해도 가지런했던 낯익은 것들이 여기저기 널려진 꼴을 휘둘러보며 소년은 함께 집에 돌아갈 사람을 찾고 있다. 소년의 마음은 아랑곳없이 수도꼭지 밑에 놓인 세숫대야 속엔 모과나무 잎사귀들이 떨어져 둥둥 떠다닌다. 조그만 뜰 모과나무 밑에서 해바라기가 시들고 있고 그 아래에 꽃이 작은 자줏빛 소국도 보인다. 안채에서 나와 소리를 지른 사람이 좁은 마루가 기다랗게 이어진 한옥의 네모난 마당에 갓 부려놓은 이삿짐들을 못마땅한 듯 바라보고 서 있다. 장롱이나 반닫이 같은 것도 예외일 순 없지만, 솥단지나 냄비 같은 부엌살림은 제자리에 있을 땐 없어서는 안 될 것이지만, 제자리에서 떨어져나와 단독자가 되면 누추하기 이를 데 없어진다. 아무리 윤이 나게 닦아놓아도 부엌의 살

강을 떠난 수저통은 초라하게 마련이다. 집에 가자고 울어대던 소
년은 울음을 그치고 안채에서 나온 사람의 시선을 피해 어지럽게
널린 살림살이를 번갈아 바라본다. 시야에 들어오는 책상의 뒷다리
엔 홈이 파인 자국이 여럿이고 저걸 뒤에 숨기고 있었나 싶게 가죽
소파는 찢어져 있다. 솥단지는 뚜껑을 잃은 채 수세미로 긁힌 자국
을 드러내며 널브러져 있고 연탄 아궁이 곁에 있을 땐 빛나던 풍로
는 그을음투성인데다 기름을 넣는 구멍이 열려 있어 거기에서 새어
나온 냄새로 인해 머리가 지끈거리기까지 한다.

집에 가자― 집에 가자―

소년이 다시 울음을 터뜨릴 때 그는 퍼뜩 정신이 들었다.

집에 가자고 울고 있는 소년이 바로 자신이라는 생각이 들었던
것이다. 예닐곱 살 때였을 것이다. 태어나 그때껏 자란 집을 떠나
그 문간방으로 이사를 한 후로도 해가 저물 녘이면 집에 가자고 여
러 날 어머니를 들볶곤 했다. 도무지 새로 이사온 집에 정이 가지
않았다. 그때면 어머니는 자신을 업어주거나 단맛이 나는 사탕 같
은 것을 입에 물려주며 이제는 여기가 집이라고 어르다가, 그래도
집에 가자고 보채는 자신을 향해 나중엔 버럭 화를 내곤 했다. 그의
혼미한 의식에 순간 정신이 들게 한 건 무의식 속에서 이끌려나온
어머니의 엄한 목소리였다. 이제 그곳은 집이 아니라고, 이제 여기
가 집이라고, 사내가 되어서 아무 데서고 눈물을 흘린다고 엄하게
꾸짖던 어머니의 목소리.

꿈이 아니면 만나볼 수 없는 분이 되었지만 자신을 나무라는 목
소리가 너무 생생하여 꿈인 줄 알면서도 어지러워진 마음을 수습하

는 데는 시간이 걸렸다. 며칠 전부터 모래가 들어간 듯 거칫거리는 눈에 달라붙어 있는 눈곱을 떼어내는데, 창을 뚫고 들어온 아침 햇살이 강렬하게 그의 눈을 찔렀다. 눈을 감았다가 뜨기를 반복하는 것으로 신경이 예민해져 있는 눈을 다스린 뒤에도 그는 자리를 털고 일어나질 못했다. 이따금 반복적으로 꾸곤 하는 꿈이었다. 그런데도 매번 그는 울고 있는 소년이 자기 자신이라는 걸 뒤늦게 깨닫는다. 깨어나면 두통이 오고 스르륵 맥이 빠졌다. 꿈속이라지만 무슨 연유로 아직도 그렇게 집에 가자고 우는 건지. 꿈에서 깨어나면 진짜 울고 난 것처럼 머리가 지끈거렸다. 오늘 아침에도 마찬가지였다. 다시 드러누우려다가 여자와 함께 부석사에 가기로 했던 일이 생각났다. 따분하고 귀찮다는 생각이 들었다. 부석사는 무슨…… 싶어 없던 일로 하려고 인터폰을 넣었는데 여자가 방금 세수라도 마친 목소리로 여보세요? 하는 통에 할말을 못 하고 잠시 침묵을 지켰다. 여자가 여보세요? 다시 그를 호출했을 때 그는 조용히 수화기를 내려놓았다. 여자의 밝은 목소리를 듣자 엉뚱하게 오늘 방문하겠다던 박PD가 떠올랐다.

1월 1일의 국도에 군인들의 행렬이 이어진다.

소총을 메고 군화를 신고 완전군장을 한 군인들이 발을 맞춰 걷고 있다. 눈 쌓인 길을 걸어왔는지 군화에 희끗희끗 눈이 묻어 있다. 그는 속도를 높여 행렬의 선두를 따라잡는다.

여자에게서 느닷없이 부석사에 가지 않겠느냐는 전화가 걸려오기 직전에 그는 박PD의 전화를 받았다. 지금 그는 회사를 쉬고 있는 참이었다. 겨울 초입의 회사 회식 자리에서 최근 자신을 난처하게 만들었던 사람이 다름아닌 박PD라는 걸 감지한 뒤였다. 깊은 밤중에 도로 한가운데서 차에 부딪혀 다친 수리부엉이를 사설 조류협회장이 인계받아 여덟 달 동안 정성을 다해 살려내서 다시 산으로 보내준 일이 있었다. 그 여덟 달 동안 수리부엉이가 먹어댄 닭만도 팔십여 마리였다. 수리부엉이는 멸종 위기에 처한 천연기념물이었다. 그는 부상당했다가 인간에 의해 구조된 수리부엉이가 회복되어가는 과정을 필름에 담았다. 목과 눈이 너무 심하게 다쳐 살아날 수 있을지 의문이 들 만큼 수리부엉이의 상태는 좋지 않았다. 어떤 대상이든 마찬가지지만 새에 대한 깊은 애정이 없었으면 부상당한 수리부엉이를 살려내는 일은 불가능했을 것이다. 조류협회장은 교통사고 당한 자식을 돌보듯 밤낮을 가리지 않고 수리부엉이를 돌봤다. 의사를 불렀고, 잠도 상처 입은 수리부엉이와 함께 잤다. 수리부엉이는 겨우 기운을 차린 다음에도 충격으로 인해 눈을 뜨질 못했다. 그대로 두었으면 애꾸눈이 되었을 것이다. 수리부엉이의 눈을 뜨게 하는 데는 들쥐가 최고라는 말을 들은 조류협회장은 들쥐를 잡기 위해 먼 들판과 밭에 덫을 놓으러 다니곤 했다. 이따금 그도 동행했다. 들쥐는 쉽게 잡히지 않았다. 덫을 놓아 들쥐 한 마리를 잡는 데 꼬박 사흘이 걸릴 때도 있었다. 조류협회장의 간절한 마음 씀으로 인해 회복이 불가능해 보였던 수리부엉이는 살아났다. 옆에 있는 사람의 손이나 발등을 콕콕 쪼아댈 만큼 야성을 회복했을 때 조류협회장은 정이 들 만큼 든 수리부엉이를 가평의 운둔산에 올라가 다시 산속으로 날려보냈다. 조금 더 치료를 해야겠지만 인간과 너무 오래 지내면 수리부엉이의 본성이 거세된다면서. 수리부엉이를 데리고 운둔산 정상까지 올라간 것은 깊은 산속의 암벽이 수리부엉이의 집이니 그리로 돌아가라는 뜻이었다. 운둔산을 내려올 때 나이가 쉰 가까이 되는 조류협회장의 눈시울은 붉어졌다. 자식을 떠나보내도 이리 서운하지는 않겠네, 중얼거렸다. 떠난 자식이야 다시 만날 수가 있지만 산속으로 돌아간 수리부엉이를 다시 만나기는 요원한 일이었다.

수리부엉이 이야기가 전파를 탄 후, 뜻밖에 그의 필름을 사서 자연다큐멘터리 시간에 내보냈던 방송국에서 전화가 왔다. 부상당한 수리부엉이를 발견해 살려낸 게 아니고 방송 프로그램 촬영을 위해 수리부엉이를 잡아들였다는 제보가 있다는 것이었다. 그 일로 그와 조류협회장은 곤욕을 치렀다. 조류협회는 공공단체가 아니었다. 대학 한방병원 의료부 직원이었던 조류협회장이 그저 새를 좋아해서 창설한 사설 협회에 불과했다. 왜 조류광이 되었는지 묻는 데 대한 조류협회장의 대답은 그저 전생에 새였는가보지, 였다. 마음이 이끌리는데 인간이 당해낼 재간이 있느냐고. 그는 무엇이든 새하고 연결시키는 사람이었다. 바람이 불어도 비가 와도 눈이 내려도 새 걱정이었다. 깊은 산속까지 환경이 파괴되는 통에 새들이 서식지를 잃어가는 것을 안타까이 여겨, 회원들과 함께 겨울새의 먹이를 뿌려주러 다니기도 했다. 희귀한 새들의 자료사진은 그를 통해야만 얻을 수 있었다. 그에게 상을 주지는 못할망정 어떻게 그런 말이 나도는 것인지. 그는 묵살하려고 했시만, 프로그램을 제작해 방송국에 넘기는 그의 회사로서는 해명하지 않으면 신뢰도에 상처를 입을 수밖에 없었다. 게다가 확인도 안 된 말들이 꼬리를 물었다. 자칫 기

사라도 타게 되면 사태는 일파만파로 번질 것이었다. 그는 내키지 않았지만, 할 수 없이 처음 그 수리부엉이를 경부고속도로에서 발견한 트럭기사를 찾아 증인으로 내세워야 했다. 다행히 조류협회장에게 부상당한 수리부엉이를 맡긴 보수설비업체의 트럭기사를 찾아낼 수 있었고, 그로 하여금 자신이 경부고속도로를 타고 서울로 돌아오던 새벽 네시쯤 경북 구미를 막 지날 때 도로 한가운데에서 앞차에 부딪힌 듯한 새 한 마리를 발견했고, 차를 급히 세워보니 큰 돌덩이만한 새 한 마리가 피투성이가 된 채 푸덕대고 있어 서울로 실어왔고, 회사 사장 아들이 조류협회의 회원이어서 협회장과 연결이 되었고, 이후 수리부엉이를 치료하는 일은 조류협회장이 도맡았다는 해명을 하게 했다. 그는 영 마음이 풀리질 않았다. 어떻게 그런 상상을 할 수 있는지 기가 막힐 따름이었다.

회식 자리에 합석하게 된 방송국 사람이 연방 미안하다고 사과하는 것도 그는 듣는 둥 마는 둥 했다. 병 주고 약 주네, 싶었으니까. 아마 그의 냉소적인 태도가 방송국 사람의 심기를 불편하게 했던 모양이었다. 책임 운운하다가 그의 입에서 박PD의 이름이 튀어나왔다. 박PD? 그는 그제야 방송국 사람의 얼굴을 주시했다. 무슨 소리냐? 재차 묻는 그에게 방송국 사람은, 아니 그게 아니고 어쩌고 하면서 정확한 대답을 하지 않았다. 그만 모르는 공공연한 비밀이었던 모양으로 술자리에 일순 침묵이 돌았다. 그는 박PD를 쳐다보았다. 박PD는 무슨 말인가를 하려다간 그만 입을 다물었다. 그날 이후 박PD에게서 걸려온 첫 전화였다. 박PD는 그에게 1월 1일에 뭘 할 거냐고 물었다. 대답할 기분이 나질 않아 그가 우물쭈물하자

박PD는 오후 다섯시쯤에 방문할 테니 술이나 한잔하자고 했다. 술이나 한잔? 그가 달리 대답이 없자 박PD는 변동사항이 있으면 전화를 해달라고 했다. 전화가 없으면 그리 약속된 걸로 알겠다고.

박PD의 전화를 끊자마자 인터폰이 울렸고 받아보니 뜻밖에 여자였다. 여자가 인터폰을 걸어오기는 처음이었다. 1월 1일에 부석사에 가지 않겠느냐는 여자의 청에 선뜻 대답을 해버린 그의 마음 한편엔 여자와 약속이 되면 박PD를 피할 수 있겠다는 생각이 끼어 있었다. 그는 박PD를 만나고 싶지 않았다. 박PD에게 내방하지 말라고 전하려고 전화를 두어 번 넣었으나 직접 통화가 되지 않았다. 그는 메모를 남겨놓을까도 생각했지만 순간적으로 귀찮다는 생각이 들어 그만두었다. 다시 전화하지, 했던 것이다.

운전석에 앉은 그는 스쳐가는 차창 밖을 응시하고 있는 여자를 잠시 훔쳐본다. 바람이 얼마나 부는지 텅 빈 벌판에 흩어져 있던 지푸라기나 비닐 같은 것들이 허공에서 춤을 추고 있다. 어디에나 새떼들이다. 검은 새떼가 겨울 시린 하늘에 곡선을 그리거나 그림자를 드리우고 있다. 국도에서 만나는 차가운 전신주 위에도 겨울새떼들이 날아가지 않으려고 안간힘을 쓰며 앉아 있다.

바람을 타면 되련마는…… 그는 생각한다.

다큐멘터리를 찍기 위해 이따금 산에서 생활하다보면 산속에 살고 있는 짐승들이 얼마나 인간을 싫어하는지 단박에 알 수 있다. 희귀종이고 깊은 산속에 있는 것들일수록 사람을 기피했다. 그들을 제대로 카메라에 담으려면 우선 그들처럼 되어야 했다. 그들이 먹는 것을 먹고 그들이 움직이는 대로 움직여야 했다. 그 자신이 찍으

려고 하는 동물이나 새가 풍기는 냄새가 자신에게서도 나기 시작할
때, 그제야 깊은 바위틈이나 숨겨진 나무에 둥지를 튼 희귀한 새들
이 그 주변에서 깃질을 하거나 소리로나마 자태를 드러내곤 했다.

무슨 생각을 하는지 여자는 간혹 메마른 입술을 꼭꼭 깨물기까지
한다. 무릎에 얹힌 손엔 흔한 반지 하나 끼고 있지 않다. 어제나 오
늘 아침에 깎았나보다. 청결하다기에는 아픔이 느껴질 정도로 손톱
이 지나치게 짧다. 차창 쪽에 얹어놓은 여자의 오른손이 무릎 위에
놓여 있는 왼손 가까이 오더니 깍지를 낀다. 그것도 잠시, 곧 깍지
를 풀어버리곤 양손을 마주 대고 싹싹 비벼댄다. 그것도 잠시, 여자
의 두 손은 얼굴로 옮겨져서 눈, 코, 입을 감싼다. 손가락으로 눈자
위를 꾹꾹 누르는 것도 같고 뺨을 어루만지는 것도 같으나 무슨 상
념엔가 빠져 본인은 의식하지 못한 채 무심히 하고 있는 행동이다.
여자의 손을 이렇게 가까이에서 보기는 처음이다. 그가 훔친 상추
의 반을 받아내던 손, 이래도 되나요? 하면서도 시침을 떼곤 토란잎
까지 젖히고 애호박을 뚝 따오던 손. 손마디가 굴곡진 데 없이 쭉
뻗어 있는데다 마디가 굵어 언뜻 남자 손같이 보이기도 한다. 얼굴
을 감싸고 있던 여자는 그가 운전을 하며 흘깃흘깃 자신의 손을 관
찰하고 있다고 느꼈는지 얼굴에서 손을 내리고는 주머니에 집어넣
었다.

"내 손 크죠?"

"……"

"여학교 때는 손이 이렇게 크고 못생긴 게 콤플렉스였어요. 사람
들 앞에서 손을 꺼내본 적이 없죠."

그 정도는 아니라고 대꾸하려다가 괜한 소리로 들을까봐 눌러 참는다. 아무 대꾸도 않자니 여자의 손이 크고 못생겼다는 걸 인정하는 셈이 되어버린다.

그는 어머니의 임종을 지키지 못했다. 해안의 군부대에서 상관의 계란프라이를 만들고 있을 때, 어머니가 위독하다는 소식이 아니라 부음을 접했다. 짱짱하게 군화끈을 조여매고 잠깐 사회로 나와서야 그는 마치 타인처럼 어머니가 어떻게 죽었는지를 성당 사람들에게서 들었다. 어머니는 근 일 년간 위암을 앓았다 했다. 군생활에 묶여 있는 그가 알아봐야 속만 탈 뿐이라며 그에게 병을 숨겨왔다는 것도 그는 그제야 알았다. 그사이 수술을 해서 괜찮아졌었는데 재발을 해 급작스럽게 악화되었다는 것도. 어머니의 장례는 어머니가 나가던 성당 사람들에 의해 치러졌다. 그들의 도움을 받았다기보다 그들이 주관했다고 해야 맞을 것이다. 그로서는 모르는 사람들이었지만 그들은 마치 자신의 일처럼 어머니의 장례식을 치러주었다. 연도를 올리고 염을 하여 입관을 하고 장지까지도 함께 따라가주었다. 종교에 별 관심 없이 지내던 어머니가 뒤늦게 성당에 그리 열심히 나갔던 이유를 알 것 같기도 했다. 부음을 들었을 때도 장례미사에 참석했을 때도 이래도 되는 걸까 싶을 정도로 담담하기만 하던 그의 마음이 귀대를 위해 군화끈을 다시 조여매려 할 때에야 격하게 흔들렸다.

K의 얼굴이 떠오른 것도 그때였다. 그가 군에 입대한 후로 소식이 끊겼던 K. 어쩌면 K는 그가 군에 입대한 순간부터 그와의 관계를 정리한 것인지도 몰랐다. 그러나 K는 휴가를 나온 그가 찾아갔

을 때 반가워했다. 새로 취직한 직장의 일이 너무 바빠 그동안 소식을 전하지 못했다는 투였다. 뭔가 석연찮았지만, 그로서야 K의 말을 받아들일 수밖에 달리 어쩔 수 없는 처지였다. 내일 전화할게, 하고 헤어져서는 K는 다시 전화하지 않았다. 전화를 기다리다가 그가 다시 K를 찾아가면 K는 또 그를 반겼다. 미안하다, 너무 바빠서 깜박했어. 다시 만나면 K는 여전히 살가웠다. 약속장소에 나오지 않아 그가 다시 찾아가면 정말 미안하게 되었다, 고 했다. 약속장소에 나갈 수 없는 급한 일이 생겼는데 너에게 전화를 했을 땐 이미 나가고 없었어. 그런 식으로 첫 휴가를 다 보냈다. 귀대하는 그에게 K는 편지하겠다고 다시 약속을 했으나 지키지 않았다. 온종일, 혹은 온밤을 해안초소에 서서 바다를 바라보며 보초를 서는 게 그의 군생활이었다. 가끔 그에게 했던 K의 숱한 약속들이 파도소리에 섞여 들리곤 했다. 두번째 휴가를 나왔을 때 그는 K를 찾아가지 않았다. 만약 K가 약속을 하고 또다시 어기게 되면 자신이 K를 향해 어떤 행동을 취하게 될지 그 자신마저도 불안했고, 군에 입대한 순간 K는 자신과의 관계를 정리한 것이라는 생각이 뒤늦게야 들기도 했던 것이다. 그는 그것을 확인하고 싶지 않았다. 어쩌면 이제 K도 자신의 마음을 숨기고 여전히 생글생글 웃으며 번번이 어길 약속을 부질없이 계속하고 있을 힘이 사라졌을 거라는 생각도 들었다. 그는 K와의 관계를 보류해두기로 했다. K는 서류가 아닌데도 보류해두자, 생각하니 보류되었다. 달리 어쩌겠는가. K는 휘황한 도시에 머물고 있는 민간인이고 자신은 머리를 빡빡 밀고 해안초소에 서 있는 군인인걸.

어머니의 장례식을 마치고 귀대를 하려는 그 순간, 그는 뒤늦게 솟아오른 격한 슬픔 속에서 오로지 K를 만나고 싶었다. K와의 일을 보류시켰던 건 K로부터 들을 말이란 이별의 말뿐이라는 걸 짐작했기 때문이었다. 그런 뒤엔? 그는 뒤의 일이 상상이 되질 않았다. 다만 자신의 현재 상황만 분명했다. 민머리로 총을 어깨에 메고 바다 앞에 서 있어야 하는 자신의 현재 상황은 누구도 바꿔놓을 수 없다는 것만이.

더 잃을 것이 없다는 상실감에서 비롯된 자학이 작용했는지도 모른다.

군화끈을 꽉 조여맨 후 그는 귀대하는 기차에 오르는 대신 하왕십리 언덕에 있는 K의 옛집으로 가는 버스를 탔다. 아직도 K가 그곳에 살고 있는지 어떤지 확인도 안 한 채로. 버스가 어린이대공원을 지나 K의 집이 있는 정류장에 그를 내려놓았을 때만 해도 그는 K에게서 무슨 말을 듣든 견뎌낼 수 있을 것 같았다. 대면하게 되면 그는 K에게 자신과의 관계를 분명히 물어볼 것이고 K의 대답에 따라 이제 보류된 서류를 처리할 생각이었다. K의 마음이 달라졌어도 K네 집 앞의 광경은 변한 것 없이 그대로였다. 버스정류장으로 이어지는 기다란 시장통도 그대로였고, K를 집에 들여보내기 싫어 치킨 한 쪽을 앞에 두고 자정이 되도록 함께 앉아 있던 호프집도 그대로였고, 싸움을 하고 화가 난 K를 기다리느라 서성이던 전신주 밑도 여전했으며, 속으로 입을 맞추고 싶은데 용기를 내지 못해 주머니에 넣은 K의 손만 꽉 잡고 올라가던 좁다란 계단식 골목도 그대로였다. 골목 쪽으로 나 있는 K의 방 창문도 여전했다. 밤늦은 시간 그와 헤어져 집으로 들어간 K는 그 창문을 열고 그때까지도 골목에 서 있는 그를 내려다보곤 했다. 창문에 매달려 그들은 첫 입맞춤을 했다. 그는 모둠발을 세우고 K는 창문 밖으로 몸을 내민 채로.

그는 어둠 속에서 골목길과 K의 방 창문을 번갈아 보며 K를 기다렸다. K는 자정이 다 되어도 귀가하지 않았다. 그제야 K가 여기 살지 않을지도 모른다는 생각이 들었다. 그런 생각이 들고도 그는 그곳을 떠나지 못했다. K를 만난 건 기다리다 못한 그가 다시 그 좁은 골목길을 다 내려와 큰 도로변으로 통하는 골목 아래의 시장통 앞에 들어섰을 때였다. K의 곁엔 구두를 신고 양복을 입은 남자가 서 있었다. 그는 순간적으로 조여맨 군화끈이 툭 터질 정도로 땅을 디딘 발에 힘이 갔다. 억압된 군화 안에서 발가락들이 무서운 힘으로 꿈지럭거렸다. 잔뜩 팽창되어 K 곁의 민간인 남자에게 질주라도 할 듯 맹렬하게 꿈지럭거리던 그의 발가락이 문득 움츠러들었다. K와 민간인 남자가 예전에 K와 그가 헤어지기 싫어 500시시 맥주 한 잔과 치킨 한 쪽을 앞에 두고 자정을 넘기곤 하던 호프집으로 들어갈 때, 그는 순간적으로 K 옆에 있는 남자가 예전의 자기 자신인 것 같은 착각이 일었던 것이다.

그는 K와 남자가 하는 양을 유리창을 통해 지켜봤다.

한 잔씩의 맥주를 앞에 두고 앉아 있는 K와 민간인 남자. 어느 순간 남자가 K의 얼굴을 어루만졌고 K는 탁자 위에 손깍지를 끼고 남자의 얼굴을 응시했다. 두 사람은 서로를 바라보며 그러고 앉아 있었다. 호프집의 손님이라곤 그들뿐이었고, 여전히 그 얼굴인 호프집 주인은 하루 일을 마감하는 뒤치다꺼리를 마치고도 그들이 나가지 않자 계산대 의자에 앉아 꾸벅꾸벅 졸기 시작했다. 하염없이 그러고 앉아 있던 K와 남자는 졸다가 잠이 들어버린 호프집 주인이 엎드려 있는 탁자 위에 돈을 내려놓고 얼마 전에 그가 내려온 좁은 골목길을 오르기 시작했다. 그는 K가 밤이슬 속에서 예전에 그와 함께 등을 대고 있던 담장에 다른 남자와 등을 대고 서 있는 걸 지켜보았다. 간혹 웃음소리가 들리다가 곧 침묵이 이어지곤 했다. K의 움직임을 그는 눈을 부릅뜨고 지켜보았다. 헤어지기 싫어 묵묵히 고개를 숙인 채 발장난을 치는 K. 느닷없이 밤하늘을 올려다보며 휴, 하고 한숨을 짓는 K. 들어가야겠어, 뿌리치듯 대문 앞으로 한 발짝 떼어놓는 K. 그들은 어둠 속에 숨어 있는 그의 시선을 느끼지 못한 채 헤어지기를 망설이고 또 망설였다. 이윽고 K가 나무대문의 벨을 누르고, 안에서 사람의 기척이 나자 남자는 그때껏 잡고 있던 K의 손을 아쉽게 놓으며 대문 옆으로 비켜섰다. K가 안으로 들어간 뒤 곧 골목 쪽으로 난 창문이 열렸다. 남자는 예전의 그처럼 모둠발을 디뎌 키를 돋우고 K는 상반신의 반을 창문 바깥으로 내밀어 긴 입맞춤을 나누었다. 민간인 남자는 그제야 골목길을 내려갔다. 내려가다 뒤돌아서 그때껏 창가에 서 있는 K를 향해 손을 흔들었다. K도 손을 흔들었다. 그 행위는 민간인 남자가 골목을 다 벗어날 때까지 반복되었다. 민간인 남자가 좁은 골목길을 다 내려가고 K의 창문이 다시 닫혔을 때 그는 군복 주머니에서 담배를 꺼내물었다. 현실인지 꿈인지 분간이 안 될 정도로 그 남자에게 하는 K의 행동이 예전의 자신에게 했던 것과 똑같았다. 인생에 얼마나 지켜봐야 할 일이 많은지는 몰라도 그로서는 예기치 못한 풍경이었다. K로부터 무슨 말

을 들어도 괜찮을 것 같았던 그는, 죽은 어머니의 입관 앞에서도 먹
먹하기만 할 뿐 눈물을 비치지 않았던 그는, 담배를 피우며 K의 닫
힌 창문을 바라보고 서 있다가 종내는 비질비질 눈물을 흘리고 말
았다. K로부터 무슨 말을 들어도 괜찮다고 생각했지만 그의 깊은
속마음은 따로였다. 그는 어머니의 죽음을 계기로 보류된 K와의 관
계를 회복하고 싶었던 것이다. 그에겐 엄했던 어머니는 K에게는 이
루 말할 수 없이 자상했다. K도 어머니를 부담 없이 따랐으니, 그
어머니의 부음을 알리는데도 K가 자신에게 최후의 말을 하겠느냐
는 생각을 배수진 삼아 그곳까지 왔던 것이었다. 사랑이 아니라 연
민으로라도 K를 되찾아 K에게서 따뜻한 위로의 말을 듣고 싶었던
것이다. 그렇게라도 K와 연결되어 있고 싶었다. 어떻게 해도 끊어지
지 않던 K에 대한 그의 미련…… 그러나 자신에게 했던 사랑의 행
동과 똑같은 행동을 다른 남자에게 조금도 다름없이 반복하는 K를
보는 순간, 그는 K와의 모든 끈이 툭, 끊어지는 소리를 들었다. 이
런 것이었나. K만의 것으로 여겼던 것, K의 냄새, K였기에 할 수 있
었던 맹세, K가 아니라는 이유로 늘 뒷전으로 밀어놓곤 했던 일들.
그런 것들이 이렇게 재생 테이프처럼 반복되는 그런 것이었나.

그 계단식 어두운 골목을 어떻게 걸어내려왔을까. 그때의 일이
떠오르면 모든 것이 선명한데도 그는 기억이 나질 않는다. 어떻게
그 골목길을 내려와 귀대를 했는지.

아버지가 돌아가신 후에 그의 가족이 버리고 온 옛 집터에 데리
고 갔던 사람은 K뿐이었다. 아무도 돌보지 않았던 집터는 산에서
뻗어나온 나무들이 점령하고 있었다. 원래 뒷산과 맞붙어 있던 터

이기는 했으나, 산에서 내려온 귀룽나무며 누리장나무들이 뿌리를 뻗고 있었다. 지독한 건 아카시아 뿌리였다. 부엌이며 우물터까지 쳐들어온 아카시아 뿌리는 여기에 사람이 살기나 했었는지 의문이 들게 할 만큼 거칠게 폐가를 점령하고 있었다.

키 큰 잣나무들이 눈을 뒤집어쓰고 있다. 여기만 해도 아직 눈이 녹지 않아 나무 위에 쌓여 있는 눈이 얼핏 흰 꽃같이 보이기도 한다.

어느 순간 여자가 비명을 지르며 운전대 위의 그의 손을 덥석 잡는다. 양편에 눈이 쌓여 있는 국도 위에 배가 터져 내장이 드러난, 차에 치인 짐승의 시체가 짓이겨진 채 널려 있다. 흰 눈과 대비되어 눈에 확 띈다. 자동차 앞바퀴가 벌써 짐승의 터진 내장을 다시 짓밟은 후라 그도 이런, 하는 순간이었다. 누가 뒤통수를 뾰족한 것으로 쿡 찌르기라도 한 것처럼 그의 뇌리가 쭈뼛해진다. 여자는 뒤늦게야 자신이 그의 손등을 덥석 잡았다는 걸 알아챘는지 손을 슬며시 내려놓으며 새는 아니겠죠, 중얼거린다. 새는 아닐 것이다. 새라면 자리를 그렇게 넓게 차지하지 않았을 것이다. 개나 고양이일 것이다. 어미도 새끼도 아닌 소년쯤 되는.

핏기가 사라진 여자의 낯빛은 그 현장으로부터 한참을 달려왔는데도 회복되지 않는다. 이린 여자였던가, 싶은 새삼스러움에 그는 운전중에 간혹 여자이 기색을 살핀다. 여자는 뒷좌석에 웅크리고 앉은 개를 들어올려 품에 앉고는 연방 개의 목덜미를 어루만지고 있다. 핏기 없는 야윈 뺨 때문에 좁은 콧마루가 높아 보인다. 속눈썹이 긴 눈이 아니라면 자존심이 너무 세 보여 말을 건네기 어려웠을 인상이다. 반듯한 이마 위쪽엔 잔 머리털이 내려와 있고 어깨만큼 내려오는 머리는 단정하게 귀 뒤로 빗어넘겼는데, 뜻밖에 어린 애처럼 귀밑에 솜털이 보송보송하다.

혹시?

가끔 이른 아침에 초인종이 울려 나가보면 그의 출입문 앞에 찌 개나 수프 같은 따뜻한 음식이 일회용 스티로폼 그릇에 담긴 채 놓여 있었다. 해물탕일 때도 있었고, 두부찌개가 놓여 있기도 했으며 야채수프가 담겨 있기도 했다. 사람은 없고 음식이 담긴 그릇만 있었다. 혹, 이 여자의 짓일까? 그는 상상해보지만 이 여자가 왜? 싶은 의문이 들자 마땅한 답변이 떠오르질 않는다.

여자는 산길의 붉은 벽돌집 앞에 있는 밭에서 주인 몰래 상추를 솎아내오던 날 그를 처음 봤다고 했지만 그는 그전에 여자를 알고 있었다. 우편함 때문이었다. 오피스텔 경비실 앞에 있는 공동 우편함은 각 호수별로 칸이 만들어져 있는데, 608호의 우편함은 작은 키의 그녀로서는 손이 닿기 힘들 만큼 높은 곳에 있었다. 게다가 다른 우편함엔 광고지나 한두 장씩 끼어 있게 마련인데 여자의 우편함엔 늘 우편물이 넘쳐흘렀다. 여자의 우편함 바로 아래칸이 그의 우편함이었기 때문에 자신의 우편함에서 세금고지서 같은 걸 꺼낼 때면 여자의 우편함에 시선이 가곤 했다. 여자는 정기구독하는 책이 여러 권이었다. 『시사저널』『한겨레 21』『주간동아』 같은 시사지가 목요일쯤이면 한꺼번에 꽂혀 있고, 월말이 되면 『스크린』이라는 영화잡지, 『사이언스』라는 과학지, 한국어판 『내셔널 지오그래픽』 등이 배달되었다. 뿐만이 아니었다. 서점에 나가지 않고 책을 주문해서 구입하는지, 작은 우편함에 겨우 끼어 있는 배달된 책들이 자

주 눈에 띄었다. 여자는 우편물을 꺼내려고 모듬발을 디디며 손을
뻗쳤고, 두어 번 그걸 본 그가 우편물들을 꺼내 여자의 손에 들려준
적도 있었다. 여자는 그때마다 그의 얼굴은 제대로 바라보지도 않
고 입으로만 감사합니다, 하고선 엘리베이터를 타곤 했다. 한번은
관리비 청구서를 꺼내려고 그의 우편함을 열었을 뿐인데 간당간당
매달려 있던 여자의 우편함 속 우편물들이 와르르 바닥에 쏟아졌
다. 바닥에 흩어진 여자의 우편물들을 주워 다시 우편함에 집어넣
어주고 막 돌아서려다가, 그는 미처 줍지 못한 엽서를 한 장 발견했
다. 엽서를 여자의 우편함에 집어넣으려던 그는 피식, 웃어버렸다.
어느 백화점에서 벌인 고객 사은행사에 당첨되었으니 방문해서 사
은품을 타가라는 내용의 엽서였다. 이후로 그는 여자의 우편물의
주를 이루는 책봉투 사이에 이색스럽게 끼어 있는 엽서나 봉투가
있으면 주위를 두리번거린 후에 슬쩍 꺼내 읽어보곤 했다. 심야 라
디오 방송의 모니터에 응해줘서 고맙다는 인사엽서도 있었고, 어느
동호회의 육백번째 회원으로 가입된 것을 축하한다는 메시지의 엽
서도 있었다.

바로 앞에서 차를 몰고 주차장으로 들어가는 여자를 본 것도 여
러 번이었다. 여자는 항상 차를 삐딱하게 주차시켰다 바퀴기 항상
바로 서 있질 않고 죄우로 향해 있었다. 일부러 그러는 것 같았다.
분명 시동을 끄기 전에 바퀴를 바로 하는 것 같은데 곧 다시 어긋나
게 해놓았다. 간혹 그는 혼자서 주차상에 내려갈 때면 무심코 여자
의 차가 어떻게 세워져 있나 살펴보곤 했다. 여자의 차는 언제나 주
차선 밖으로 튀어나와 있거나 바퀴가 반대편으로 한껏 돌아가 있는

상태여서 여기저기 찾을 것도 없이 금방 눈에 띄었다. 가을이나 봄이면 관리실에서 오피스텔 앞에 관상용으로 붉은 철쭉이나 노란 국화분을 서너 개 나란히 줄 세워놓곤 했다. 그는 여자가 그중 하나를 바깥으로 쑥 빼놓거나 안쪽으로 쑥 들여놓는 것도 본 적이 있다. 그러면 철쭉이나 국화분은 줄 세워놓은 게 아니라 아무렇게나 내놓은 형국이 되곤 했다. 누가 이러는지 모르겠다고 관리인이 툴툴거리며 다시 반듯하게 줄을 맞추어두면 여자는 그 앞을 지나며 다시 그것들을 안으로 쑥 들여놓고 길을 건너곤 했다. 그런 여자의 어디에 저런 연약함이 고여 있었던 것인지.

제천으로 들어서서야 여자의 표정은 편안해진다.

"조금만 졸아도 돼요?"

"졸리는 모양이군요."

겸연쩍어진 여자가 웃는다.

"그럼, 조금 자요."

기다렸다는 듯 여자는 머리를 의자 뒤에 편안히 기댄다.

"늘 부러웠어요."

"뭐가요?"

"이렇게 옆자리에 앉아 조는 사람이요."

"한 번도 못 그래봤어요?"

"내 주변 사람들은 아무도 운전을 안 배운걸요. 다들 이 자리에 앉아 졸죠."

긴장이 풀려서일까. 눈을 감자마자 새근거리는 여자의 숨소리가 들린다.

278

잠든 여자.

그는 속도를 낮추고 담배를 한 개비 입에 문 후 자동차에 부착된 라이터를 꺼내 불을 붙인다. 군입대를 앞두고 K와 함께 서해의 을왕리로 여행을 갔었다. 친구들을 증인으로 해서 손가락에 반지를 하나씩 끼워주는 조촐한 언약식을 가진 다음날, 지하철을 타고 인천에 가서 연안부두에서 을왕리로 들어가는 배를 탔다. 밀물이 들어 그들은 마중나온 통통선으로 갈아타고 마을로 들어갔다. 바닷가 마을 조무래기들이 나무막대기에 찌를 달아 밀물 속에 서서 망둥이를 잡고 있었다. 해질녘에 석양을 보러 바다에 나가서 그들은 떠밀려온 죽은 갈매기를 모래 속에 묻어주고 나무를 엮어 십자가를 만들어주었다. 그의 품에 조그맣게 웅크리고 자던 K의 얼굴. 밤새 바다에서 들리는 파도소리가 여관 창을 두들겨대던 그 밤. 따뜻한 K의 몸 때문에 눈물이 날 지경이던 밤.

그는 두어 모금 빨던 담배를 눌러끈다.

자동차가 눈 쌓인 국도를 달리고 달려 제천을 지나 매포에 이르렀을 때야 그는 자신이 박PD와 다시 통화를 하지 못했다는 걸 깨닫는다. 이제라도 전화를 해주어야 헛걸음을 하지 않을 텐데, 하면서도 그는 공중전화가 있는 휴게소를 번번이 그냥 지나친다. 조금만 졸겠다던 여자가 깊은 잠에 빠진 듯 기척이 없어서다. 그는 여자의 달콤한 잠을 깨우고 싶지 않아 커브를 돌 때도 조심했고, 비탈을 오를 때도 내려갈 때도 충격이 덜하도록 액셀러레이터를 단계적으로 밟는다. 거친 엔진 소리에 여자가 잠이 깨지 않도록.

3

"이젠 어떡하죠?"

"눈이라도 오지 않았으면 좋겠는데."

사방은 어둡고 여기가 대체 어디인지 짐작조차 못 하겠다. 차의 헤드라이트 불빛만이 앞을 비추고 있을 뿐 뒤도 옆도 캄캄하다. 헤드라이트 불빛조차 멀리까진 비추지 못한다. 점점 좁아지며 끝이 나고 그 뒤론 칠흑 같은 어둠이다. 이 길이 아니다 싶어 후진과 전진을 반복하여 겨우 차를 돌리려는 순간 차바퀴 한쪽이 뒤쪽의 깊은 진창에 빠져버렸다. 산으로 이어지는 그곳이 깊은 진창일 줄은 몰랐다. 어떻게 잘만 하면 바퀴를 다시 진창에서 올라오게 할 수 있을 것 같았는데 되레 나머지 한쪽마저 진창으로 밀어넣고 말았다. 산을 뒤로하고 자동차는 앞길도 뒷길도 아닌 먼 허공에 머리를 둔 채 정지해 있다.

어디서부터 길을 잘못 들었는지 모를 일이다.

그녀가 잠을 깬 건 죽령휴게소에 다 와서였다. 그는 그제야 자동차를 세웠다. 태백산에서 뻗어나온 산줄기 아래 골짜기들이 하얗게 얼어 있었다. 서울을 출발할 때 맑았던 하늘은 금방 눈이라도 퍼부을 듯 음울하게 구름이 끼어 있었다. 휴게소 주차장엔 차들만 서 있을 뿐 사람이 보이지 않았다. 바람이 너무 불고 추우니까 사람들은 모두들 휴게실 안에 있었다. 그는 그녀에게 커피를 마시겠느냐고 물어보았다. 대답은 않고 그녀가 개를 좌석 위에 내려놓고 차 문을 열고 나왔다. 차 바깥으로 나오자마자 그녀의 머리카락이 겨울바람에 휘날렸다. 그 통에 늘 잔 머리로 가려져 있던 그녀의 이마가 그의 시야에서 환하게 드러났다. 반듯하고 매끈한 이마였다. 그는 두르고 있던 목도리를 풀어 그녀에게 내밀었다. 괜찮은데, 하면서도 그녀는 그의 목도리를 받아 머리카락을 모아 감싸고 목에 두어 번 감았다. 그녀가 옷깃을 여미며 뭐 따뜻한 것 좀 먹어요, 하며 종종걸음으로 앞서서 휴게실로 들어갔다. 날이 어두워지려 하고 있었다. 아니면 눈이 오려는 것인지. 그는 시계를 들여다봤다. 다섯시였다. 다섯시. 이제 박PD에게 전화를 걸어봐야 소용없는 일이었다. 이미 박PD가 그의 오피스텔 앞에서 초인종을 누르고 있을 시각이었다. 벌써 안으로 들어가고 보이지 않는 그녀를 찾아 휴게실로 향하는 동안 그의 마음은 묵지근했다. 에라, 그는 박PD에게 더이상 신경 쓰지 않기로 하고 손바닥을 펴서 얼굴을 벅벅 문질렀다.

이후로 그들은 이정표를 보며 풍기까지는 제대로 길을 들었다. 단양에서 풍기까지 오는 겨울 국도는 아름다웠다. 울울한 산자락이 단조롭게 이어지던 국도가 단양을 지나자 시퍼런 물길을 만나 눈을 틔워주었다. 소백산 골짜기와 함께 어우러진 단양 팔경의 한 자락이 그들의 시야에 쑤욱 들어올 때마다 그와 그녀는 간간이 주고받던 대화를 멈추고는 차창 안으로 쳐들어올 듯한 시퍼런 물길을 내다보곤 했다.

국도는 풍기까지였고 풍기부터는 지방도로였다. 풍기에 이르지 부석사의 표지기 자주 눈에 띄었으므로 그는 이제 부석사에 다다른 느낌이었다. 지방도로로 접어들자 길은 자주 갈라졌고 어느덧 부석사 표지는 간 곳이 없었다. 박PD 생각을 하고 있던 어느 틈에 길을 잘못 든 것인가. 기다리다 갔을 테지, 마음을 접었으면서도 약속시간이 지나면서부터는 자꾸 박PD 생각이 떠올라 운전에 집중하지 못한 건 사실이었다. 하지만 특별히 길을 잘못 들어설 구간이 없었다고 여겨져 내처 차를 몰았는데, 그들이 다다른 곳은 엉뚱하게 이름도 모르는 마을로 들어가는 막다른 곳이었다. 논의 낟가리들이 사람처럼 서 있는 게 자주 눈에 띄었다. 차를 되돌려서 다시 다다른 곳은 어느 마을 입구의 길 아래쪽 논둑 옆에 세워진 전각 앞이었다. 버스는 들어오지 못할 좁은 길이었다. 기왕, 하는 마음에 잠시 차를 세워놓고 전각 안의 마애삼존불을 들여다볼 적만 해도 그들은 여유가 있었다. 사방이 어두워지고 있었지만 부석사가 곧 저긴데 싶었던 것이다.

삼존불은 겨우 형태를 알아볼 수 있을 정도로 마모가 심했다. 오른쪽 불상은 가지런히 두 손을 모아 가슴에 합장을 하고, 왼쪽 불상은 왼손은 배 근처에 두고 오른손은 아예 밑으로 내리고 있었다.

"귀엽네요."

귀엽다는 그녀의 표현에 그는 불상보고 그렇게 말하면 안 되죠, 하며 웃기도 했다. 하지만 그도 속으론, 비바람에 닳아서 얼굴의 형상이 자세히 보이진 않았지만 통통해 보이는 볼이 친근해 그녀와 같은 생각을 하고 있던 참이었다. 너무 마모되어 전각을 씌워놓았는데도 삼존불의 머리 뒤 불꽃 모양의 광배만은 상당히 선명했다.

마애삼존불 앞을 떠나 그는 이젠 다 왔다고 생각했던 부석사를 찾지 못했다. 뜻밖에 철도 건널목이 나와 그들은 서로의 얼굴을 바라봤다. 이 길로 들어올 적에는 보지 못했던 건널목인데다 건널목

앞에서 길이 세 갈래로 갈라지고 있었던 것이다. 이정표가 있을 법
도 하련만, 싶은 것은 그들의 소망일 뿐 그들은 세 갈래 길 중에서
하나를 선택해야 했다. 세 길 모두 좁았으므로 그중 가장 넓은 길을
잡아타기로 했다. 지방도로는 울창한 송림으로 인해 으슥해지더니
산자락과 거의 붙어 있는 곳에서 비포장길이 시작되었다. 비포장길
이란 걸 미처 생각할 틈도 없이 순간적으로 그 길로 들어선 게 잘못
이었다. 들어서자마자 바로 길이 좁아졌는데도, 차를 돌릴 수 없어
그대로 직진할 수밖에 없는 처지에 놓였다. 그사이에 밤이 와서 바
깥은 어둡기까지 했다. 길이 넓어져서가 아니라 산자락 쪽으로 들
어간 오목한 빈 공간이 나온 게 그나마 다행이라고 생각하며 거기
에서 조심해 차를 돌리는데 차의 바퀴가 진창에 쑥 빠져버린 것이
었다.

차에서 내려 서성거리던 그녀는 헤드라이트 불빛 속으로 들어가
서는 좁은 산길 끝을 굽어본다.

"이리 와봐요."

다가간 그에게 그녀가 손가락으로 깎아지른 산길 아래를 가리킨
다.

"완전 낭떠러지네요."

어둠 속에서 깎아지른 낭떠러지 밑을 내려다보던 그는 휴, 하고
깊은 숨을 내뱉었다. 이 아래가 낭떠러지인 줄 알았으면 여기에서
차를 돌릴 생각도 못 했을 것이다. 잔뜩 긴장해 있던 여자가 헤드라
이트 빛 속에서 돌연 웃음을 터뜨린다.

"하마터면 낭떠러지 밑으로 떨어졌겠네."

P는 정말 왔을까? 왔다면 언제나 상대방이 오기까지 기다리는 사람이니 그전대로라면 아직도 오피스텔 문 밖에서 자신을 기다리고 서 있을 것이다. 이젠 충분히 단련이 되었다고 생각했음에도 P가 보낸 꽃바구니와 생일카드를 받고 마음이 흔들렸다. 그에게 부석사에 가자고 인터폰을 넣기 전까지 그녀는 자신이 P라는 낭떠러지 앞에 서 있는 것 같았다. 낭떠러지에 스스로 떨어지는 일을 해서는 안 된다고 생각했다. 생각이 바뀔까봐 그에게 인터폰을 넣었다. 며칠을 지내는 동안, 아니 오늘 아침까지도 그녀는 그에게 다시 인터폰을 넣어 약속을 취소하고픈 마음에 간간이 시달렸다. 오늘 아침 샤워를 하고 머리를 감고 얼굴에 로션을 바를 때까지도. 인터폰을 넣으려고 숨을 고르며 인터폰 앞에 서 있는데 그녀를 부르기라도 하듯 인터폰이 울렸다. 여보세요? 했지만 상대는 침묵이었다. 그녀가 재차 여보세요? 했을 때 상대는 조용히 수화기를 내려놓았다. 누굴까? 혹시 P가? 그녀는 침묵 속의 상대가 P일 거라고 추측했다. 그녀의 전화번호를 모르는 P가 경비실을 통해 인터폰을 넣어온 거라고. P가 왜 인터폰을 걸어왔을까? P가 맞다면 두 가지 이유에서였을 것이다. 하나는 그녀가 있는지 확인차. 다른 하나는 오늘 갈 수 없다는 말을 하려고. 오늘은 1월 1일이다. P는 이미 결혼을 한 사람이다. 결혼을 한 사람이 1월 1일에 그렇게 자유로울 수 있을 것인가. P가 방문하는 것만이 문제였던 그녀의 마음이 일순 소란해졌다. 만약 P가 마음이 변하거나 사정이 여의치 않아 오지 않는다면? 오지 않는 P를 기다리는 상황이 발생한 다음엔? 이후의 일은 그녀 자신이 잘 알았다. 다시 한번 소외되었다는 감정으로 인해 그녀의 마

음은 또 휘둘릴 것이다. P가 어떤 메시지도 없이 다른 사람과 약혼을 해버렸던 그때처럼. 생각이 거기에 미치자 그녀는 그에게 인터폰을 넣으려 했던 마음을 거두었다. 아예 인터폰의 수화기를 내려놓아버리고 도시락을 챙기고 차를 끓여 보온병에 담았다. 다시 P라는 낭떠러지 앞에 설 수는 없는 일이라고 자기 자신을 추스르며. 그런데? 그녀는 웃음이 그쳐지지 않는다. P라는 낭떠러지를 피해 온 이 낯선 지방의 산길에서 마주친 것은 또다른 낭떠러지 아닌가.

어떻게 한담.

그는 자동차 서비스센터를 생각해보지만 첩첩산중의 이곳에서 어떻게 연락을 한단 말인가. 그녀도 그도 그 흔한 휴대폰 하나 소지하고 있지 않다니. 근처에 마을이 어디 있는지 알려면 우선 이 낭떠러지 위가 어디인지나 알아야 할 것 같은데 도대체 감이 잡히질 않는다. 철로변이 나왔던 삼거리에서 이십여 분을 달려왔고, 오는 사이 마을을 지나쳐온 기억이 없다. 어둠 속에 드문드문 켜져 있던 불빛들은 집이었을까. 인가만 찾아도 구조를 청하는 전화는 걸 수 있을 텐데.

그의 조바심과는 달리 그녀는 태연하다.

"누군가 지나가겠죠. 우선 추우니까 차 안으로 들어가서 기다려보죠."

이 밤중에, 더구나 1월 1일의 이 밤중에 누가 이 길을 지나간단 말인가. 먼저 차 안으로 들어간 그녀가 창문을 열고 그를 부른다.

"거기 서 있음 뭐해요?"

낭떠러지를 내려다보며 격렬하게 웃고 난 그녀의 얼굴에 웃음기가 말끔히 가셨다. 눈이나 오지 말아야 할 텐데요. 차 바깥의 그를 향해 눈이 올까 걱정하는 목소리가 외려 안정되어 있다. 그는 터덜 터덜 차 안으로 들어간다.

P가 결혼을 한 후에 그녀는 P와 함께 어울려 다녔던 동료로부터 P의 말을 전해들었다. 자신이 약혼을 하고 칠 개월이나 지난 후에 결혼을 했는데 그동안 단 한 번도 그녀가 연락을 하지 않았다며, 그녀보고 독한 사람이라고 했다는 P의 말을.

P에 대한 맹렬한 증오는 그때 싹이 텄다.

그전까지 그녀는 P 생각을 하면 분간이 서질 않았다. 그녀는 P의 약혼 기간 동안조차도 P의 변심을 받아들이지 못하고 있었다. P에게 연락을 하지 못했던 건 P의 변심을 기정사실화하고 싶지 않아서였다. 그의 변심을 확인한 뒤 자신이 받을 상처를 감당할 자신이 없어서였다. 살았다고도 죽었다고도 할 수 없는 심리상태로 그녀는 그 시간들을 견디고 있었던 것이다. 그런데 그것이 P에게는 그의 약혼 소식을 듣고도 단 한 번도 연락을 취하지 않은 독한 사람으로 받아들여지다니. 그녀는 어처구니가 없었다. P가 그들의 관계 뒤처리까지도 그녀에게 전가하려 했다는 생각. 격렬한 감정이 목까지 차올라 그녀는 당장 P를 만나 따져 묻고 싶었다. 그랬냐고, 내가 당신을 찾아가 왜 약혼 상대가 자신이 아니고 그녀냐고 따져 물었다면, 눈물을 글썽이며 당신에게 매달리기라도 했다면, 우리들의 관계가 다시 개선될 수 있는 그런 것이었냐고. 그때껏 자신은 인생을 살지 않고 그저 느껴만 왔다는 모멸감. P와 약혼한 여자가 그녀처럼 대학을 졸업한 후 오 년 동안 쉬지 않고 일을 해서 겨우 오피스텔

하나를 세로 얻은 가난뱅이가 아니라는 말을 들었을 때에도, 그 여자의 아버지가 P가 전공한 영문학계의 원로라는 말을 들었을 때도 느끼지 못했던 모멸감이었다. 무엇을 근거로 그런 것들 때문에 변심할 P가 아니라고 생각했을까. 무엇을 근거로 P와 자신의 사이에는 그런 속물적인 것과는 다른 무언가가 있다고 생각했을까. 인정하고 싶진 않지만, 다른 사람이 모두 그래도 나와 너는 그렇지 않아, 라고 믿고 싶었던 저변에는 돌연 다른 얼굴이 되는 생의 속성을 알고 있었기 때문이었을 것이다. 우리는 다르다고 믿지 않으면 대체 무슨 일을 할 수 있었겠는가. 다른 사람들과는 다르다는 허영을 벗자 일어날 수 있는 일이 일어난 것이었다. 그래도 그녀는, 그녀가 자신을 붙들지 않았기 때문에 그들의 관계가 회복되지 않은 것처럼 말하고 다닌 P만은 용서가 되지 않았다. 그녀는 세수를 하다가도 이를 닦다가도, 그랬을 것이다, 라고 중얼거렸다. 설령 그녀가 약혼 기간중의 P를 찾아갔다고 하더라도 P는 약혼녀와 결혼을 했을 것이라고. 마지막까지 감정의 사치를 누렸던 P. 길을 걷다가도 수시로 그러나 선뜩하게 누군가에게 날카로운 것으로 뒤통수를 얻어맞을 때처럼, 그랬을 것이다, 확인하며 그녀는 진저리를 쳤다. 이후 그녀는 질서정연하게 잘 맞추어져 있는 것이면 모조리 어깃장을 놓아버리고 싶은 충동에 시달렸다. 신발장의 신발을 아무렇게나 섞어놓았고, 식당에 가면 나란히 놓여 있는 젓가락을 흩뜨려놓아야 직성이 풀렸다. 길가에 나란히 서 있는 가로수가 참을 수 없어 도끼로 나무 둥치를 찍어내는 상상을 하기도 했다. 바둑을 두는 사람들을 보면 바둑판을 뒤엎어버리고 싶었고, 넥타이를 단정하게 맨 정장 차림의 남자들을 보면 다가가서 목을 조여버리고 싶어 손가락이 굼질거렸다. 예의를 지키느라 망설이며 한 번도 해보지 못한 일을 확 저질러버리고 싶은 충동에 좌충우돌했던 나날이었다.

대체 어디에서 길을 잘못 들었나, 싶어 그는 뒷자리에 있는 지도책을 꺼내 펼쳐든다. 지도를 보려니, 글자가 너무 작아 실내등 가까이에 지도를 갖다대야 읽을 수 있다. 지도 속의 부석사는 풍기에서 순흥을 지나 소수서원을 지나 청다리를 지나 단산을 지나 소천을 지나 능금빌라를 지난 후에 표기되어 있다. 풍기에서 어떻게 길을 잘못 들었기에 길가의 마애삼존불을 만나게 되었는지. 여기는 아무래도 지방도로도 아닌 군도로가 아닐까 싶어 그는 소백산 국립공원 주변을 훑어내리다가 지도를 덮어버린다. 도대체 낯선 길이라 표기를 보아도 여기가 어디쯤인지 감이 잡히질 않는다.

차라리 수리부엉이에 대한 헛이야기를 흘린 사람이 박PD라는 걸 모르는 것이 나을 뻔했다고 지금도 그는 생각한다. 그날 당장엔 그저 머리가 복잡할 뿐이더니 다음날부터 그는 무기력해졌다. K의 재생된 필름 같은 행동을 지켜본 후에 그에게로 엄습해왔던 증상과 같았다. 박PD라니. 그런 줄도 모르고 그는 박PD가 같은 동료이면서도 그에게 존경심을 가지고 있다고 생각했다. 방송국에서 계약직으로 일한 적이 있는 박PD가 그가 다니는 회사에 입사한 이후로 그들은 대체로 마음이 맞는 파트너였다. 콘셉트가 정해지고 촬영에 들어가면 이주일 삼주일씩 고립된 채 인간생활과는 떨어진 오지에서 지내야 하는 일의 속성상 이 판에선 일로 연결되어 있지 않으면 지속적으로 인간관계가 진행되지 않았다. 그가 찍은 서산 천수만의 철새의 동태를 살핀 필름을 자체 시사회에서 관람한 박PD는 그에게 대단한 호의를 표시했다. 그 또한 박PD의 작업을 호감을 가지고 지켜보고 있던 참이라, 그들은 곧 마음이 통했고 점차 유대관계가 깊어지고 있는 중이었다. 박PD에게 갖는 그의 감정이 그러했으므로 박PD 또한 그러리라고 생각하고 있었다. 그들은 갯벌 습지의 생태계를 관찰해볼 계획을 함께 세우기도 했고, 케냐의 보고리아 호수와 나쿠로 호숫가에서 작은 홍학들이 해조류의 독소로 인해 떼죽음을 당한 사진을 보고 같이 흥분했으며, 밀렵꾼들이 쳐놓은 올무에 걸려든 산양 한 마리가 빠져나오려고 몸부림을 치다가 피투성이로 기진해 있는 모습을 보게 된 이후론 천연기념물이 부상을 당했을 경우 특정 치료소에서 치료를 받을 수 있게 법이 개정되도록 서명운동을 벌이기도 했다. 그런 박PD가 갑자기 왜? 회사의 경영난으로 인력을 줄인다는 설이 나도는 것과 관련이 있는 것 아니겠냐는 다른 사람의 귀띔에도 그는 납득이 되질 않았다. 다름아닌 박PD였기에. 다음날부터 그는 회사에 나가지 않고 빈둥거렸다. 그는 점점 매사에 시들해졌다. 쉬는 동안 이따금 나무뿌리가 점령해버린 옛 집터를 찾아가 무섭게 뻗어내린 나무뿌리를 쳐내고 오는 일이 고작이었다. 요즘엔 그마저 하지 않았다. 아침이면 산책 삼아 슬슬 올라가보던 집 앞 산 근처에조차 나가지 않고 있었다.

그녀가 손을 뻗어 자동차에 부착된 CD플레이어를 작동시킨다. 첼로 소리가 흘러나온다. 콜 니드라이예요. 혼자 말하듯 중얼거리고는 그녀는 스르르 눈을 감는다.

"연주자는 자클린느 뒤프레예요. 가장 절정기 때 손을 다쳐 더이상 첼로를 다룰 수 없었던 비운의 연주자죠. 그때 나이도 젊었는데…… 몇 살이었더라. 지휘자 다니엘 바렌보임과 부부였죠. 병상에 누워 있는 자클린느를 찾아와 이혼을 청했다고 하더군요. 아니에요. 자클린느가 자신이 죽기 전에 다니엘 바렌보임이 새로 결혼하는 모습을 보고 싶어했다는 설도 있어요. 자클린느는 병원에서 임종의 순간까지 이 곡을 반복해서 들었다고 해요."

그는 그녀의 중얼거림을 듣는지 마는지 지도만 들여다보고 있다. 그는 피아노는 누가 연주하고 지휘자는 누구이며 어느 오케스트라인지 따져가며 음악을 듣는 사람이 아니었다. 제목이 무엇인지조차 알지 못하고 듣는 음악이 허다했다.

"우리말로는 '신의 날'이라는 뜻이에요. 자클린느가 병상에서 임종을 맞이할 때 들었다는 얘기를 들은 이후로는 이 곡을 들을 때마다 가끔 누가 연주한 걸로 들었을까 생각하죠. 누구의 것으로 들었을까. 혹 자신이 연주한 걸로 들었을까…… 아니면 누구의 것을……"

비포장도로에 들어서 차가 요동을 쳐도 뒷좌석의 배낭 속에 얌전하게 있던 개가 휘몰아치는 바람소리를 듣자 불안한지 낑낑거린다. 겨울 산을 휘도는 소용돌이바람은 자동차를 들어올릴 듯이 기세가 높아졌다. 이 바람 속을 걸어서 인가를 찾아내는 것도 엄두가 안 나는 일이다. 지그시 눈을 감고 있던 그가 바람아, 하고 개를 부른다. 손에 들고 있던 종이컵을 내려놓고 개가 들어 있는 뒷자리의 배낭을 들어올리려던 그녀는 행동을 멈추고 의자에 기대어 있는 그를 응시한다. 그의 부름 소리에 배낭 속에서 빠져나온 개는, 앞자리로 넘어와 그의 무릎 곁으로 다가간다. 꼬리까지 흔들며. 그는 무릎 위

에 개를 올려놓곤 괜찮아 인마, 중얼거리며 개의 목덜미를 어루만
진다.

 "내 동료가 버리려던 놈이었어요. 가엾어서 내가 데려왔는데 나
도 감당이 안 되더군요. 나는 집을 자주 비우고 이놈 성질은 까탈스
럽고. 밤중에 낑낑대서 도저히 더 데리고 있을 수가 없어서 양로원
에 두고 왔는데…… 거긴 마당도 있고 할머니들도 있고 잘살 것 같
아서요. 그런데 그쪽이 이놈을 데리고 내려오더군요."

 개를 더이상 데리고 있을 수 없다고 말하던 박PD의 얼굴이 떠오
른다. 박PD는 개를 안락사시킬 생각을 하고 있었다. 박PD 집을 방
문할 적이면 그의 발치를 따라다니던 개였다. 안락사는 안 될 것 같
아 당분간 자신이 맡아보겠다고 오피스텔로 데려온 거였다. 눈자위
가 꺼끌꺼끌한지 손바닥으로 꾹꾹 누르고 있는 그를 그녀는 물끄러
미 바라본다. 그랬나? 그녀는 전혀 짐작도 못 한 일이다.

 "개가 많이 아팠어요."

 개가 병이 나면 그녀는 아무 일도 못 했다. 아프면 동물병원에 가
야 하고 거기 가면 수많은 다른 개들을 대면해야 하는데 그녀의 개
는 일단 다른 개들 곁에 가질 못했다. 어떤 상처가 그렇게 깊게 가
인되어 있는지, 다른 개를 보기만 해도 경련을 일으키며 눈동자를
뒤집었나. 공포로 인해 온몸을 바들바들 떨었다. 그런 개에게 주사
를 맞히기란 쉬운 일이 아니었다. 개의 눈물샘 수술을 해주려고 그
녀는 개를 데리고 춘천까지 간 적이 있었다. 눈물샘을 조절하는 수
술을 할 줄 아는 유일한 의사가 있는데 그 의사가 춘천에 살고 있어
서였다. 수술을 할라치면 일단 마취주사를 놓아야 했다. 수술도 들

어가기 전에, 공포에 떨고 있는 개를 안정시켜 마취주사를 놓는 데
만도 전쟁을 치렀다. 궁지에 몰린 개가 이빨을 곤두세우고 의사를
물려고 드는 와중에도 입에 망을 씌우고 간호사가 개의 다리를 붙
잡는 등 온갖 소란을 떨어 겨우 마취주사를 놓았는데 마취가 제대
로 되지 않았다. 너무 격한 공포가 마취주사를 이긴 모양이었다. 개
는 마취가 덜 된 혼미한 상태로 병원을 뛰쳐나가 자동차들이 오가
는 도로로 뛰어들었다. 도로에는 순간 일대 소동이 벌어졌다. 개는
자동차 사이사이를 뛰어다녔고 그 개를 잡으려고 그녀가 또 자동차
사이를 뛰어다녔으니까. 신호에 걸려 차들이 정지해 있었기에 망정
이지 안 그랬으면.

그녀는 생각난 듯 뒷자리의 대바구니를 끌어온다.

사과를 꺼내 손으로 마주 잡고 반으로 짜개보려고 한다. 사과는
쪼개지지 않는다. 그녀의 하는 양을 바라보고 있던 그가 그녀의 손
바닥에 있는 붉은 사과를 가져간다. 그가 양손으로 사과를 쥐고 힘
을 한 번 주자 사과는 향기로운 냄새를 풍기며 금세 반으로 짜개진
다. 힘이 장사네요, 농을 하며 그녀가 싱긋 웃는다. 먹어둬요. 그녀
는 그의 손에서 반쪽을 건네받고는 와삭, 소리가 나게 한입 베어문
다. 나머지 반을 껍질째 와삭와삭 베어먹는 그를 그녀가 쳐다본다.
자동차 안 좁은 공간에 그와 그녀가 사과 베어먹는 와삭와삭 소리
가 가득 찬다. 그녀는 사과를 씹다가 말고 바구니에 담긴 감도 깎아
그에게 준다.

얼마나 지났을까. 소백산은 낭떠러지 앞에 멈춰서 있는 흰 자동
차 안의 피로한 그와 그녀를 알처럼 품고서 거친 바람소리를 내고

있다. 골짜기가 자동차를 품었듯 그녀는 개를 품고 있다. 그녀의 저 것 좀 보세요, 속삭이는 소리에 그는 지그시 감고 있던 눈을 뜬다. 하늘에 달이 떠오르고 있다. 차고 있는 중인지 이울고 있는 중인지 모르겠는 반달이다. P는 돌아갔을 것이다. 얼마 만에 보는 달인지 모르겠네요. 구름을 뚫고 자태를 드러내고 있는 달을 보자 자신이 지금 낭떠러지 앞에 서 있다는 걸 잊은 듯 그녀의 목소리가 생기롭다. 반달인데도 그 빛에 의해 칠흑 같던 소백산 골짜기가 그들의 눈 앞에 수려한 자태를 드러낸다. 그녀가 손을 내밀어 헤드라이트를 끈다. 헤드라이트 불빛이 사라지자 교교한 달빛 아래의 먼 산자락 이 윤곽을 드러낸다. 야릇한 일이다. 낯선 지방의 낯선 골짜기에 유 폐되어 과일을 먹고 있자니 피크닉이라도 온 듯한 기분이 든다. 도 시에서의 자신의 모습이 투명하게 보이기까지 한다. P와 헤어진 후 그녀는 오 년 동안 다니던 잡지사를 그만두고 손에 닿는 대로 일에 뛰어들었다. 같은 시기에 완전히 성향이 다른 프로그램의 리포터를 하기도 했고, 새벽까지 번역에 매달리다가 오후엔 인터뷰 원고를 쓰기 위해 취재를 나가기도 했다. 졸음이 밀려오면 얼음통을 곁에 두고 번갈아가며 손을 담그면서 일했다. 소리를 지르거나 욕을 퍼 부으며 고속도로를 실수하는 여자. 어디서나 무엇인가를 호트러뜨 리는 여자. 책을 읽든 개를 거두어 기르든 어느 한순간도 자신을 내 버려두지 않고 들들 볶고 있는 여자. 그녀는 지금 그 여자가 가엾기 까지 하다.

"눈이 내리네요."

그녀의 목소리가 귓결에 머무는데도 그는 눈을 뜨지 못했다. 박PD

는 돌아갔을까. 그들이 찾지 못한 부석사가 바로 근처에 있는 겐가. 희미한 범종 소리가 눈을 뜨지 못하는 그의 귀에 머문다. 그녀도 범종 소리를 들었는지 손을 뻗어 첼로 소리를 줄인다. 종소리가 눈발 속의 골짜기를 거쳐 그들을 에워싼다. 여기에서 빠져나갈 방법을 찾아봐야 한다고 생각하는 건 마음뿐이다. 어깨가 내려앉는 듯한 피로에 점령되어 그는 점점 잠 속으로 빠져들어간다. 그녀는 보온통을 기울여 종이컵에 커피를 따른다. 부석사의 포개져 있는 두 개의 돌은 닿지 않고 떠 있는 것일까. 커피를 들지 않은 한 손으로 자꾸만 자신의 얼굴을 쓸어내리고 있다. 그녀는 문득 잠든 그와 자신이 부석처럼 느껴진다. 지도에도 없는 산길 낭떠러지 앞의 흰 자동차 앞유리에 희끗희끗 눈이 쌓이기 시작한다. 또 얼마나 지났을까. 그녀가 뒷자리에 개켜져 있는 담요를 끌어와 그의 무릎을 덮어준다. 그녀의 기척에 가느스름하게 눈을 뜬 그는 이 순간만은 반복되지 않을지도 모른다고 생각한다. 혹시, 저 여자와 함께 나무뿌리가 점령해버린 옛집에 가볼 수 있을는지. 이제 차창은 눈에 덮여 바깥이 내다보이지도 않는다.

해설 | 황종연(문학평론가)

모성의 지위와 탈낭만화

1

　신경숙이 다섯번째 소설집을 낸다. 『종소리』가 그것이다. 『종소리』에 묶인 소설들을 살펴보니 이전의 신경숙 소설과 다르다. 이전의 특유의 문법을 지양하고 어느새 또다른 영토와 방법을 개척하고 있다. 분명 『종소리』의 소설은 「풍금이 있던 자리」「모여 있는 불빛」「오래전 집을 떠날 때」「감자 먹는 사람들」의 세계는 물론, 「직녀들」『바이올렛』「그가 모르는 장소」의 세계와도 다르다. 이 모두가 힘겨운 과정 끝에 도달한 웅숭깊은 성찰들이어서 오래 머물겠거니 했는데, 이미 다른 자리에 와 있다. 현실의 보다 진정한 연관을 위해 매번 그때까지의 진리들을 허물고 또 허무는 것이 작가저 숙명이라고 한다면, 신성숙이야말로 이 작가적 숙명을 치열하게 살고 있음을 다시 확인할 수 있는 대목이라 할 것이다.

　『종소리』에 수록된 소설들은 이전의 소설들과 다르다. 신경숙의 소설은 말하고자 하는 바나 방법이 수시로 변화하고 워낙 다양한 독법이 가능할 정도로 깊이가 있는지라 그것을 한두 개의 개념으로 규정하기가 쉽지는 않지만, 거친 단순화를 무릅쓴다면 신경숙의 소설은 크게 두 가지 궤적을 그린다. 그 하나는 친밀성의 부재, 관계의 단절, 혹은 고독으로 현상하는 현대인의 불행한 실존을 다룬 소설이다. 신경숙 소설은 우리가 살고 있는 현대라는 공간 속에서는 고독 그 자체가 이미 사회적으로 매개되어 있고 또한 본질적으로 사회적인 내용이라고 파악하거니와, 「직녀들」「배드민턴 치는 여자」「그가 모르는 장소」「그는 언제 오는가」『바이올렛』 등의 작품은 소통체계의 단절, 혹은 인간관계의 균열이 얼마나 한 개인을 철저하게 분열시키며 또한 헛된 것에 대한 불행한 집착을 불러오는지를 밀도 있게 보여준다. 신경숙 소설의 또하나의 갈래는 '오래전 집을 떠날 때'의 그 기억, 아우라, 풍경을 전경화하고 있는 소설이다. 이 소설들은 공통적으로 도시에서의 '빈방' 혹은 '외딴 방'에서의 황폐한 고독과, 오래전 집에서의 그 끈적끈적한 유대감과 일체감을 비교, 유추, 대조시키고 있는바, 이를 통해 자연과 조화된 인간의 삶은 과거의 우리의 모습이지만 동시에 우리가 앞으로 그렇게 되어야 할 모습이며, 따라서 이제 인간의 문화는 인간의 이성과 자유를 통해 자연으로 되돌려보내져야 한다는 실러적 명제를 실천해낸다.

물론 이 두 갈래가 엄격하게 분리되어 흘러가는 것은 아니다. 이두 갈래는 서로가 서로를 보완하기도 하고 부정하기도 한다. 고독은 삶의 원초적인 풍경에 대한 동경을 부르고, 그 원초적 풍경의 기억은 고독이 자본주의의 본질적인 사회적 내용임을 확인시킨다. 이렇듯

도시에서의 고독과 고향에서의 충일감은 신경숙 소설의 서사를 형성시키고 소설세계 전반을 움직여가는 중요한 원리라고 할 수 있다.

그런데 『종소리』에서 이 두 원리가 한자리에 모인다. 서로 충돌하고 갈등하면서 한층 깊어진다. 『종소리』에도 역시 '오래전 집을 떠날 때'의 그 기억이 등장하나, 그것은 예전처럼 존재론적 고향이라는 낭만적 동경의 대상으로만 표현되지는 않는다. 『종소리』에는 또한 신경숙 소설의 또하나의 흐름인 고독, 혹은 관계의 단절로 표상되는 현대인의 불행한 실존이 전경화되어 있기는 하나, 이 역시 더이상 단순히 그 상실을 처연한 슬픔으로 그려내는 데 멈추지 않는다. 『종소리』는 더 나아간다. 『종소리』는 고독한 현존재들이 모더니티라는 질곡을 뚫고 고향에서의 충일감의 상태로 나아가는 과정을 밀도 있게 묘사하며, 그 과정에서 상호 소통체계를 형성할 수 있는 미적 원리, 혹은 모럴을 치밀하게 탐색한다.

『종소리』가 차지하는 위치는 이처럼 의미심장하다. 『종소리』에는 이제까지 신경숙 소설이 펼쳐 보인 감응력의 원리들이 모두 모여 있으면서도, 그것들이 산술적으로 그냥 모여 있는 것이 아니라 서로 길항하면서 보다 높은 단계의 의미 있는 새로운 병존 형식으로 다시 태어난다. 『종소리』에는 1990년대 이후 우리 시대를 대표하는 작가가 또 한번의 비약을 행한 결과답게, 모더니티에 맞설 수 있는 소중한 미학적, 인식론적 원리가 텍스트 구석구석에서 꿈틀거리고 있다. 이제 작가 신경숙이 인간을 극한으로 몰고 가는 모더니티를 극복하기 위한 방안으로 제시한 미적 원리를 만나볼 차례다.

2

　『종소리』에 수록된 소설들은 한편으로는 모든 인간적, 사회적 유대를 잃은 고립된 개인 혹은 고독한 개인에 대한 이야기이고, 나아가 그러한 개인들이 힘겹게 친밀성을 획득해가는 과정에 대한 서사이다. 그러니까 『종소리』의 기본적인 관심사는 고립된 개인에서 타자와 융합하는 과정, 작가 신경숙의 말을 직접 빌리자면, '등 돌린 타자들끼리의 새로운 관계망을 언어로 형성해보려는 여정'이다. 이는 아직도 작가 신경숙이 이전 소설집에서처럼 현존재가 경험하는 고독을 우리 사회의 가장 중요한 사회적 내용으로 받아들이고 있다는 것을 의미한다.

　『종소리』에 수록된 소설들은 우선 모든 관계의 단절로 인해 고독한 삶을 살아가는 인간 존재들에 초점을 맞춘다. 등장인물들은 하나같이 인간과 인간 사이를 이어주는 어떠한 끈도 지니고 있지 못하며, 그래서 고독하다. 그들 대부분은 집이 아닌 방에서, 혼자서 산다. 「부석사」의 '그 남자' '그녀'가 그러하고, 「우물을 들여다보다」 「달의 물」 「혼자 간 사람」의 작중화자가 그러하다. 「종소리」의 작중화자는 집을 가지고 있지만 그 집의 풍경 역시 황폐하기는 마찬가지이다. 「물속의 사원」의 '다방 여자'는 '외딴 방'에서 살지만 '그녀'는 그러한 방마저 없이 사무실에서 잠을 잔다. 이처럼 『종소리』는 '빈 방' 혹은 '외딴 방'에서 절대 고독을 견디며 살아가는 존재들을 전면에 배치하고 있거니와, 이는 『종소리』의 주된 관심사가 현존재의 고독에 대한 미학적 성찰에 있음을 확인시켜주기에 충분하다.

물론 『종소리』는 이전 세계의 단순한 반복 혹은 연장은 아니다. 『종소리』에는 고독에 대한, 이전에는 볼 수 없었던 시선이 작동하고 있다. 다름아닌 친밀성의 공간의 소멸과 그에 따른 현존재의 고독의 기원을 우리 사회를 지배하는 현실원칙, 그러니까 모더니티의 원리에서 찾고 있다는 것. 예컨대 「종소리」의 남편은 십칠 년 동안 국내 유수 기업의 샐러리맨으로 살아가면서 "거리의 자동차가 성냥갑만하게 내려다보이는 이십삼층의 어두운 빌딩 속에서 반듯하게 자른 짧은 머리로 허리를 접고 앉아 서류를 작성하고 결재를 받고 할 일을 지시받"는 기호로 표현된다. 그리고 그는 기호로서의 삶이 살아야 하는 방식, 즉 지시받는 일을 무조건 행하는 삶과 인간적 도의 사이에서 번민하면서 서서히 마모되어간다. 「부석사」의 '그 남자'는 자신의 수리부엉이 다큐멘터리 프로그램이 조작된 것이라는 소문의 진원지가 자신과 "마음이 통했고 점차 유대관계가 깊어지는 중"이라고 믿었던 박PD라는 사실 앞에 절망을 느낀다. 그리고 그렇게 조작된 소문을 내면서까지 생존해야 하는 정글의 원리에 깊은 환멸을 느끼면서 갑작스레 무기력해진다. 「부석사」의 '그녀' 역시 갑자기 그녀를 버리고 떠난 P의 자기 중심적 삶의 원리에 떠밀려 세상과 단절된 공간에 갇힌다. 그리고 「물속의 사원」의 '그녀'는 남의 건물을 부당하게 빼앗으려는 엄청난 폭력 때문에 타인과의 유대감과 노동의 기쁨을 안겨주던 일자리를 잃고 세상과 단절된다. 그런가 하면 「달의 물」의 작중화자는 약국과 병원 사이의 담합으로 인해 갑작스레 존재가 불안정해진다. 메마른 합리주의와 냉정한 계산성이 만들어내는 정신적 동물왕국에서 그들은 이렇게 점점 더 막다른 골목으로 떠밀려들어가고 마는 것이다.

특히 「달의 물」의 경우에는 인간 사이의 소통체계의 소멸 원인으로, 이 세상의 구석까지를 단 하나의 시스템으로 재편하고야 마는 모더니티의 원리를 전면에 내세운다. 「달의 물」은 고향으로부터의 전언, 귀향, 기억들의 현전, 그리고 새로운 각성 등으로 이어지는 귀향소설의 관습을 충실하게 따르고 있으나 실제로는 귀향기가 아니다. 고향으로 돌아왔으되, 그곳은 이미 이전의 고향이 아니기 때문이다. 이제 더이상 그곳은 물, 불, 대지, 공기가 조화를 이루고 그 조화 속에서 인간들의 삶이 충만해지는 몽상의 공간이 아니다. 외부적인 높이밖에 없는 인위적인 건조물로 가득 찬, 그리고 승강기가 층계에서의 영웅적인 용기를 불가능하게 하는 도시에서의 생활을 벗어나고픈 내밀한 욕망을 가지고 왔으나 그곳 역시 황폐한 도시로 전락해 있기는 마찬가지이다. 아니, 오히려 도시보다 더 치명적이다. 이제 그곳은 아무것도 잉태하지 못하고 오히려 세상에 나온 싱그러운 생명이 죽어가는 그런 땅으로 전락했기 때문이다. 「달의 물」은 고향의 황폐함을, 갇혀 있는 물과 물을 가둔 시멘트의 대비를 통해 표현한다. 노란 달을 품어주던, 그리고 우주적 몽상을 가능하게 해주던 우물은 시멘트에 갇혀버렸고, 카니발적인 소란스러움을 만들어주던 마을의 또랑은 시멘트로 복개가 되어버렸다. 게다가 시멘트로 지어진 아파트는 이 마을을 침입자처럼 내려다보고 있다. 이렇게 물이 갇혀 있기에 등장인물들은 내내 걷잡을 수 없는 갈증을 느낀다. 작중화자의 조카는 이곳에 내려오는 순간부터 물을 찾기 시작한다. 또한 작중화자의 아버지 역시 술 한잔으로 누리곤 했던 삶의 향유를 근본적으로 차단당하고 만다. 결국 작중화자는 귀향을 통해 존재감의 상승과 하강이라는 짜릿한 쾌감 대신에 영원히 도시의 황폐한 공간에서 살아가야 한다는 갈증만을 경험한다. 고향은 이제 '나의 영혼의 집' 혹은 '인생 최대의 기억이 깃든 자리'가 더이상 아니다. 따라서 작중화자는 고향에서 자기 정체성이나 안정감을 찾는 대신에 오히려 다음과 같은 이방인의 이질감과 공포감만을 느낀다.

아무 때나 들여다보면 맑은 물이 눈에 출렁거렸던 우물은 마당에서 흔적도 없이 사라졌다. 우물이 시멘트 밑에 갇혀 있단 말인가, 싶으니 기이한 생각마저 들었다. 이제는 우물에서 물을 길어 마시거나 달이 뜨는 밤이면 노란 달을 품고 있는 우물을 한없이 들여다보는 건 틀린 일이었다. 사라진 흙마당이나 감나무나 우물 때문만은 아니었지만 나는 이후로 이 집이 내 집 같지가 않고 서먹하였다. 간혹 여길 오면 방문객이 된 기분까지 들었다.(「달의 물」, 145쪽)

어쨌거나 물이 찰랑찰랑 있었는데, 물이 안 나오는 것도 아니었는데, 저렇게 메워놓고 시멘트로 발라놓으니 어째 내가 숨을 못 쉬겠어, 아버지.(「달의 물」, 198쪽)

「달의 물」은 귀향기 형식을 취하고 있지만 진정한 의미의 귀향은 불가능하다는 사실을 보여주는 일종의 역설적 귀향기이다. 그리고 인간적 유대를 가능하게 했던 마지막 공간인 고향마저 모더니티에 의해 잠식당했음을 확인하는 바로 이 장면을 통해 우리는, 작가 신경숙이 현존재들의 절대 고독의 주요 요인으로 모더니티라는 현실원칙에 주목하기 시작했음을 확인할 수 있다.

하지만 『종소리』의 등장인물들이 경험하는 고립의 상황이 전적으로 모더니티에 의해 강제된 것은 아니다. 또다른 여러 요인들이 각각의 인물들을 점점 더 고립된 상황으로 밀어넣는 계기로 작동한다. 존재론적 고독이랄까, 근원적 상실감이랄까, 그들은 대부분 타인들을 거부할 수밖에 없는 원체험이나 공포가 깃들인 기억을 지니고 있거나, 아니면 타인과는 공유하기 힘든 그들만의 고유한 세계를 가지고 있다. 그런 까닭에 그들은 고립된 상황에 스스로를 가두어버린다. 말하자면 『종소리』의 등장인물들이 경험하는 절대 고독은, 한편으로는 모더니티에 의해 강제된 것이면서 동시에 정신적 외상으로 인한 광장공포증이기도 하며 또한 자신의 고유성을 지켜내기 위한 자발적인 선택이기도 한 것이다. 가령, 「물속의 사원」의 '그녀'는 어릴 때 어머니로부터 버림받은 기억 때문에 냄새나는 건물에서는 잘지언정 누구의 방에서도 잠들지 못하며, '다방 여자'는 딸을 버린 상처 때문에, 그리고 「종소리」의 작중화자는 세 번의 유산 경험 때문에 고립된 상황으로부터 적극적으로 벗어날 생각을 하지 못한다. 이렇듯 『종소리』의 인물들이 경험하는 고독은 하나의 요인이 아닌 겹겹의 요인들에 의해 형성되며, 그렇기에 이 고립의 상황으로부터 벗어나기란 쉽지 않아 보인다. 하지만 벗어나야 한다. 관계의 단절이 지속될 경우, 이들 고립된 개인들은 더 극한적인 상황으로 치달을 수밖에 없기 때문이다. 「물속의 사원」의 '그녀'는 자신을 거처로부터 내몬 관리인의 차에 불을 놓은 이후에도 반복적으로 방화충동에 휩싸인다. 관계의 단절에 따른 절대 고독의 상황은 이렇게 극한상황으로 치달을 수 있는 터, 따라서 관계의 회복은 더 이상 미룰 수 있는 일이 아니다.

3

『종소리』의 소설들이 이처럼 고독한 존재들이 겪는 극단적인 경험이나 상실감을 표현하는 데 많은 관심을 할애하고 있는 것은 사실이지만, 그와 같은 상황 제시에만 머무르고 있는 것은 아니다. 이 고립된 개인들을 하나로 묶는 것, 그러니까 인물 상호간의 유대감이나 친밀성을 회복하는 과정과 방안이 『종소리』의 궁극적인 관심사이기 때문이다. 사실 『종소리』의 소설들은 고립된 개인들이 보다 높은 삶의 차원에서 연대하는 과정을 차근차근 그려내고 있으며, 『종소리』가 단연 빛나는 부분도 바로 이 대목이다. 이제 『종소리』에 수록된 소설들이 '등 돌린 타자들끼리의 새로운 관계망의 형성'을 어떤 경로를 통해 완성하는지, 또 그를 위해 어떠한 모럴을 제시하는지 확인해보도록 하자. 이는 곧 작가가 이 힘겨운 세상에서 인간을 보다 행복하게 할 가치관으로 무엇을 설정하고 있는지, 그리고 근대성을 넘어설 수 있는 원리로 어떤 것을 모색하고 있는지를 확인하는 일이기도 할 터이다.

이를 위해 우선 주목할 소설은 「부석사」이다. 「부석사」는 「그는 언제 오는가」의 뒤를 이어 관계의 친밀성을 회복할 수 있는 원리를 다른 소설보다 이른 시기에 탐색해낸 작품이다. 외형적으로 보자면 「부석사」는 특이한 여행담이다. 한 오피스텔에 살면서 서로 몇 마디 말을 건네봤을 뿐인 남녀가 불현듯, 그것도 1월 1일에 떠나는 이 여행은, 거기에 개 한 마리가 동행하고 있을 뿐만 아니라, 끝내 여행의 목적지인 부석사에는 도착하지도 못하는 여행인 것이다. 그렇다면 왜 부석사인가. 그들이 그곳에서 보고자 하는 것은 부석사라는 사찰 자체가 아니라 바늘이 겨우 드나들 만큼의 틈을 두고 떠 있는 두 개의 부석이다. 왜 하필이면 1월 1일이며 친숙하지도 않은 사람들끼리의 동행인가. 그날 두 사람 모두에게 누군가가 오기로 했는데, 결국 이 둘은 그 손님과 1월 1일을 맞고 싶지 않았던 것. '남자'를 찾아오기로 한 손님은 박PD. 박PD는 구조조정에서 살아남기 위해 '남자'가 찍은 다큐멘터리가 조작된 것이라는 설을 퍼뜨린 인물. 그 사건 이후 '남자'는 회사를 쉬고 있는 참인데, 1월 1일에 만나자고 박PD가 전화를 한 것이며 '남자'는 박PD를 피해 여행에 오른다. 여자의 경우는 자신과 사귀다가 다른 여자와 결혼한 P를 피하기 위한 여행이다. 여자는 선택과 판단이 너무도 분명한, 그러하기에 타자에 대한 배려가 없는 P를 뿌리칠 자신이 없다. 결국 이 둘은 메마른 합리주의와 강퍅한 주관성이 뿜어내는 유혹으로부터 벗어나는 중이다. 그리고 이 둘의 여행에서 절대적인 역할을 하는 매개물이 바로 동행한 개다. 이 개는 이 둘의 이타적인 가치관을 서로에게, 특히 하찮은 대상에게도 자기 모두를 투여하는 여자의 미메시스적 정신을 남자에게 알려주는 상징물로 기능한다. 결국 이 둘은 여행 도중, 타자를 사유의 중심에 놓는 동질적인 가치관을 공유하고 있음을 확인한다. 그러고는 일사불란한 일치보다는 틈이 존재하는, 그래서 더욱 간절한 친밀성을 느낀다. 결국 「부석사」는 메마른 합리주의를 매개로 한 비인간적인 결속 대신에, 이타적인 존재들 사이의 느슨한 결합을 인간관계 복원의 한 모델로 제시한다.

이에 비해 「종소리」「우물을 들여다보다」「물속의 사원」「달의 물」에서는 또다른 공동체의 핵심 원리가 모색된다. 바로 '어머니 되기'이다. 곧 어머니의 입장이 되어 서로서로를 감싸안는 것만이 관계의 단절로부터 벗어나는 길일 뿐 아니라, 보다 의미 있는 공동체를 가능하게 할 것이라는 전언이 그것이다. 『종소리』에서 제시되는 '어머니 마음'은 그 포용 범위가 무궁무진하다. 예컨대 「우물을 들여다보다」의 경우 죽은 사람의 넋까지를 새로운 공동체의 구성원으로 끌어들이고 있다.

그러나 한번 온 여자이니 다시 올지도 모릅니다. 아니, 혹시 그 여자가 아니라 아이를 낳다 죽은 내 언니가 나를 찾아다니다가 나의 흔적을 발견하고 뒤늦게 이 집으로 올지도 모릅니다. 그런 일은 순간적으로 발생하는 것 같습니다. (……) 혹시, 어느 날 이 집에서 어떤 여자를 보게 되거든 놀라지 마시고 억지로 내치지 마시고 이 독경을 들려주세요. 내가 살고 있는 거처에 찾아든 넋이 있다면 살아 있는 내가 그를 위로하고 마음을 풀게 해 그로 하여금 제 길로 들 수 있게 도와줄밖에 방법이 없는 것 같아요.(「우물을 들여다보다」, 73~74쪽)

　하지만 『종소리』에서 관계의 단절을 넘어서는 의미 있는 공동체의 정신이 이렇게 따스하기만 한 것은 아니다. 거기에는 냉정함과 엄격함도 같이 존재하는바, 만약 『종소리』에서 제시된 모럴이 중요한 가치를 지닌다면 바로 이것과 관련이 있는 것임은 물론이다.

　「종소리」를 자세히 보자. 「종소리」는 남편과 아내의 관계의 단절에서 시작되어 아내가 남편의 삶의 방식을 자기화함으로써 친밀성을 회복하기까지의 과정을 그려가고 있는 소설이다. 남편은 구조조정중인 회사에서 경쟁회사로 스카우트되나 이것을 아내에게 말하지 못한다. 아내 역시 세번째 유산을 했지만 그것을 남편에게 말하지 못한다. 여기에서 두 사람 사이의 단절이 비롯된다. 그리고 존재의 안정성을 위해 인간적인 도리를 버렸다고 생각하는 남편이 회사를 옮긴 바로 그날, 그러니까 자신에게 주어진 책무만 가벼웠더라도 그렇게 인간적 도의를 저버리고 자리를 옮기지 않았을 것이라고 회한에 빠지던 바로 그날, 남편이 그렇게 끔찍하게 누리고 싶어하는 자유를 상징하는 새 한 마리가 세면장 창틀에 집을 짓기 시작한다. 결국 새는 창틀에 집을 짓고 정주한다. 남편의 새에 대한 관심은 높아가고, 남편이 새에 관한 이야기로 생기를 띠면 띨수록 그의 삶은 마모된다. 말을 바꾸자면, 스스로 생각하기에 마모되는 삶이 두려울 때마다 자유롭고 싶은 욕망은 강렬해지고, 그것이 새에 대한 강한 동경을 낳는 것이다. 그러므로 직장생활이 어려워지면 어려워질수록 남편의 새에 대한 관심은 높아진다. 아니, 이전부터 남편의 새에 대한 관심은 남다른 것이었다. 새에 관한 전문가적 지식을 가지고 있기도 한 남편은 특히 새가 공기를 가르는 그 행위를 미치도록 동경한다. 하지만 작중화자는 남편이 회사를 옮긴 사실을 감추었다는 점도, 그리고 그의 새에 대한 관심도 이해할 수 없다. 작중화자는 "매달리듯 간신히 집을 짓고 있는 새에 대하여 관심을 갖는 당신이 나는 처음엔 어색했다"고 표현한다. 관계의 단절은 더욱 깊어간다. 남편의 정신과 의사는 "나는 한 번도 내 나이를 살아본 적이 없습니다"라고 말하는 남편에게 어머니 같은 존재가 필요하므로 작중화자에게 남편의 어머니가 되어보라고 권하나, 처음에 작중화자는 그것을 거부한다. 새가 알을 낳고 알에서 새끼가 깨어나고 그럴 때마다 남편은 더욱더 무거운 짐을 떠안는다. 구조조정의 위험 속에서 혼자 빠져나왔다는 죄책감 때문에 매일 이전의 회사에 들러 옛 동료들과 환담을 나누면서 미안함을 달래던 중 새로 옮긴 회사와 이전 회사 사이에 피를 말리는 수주 경쟁이 벌어진다. 남편은 이 마음속의 갈등을 더이상 이겨내지 못한다. 우선 찾아온 거식증상. 그리고 병명이 밝혀진다. '크론키드카나다'. "음식을 전혀 입에 댈 수 없는 당신에겐 오로지 음식을 먹는 그것이 치료"인 병. 결국 남편은 회사를 휴직한다. 그리고 걷잡을 수 없이 체중이 빠져나간다. "당신이 침대에 앉아 있으면 새가 앉아 있는 것 같다." 그렇게 형편없이 남편의 체중이 빠져나가는 중에도 남편은 힘겨운 세상살이의 의무로부터 벗어난 자신의 모습과 새가 날아가는 모습을 상상적으로 동일시하고 즐거워한다. 아니, 만족한다. 죽음의 기미를 두려워하면서도 새처럼 자유로워진 것을 즐거워하는 남편. 이제 작중화자는 남편에게 아내가 아니라 어머니가 되기로 한다. 남편의 삶을 자기화하기로 한다. "당신은 돌아온 새 같다. 이젠 어디에나 깃들일 수 있는 새 같다." 작중화자가 남편의 어머니가 되어 남편의 고통, 희망, 좌절 등을 감싸안는 순간, 두 사람 사이의 유대관계는 회복된다.

이상에서 알 수 있듯이 「종소리」는 타자의 모든 서사를 끌어안는 '어머니 되기'를 인간 사이의 유대를 회복할 수 있는 중요한 가치관으로 제시한다. 이 과정에서 '새'라는 객관적 상관물은 핵심적인 역할을 한다. '새'의 등장으로 '새'와 '남편' 사이의 기묘한 병치관계가 형성되며 이때부터 '새'는 남편의 꿈과 절망을 효과적으로 전달하는 상징물로 작용한다. 또한 남편은 죽음의 기미 속에서도 '새-되기'의 꿈을 포기하지 않음으로써 결국 자유를 향한 자신의 열망을 아내에게 인정받으며, 아내 또한 그것을 자기화한다. 이 순간 남편과 아내의 관계 회복은 단순히 서로를 이해하는 정도에서 그치는 것이 아니다. 남편은 아내의 서사를 모두 자기화하고 아내는 남편의 서사 모두를 자기화함으로써 서로는 서로를 통하여 보다 높은 의식의 상태, 혹은 충만한 상태로 비약하게 된다.

그런데 여기서 또하나 유념해야 할 사실은, 아내가 어느 시점에서 남편의 어머니가 되기로 하는가이다. 「종소리」에서 아내가 남편의 '새-되기'의 열망을 인정하는 순간은 대단히 뒤늦게 온다. 몸무게가 혹독하게 빠져나가는 순간에도 아내는 남편을 남편으로 대한다. 물론 안타까움이나 연민이 없는 것은 아니나 그러면서도 인정의 시점은 끝없이 유예된다. 그 유예는 남편이 죽음을 염두에 두기 시작하는 시점, 그러니까 영혼 속에서 비본래적인 가치들이 사라지고 본래적인 가치들이 찰나적으로 현현하는 그 순간까지 계속된다.

그리고 '다른 것이 될 수 없는 이것' 혹은 '두 번 다시 반복될 수 없는 것'으로서의 남편의 고유성을 발견하는 순간 작중화자는 남편을 아들로 대하기 시작한다.

인간의 진정한 유대 형성의 계기로서 「종소리」가 제시하는 '어머니 되기'란 이처럼 엄격하고 냉정하다. 이는 단순히 타자들의 삶을 이해하고 동정하는 것 정도가 아니다. 그것은 보편성이라든가 일반성에 가려 좀처럼 모습을 보이지 않는, 죽음과 같은 극한상황에서만 찰나적으로 모습을 드러내는, 누구와도 같지 않은 그만의 자질(고유함)을 읽어내고 자기화하는 과정이다. 「종소리」에서 부부 사이의 유대관계의 회복이 감동적으로 다가오고, 나아가 보편적인 성격을 띠는 것은, 이처럼 극한상황 속에서 발현되는 타자의 고유성을 전유하는 힘겨운 과정을 신경숙 특유의 섬세한 문체로 그려내고 있기 때문이라고 할 수 있다.

「종소리」와 마찬가지로 「물속의 사원」이나 「달의 물」 역시 '어머니 되기' 혹은 모성의 시간을 고독에서 벗어나 인간 사이의 진정한 유대를 가능케 하는 원리로 제시한다. 「물속의 사원」에서 '다방 여자'와 '그녀'는 극도의 고독한 삶에서 시로의 진밀성을 획득하면서 비약적인 충만을 경험한다. 딸을 직접 키우지 않았다는 이유 때문에 고통스럽고 고독한 삶을 사는 '다방 여자'와 어머니로부터 버림받았다는 기억 때문에 과거 전체를 자신의 삶으로부터 추방시키고자 하는 '그녀'는 대화와 소통을 통해 서로를 이해하고 자신들의 근원적인 죄의식이나 피해의식으로부터 해방되어 결국은 생의 충일성을 경험하기에 이른다. 그리고 이 소설에서 역시 '다방 여자'와 '그녀'를 이어주는 중요한 상관물이 등장하는바, 바로 악어이다. '그녀'는 악어에게서 원시적 강인함과 폭력성을, '다방 여자'는 '신성성'을 읽어낸다. 하여, '그녀'는 악어에게 자신의 거처를 불안정하게 하는 건물 관리인에 대한 복수 의지를 끊임없이 투사하는 반면, '다방 여자'는 악어가 새끼를 돌본다는 이유로 그것에 신성한 동물의 이미지를 투사할 뿐만 아니라 그것을 기꺼이 자신의 무덤으로 삼고자 한다. 그러나 결국 그녀들은 이 악어에 투사된 상반된 욕망을 대화와 소통을 통해 끊임없이 조정해가며, 그리하여 마침내 서로를 이해하는 장면에 이르게 된다. 특히 딸을 직접 키우지 못한 '다방 여자'는 '그녀'의 어머니가 되어 '그녀'의 모든 상처와 모순을 끌어안는다. 하여, '그녀'는 자기 집에 불을 지르며 같이 떠나보냈던 어린 시절의 기억을 다시 회복하기에 이른다.

'모성의 시간'을 관계 회복의 중요한 계기로 설정하기는 「달의 물」역시 마찬가지이다. 아버지와 딸 사이의 술을 둘러싼 목숨을 건(?) 긴장과 대립은 딸이 아버지의 어머니가 되기로 하는 순간 해소된다. 해서, 이전에 아버지가 딸의 일탈을 참고 인내해주었듯이, 딸도 이제 어머니의 입장으로 아버지의 일탈에 대한 허용과 금기를 조절하고자 한다.

이렇게 『종소리』는 인간적 유대의 계기로서 모성의 시간, 혹은 '어머니 되기'를 강조한다. 냉정한 계산성의 원리가 결핍되고 모순된 것을 배제하고 억압함으로써 존재론적 고독을 가져온다면, 『종소리』는 어머니의 마음으로 그 존재론적 고독을 높은 관계망 속에 묶어세운다. 하지만 이 연대가 모든 탕자들을 용서하는 낭만적 모성을 통해서가 아니라 한 개인의 결핍되고 모순된 모든 것들, 즉 타자들의 고유성을 끌어안는 모성으로 인해 가능했다는 사실은 다시 한번 기억되어야 한다.

4

신경숙의 이번 소설집 『종소리』에는 앞선 소설과는 문제의식을 달리하는 소설 한 편이 같이 수록되어 있다. 「혼자 간 사람」이 그것이다. 「혼자 간 사람」은 이른 나이에 세상을 등진 작가 채영주에 대한 헌사이다. 「혼자 간 사람」은 월드컵의 열기와 홀로 고독하게 살다가 또 그렇게 죽어간 작가 채영주를 유비시킨다. 그를 통해 대중적 열광 속에 잠재된 자기 기만과 비본래적 성격을 비판하는 한편, 그로 인해 발생하는 존재론적 고독에 대한 진지한 탐색을 수행하고 있다. 고독은 절망이나 버림받음이 아니라 주권이자 본래적인 삶을 살아가는 힘이라는 것, 그것이 「혼자 간 사람」이 행한 고독에 대한 새로운 성찰이다. 그렇디면 이는 관계의 회복을 무엇보다 중요한 가치로 설정한 『종소리』의 다른 소실과는 보순되는 것처럼 보이기도 한다. 하지만 모순이 오류의 다른 이름이 아니라 운동을 발생시키는 에너지라고 한다면 문제는 간단한지도 모른다. 신경숙은 '어머니 되기'라는 원리로 인간 사이의 연대의 필요성을 제시했음에도 불구하고, 자기 반성이 결여된 군중들의 거센 열광 앞에서 관계의 회복 그 자체가 절대적인 진리가 되어서는 안 된다는 어떤 각성을 경험했는지도 모른다. 하여, 작가 신경숙은 이미 또다시 다른 지점으로 가고 있는 것이다.

「혼자 간 사람」에서 또하나 짚고 넘어갈 것은 작가 신경숙의 독특한 창작방법이다.「혼자 간 사람」은 채영주를 형상화하면서 작가 일반 하면 떠오르는 보편적인, 그리고 실제로 작가 채영주에게도 있었을 사실들을 끊임없이 배제하고자 한다. 그리고 다른 작가에게는 없는 그것, 앞으로 어떤 작가에게서도 반복되기 힘든 그것을 찾아나서며, 그것을 중심으로 채영주를 재구성한다. 그래서「혼자 간 사람」에서 그려진 채영주는 너무 생생하고 구체적이다.

그러고 보니, 작가 신경숙의 창작방법의 특징이 바로 인물들의 고유성에 대한 놀랄 만한 집중이었던 듯하다. 한 개인을 보편성과 특수성, 필연과 우연 등의 범주 속에 위치시키는 것이 아니라 그 인물만의 '다른 것이 될 수 없는 이것' 혹은 '두 번 다시 반복될 수 없는 것'으로 파악하는 것. 이제 많은 것을 알 수 있을 듯하다. 신경숙의 소설을 읽다가 자주 현실로부터 멀리 벗어나와 있는 듯한 느낌에 빠지곤 했던 것도, 돌이켜보면, 신경숙의 소설이 이처럼 현실에 접근하는 방식이 근본적으로 달라서였던 것이다. 그렇다면 이제 이렇게 말할 수 있을 듯하다. 신경숙의 소설은 우리 소설사의 새로운 영역을 개척하는 중이라고.

길동에서 약국을 하는 여동생에게 갔다.

그애가 그곳에서 약국을 연 지가 꽤 되는데도 나는 혼자서는 한 번도 가보지 않았다. 나는 그애가 고생을 되게 하고 있다고 여겼다. 저 좋아서 하는 일이니 말릴 수야 없지만 그 고생하는 꼴을 찾아다니며 보고 싶지 않았다고나 할까.

어려서부터 여동생은 나하고는 달랐다. 그애는 공부도 열심히 했고 친구도 열심히 사귀었고 오빠들도 열심히 따라다녔고 가족들도 열심히 사랑했다. 그래서 그애를 모두들 "이삐"라고 불렀다. 애를 둘이나 낳은 지금까지도 나는 그애를 "이삐야"라고 부른다. 어느 한 날 발걸음이 재지 않은 날이 없는 그애의 눈은 시간이 모자라 잠을 제대로 자지 못해 늘 쑥 들어가 있다. 나는 그애의 그 "열심히"가 속상했다. 저애가 도대체 언제나 좀 편하게 되나. 어쩌다 내 집에 오면 피로에 젖어서 쑥 들어간 눈이 감길 듯했다. 처녀 적엔 그렇게나 맵시나게 입고 다니던 옷 꼴은 봐줄 수가 없고 손과 발은 퉁퉁 부어 있고…… 끄덕끄덕 졸고 있는 그애한테 어느 적엔 화가 치밀어서 야—야! 거리곤 했다.

갑자기 찾아간 나를 약국 뒷방으로 데려가며 그애가 내뱉는 첫마디.

오늘따라 유난히 가운이 더럽네…… 그저 때가 낀 가운의 단추귀며 옷깃을 쳐다봤을 뿐인데, 지레 그애가 먼저 두 벌 있는데 한 벌은 빨아서 빳빳하게 다려놓았는데 깜박 잊고 안 가지고 와서 어쩌구…… 길게 말할 새도 없이 약을 지으러 온 사람을 맞이하러 나갔다. 한번 나간 그애는 들어오질 않았다. 뒷방이라고 해봐야 칸막이가 하나 쳐져 있었을 뿐이라 그애가 약을 지으러 온 사람들과 나누는 얘기가 다 들렸다. 사람들은 약만 지어가는 게 아니라 그애에게 쉼없이 뭐라뭐라 말들을 하였다. 중년 남자는 내내 마누라 걱정이 늘어졌고 어떤 여자는 그애 발치를 따라다니며 쉼없이 여기가 아프네, 저기가 아프네, 하였다. 그 사이로 콧물이 나고 목이 간질간질거리는데 약을 먹어도 안 들으니 어쩌냐, 끼어드는 노인의 가는 목소리. 그 낱낱의 얘기들에 그애는 일일이 그래요, 저래요, 대꾸했다. 천성의 "열심히"를 못 버리고 얼마나 열심히 대꾸를 하는지, 종내는 대꾸가 소통을 이루고 있질 않은가. 여기가 약국이 아니라 절집이거나 성당이네, 싶었다. 저애가 약사가 아니라 스님이거나 신부님이네. 두런두런거리는 소리들에 귀 기울이다가 나도 모르게 배를 깔고 방바닥에 엎드렸다. 간간이 웃는 소리, 분주한 발소리, 알약을 못 먹는 아이를 위해 가루로 빻는 소리, 얘기하다가 코를 푸는 소리들을 듣다가 그만 깜박 잠이 들어버렸다.

무슨 기척에 깨어보니 그애가 내게 이불을 덮어주고 있었다.

내게 소설쓰기란 종내엔 어머니 마음 가장 가까이 가기, 일 것이다. 금간 것들, 결별한 것들, 아름답지 못한 것들, 부당한 대우를 받는 것들, 소멸의 운명에 처해 있는 것들, 한쪽으로 쏠린 눈을 가진 남루한 것들을 포용한 야성적인 어머니 되기. 볼품없는 것들이 오히려 빛이 났기에 나는 소설에 매혹당했다. 그러므로 문학 안에서만큼은 금지되거나 내쳐지는 게 없어야 할 것이라는 생각을 저절로 갖게 되었다. 어머니에게조차 어머니가 필요하듯이 말이다. 아직 사랑하는 마음이 균형을 이루지 못해 소통의 어려움을 겪지만 편애 속에서도 길을 내고 길을 내고 또 길을 내고 있는 중이니 언젠가는 그와 통하기도 할 테지, 생각한다.

여기 실린 작품들은 『딸기밭』 이후에 쓰여진 작품들로 다섯번째 창작집이다. 다섯번째라니…… 잠시 먼 곳을 내다보았다. 소설쓰기가 오로지 힘들기만 하면 어떻게 계속해 쓰겠는가. 한 편씩 써나갈 때 마음속에 일렁거리던 살아 있는 것 같은 격정과 완성시킨 뒤에 누렸던 소소한 기쁨들도 있었다. 그러나 마침표를 찍고 나면 소설쓰기는 번번이 새침한 얼굴을 하고 있었으므로 늘 말을 처음 배우는 아이처럼 더듬거리곤 했다.

마지막 교정을 보던 날, 대구 참사 소식을 들었다. 마음이 먹먹해

지고 머릿속에서 뭔가 펑 터지는 것 같았다.
……그들의 명복을 빈다.

2003년 2월
신경숙

베를린으로 가는 비행기 안이다.

이 비행기를 타려고 내가 환승한 공항은 핀란드의 헬싱키 공항이었다. 인천에서 헬싱키까지 오는 동안 옆자리의 낯선 사람이 핀란드의 호수에 대한 이야기를 해주었다. 핀란드에는 호수가 이십만 개 있단다. 인구는 이백만이 좀 못 된단다. 그의 셈법에 의하면 다섯 가구에 호수 하나씩을 가지고 있는 거였다. 다섯 가구에 호수 하나씩? 무심히 듣던 내 마음 어딘가가 흔들렸다. 모두들 잠이 든 비행기 안의 낮은 조명등 아래서 책을 읽다가 가끔씩 이십만 개의 호수를 상상해보곤 했다.

십 년 전, 『종소리』 안에 수록된 중·단편들을 쓰고 있었을 때 내가 만약 다음 시간들을 믿지 않았다면 어땠을까? 생각해본다. 다음 시간으로 가기 위해, 내지르고 싶은 말들을 삭이기 위해, 한 편씩

썼던 작품들이 『종소리』 안에 모여 있다. 돌연 얼굴이 변하는 사람들 때문에 삶이 주는 무게와 고통, 평범하고 보잘것없는 일상을 견디며 살아가고 있는 익명의 사람들을 깊숙이 들여다볼 수 있었다. 낯선 이가 들려준 이야기 한 토막으로 인해 나와는 별개의 나라로 여겨졌던 핀란드가 이십만 개의 호수를 품고 있는 나라로 마음에 다가왔듯, 이 책 속에 펼쳐진 어떤 장면장면들이 지금 이 시간을 파괴해버리고 싶은 이들에게 다음 시간을 자주 상상하게 해주었으면 하는 바람이 생긴다.

그리고 난 후……엔 읽을수록 더욱 모호해지는 작품으로 남기를.

2012년 9월

신경숙 씀

문학동네 소설집

종소리

ⓒ 신경숙 2012

1판 1쇄 │ 2003년 3월 4일
1판 2쇄 │ 2003년 5월 13일
2판 1쇄 │ 2012년 12월 20일

지은이 신경숙
펴낸이 강병선
책임편집 조연주 │ 편집 이경록 백다흠 │ 디자인 이경란 유현아
마케팅 신정민 서유경 정소영 강병주 │ 온라인 마케팅 김희숙 김상만 이원주
제작 서동관 김애진 임현식 │ 제작처 영신사

펴낸곳 (주)문학동네
출판등록 1993년 10월 22일 제406-2003-000045호
주소 413-756 경기도 파주시 문발동 파주출판도시 513-8
전자우편 editor@munhak.com │ 대표전화 031)955-8888 │ 팩스 031)955-8855
문의전화 031) 955-8890(마케팅) 031) 955-8864(편집)
문학동네카페 http://cafe.naver.com/mhdn

ISBN 978-89-546-1994-3 03810

* 이 책의 판권은 지은이와 문학동네에 있습니다.
  이 책 내용의 전부 또는 일부를 재사용하려면 반드시 양측의 서면 동의를 받아야 합니다.
* 이 도서의 국립중앙도서관 출판시도서목록(CIP)은 e-CIP 홈페이지(http://www.nl.go.kr/ecip)에서
  이용하실 수 있습니다.(CIP제어번호: CIP2012005343)

www.munhak.com